Engaño

Amanda Quick

Engaño

Traducción de
Edith Grandiccelli

CÍRCULO DE LECTORES

Para Rebecca Cabaza:
Una editora que comprende muy bien el significado de las novelas de amor. Es un placer trabajar contigo.

Prólogo

–Dígale que se cuide del Guardián. –Artemis Wingfield estaba apoyado contra la mesa de la taberna. Sus descoloridos ojos azules se veían muy intensos bajo sus espesas cejas grises–. ¿Ha escuchado eso, Chillhurst? Ella debe *cuidarse del Guardián.*

Jared Ryder, vizconde de Chillhurst, apoyó los codos sobre la mesa, unió las yemas de los dedos y miró a su compañero con su único ojo bueno. En los dos últimos días, Wingfield había aprendido a sentirse cómodo en su presencia, hasta el punto de que ya no se quedaba mirando fijamente aquel parche de terciopelo negro que tapaba un ojo inútil.

Obviamente, Wingfield había aceptado a Jared por lo que éste aseguraba ser: otro inglés aventurero, como él, que se había dedicado a viajar ahora, cuando por fin había terminado la guerra contra Napoleón.

Ambos hombres habían pasado las dos últimas noches en la misma hostería, en un inmundo puerto francés, esperando los buques que los llevarían a sus respectivos destinos.

El sudor bañaba las cejas de Wingfield, introduciéndose en sus patillas. Era una calurosa velada de finales de primavera. La taberna estaba llena de humo y de clientes. Jared se dijo que Wingfield estaba sufriendo calor sin necesidad. El cuello alto de la camisa del anciano, su lazo elegantemente anudado, el ceñido chaleco y la chaqueta de sastre contribuían a su evidente incomodidad.

Aquel atuendo tan formal en nada casaba con la cálida noche ni con el ambiente de la taberna portuaria. Wingfield, sin embargo, era la clase de persona que daba prioridad a las apariencias por encima de todo lo demás, incluso de la comodidad personal. Jared tenía la sospecha de que su nuevo amigo se vestía prácticamente de gala para cenar todas las noches, aunque la cena se sirviera en una tienda de lona.

–Le he oído, señor. –Jared golpeteó los dedos entre sí–. Pero no entiendo a qué se refiere. ¿Quién o qué es ese Guardián?

Wingfield frunció el ceño.

–Puras tonterías, para ser totalmente honesto. Es sólo parte de una antigua leyenda relacionada con un diario que debo enviar de regreso a Gran Bretaña. El viejo conde que me vendió el libro me hizo esa advertencia.

–Entiendo –dijo Jared amablemente–. *Cuidado con el Guardián*, ¿eh? Interesante.

–Como ya le he dicho, es simplemente lo que queda de una antigua leyenda relacionada con un diario. Sin embargo, anoche ocurrió un extraño incidente y uno debe actuar con prudencia.

–¿Un extraño incidente?

Wingfield entrecerró los ojos.

–Creo que mientras estaba cenando, alguien registró mi habitación.

–No mencionó nada al respecto esta mañana.

El ceño de Jared se frunció.

–No estaba seguro. No se llevaron nada, sabe. Pero durante todo el día, he tenido la extraña sensación de que me vigilan.

–Qué desagradable.

–Ciertamente. Pero, sin duda, no tendrá nada que ver con ese diario. Claro que esto me preocupa un poco. No quiero exponerla a ningún peligro.

Jared separó las yemas de los dedos y bebió un sorbo de cerveza.

–¿De qué trata ese antiguo diario que usted va a enviar a su sobrina?

–En realidad, es el diario de una dama –explicó Wingfield–. Perteneció a una mujer llamada Claire Lightbourne.

Eso es todo lo que sé al respecto. En su mayor parte, todo lo que está escrito allí es incomprensible para mí.

–¿Por qué?

–Aparentemente, está escrito en una mezcolanza de griego, latín e inglés. Es más bien una especie de clave privada. Mi sobrina cree que el diario de Lightbourne contiene pistas que pueden conducirla hacia un fabuloso tesoro.

Wingfield resopló.

–¿No creerá en esa historia, verdad?

–Ni por asomo, si le interesa mi opinión. Pero Olympia va a divertirse mucho tratando de descifrar ese diario. A ella le encanta esa clase de cosas.

–Aparentemente, se trata de una mujer muy especial.

–Lo es –rió Wingfield–. Pero no por culpa suya, supongo. La crió una tía bastante excéntrica y la amiga de ésta. Nunca conocí bien esa rama de la familia, pero se dice que la tía y su amiga asumieron la responsabilidad de criar a Olympia por su propia cuenta. Le llenaron la cabeza de cosas raras.

–¿Qué clase de cosas?

–Gracias a la educación que recibió, a Olympia le importan un rábano los títulos. No me malinterprete. Es una joven refinada. Su reputación es impecable. Pero no tiene ningún interés en la clase de cosas por las que se interesan las jóvenes en general. ¿Entiende lo que digo?

–¿Por ejemplo?

–La moda, para empezar. No le interesa la ropa. Y esa tía suya jamás le enseñó las cosas útiles que toda muchacha debe saber, como por ejemplo a bailar, a flirtear y a caer bien a la gente, en especial, a un potencial candidato. –Wingfield meneó la cabeza–. Una crianza muy extraña a mi entender. Sospecho que ésa fue la razón principal por la que no ha conseguido encontrar un buen esposo.

–¿Qué cosas le interesan a su sobrina? –Aun sin querer, la curiosidad en Jared aumentaba por momentos.

–Todo lo relacionado con las costumbres y leyendas de tierras lejanas fascina a esa jovencita. ¿Sabe? Participa muy activamente en la Sociedad de Viajes y Exploraciones, aunque no haya salido de Dorset en toda su vida.

Jared le miró.

–Si no viaja, ¿cómo puede participar tan activamente en esa sociedad?

–Se dedica a la investigación de viejos libros, diarios y cartas que se refieren a viajes y exploraciones. Estudia los datos que encuentra y luego escribe sus conclusiones. En los últimos tres años, ha escrito varios artículos en el boletín trimestral de la sociedad.

–¿De verdad? –Jared se sentía intrigado cada vez con mayor fuerza.

–Sí. –Una fugaz expresión de orgullo se encendió en los ojos de Wingfield–. Son artículos famosos porque ofrecen toda clase de información instructiva sobre los usos y costumbres de los extranjeros.

–¿Cómo descubrió ella el diario de Lightbourne? –preguntó Jared con interés.

–Por una serie de cartas que encontró durante sus investigaciones. –Wingfield se encogió de hombros–. Le llevó casi un año, pero finalmente localizó el diario aquí, en un villorrio de la costa francesa. Originalmente, formó parte de una biblioteca bastante grande que quedó destruida durante la guerra.

–¿Y usted ha venido aquí concretamente a comprar el diario para su sobrina?

–Me quedaba de paso –dijo Wingfield–. Me dirijo a Italia. Aparentemente, en los últimos años, el diario ha pasado por diversas manos. El anciano que me lo vendió no se lo pensó mucho. Como necesitaba dinero estaba más que dispuesto a deshacerse de sus libros, y en el trato escogí un número considerable de volúmenes interesantes para Olympia.

–¿Dónde está el diario en estos momentos?

–Oh, a buen recaudo. –Wingfield parecía tranquilo–. Ayer lo embalé y me aseguré de que fuera guardado en el depósito del *Llama del Mar,* junto con las demás mercancías que voy a enviar a Olympia.

–¿No le preocupan las mercaderías mientras se hallen a bordo del buque?

–Oh, no, claro que no. El *Llama del Mar* es uno de los

barcos de Flamecrest. Gozan de una excelente reputación. La tripulación es digna de confianza y tiene una larga experiencia, y los capitanes son los mejores. Totalmente seguros. No, no, no. Mis mercancías estarán bien a salvo mientras se hallen en alta mar.

–¿Con lo que no está tan tranquilo es con la seguridad de los caminos de Gran Bretaña, verdad?

–Me siento mucho mejor al respecto ahora que sé que usted personalmente viajará con las mercancías hasta Upper Tudway, en Dorset. –Wingfield hizo una mueca.

–Aprecio su confianza.

–Sí, señor. Mi sobrina se pondrá contentísima cuando vea ese diario.

En su interior, Jared llegó a la conclusión de que Olympia Wingfield era, realmente, una criatura muy extraña. Y se recordó a sí mismo que no era porque él no hubiera conocido un par de criaturas extrañas. Después de todo, él también había sido criado por una familia de ostentosos y extravagantes.

Wingfield se reclinó hacia atrás y comenzó a estudiar la taberna. Su mirada se detuvo en un hombre robusto, marcado con varias cicatrices, que se hallaba sentado a la mesa de al lado. El individuo portaba un cuchillo y su expresión era tan beligerante que nadie se había atrevido a compartir la mesa con él. Era típico de muchos habituales de taberna.

–¿Tipos duros, eh? –comentó Wingfield, inquieto.

–La mitad de los hombres que ve usted aquí, esta noche, no son mejores que piratas –dijo Jared–. Son soldados que no tienen adónde ir después de la derrota de Napoleón. Marineros que esperan algún barco. Hombres en busca de alguna prostituta bien dispuesta o de pelea. La gentuza de siempre que merodea en los puertos.

–¿Y la otra mitad?

–Piratas, casi seguro. –Jared sonrió levemente.

–No me sorprende. Usted dijo que ha viajado mucho, señor. Por lo tanto, debe de haber visto muchos lugares como éste. Supongo que ha aprendido a moverse en este ambiente.

–Como verá, hasta el momento, he logrado sobrevivir.

Wingfield miró fijamente el parche de terciopelo que cubría el ojo lesionado de Jared.

–No del todo ileso, según veo.

–No, no del todo ileso. –Jared esbozó una sonrisa carente del menor sentido del humor.

Sabía perfectamente bien que, por lo general, su aspecto no inspiraba confianza. Y no sólo por el parche. Incluso en las ocasiones en que su cabello había estado cuidadosamente cortado, y su ropa era más elegante, toda su familia le había resaltado el hecho de que parecía un pirata.

Claro que la principal aflicción de todos sus parientes era que, justamente, Jared no actuaba como un pirata.

Jared sabía que, se dijera lo que se dijera, se hiciera lo que se hiciera, él era un hombre de negocios, no el magnífico y brioso hijo de sangre caliente que su padre había esperado, para que continuase con las tradiciones familiares.

Wingfield había sido muy cauto con él inicialmente. Jared sabía que eran sus modales gentiles y su educada forma de hablar lo que había animado al anciano, y no su aspecto físico. Wingfield lo había aceptado como a su igual, como a un caballero.

–Disculpe la pregunta, pero ¿cómo perdió su ojo?

–Es una larga historia –dijo Jared–. Y bastante dolorosa. Preferiría no hablar de eso ahora.

–Por supuesto, por supuesto. –El rostro de Wingfield se llenó de rubor–. Disculpe la impertinencia.

–No se preocupe. Estoy acostumbrado a que la gente se fije en ello.

–Sí, bueno, digamos que estaré menos preocupado una vez que zarpe el *Llama del Mar* por la mañana. Saber que usted estará a bordo del buque y que, además, viajará con las mercancías hasta Upper Tudway es una gran tranquilidad para mí. Le agradezco una vez más la responsabilidad que ha tomado.

–Como yo también vuelvo a Dorset, me alegro de poder ayudarle.

–No me avergüenza decirle que, con esto, me he ahorrado algún dinero –confió Wingfield–. No tendré que contratar los servicios de siempre de la empresa en Weymouth para que se haga cargo de las mercaderías y que se aseguren de que lleguen a manos de Olympia. Me viene bien no tener que pagar estos servicios. Son muy costosos.

–Importar productos nunca es barato.

–No, y desgraciadamente Olympia no ha reunido la suma de dinero que yo esperaba para los dos últimos envíos. Aunque estamos más adelantados de lo que pensaba.

–El mercado de los artículos importados es impredecible –dijo Jared–. ¿Es su sobrina una mujer hábil en cuestiones comerciales?

–Oh, no lo creo, no. –Wingfield rió orgulloso–. Olympia no tiene visión para los negocios. Es una lumbrera, pero los aspectos financieros no le interesan en lo más mínimo. Me temo que ha salido a mi familia. Le gusta mucho viajar, como yo, pero por supuesto es imposible.

–Una mujer sola tendría grandes dificultades para viajar en cualquier parte del mundo –comentó Jared.

–Eso no habría detenido a mi sobrina. Ya le he dicho que no es la típica señorita británica. Ya tiene veinticinco años y es muy inteligente. Sólo Dios sabe lo que habría hecho si hubiera tenido unos ingresos más sustanciosos y si no hubiera tenido que cargar con esos tres diablos que tiene por sobrinos.

–¿Está criando a sus sobrinos?

Las patillas de Wingfield se crisparon espasmódicamente.

–Ella dice que son sobrinos suyos y los rapaces la llaman tía Olympia, pero en realidad no es verdad; el parentesco es más lejano. Son hijos de un primo y de su esposa, quienes murieron en un accidente de carruaje hace ya varios años.

–¿Y cómo fue que los niños quedaron a cargo de su sobrina?

–Ya sabe cómo son esas cosas, señor. Después de la muerte de sus padres, fueron rodando de pariente en pariente, hasta que hace seis meses acabaron en la puerta de la casa de mi sobrina. Olympia los aceptó.

–Vaya responsabilidad para una muchacha joven.

–En especial, cuando se trata de una mujer que sólo se ha preocupado por investigar otras tierras y leyendas. –Wingfield frunció el entrecejo pensativamente–. Esos muchachos están creciendo como salvajes. Que yo sepa, ya han acabado con tres maestros. No son malos, pero sí demasiado traviesos. Toda la casa parece siempre una revolución cuando están ellos.

–Entiendo.

El propio Jared había sido criado en una casa que era siempre un revuelo y la experiencia no le había gustado. Prefería una existencia más tranquila y ordenada.

–Por supuesto que trato de ayudar a Olympia. Hago lo que puedo mientras estoy en Inglaterra.

«Pero jamás se queda en Inglaterra el tiempo suficiente como para poner a esos jovencitos en su lugar, ¿no?», pensó Jared.

–¿Qué más envía a su sobrina además del diario de Lightbourne?

–Géneros, especias y unas chucherías. ¡Ah! y libros, por supuesto. –Wingfield bebió el último sorbo de su cerveza.

–¿Y ella se encargará de venderlos en Londres?

–Todo menos los libros. Son para su biblioteca. Pero el resto acaba en Londres. Utiliza el dinero en parte para los gastos de su casa y el resto para financiar mis viajes. Hasta el momento el sistema nos ha dado buenos resultados a ambos, pero como ya le dije esperábamos ganar un poco más.

–Es muy difícil triunfar en el comercio si no se presta la debida atención a los balances contables –observó Jared secamente.

Pensó en los problemas que había detectado en sus propios negocios durante los últimos seis meses. Tendría que investigar más a fondo el tema. Ya no le cabía duda de que se habían desfalcado unos cuantos miles de libras del importante imperio financiero Flamecrest. A Jared no le agradaba nada la idea de haber sido timado. No le gustaba representar el papel de tonto.

Cada cosa a su tiempo, recordó. Por el momento, debía solucionar el asunto del diario.

–Tiene mucha razón en eso de que debe prestarse la debida atención a los balances contables, señor, pero ni Olympia ni yo tenemos el tiempo suficiente para ocuparnos de esas nimiedades. Aun así nos arreglamos. –Wingfield acercó su cara a Jared–. ¿Está seguro de que no le importa hacerme este favor?

–Segurísimo.

Jared miró por la ventana hacia el puerto envuelto en las sombras de la noche. Llegaba a ver la silueta del *Llama del Mar,* anclado, esperando zarpar a la mañana siguiente.

–Se lo agradezco mucho, señor. He tenido suerte de encontrarme a un caballero como usted en esta parte de Francia. Y más afortunado aún porque usted se dirige a Inglaterra a bordo del *Llama del Mar.*

–Sí, muy afortunado. –Jared apenas sonrió. Se preguntó qué diría Wingfield si se enterase de que él dirigía no sólo el *Llama del Mar,* sino toda la flota Flamecrest.

–Bueno, bueno, me siento mucho más tranquilo al saber que se asegurará de que la mercancía y el diario lleguen seguros a manos de Olympia. Por lo tanto, podré continuar hacia el tramo siguiente de mi itinerario.

–Se dirige a Italia, ¿no es así?

–Y de allí, a la India. –Los ojos de Wingfield traslucían la anticipación del viajero inveterado–. Siempre quise conocer la India, sabe usted.

–Le deseo un buen viaje –dijo Jared.

–Lo mismo para usted, señor. Y otra vez muchas gracias.

–Ni lo mencione. –Jared extrajo su reloj de oro del bolsillo para consultar la hora–. Le ruego me disculpe.

–Introdujo de nuevo el reloj en el bolsillo y se puso de pie.

Wingfield le miró.

–¿Parece que se va a acostar temprano esta noche?

–Todavía no. Creo que caminaré un rato por el muelle para despejar la cabeza antes de subir a mi cuarto.

–Tenga cuidado –le advirtió Wingfield en voz baja–. No me gustan mucho las caras que veo por aquí. Vaya Dios a saber la clase de individuos peligrosos que rondarán por ahí a estas horas.

–No se preocupe por mí, señor.

Jared inclinó la cabeza a modo de cordial saludo. Se volvió y se encaminó hacia la puerta.

Uno o dos hombres que estaban sentados a una mesa, inclinados sobre sus respectivas jarras, miraron especulativamente las costosas botas de Jared. Luego, subieron un poco más la mirada, hasta el cuchillo que llevaba amarrado a la pierna y, más arriba todavía, hasta el parche de terciopelo negro que le cubría el ojo.

Ninguno se movió para seguirle.

La brisa de la noche alborotó la larga y descuidada cabellera de Jared. A diferencia de Wingfield, se había vestido de acuerdo al clima templado reinante. No llevaba pañuelo de cuello. Los detestaba, al igual que los lazos. Tenía el cuello de su camisa de lino blanco abierto y las mangas arremangadas hasta los codos.

Jared comenzó a andar por el camino empedregado, con la mente en los negocios que tenía entre manos y los sentidos atentos a lo que le rodeaba. Un hombre que ya ha perdido un ojo, tiene todo el derecho del mundo a velar celosamente por el que le queda.

Al otro extremo del embarcadero, una linterna se sacudía rápidamente, de arriba hacia abajo. Cuando Jared se acercó, vio a dos hombres que emergían de las sombras. Ambos eran robustos, casi tan altos como Jared y aproximadamente de la misma amplitud de hombros que éste. Sus rostros toscos quedaban enmarcados por patillas plateadas y espesas cabelleras blancas. Caminaban orgullosamente, con pasos largos y jactanciosos, aunque los dos superaban ampliamente los sesenta. «Dos viejos bucaneros», pensó Jared, aunque de modo afectuoso.

El primero de los dos hombres recibió a Jared con una luminosa sonrisa. El color de sus ojos se veía desteñido a la luz de la luna, pero a Jared le resultaba muy familiar aquel tono gris. Lo veía todas las mañanas, frente al espejo, cuando se afeitaba.

–Buenas noches, señor –saludó Jared formalmente a su padre. Luego hizo un gesto afirmativo con la cabeza al otro hombre–. Tío Thaddeus. Hermosa noche, ¿verdad?

–Ya era hora de que aparecieras. –Magnus, conde de Flamecrest, enarcó sus cejas–. Empezaba a pensar que tu nuevo amigo te tendría ocupado charlando toda la noche.

–A Wingfield le encanta conversar.

Thaddeus elevó más la linterna.

–¿Y bien, muchacho? ¿De qué te has enterado?

Jared tenía treinta y cuatro años. Hacía ya tiempo que había dejado de ser un muchacho. De hecho, a menudo se sentía mayor que cualquiera de sus familiares. Pero no tenía ningún sentido corregir a Thaddeus.

–Wingfield cree que ha encontrado el diario de Claire Lightbourne –dijo Jared con toda tranquilidad.

–Por todos los demonios. –La satisfacción que brilló en el rostro de Magnus fue más que notable, a pesar de la escasa luz que producía la linterna–. Por fin se ha encontrado ese diario después de todos estos años.

–Maldición –exclamó Thaddeus–. ¿Cómo rayos habrá hecho Wingfield para echarle mano antes que nosotros?

–Creo que fue su sobrina la que, en realidad, lo encontró primero –dijo Jared . Como veis, el famoso diario se ha encontrado aquí en Francia. Por lo tanto, mis primos no han hecho más que perder su tiempo cuando salieron corriendo hacia España hace un par de meses, para buscarlo.

–Bueno, Jared –trató de calmarlo Magnus–. El joven Charles y William tenían motivos válidos para creer que ese libro había sido llevado allí durante la guerra. Tú sólo estás un poco molesto porque tus primos permitieron que esos bandidos los apresaran.

–Todo ese asunto ha sido muy desagradable –comentó Jared apesadumbrado–. Además, me costó casi dos mil libras de rescate, aparte del tiempo y esfuerzo que perdí, lejos de mis negocios.

–Maldición, hijo –protestó Magnus–. ¿No puedes pensar en otra cosa? ¿Sólo en tus asuntos de negocios? Demonios, por tus venas corre sangre de bucanero, pero en el corazón y en el alma no eres más que un comerciante.

–Soy plenamente consciente de que constituyo una decepción para usted y el resto de la familia señor. –Jared se apoyó contra la pared de piedra frente al puerto–. Pero como ya hemos discutido el tema en varias ocasiones, no creo necesario abordarlo también esta noche.

–Tiene razón, Magnus –dijo Thaddeus de inmediato–. Tenemos cosas más importantes de que ocuparnos esta noche. El diario está prácticamente en nuestras manos. Yo diría que ya lo tenemos.

Jared enarcó una ceja.

–¿Quién de ustedes dos fue el quc intentó apoderarse de él anoche? Wingfield dice que su cuarto fue registrado.

–Merecía la pena intentarlo –respondió Thaddeus con altivez.

–No fue más que un vistazo.

Magnus asintió con la cabeza.

Jared se tragó un improperio de exasperación.

–El diario está en la bodega del *Llama del Mar* desde ayer por la tarde. Tendremos que descargar todo el maldito barco para hacernos con él.

–Qué lástima –declaró Thaddeus tétricamente.

–De todas maneras –continuó Jared–, el diario pertenece a la señorita Olympia Wingfield de Meadow Stream Cottage, en Dorset. Ella lo ha comprado y lo ha pagado.

–Bah, el diario es nuestro –dijo Magnus firmemente–. Es una reliquia familiar. Yo diría que ella no tiene ningún derecho a tenerlo.

–Usted parece haber olvidado que, aunque tengamos la suerte de apoderarnos de él, es muy poco probable que lleguemos a descifrarlo. Sin embargo... –Jared se detuvo lo suficiente como para intrigar a su padre y a su tío.

–¿Sí? –preguntó Magnus, interesado.

–Artemis Wingfield está seguro de que su sobrina podrá decodificar lo que está escrito en ese diario –dijo Jared–. Según él, la señorita Wingfield es una experta en el tema.

El rostro de Thaddeus se iluminó de inmediato.

–Se diría entonces, muchacho, que tus planes ya están definidos, ¿eh? Seguirás al diario hasta su destino y luego te insinuarás a la señorita Wingfield, para que ella caiga rendida a tus pies y te lo cuente todo.

»Brillante idea. –Las patillas de Thaddeus se agitaron con entusiasmo–. Tienes que enamorarla. Sedúcela. Cuando se derrita en tus manos, haz que te revele todo lo que sepa sobre el diario. Luego se lo arrebataremos.

Jared suspiró. Era muy difícil ser el único sano y sensato en una familia donde abundaban los personajes excéntricos.

La búsqueda del diario de Lightbourne había preocupado a todos los Flamecrest durante generaciones, excepto a Jared. El padre, el tío y los primos de Jared lo habían buscado durante cierto tiempo. También su abuelo y tíos abuelos. El tesoro originaba un efecto sorprendente en un clan que descendía de auténticos bucaneros.

Pero todo tenía su límite. Algunas semanas antes, los primos de Jared casi habían muerto por culpa del famoso diario. Jared había decidido que ya había llegado la hora de terminar con aquella tontería del diario de una vez por todas. Desgraciadamente, la única manera que tenía de llevar a cabo ese plan era recuperar el diario y comprobar si realmente contenía aquellos secretos tan buscados sobre el tesoro escondido.

Nadie había puesto reparos cuando Jared anunció que era su turno de salir a buscar la fortuna misteriosa que se había perdido hacía más de cien años. A decir verdad, todos, especialmente su padre, se habían mostrado muy complacidos por el interés que todo el asunto había despertado en Jared.

Él sabía que la familia le valoraba gracias a su habilidad en los negocios. Pero también era consciente de que, en realidad, eso no significaba mucho en una familia famosa por sus hombres valientes y de naturaleza fogosa.

Sus parientes le consideraban deprimentemente insulso. Decían que carecía del fuego de los Flamecrest. Jared, en cambio, sostenía que lo que a ellos les faltaba era saber comportarse y sentido común. Claro que ninguno vacilaba en recurrir a él cada vez que tenían que enfrentarse con un problema, o cuando les faltaba dinero.

Jared había sido el encargado de controlar los negocios y de asumir la aburrida responsabilidad de velar por los detalles de la vida de los Flamecrest desde que tenía diecinueve años. Toda la familia coincidía en que aquélla era la única actividad en la que sobresalía.

Jared pensaba que siempre tenía que estar rescatando a uno u otro de sus familiares, como si ello fuera una constante.

A veces, cuando se quedaba levantado hasta tarde, escribiendo anotaciones en su libro de citas, se preguntaba si, alguna vez, alguno de ellos acudiría a rescatarle a él.

–Para ustedes dos es muy fácil hablar de enamoramiento, de seducción –dijo Jared–, pero todos sabemos que yo no he heredado ese talento de los Flamecrest.

–Bah. –Magnus apoyó el comentario con un movimiento de su mano–. El problema es que tú nunca te preocupaste por conseguirlo.

Una expresión de profunda preocupación se dibujó en el rostro de Thaddeus.

–Bueno, Magnus, yo no diría que nunca trató de conseguirlo. Simplemente, este muchacho tuvo mala suerte hace tres años cuando intentó conseguir una esposa.

–Creo que podríamos dejar de lado la discusión de ese tema. –Jared miró a su tío–. No quiero seducir a la señorita Wingfield ni a ninguna otra para averiguar los secretos del diario.

–¿Y entonces, cómo le sacaremos la información, muchacho? –refunfuñó Thaddeus.

–Le diré que quiero comprarle esa información –respondió Jared.

–¿*Comprarla*? –Magnus parecía contrariado–. ¿Crees que puedes comprar un secreto legendario solamente con dinero?

–Por experiencia, sé que en esta vida uno puede comprar casi todo con dinero –observó Jared–. Una aproximación directa y comercial logra maravillas en cualquier situación imaginable.

–Muchacho, muchacho, ¿qué vamos a hacer contigo? –gruñó Thaddeus.

–Deben dejarme manejar este asunto a mi manera –dijo Jared–. Mientras tanto, quiero que me den su palabra de que respetarán este trato.

–¿Qué trato? –preguntó Magnus, desconcertado.

Jared apretó los dientes.

–Mientras yo me ocupe de este asunto, ustedes no intervendrán, bajo ningún concepto, en las cuestiones comerciales de los Flamecrest.

–Por todos los demonios, hijo, tu tío y yo hemos manejado las cuestiones comerciales de la familia desde mucho antes que tú nacieras.

–Sí, señor, lo sé. Y lo han hecho tan mal que la empresa se arruinó.

El bigote de Magnus se elevó en un gesto furioso.

–No fue culpa nuestra que hayamos tenido un poco de mala suerte. Los negocios no andaban muy boyantes en esa época.

Jared, astutamente, decidió no seguir insistiendo en el tema. Era ampliamente sabido que la falta de sentido comercial del conde, junto con las igualmente indeseables habilidades de su hermano Thaddeus, se habían combinado para destruir lo poco que quedaba de la fortuna de los Flamecrest.

Fue Jared el que debió hacerse cargo de todo, a la corta edad de diecinueve años, apenas con el tiempo justo para salvar el único barco decrépito que aún pertenecía a la familia. Había empeñado el collar de su madre para conseguir el dinero que necesitaba. Claro que ninguno de sus familiares le perdonó por haber tomado una medida tan drástica, ni siquiera su propia madre. Incluso se lo reprochó dos años antes en su lecho de muerte. Por entonces, Jared había estado demasiado embargado por la pena como para recordar a su madre que ella también había gozado de los frutos de una nueva fortuna Flamecrest, como cualquier otro miembro del clan.

Jared había logrado reconstruir el imperio Flamecrest a partir de aquel único barco que constituía todo el patrimonio. De corazón esperaba no tener que repetir tan ardua tarea cuando regresara de aquella loca aventura que había emprendido.

–Ya tenemos una fortuna –señaló Jared–. No necesitamos

ese tesoro robado que el capitán Jack y su compañero Edward Yorke enterraron en esa maldita isla, hace unos cien años.

–No era un tesoro robado –estalló Magnus.

–Como recordará, señor, el bisabuelo fue un pirata mientras vivió en las Indias Occidentales. –Jared arqueó una ceja–. Es altamente improbable que él y Yorke consiguieran ese tesoro de una manera totalmente honesta.

–El capitán Jack no era ningún pirata –dijo Thaddeus de una manera feroz–. Era un inglés leal que navegaba siguiendo las órdenes recibidas. Ese tesoro le pertenecía legalmente, porque fue el botín de un navío español, por el amor de Dios.

–Sería interesante escuchar la versión de los españoles –se mofó Jared.

–¡Bah! –dijo Magnus–. Ellos no tienen la culpa de todo lo que sucedió. Si los malditos españoles no les hubieran acosado, el capitán Jack y Yorke no habrían tenido que enterrar el botín en la maldita isla y nosotros tampoco estaríamos aquí esta noche, tratando de recuperarlo.

–Sí, señor –dijo Jared, cansado. Ya había escuchado ese argumento varias veces con anterioridad y le aburría.

–El único verdadero *pirata* fue Edward Yorke –continuó Magnus–. Ese tunante mentiroso, tramposo y asesino, que delató a tu bisabuelo delante de los españoles. Sólo por la gracia de Dios el capitán Jack pudo escapar de la trampa.

–Todo sucedió hace cien años. No podemos tener la certeza de que Yorke traicionara en realidad al capitán Jack –dijo Jared tranquilamente–. De todas maneras, eso no tiene mucha importancia en estos momentos.

–Por supuesto que la tiene –saltó Magnus–. Tú desciendes de una orgullosa estirpe, muchacho. Es tu obligación encontrar ese tesoro perdido. Nos pertenece y tenemos todo el derecho a reclamarlo.

–Después de todo –agregó Thaddeus, con gesto serio–, tú eres el nuevo Guardián, muchacho.

–Tonterías –se quejó Jared–. Todo esto es una estupidez y ustedes lo saben bien.

–No es ninguna estupidez –insistió Thaddeus–. Tú te ganaste ese título hace años, la noche que tomaste la daga del propio capitán Jack para salvar a tus primos de aquel contrabandista. ¿Ya lo has olvidado?

–Es muy poco probable que olvide algo así, señor. Me costó un ojo –rezongó Jared. Pero de todas maneras, no estaba de humor para discutir otra de las estúpidas tradiciones familiares. Ya estaba demasiado ocupado con todo aquello de encontrar el tesoro enterrado.

–No descarto que seas el nuevo Guardián –dijo Magnus con expresión solemne–. Ensangrentaste la daga. Además, eres la viva imagen del capitán Jack cuando era joven.

–Basta ya. –Jared extrajo el reloj de su bolsillo y lo acercó a la linterna para poder mirarlo mejor–. Es tarde y mañana debo levantarme temprano.

–Tú y ese maldito reloj que llevas –gruñó Thaddeus–. Apuesto a que también tienes tu libro de citas.

–Por supuesto –le confirmó Jared–. Ya sabe que dependo de él.

Jared pensó que las dos cosas más importantes que tenía en la vida eran su reloj y su libro de citas. Durante años, ambos le habían ayudado a establecer un orden y una rutina en un mundo que, a menudo, se volvía caótico e inestable debido a su familia, tan alocada e impredecible.

–No puedo creerlo. –Magnus meneó la cabeza, resignado–. Estás a punto de zarpar para encontrar el tesoro perdido y de lo único que te preocupas es de consultar ese tonto reloj y tu libro de citas, como un insulso hombre de negocios.

–Soy un insulso hombre de negocios –dijo Jared.

–Eso es suficiente como para hacer llorar a cualquier padre –despotricó Magnus.

–Trata de mostrar algo del fuego de los Flamecrest, muchacho –le urgió Thaddeus.

–Estamos a un paso de recuperar la herencia perdida, hijo. –Magnus se aferró del borde de la pared del embarcadero y contempló el mar oscurecido en la noche. Era la viva imagen del hombre que puede ver más allá del horizonte–.

Lo siento en lo más profundo del alma. Después de todos estos años, el tesoro Flamecrest está prácticamente en nuestras manos. Y tú tendrás el honor supremo de ser quien lo recupere para nosotros.

–Le aseguro, señor –declaró Jared cortésmente–, que mi emoción ante tamaña perspectiva no conoce límites.

CAPÍTULO PRIMERO

–También tengo otro libro que le puede resultar muy interesante, señor Draycott. –Olympia hacía equilibrios con un pie sobre la escalera de la biblioteca, mientras que con el otro se apoyaba en el borde de un estante y se estiraba para alcanzar un volumen situado en la parte más alta del armario–. Éste también contiene información fascinante sobre la leyenda de la Isla del Oro. Y me parece que hay otro más que también debería examinar.

–Por favor, tenga cuidado, señorita Wingfield. –Reginald Draycott sostenía la escalera por ambos lados, para mantenerla derecha. Observaba a Olympia, que volvía a estirarse para alcanzar otro tomo de un estante alto–. Seguramente va a caerse si no lo tiene.

–No se preocupe. Le aseguro que estoy acostumbrada a estas cosas. Bueno, yo utilicé esta obra cuando escribí mi último informe para el boletín de la Sociedad de Viajes y Exploración. Es muy útil porque contiene datos sobre las insólitas costumbres de los habitantes de ciertas islas de los mares del sur.

–Es usted muy amable por prestármelo, señorita Wingfield, pero realmente me preocupa mucho verla subida en la escalera.

–No se inquiete, señor. –Olympia miró a Draycott con una sonrisa tranquilizadora, pero observó que el hombre tenía una expresión de lo más extraña. Sus pálidos ojos cansados estaban inmóviles y tenía la boca abierta.

–¿Se siente mal, señor Draycott?

–No, en absoluto, querida. –Draycott se humedeció los labios y continuó mirándola fijamente.

–¿Está seguro? Parece como si tuviera náuseas. Si lo desea, puedo bajarle los libros en otro momento.

–¡Oh, no! No podría esperar un día más. Le juro que me encuentro bien. La verdad es que usted ha reavivado mi curiosidad sobre la leyenda de la Isla del Oro, querida. No podría irme de aquí sin más material para estudiar.

–Bueno, entonces, si está seguro... Este libro trata sobre las fascinantes costumbres de la legendaria Isla del Oro. Personalmente siempre he creído que las costumbres de otras tierras son fascinantes.

–¿De verdad?

–¡Oh, sí! Como mujer de mundo, pienso que esas cosas son muy estimulantes. Los rituales de la noche de bodas de los habitantes de la Isla del Oro son particularmente interesantes. –Olympia pasó varias páginas del antiguo volumen y luego miró a Draycott de nuevo.

Decididamente, algo estaba mal, pensó Olympia. La expresión de Draycott empezaba a inquietarla. No la miraba a los ojos; más bien lo hacía más abajo.

–¿Hablaba de los rituales de la noche de bodas, señorita Wingfield?

–Sí. Costumbres muy insólitas, por cierto. –Olympia frunció el ceño, concentrada–. Aparentemente, el novio entrega a la novia un gran objeto de oro con forma de falo.

–¿De falo, ha dicho usted, señorita Wingfield? –La voz de Draycott sonó como si alguien le estuviera estrangulando.

Olympia se percató de que, desde la posición en que estaba, Draycott veía perfectamente debajo de sus faldas.

–¡Dios mío! –Olympia perdió el equilibrio y se sujetó en el travesaño superior de la escalera. Uno de los libros que tenía en la mano cayó sobre la alfombra.

–¿Le sucede algo, querida? –preguntó Draycott de inmediato.

Avergonzada al darse cuenta de que había expuesto la mayor parte de sus piernas y medias a la descarada mirada del hombre, Olympia se sintió abochornada.

–Nada malo, señor Draycott. Ya he encontrado los libros que quería. Ya bajo, de modo que puede hacerse a un lado.

–Permítame que le ayude. –Las manos suaves y regordetas de Draycott rozaron las pantorrillas de Olympia, bajo sus faldas de muselina.

–No, por favor. No hace falta –respondió ella, agitada. Jamás había sentido las manos de ningún hombre sobre sus piernas. El contacto con Draycott la alteró mucho.

Trató de volver a subir por la escalera para escapar de las manos de Draycott. Pero él la agarró por el tobillo antes que ella pudiera zafarse.

Olympia trató de retirar la pierna, para soltarse de la mano que la asía, pero sin éxito.

–Si se hiciera a un lado, señor Draycott, podría bajar sin problemas.

–No puedo arriesgarme a que se caiga. –Draycott deslizó sus dedos un poco más arriba y la apretó.

–No necesito ninguna ayuda. –Otro de los libros que Olympia había tenido en su mano cayó al suelo con un ruido seco–. Tenga la amabilidad de soltarme el tobillo, señor.

–Sólo trato de ayudarla, querida.

Para entonces, Olympia ya estaba furiosa. Hacía años que le conocía. No podía creer que no le hiciera caso. Empezó a dar patadas, enloquecida y logró golpear a Draycott en un hombro.

–¡Ay! –Draycott se tambaleó, dio un paso hacia atrás y miró a Olympia con expresión dolorida.

Olympia no prestó atención alguna a la mirada acusatoria de aquellos ojos. Bajó presurosa la escalera en un revuelo de muselina. Sintió que la cabellera se escapaba del rodete en el que la había confinado. Su cofia de muselina se había torcido.

Cuando tocó el suelo con los pies, sintió que Draycott la tomaba de la cintura por detrás.

–Mi querida Olympia, ya no puedo ocultar más mis verdaderos sentimientos.

–Se está extralimitando, señor Draycott.

Abandonando todo intento por llevar la situación de una manera femenina, Olympia le clavó el codo en el diafragma.

Draycott se quejó pero no la soltó. Jadeaba en su oído.

Olympia percibió olor a cebolla. Se le revolvió el estómago.

–Olympia, querida, ya eres una mujer madura, no una jovencita que acaba de salir de la escuela. Has estado encerrada aquí, en Upper Tudway, durante toda tu vida. No has tenido oportunidad de experimentar los placeres de la pasión. Ya es hora de que *vivas.*

–Creo que voy a vomitarle encima de las botas, señor Draycott.

–No seas ridícula. Seguramente, sólo estás un poco nerviosa porque no estás acostumbrada a los goces del deseo físico. No temas. Yo te enseñaré todo lo que necesitas saber.

–Suélteme, señor Draycott. –Olympia dejó caer el último libro y le clavó las uñas en las manos.

–Eres una mujer encantadora que nunca ha saboreado *l'amour.* No querrás negarte la más sublime experiencia sensual, ¿no?

–Señor Draycott, si no me suelta ahora mismo, me pongo a gritar.

–No hay nadie en casa, querida. –Draycott la arrastraba hacia el sofá–. Tus sobrinos se han marchado.

–Estoy segura de que la señora Bird debe estar por aquí.

–Tu ama de llaves está afuera, en los jardines. –Draycott empezó a acariciarle el cuello–. No temas, querida. Estamos solos.

–*Señor Draycott.* Compórtese. No sabe lo que está haciendo.

–Llámame Reggie, querida.

Desesperada, Olympia trató de asir la estatua de plata del caballo troyano que tenía sobre el escritorio. Pero fue en vano.

Sin embargo, para su sorpresa, Draycott gritó y la soltó.

–Por todos los demonios –farfulló Draycott.

Libre, por fin, pero totalmente desequilibrada, Olympia se tambaleó y estuvo a punto de caer. Se asió al escritorio para mantenerse en pie. A su espalda, oyó que Draycott volvía a quejarse.

–¿Quién rayos es usted? –oyó que preguntaba.

Se oyó el repugnante ruido de carne estrellándose contra carne y luego un repentino golpe seco.

Con la cofia pendiéndole de una oreja, Olympia se dio

media vuelta de inmediato. Apartó varios mechones de su rostro para poder contemplar, atónita, a Draycott. Estaba tendido, desmayado, en el suelo.

Con una extraña sensación de lo inevitable, la mirada de Olympia se dirigió al par de botas negras que percibió muy cerca de Draycott. Lentamente, alzó la vista.

Al instante, se sorprendió al observar el rostro de un hombre que bien podría haber salido de una leyenda de tesoros escondidos e islas misteriosas, ubicadas en mares no explorados. Eso le inspiró aquella cabellera oscura, castigada por el viento, el parche de terciopelo que le cubría un ojo y la daga que llevaba amarrada a su muslo.

Era el hombre de aspecto más poderoso que había visto en toda su vida. Alto, de hombros anchos y complexión delgada, irradiaba fuerza y gracia masculina. Sus rasgos habían sido tallados con descaro e insolencia por la mano de un escultor que menospreciaba la sutileza y el refinamiento.

–¿Por casualidad, es usted la señorita Olympia Wingfield? –preguntó el hombre con toda serenidad, como si el hecho de tener a un hombre tendido en el suelo a sus pies, inconsciente, fuera algo habitual para él.

–Sí. –Olympia levantó la voz hasta tal punto que pareció un chillido más que una respuesta. Carraspeó y volvió a intentarlo–. Sí, soy yo. ¿Cuál es su nombre, señor?

–Chillhurst.

–¡Oh! –Le miró, sin verle. Jamás había escuchado antes ese nombre–. Un placer, señor Chillhurst.

Su ropa de montar le sentaba muy bien, pero incluso ella, que había vivido toda la vida en el campo, se dio cuenta de que estaba totalmente pasada de moda. Un hombre de escasos recursos, obviamente. Al parecer, tampoco le alcanzaba para comprarse un lazo, porque no llevaba ninguno puesto. Tenía el cuello de la camisa abierto. Al ver su garganta desnuda, Olympia advirtió algo incivilizado en ella, hasta primitivo. Incluso podía vérsele una parte del pecho. Aparentemente, estaba cubierto de vello oscuro y rizado.

El hombre parecía peligroso, de pie allí, en su biblioteca. Peligroso y tremendamente fascinante.

Sintió un estremecimiento, aunque en nada parecido a aquel tan desagradable que había experimentado cuando Draycott la asió del tobillo. Este estremecimiento fue de excitación.

–No creo conocerle –logró decir Olympia, en voz baja.

–Su tío, Artemis Wingfield, me ha enviado.

–¿Tío Artemis? –Se sintió profundamente aliviada–. ¿Le conoce usted de alguno de sus viajes? ¿Se encuentra bien?

–Muy bien, señorita Wingfield. Lo conocí en la costa de Francia.

–Eso es maravilloso. –Olympia le ofreció una sonrisa radiante–. Estoy ansiosa por escuchar sus noticias. Tío Artemis siempre cuenta aventuras tan interesantes... Cómo le envidio. Esta noche tiene que cenar con nosotros, señor Chillhurst, y contárnoslo todo.

–¿Está usted bien, señorita Wingfield?

–¿Perdón? –Olympia lo miró confusa–. Por supuesto que estoy bien. ¿Por qué no tendría que estarlo? Mi salud es excelente. Siempre lo ha sido. Gracias por interesarse.

Chillhurst arqueó la ceja oscura de su único ojo sano.

–Me refería a la experiencia que acaba de tener en manos de este tipo que está en el suelo.

–¡Oh!, ya comprendo. –Abruptamente, Olympia recordó la presencia de Draycott en la biblioteca–. ¡Ay, Dios mío! Casi me olvidaba de él.

–Vio que Draycott pestañeaba y se preguntaba qué tendría que hacer. No era muy hábil para manejar situaciones sociales difíciles. Ni tía Sophy ni tía Ida se habían ocupado jamás de enseñarle esas sutilezas.

–Es el señor Draycott. Un vecino –dijo Olympia–. Hace años que le conozco.

–¿Siempre le ha conocido usted la costumbre de atacar a las mujeres en sus propias casas? –preguntó Chillhurst secamente.

–¿Qué? ¡Oh, no! –Olympia se puso colorada–. Al menos, eso creo. Parece que se ha desvanecido. ¿Cree que debería llamar a mi ama de llaves para que traiga vinagre?

–No se preocupe. Se despertará en cualquier momento.

–¿Sí? Nunca he tenido mucha experiencia acerca de los efectos del pugilismo. Sin embargo, mis sobrinos son grandes admiradores de ese deporte. –Olympia lo miró inquisitivamente–. Usted parece muy versado en él. ¿Ha estudiado en alguna de las academias de Londres?

–No.

–Pensé que lo había hecho. Bueno, no tiene importancia. –Volvió a mirar a Draycott–. Ciertamente, estaba poniéndose pesado. Espero que haya aprendido la lección. Debo decir que, si sigue con ese comportamiento, no le permitiré volver a usar mi biblioteca.

Chillhurst la miró como si estuviera un poco loca.

–Señorita Wingfield, permítame decirle que este individuo no debe volver a entrar en su casa bajo ninguna circunstancia. Por otra parte, cualquier mujer, a su edad, debería saber que no es aconsejable recibir a hombres a solas en su biblioteca.

–No sea ridículo, señor. Tengo veinticinco años y muy poco que temer de hombres solos que me vengan a visitar. De todas maneras, soy una mujer de mundo y, como tal, no voy a dejar que me intimiden circunstancias inusuales o extraordinarias.

–¿De eso se ha tratado, señorita Wingfield?

–Seguramente. Creo que el pobre señor Draycott fue víctima simplemente de esa clase de pasión intelectual que nace, con frecuencia, a partir del interés por leyendas antiguas. Todo eso de los tesoros perdidos ejerce un efecto sorprendente en ciertas personas.

–¿Y en usted también surte el mismo efecto, señorita Wingfield? –Chillhurst la miró.

–Sí, por cierto. –Olympia se interrumpió, al ver que Draycott comenzaba a recuperar el sentido–. Mire, está abriendo los ojos. ¿Cree que le quedará dolor de cabeza por ese tremendo golpe que usted le asestó?

–Con un poco de suerte, sí –respondió Chillhurst.

–Demonios –se lamentó Draycott–. ¿Qué ha ocurrido? –Durante unos instantes, se quedó mirando a Chillhurst sin comprender la situación. Luego abrió los ojos desmesuradamente, atónito–. ¿Quién diablos es usted, señor?

Chillhurst le miró.

–Un amigo de la familia.

–¿Cómo se atrevió a atacarme? –preguntó Draycott, tocándose tímidamente la mandíbula–. Voy a denunciarle a las autoridades por esa acción, señor. Por Dios.

–No hará nada por el estilo, señor Draycott –dijo Olympia, crispada–. Su comportamiento ha sido atroz y, sin duda, ya lo sabe. Seguramente deseará marcharse ahora mismo.

–Primero tendrá que disculparse con usted, señorita Wingfield –sugirió Chillhurst rápidamente.

Olympia le miró sorprendida.

–¿Sí?

–Sí.

–Maldita sea. Yo no he hecho nada malo –se quejó Draycott, agraviado–. Simplemente, estaba tratando de ayudar a la señorita Wingfield a bajar de la escalera. Y mire el agradecimiento que he recibido.

Chillhurst se inclinó, cogió a Draycott del pañuelo de cuello y, aunque aún estaba semidesmayado, le obligó a ponerse de pie.

–Va a disculparse ya –le ordenó secamente–. Y después se marchará.

Draycott parpadeó varias veces. Miró a Chillhurst a los ojos, que se mostraban inmutables y comentó, incómodo.

–Sí, claro. Fue todo un error. Lo lamento mucho.

Chillhurst le soltó sin previo aviso. Draycott se tambaleó y, a toda prisa, se alejó de él para que no pudiera volver a sujetarle. Se dirigió a Olympia con una expresión de inconfundible incomodidad.

–Lamento mucho cualquier malentendido que pueda haber surgido entre nosotros, señorita Wingfield –dijo Draycott, tenso–. No fue mi intención ofenderla.

–Por supuesto que no. –Olympia no pudo ignorar la diferencia que había entre uno y otro hombre. Draycott parecía pequeño e indefenso al lado del señor Chillhurst. Por consiguiente, le resultó bastante difícil recordar el miedo que le había tenido a aquél minutos atrás, antes de que apareciera el señor Chillhurst–. Creo que lo mejor será que olvidemos todo este incidente. Hacernos a la idea de que nunca ha sucedido.

–Como guste. –Draycott miró de reojo a Chillhurst. Se acomodó la chaqueta y la corbata–. Ahora, si me disculpa, debo retirarme. No se moleste en llamar a su ama de llaves. Conozco la salida.

El silencio envolvió la biblioteca en el momento en que Draycott se marchó a toda prisa. Luego, Olympia miró a Chillhurst. Él, en cambio, estaba estudiándola con una expresión indescifrable. Ninguno de los dos pronunció palabra hasta que escucharon el ruido de la puerta del vestíbulo, que se cerraba detrás de Draycott.

–Gracias por venir a rescatarme, señor Chillhurst. –Olympia sonrió–. Ha sido muy galante de su parte. Nunca antes me habían rescatado. Ha sido una experiencia nueva para mí.

Chillhurst inclinó la cabeza con burlona cortesía.

–No fue nada, señorita Wingfield. Me alegra haberle sido útil.

–Sí que lo fue. Claro que, sin su intervención, dudo que el señor Draycott se hubiera atrevido a algo más que a robar un beso.

–¿Le parece?

Olympia frunció el ceño ante el escepticismo presente en los ojos de Chillhurst.

–En realidad, no es una mala persona. Hace mucho que le conozco. Desde que vine a vivir aquí, en Upper Tudway. Pero debo admitir que su actitud ha sido de lo más extraña desde que su esposa murió hace seis meses. –Hizo una pausa–. Se ha interesado repentinamente por las antiguas leyendas, que justamente es lo que a mí más me atrae.

–No sé por qué, pero no me sorprende.

–¿Qué? ¿Que yo también me interese en eso?

–No, no. Que Draycott haya demostrado de repente interés en esas leyendas. –La expresión de Chillhurst fue sombría–. Obviamente lo ha hecho para seducirla.

–Por el amor de Dios, no estará insinuando que lo que pasó aquí esta tarde ha sido intencionado, ¿verdad? –Olympia estaba azorada.

–Tengo la fuerte sospecha de que todo esto ha ocurrido de forma intencionada, señorita Wingfield.

–Ya veo. –Olympia consideró la observación por unos segundos–. No había pensado en esa posibilidad.

–Ya lo creo. De todas maneras, lo más inteligente será que no vuelva a recibir a ese hombre estando sola.

–Bueno, tampoco es para tanto. –Olympia descartó el consejo–. Ya terminó. Y yo estoy olvidando mis buenos modales. Tal vez le agradaría tomar una taza de té, ¿no? Probablemente, habrá tenido un largo viaje. Llamaré a mi ama de llaves.

El ruido de la puerta exterior que se abría impidió que Olympia llamara a su criada, la señora Bird. Unos ladridos ensordecedores hicieron eco en el vestíbulo. Uñas de perros rasgaron la puerta de madera, desde el lado exterior de la biblioteca. Taconeos de botas. Voces de jóvenes que estallaban a coro como una bomba.

–¿Tía Olympia? ¿Tía Olympia, dónde estás?

–Ya estamos en casa, tía Olympia.

–Me temo que mis sobrinos acaban de regresar de su excursión de pesca. –Olympia miró a Chillhurst–. Estarán ansiosos por conocerle. Aprecian mucho a tío Artemis y, sin duda, querrán enterarse de todo lo que usted tiene que contarnos sobre él. También podría hablar de sus habilidades de pugilista. Mis sobrinos le bombardearán a preguntas sobre el tema.

En ese preciso momento, un perro lanudo, de raza indeterminada, entró abruptamente en la biblioteca. Ladró a Chillhurst una sola vez, pero fuertemente y luego avanzó al trote hacia Olympia. Estaba empapado y, con sus enormes patas fue dejando huellas de barro en la alfombra del recinto.

–¡Ay, Dios mío! *Minotauro* volvió a soltarse. –Olympia se preparó para lo que la esperaba–. Abajo, *Minotauro.* Abajo, vamos. Muy bien, eso, así se hace.

Minotauro siguió avanzando torpemente, moviendo la lengua de un lado a otro de su boca abierta.

Olympia se alejó de él rápidamente.

–¿Ethan? ¿Hugh? Por favor, llamad al perro.

–Aquí, *Minotauro* –gritó Ethan desde el pasillo–. Aquí, muchacho.

–Vuelve aquí, *Minotauro* –gritó Hugh, a su vez.

Minotauro no les prestó ninguna atención. Estaba dispuesto a saludar a Olympia y no había quien se lo impidiera. Parecía un monstruo, pero era muy simpático, y Olympia había aprendido a quererlo desde que sus sobrinos lo habían encontrado abandonado y decidieron traerlo a la casa. Por desgracia, tenía pésimos modales.

El enorme animal se detuvo frente a ella y se alzó sobre sus patas traseras. Olympia trató de interponer sus manos entre ambos, como para defenderse, pero supo desde el primer momento que no le serviría de nada.

–Quieto, muchacho, quieto –dijo Olympia sin muchas esperanzas–. Por favor, siéntate. *Por favor.*

Minotauro aulló, saboreando su victoria. Las sucias patas comenzaron el inevitable descenso, apoyándose, por supuesto, sobre la impecable delantera del inmaculado vestido de Olympia.

–Bueno, ya basta –dijo Chillhurst–. Nunca me gustó tener perros desobedientes en la casa.

De reojo, Olympia percibió que Chillhurst avanzaba un solo paso, que le sirvió para tomar el collar de cuero del animal. A continuación presionó hacia abajo hasta que *Minotauro* apoyó sus cuatro mugrientas patas sobre el suelo.

–Tranquilo –ordenó Chillhurst al perro–. Siéntate.

Minotauro le miró, con auténtico asombro canino. Durante un momento, ambos se miraron fijamente. Luego, para sorpresa de Olympia, el animal se sentó sobre sus patas traseras.

–No lo puedo creer –dijo Olympia–. ¿Cómo lo ha hecho? *Minotauro* jamás obedece órdenes.

–Simplemente, necesita una mano firme.

–¿Tía Olympia? ¿Estás en la biblioteca? –Ethan entró en la habitación como una tromba. Su rostro de ocho años revelaba genuino entusiasmo. Tenía el cabello castaño claro aplastado sobre la cabeza y la ropa tan mojada y embarrada como el pelaje de *Minotauro*–. Hay un carruaje desconocido a la entrada. Es enorme y está cargado con muchos baúles. ¿Acaso ha venido a visitarnos otra vez tío Artemis?

–No. –Olympia miraba con el ceño fruncido la ropa en estado lamentable de su sobrino y estuvo a punto de preguntarle si había ido a nadar vestido.

Pero antes de que pudiera abrir la boca, el mellizo de Ethan, Hugh, entró tan intempestivamente como su hermano en la biblioteca. Llevaba la camisa rota.

–Tía Olympia, ¿tenemos visitas? –preguntó Hugh, ansioso. Sus ojos azules brillaban de entusiasmo.

Ambos niños se detuvieron repentinamente al ver a Chillhurst. Se quedaron contemplándole, inmóviles, mientras el agua y el barro chorreaba sobre la alfombra a sus pies.

–¿Quién es usted? –preguntó Hugh sin rodeos.

–¿Viene de Londres? –preguntó Ethan–. ¿Qué lleva en el carruaje?

–¿Qué le pasó en el ojo? –preguntó Hugh.

–Hugh, Ethan, ¿dónde están vuestros modales? –Olympia miró a ambos muchachos con reprobación–. Ésa no es manera de saludar a una visita. Por favor, subid de inmediato a cambiaros. Parece que os habéis caído en un arroyo.

–Ethan me empujó y entonces yo le empujé a él también –explicó Hugh brevemente–. Y después, *Minotauro* se lanzó al agua con nosotros.

–Yo no te empujé al agua –replicó Ethan repentinamente enfadado.

–Sí, me empujaste.

–No, no te empujé.

–Eso no importa ahora –interrumpió Olympia de inmediato–. Subid y os vais a poner presentables. Cuando bajéis os presentaré al señor Chillhurst como es debido.

–¡Ay, tía Olympia! –se lamentó Ethan con aquel quejidito chillón que era tan molesto y que últimamente había perfeccionado al punto de hacerlo insoportable–. No seas tan aguafiestas. Dinos primero quién es este tipo.

Olympia se preguntó dónde habría aprendido a hablar aquel chiquillo.

–Os lo explicaré todo más tarde y os aseguro que es muy

interesante. Pero los dos estáis llenos de barro y primero tenéis que subir y poneros presentables. Ya sabéis lo mucho que se enfada la señora Bird cuando encuentra la alfombra manchada de barro.

–¡Que se vaya al infierno la señora Bird! –dijo Hugh.

–*Hugh* –exclamó Olympia.

–Bueno, ella se queja por todo, y tú lo sabes, tía Olympia. –Miró a Chillhurst–. ¿Es usted un pirata?

Chillhurst no respondió. Probablemente, porque acababa de oír otro estruendo en el pasillo. Dos perros de aguas irrumpieron en la sala. Ladraban, contentos, anunciando su llegada, sin dejar de moverse como salvajes. Luego atravesaron corriendo toda la biblioteca, para averiguar qué demonios pasaba con *Minotauro,* que aún seguía sentado sobre sus patas traseras, junto a los pies de Chillhurst.

–¿Tía Olympia? ¿Qué pasa? Hay un carruaje desconocido en la entrada. ¿Quién ha venido?

Robert, dos años mayor que los mellizos, apareció en la puerta. Tenía el cabello más oscuro que sus hermanos, pero el color de ojos era del mismo azul vivaz. Si bien no estaba mojado como los otros dos, tenía las botas cubiertas de una costra de barro y la suciedad cubría su cara y manos.

Llevaba un enorme gato debajo del brazo. La cola larga y sucia del animal se arrastraba por el suelo, detrás de él. Tres pequeños pescados colgaban de un sedal que sostenía con la otra mano. Se detuvo al advertir la presencia de Chillhurst. Abrió los ojos desmesuradamente.

–Hola. ¿Cómo está? –saludó Robert–. ¿Quién es usted, señor? ¿El carruaje que está afuera es suyo?

Chillhurst ignoró a los jadeantes perros de agua y observó, cavilante, a los jovencitos expectantes.

–Me llamo Chillhurst –dijo por fin–. Vuestro tío me ha enviado.

–¿De verdad? –preguntó Hugh–. ¿Cómo conoció a tío Artemis?

–Nos conocimos hace poco –dijo Chillhurst–. Se enteró de que yo venía a Inglaterra y me pidió que pasara por Upper Tudway.

–Eso significa que, tal vez, nos ha enviado algunos regalos. ¿Los tiene en el carruaje? –La expresión de Robert se animó.

–Tío Artemis siempre nos manda regalos –explicó Hugh.

–Eso es cierto –corroboró Ethan–. ¿Dónde están?

–Ethan –replicó Olympia–. Es de mala educación reclamar a un invitado regalos sin haberle dado, previamente, la oportunidad de refrescarse un poco después de un viaje tan largo.

–No hay cuidado, señorita Wingfield –dijo Chillhurst suavemente. Se volvió a Ethan–. Entre otras cosas, vuestro tío me ha enviado a mí.

–*A usted.* –Ethan parecía desolado–. ¿Y para qué habría de enviarle a usted?

–Porque yo voy a ser el nuevo maestro de vosotros tres –dijo Chillhurst.

Un absoluto silencio reinó en la biblioteca. Olympia observó los rostros de sus jóvenes sobrinos, que cambiaron del entusiasmo al espanto. Se quedaron mirando atónitos a Chillhurst.

–Por todos los demonios –refunfuñó Hugh.

–No queremos a otro maestro. –Ethan arrugó la nariz–. El último fue insoportable. No dejaba de machacarnos la cabeza con el griego y el latín.

–No necesitamos ningún maestro –aseguró Hugh a Chillhurst–. ¿No es verdad, Robert?

–Es verdad –coincidió Robert de inmediato–. Tía Olympia puede enseñarnos todo lo que necesitamos aprender. Dile que no queremos ningún maestro, tía Olympia.

–No comprendo, señor Chillhurst. –Olympia se quedó contemplando al pirata que estaba allí quieto en su biblioteca–. Seguramente, mi tío no habrá contratado a un maestro para mis sobrinos sin consultarme previamente.

Chillhurst se volvió hacia ella, con una extraña expresión en sus ojos gris plata.

–Pues es exactamente lo que ha hecho. Espero que esto no le traiga problemas. He recorrido todo este largo camino con la promesa de que obtendría el puesto. Confío en serle de utilidad.

–Me temo que no estoy en disposición de poder pagar a otro maestro –dijo Olympia lentamente.

–No tiene que preocuparse por mis honorarios porque su tío ya me ha pagado todo por adelantado –aclaró Chillhurst.

–Entiendo –dijo Olympia, aunque no sabía qué decir.

Chillhurst se volvió hacia los tres niños que le miraban con abierto rechazo y aprensión.

–Robert, vas a regresar por el mismo camino por donde entraste. Irás a la cocina a llevar esos pescados y a limpiarlos.

–La señora Bird es la que siempre los limpia –le aclaró Robert de inmediato.

–Tú los pescaste. Tú los limpias –contestó Chillhurst con toda serenidad–. Ethan, Hugh, vosotros os llevaréis estos perros inmediatamente de aquí.

–Pero los perros siempre entran a la casa –dijo Ethan–. Al menos, *Minotauro* es el que entra. Los otros dos son del vecino.

–Por lo tanto, sólo *Minotauro* tendrá derecho a entrar en la casa, siempre y cuando esté limpio y seco. Encargaos de que los otros dos perros vuelvan a su casa y ocupaos del vuestro.

–Pero, señor Chillhurst... –Ethan comenzó a hablar otra vez con aquel tonito chillón tan exasperante.

–Nada de lloriqueos. Me molestan especialmente –reprendió Chillhurst. Extrajo su reloj de oro del bolsillo y miró la hora–. Bien, tenéis media hora para bañaros y poneros ropa limpia.

–Yo no necesito bañarme –gruñó Robert.

–Pero te bañarás y lo harás rápidamente. –Volvió a guardarse el reloj en el bolsillo–. Cuando hayáis terminado, nos reuniremos y hablaremos de los diferentes estudios que deberéis completar mientras yo esté aquí. ¿Entendido?

–Carajo –murmuró Robert–. Este tipo está loco perdido.

Ethan y Hugh seguían mirando a Chillhurst con expresión de terror.

–He preguntado si lo habéis entendido –repitió Chillhurst con voz amenazadora.

Los ojos de Ethan y de Hugh se centraron en el cuchillo que Chillhurst llevaba en la pierna.

–Sí, señor –dijo Ethan de inmediato.

Robert dirigió a Chillhurst una mirada rebelde pero no discutió.

–Sí, señor.

–Os podéis retirar –dijo Chillhurst.

Los tres niños se volvieron y caminaron hacia la puerta. Los perros les siguieron con la misma premura. Por un breve lapso, hubo una conmoción en la salida, pero pronto se resolvió.

Un momento después reinaba la paz nuevamente en la biblioteca.

Olympia se quedó mirando la puerta, vacía, sin poder creerlo.

–Eso ha sido absolutamente increíble, señor Chillhurst. Puede considerar que el puesto es suyo.

–Gracias, señorita Wingfield. Me dedicaré plenamente a mi tarea para ganarme mis honorarios.

CAPÍTULO II

–Debo ser totalmente honesta con usted, señor Chillhurst. –Olympia colocó una mano encima de la otra, sobre el escritorio y observó a Chillhurst–. En los últimos seis meses, he contratado a tres maestros distintos y no he logrado que ninguno de ellos se quedara más de quince días.

–Le aseguro que me quedaré todo el tiempo que sea necesario, señorita Wingfield. –Jared se reclinó contra el respaldo de su silla, apoyando los codos sobre los posabrazos tapizados de la misma. Unió las yemas de los dedos y miró a Olympia por encima de la figura que había creado con sus manos.

«Maldición», pensó. No podía quitarle los ojos de encima. Olympia le había fascinado desde el primer momento que la vio en la biblioteca.

No, se corrigió, ya que recordó que su fascinación había comenzado aquella noche, en la inmunda taberna francesa, cuando Artemis Wingfield describió a su original sobrina. Durante toda la travesía, mientras cruzaba el canal, Jared no había hecho otra cosa más que especular sobre la mujer que había sido capaz de localizar el diario Lightbourne. Varios miembros de su familia habían tratado de llegar a él en vano. ¿Qué clase de mujer había podido vencerles?

Sin embargo, aun admitiendo abiertamente que la muchacha había despertado una gran curiosidad en él, no podía explicar aquella sensación tan extraña que experimentó al entrar en la bilbioteca y encontrar a Draycott agarrándola por el tobillo. En aquel momento, su impulso fue perturbador, casi salvaje en intensidad.

Sintió como si hubiera sido su mujer la que estaba siendo molestada por un extraño. Habría estrangulado a Draycott, pero al mismo tiempo le enfureció la falta de sentido común de Olympia. Habría querido zarandearla, arrastrarla hacia la alfombra y hacer el amor con ella.

Jared estaba asombrado por la fuerza de sus sentimientos. Recordó lo que había vivido el día que encontró a su prometida, Demetria Seaton, en brazos de su amante. Ni en aquel momento, había sufrido una reacción tan violenta como la que experimentó con Olympia.

No tenía sentido. No tenía lógica alguna.

Pero aun bajo la luz de esos hechos, Jared tomó una determinación en cuestión de segundos. Todos aquellos planes, lógicos y fríamente concebidos, se esfumaron en un abrir y cerrar de ojos. Toda intención de perseguir el diario y sus secretos para luego regresar a sus negocios de costumbre se desvanecieron en un instante.

Con un inédito desdén por el sentido común, totalmente atípico en él, mandó el diario Lightbourne al cuerno. Lo último que deseaba era hacer un mundano pacto comercial con Olympia. En realidad, no soportaba ni siquiera ese pensamiento.

La deseaba. *La deseaba.*

Ahora lo único que realmente le parecía importante era que, por fin, había hallado la manera de quedarse cerca de su hermosa sirena. Jared necesitaba explorar aquella atracción feroz, poderosa y apasionada, aunque fuera lo último que hiciera en la vida.

Ya nada le importaba tanto: ni el plan trazado para conseguir el diario y terminar así con la persecución familiar del mismo, ni sus asuntos comerciales, ahora tan lejos, ni siquiera descubrir a la persona que le estaba estafando.

Su familia, así como sus negocios y el maldito estafador, podían aguardar. Por primera vez en la vida, estaba a punto de hacer algo que realmente quería y al demonio con sus responsabilidades.

Con su espontánea sagacidad de siempre, Jared se había aferrado a la solución más obvia: presentarse como el nuevo maestro. Y le resultó extremadamente sencillo, como si el destino hubiera tomado las riendas del asunto.

Pocos momentos después, Jared tuvo la oportunidad de reflexionar sobre su impulso. Se preguntó si no se habría vuelto loco.

De todas maneras, no podía arrepentirse de lo que había hecho. Sabía que el deseo que sentía en sus entrañas y el calor que corría por sus venas constituían serias amenazas para su tan preciado autocontrol. Pero aunque ignoraba por qué, le importaban un rábano los riesgos que iba a correr.

Esa despreocupación era lo que más le sorprendía. Algo que Jared siempre había valorado en la vida era la calma, la frialdad y lógica con las que enfrentaba cada aspecto de su vida.

En una familia en la que todos sus miembros siempre parecían estar a merced de sus pasiones y caprichos, el autocontrol y los sentimientos calculados siempre habían brindado a Jared paz interior y sentido del orden. Había aprendido a dominar sus emociones hasta tal punto que llegó a preguntarse si aún le quedaría alguna.

Pero ahora, Olympia Wingfield le había demostrado que sí. Definitivamente, ella era una sirena, pensó Jared. Una sirena de la que aún desconocía los alcances de su poder.

No fue la belleza de Olympia lo que había logrado penetrar en esa coraza con la que Jared se había protegido durante tanto tiempo. Admitió que la belleza de Demetria era mucho más refinada y elegante.

Pero Olympia, con su cabello rojizo salvaje, sus rasgos expresivos y el color de ojos de una laguna escondida, iba más allá de la belleza, pensó Jared. Era excitante. Intrigante. Vivaz. Había un encanto inocente en ella, tan cautivador que Jared jamás lo habría imaginado.

Jared tenía la sensación de que aquel cuerpo delgado, de curvas poco pronunciadas, entonaba una canción silenciosa y sensual debajo del vestido de muselina que llevaba puesto. Todos los Reginald Draycott del mundo tendrían que ir a otra parte a buscar compañía femenina, porque él quería a Olympia y no permitiría que ningún hombre se le acercase, mientras él fuera víctima de su hechizo.

A pesar de que seguía bajo la influencia de la curiosidad y la fascinación, Jared advirtió que había un aire de desorganización y desparpajo en torno de Olympia. Su atuendo mostraba un toque divertido, desde la cofia torcida sobre su cabellera de fuego hasta la media de algodón que se había zafado de su enganche y caía simpáticamente sobre su tobillo. Tenía el aspecto de una mujer atrapada entre el mundo cotidiano y algún fabuloso paisaje que sólo ella podía ver.

Era una marisabidilla, una mujer para ser exhibida, pero aparentemente se mostraba contenta con su destino. Jared bien podría haber asumido que a Olympia le agradaba su soltería. Para entonces, indudablemente, la joven ya habría descubierto que había muy pocos hombres capaces de entender, y mucho menos compartir, su mundo interior privado.

–Es muy amable por su parte prometer quedarse, y estoy segura de que tendrá las mejores intenciones. La cuestión es que mis sobrinos son un poco difíciles de controlar. Han tenido problemas para adaptarse a vivir aquí, sabe. –Olympia se mordió el labio inferior.

–No se preocupe, señorita Wingfield. Yo me encargaré de ellos. –Después de años de trato con ladinos comerciantes, beligerantes capitanes de barcos, algún que otro pirata y los miembros de su propia familia, la perspectiva de manejar a tres muchachitos malcriados no intimidaba a Jared.

Por un instante, la esperanza brilló en los magníficos ojos verdeazulados de Olympia. Luego, resopló repentinamente.

–Confío en que sus métodos de educación no se basen en los azotes, señor Chillhurst. No permitiré que les golpee. Ya han sufrido lo suficiente en estos últimos dos años después de la muerte de sus padres.

–No comparto la idea de gobernar a una persona o a un caballo con azotes, señorita Wingfield. –Humildemente, Jared se sorprendió al escucharse repetir la misma frase que años atrás le había dicho su padre–. Esos métodos sólo sirven para quebrar el espíritu o crear un comportamiento vicioso en la víctima.

–Es exactamente lo que yo pienso. Sé que muchos creen que esas viejas técnicas disciplinarias dan buenos resultados, pero yo no lo comparto. Mis sobrinos son buenos niños. Olympia volvió a animarse.

–Entiendo.

–Sólo hace seis meses que los tengo a mi cargo –continuó Olympia–. Después del fallecimiento de sus padres, fueron pasando de un pariente a otro. Cuando llegaron a mi casa, estaban nerviosos y decepcionados. Hugh tiene a veces pesadillas.

–Entiendo.

–Ya sé que son terriblemente indisciplinados, pero al menos tengo la satisfacción de que en los últimos meses han aprendido a estar más contentos. Durante las primeras semanas, se les veía demasiado callados. Pienso que ese estado de alboroto constante en el que viven es un síntoma de su nueva felicidad.

–Es muy probable que sean más felices ahora –concedió Jared.

Olympia entrelazó los dedos, apretándolos.

–Sé cómo se sintieron el día que sus tíos de Yorkshire les dejaron aquí, conmigo. Sufrí en carne propia aquella dolorosa soledad y aprensión cuando a mí me depositaron en casa de tía Sophy.

–¿Cuántos años tenía entonces?

–Diez. Cuando mis padres desaparecieron en el mar, tuve que pasar de pariente en pariente, igual que mis sobrinos. En realidad, nadie quería cargar con la responsabilidad de criarme, aunque algunos trataron de cumplir con su deber.

–El deber mal puede reemplazar al afecto.

–Muy cierto, señor. Y un niño capta muy bien la diferencia. Finalmente, terminé aquí, en casa de tía Sophy. Tanto ella como tía Ida tenían más de sesenta años entonces, pero me aceptaron y me enseñaron lo que era un hogar de verdad. Yo tengo la intención de hacer lo mismo con mis sobrinos.

–Muy loable, señorita Wingfield.

–Desgraciadamente, no tengo mucha experiencia en criar niños –admitió Olympia–. A veces tengo miedo de regañarles, para que no se sientan rechazados.

–Una rutina ordenada y una disciplina razonable no hacen que un niño se sienta rechazado –dijo Jared con voz serena–. Precisamente, sucede lo contrario.

–¿De verdad lo cree?

–En mi opinión de maestro, un esquema de clases firmemente establecido y las actividades instructivas beneficiarán mucho a sus sobrinos.

Jared golpeteó las yemas de los dedos entre sí.

–No dude de que le estaré infinitamente agradecida si esta casa recupera un poco su orden habitual. Le juro que es casi imposible trabajar con todo el ruido y el alboroto que hay. En los últimos meses, no he podido escribir ni un solo artículo. Parece como si viviéramos constantemente en crisis. –Olympia suspiró aliviada.

–¿En crisis?

–El domingo pasado, Ethan llevó una rana a la iglesia. No creerá el revuelo que se organizó. Hace pocos días, Robert trató de montar el caballo de un vecino y terminó rodando por los suelos. El vecino se puso furioso porque no había dado permiso a Robert para que montara el animal y yo estaba aterrada por si mi sobrino se había lastimado seriamente. Ayer, Hugh y el pequeño Charles Bristow se enzarzaron en una pelea. La madre del niño se puso histérica y organizó un verdadero escándalo.

–¿Por qué se pelearon? –preguntó Jared con curiosidad.

–No tengo la menor idea. Hugh no quiso decírmelo. Pero la nariz le sangraba a chorros. Pensé que se la habían roto.

–¿Debo entender que Hugh perdió la pelea?

–Sí, pero eso no viene al caso. El tema es que no debió haberse peleado, en primer lugar. Yo estaba muy asustada. La señora Bird me dijo que debía apretar las clavijas a ese niño, pero yo no lo haré, por cierto. De todos modos, con eso se podrá hacer una idea de la clase de vida que llevo desde hace unos meses.

–Hmmm.

–Y siempre parece haber tanto *ruido* –continuó Olympia, desalentada–. Esto siempre parece un manicomio. –Se rascó una ceja–. Debo confesar que, a veces, resulta difícil.

–No se preocupe, señorita Wingfield. Está en buenas manos. Estableceré una rutina ordenada para los niños, de modo que usted pueda proseguir con su trabajo. Y hablando del tema... debo confesar que su biblioteca me impresiona.

–Gracias. –Momentáneamente distraída por el comentario, Olympia miró la habitación con orgullo y cariño–. Heredé la mayor parte de estos libros de mis tías Sophy e Ida. En su juventud, ambas viajaban mucho y traían todos los libros y manuscritos que encontraban en los lugares que visitaban. Hay muchos, muchos tesoros en esta sala.

Jared logró apartar su mirada de Olympia lo suficiente como para poder examinar más detenidamente el material bibliográfico. El recinto era tan impredecible e intrigante como ella.

Se trataba de un recinto para intelectuales, lleno de tomos, mapas y globos terráqueos. No había libros con flores secándose ni cestas de costura a la vista. El escritorio de Olympia era grande y pesado, hecho en caoba lustrada, nada similar a las delicadas mesitas que la mayoría de las mujeres usaban para escribir.

–En cuanto a su trabajo aquí, señor Chillhurst –Olympia frunció el ceño en señal de incertidumbre–, creo que deberé pedirle referencias. La señora Milton, una vecina, me ha informado que no es conveniente contratar a un maestro que no cuente con excelentes referencias de varios trabajos anteriores.

Jared la miró.

–Su tío me envió. Creo que es una recomendación más que suficiente.

–¡Oh, sí! –La expresión de Olympia recuperó la tranquilidad–. Sí, por supuesto. ¿Qué mejor referencia que ésa?

–Me alegro que piense así.

–Entonces, queda todo arreglado. –Olympia se sentía contenta de no tener que entrar en esos minuciosos detalles de pedir referencias de aquel hombre como maestro–. ¿De modo que conoció a tío Artemis en Francia?

–Sí, yo me dirigía de España a Inglaterra.

–¿Ha estado en España? –Olympia se mostró excesivamente entusiasmada–. Siempre he querido ir a España. Y a Italia. Y a Grecia.

–Bueno, yo he visitado todos esos lugares. –Jared hizo una pausa para estudiar la reacción de la muchacha–. Y también las Indias Occidentales y América.

–¡Qué emocionante, señor! ¡Cómo le envidio! Usted es, indudablemente, un hombre de mundo.

–Algunos dirían que sí –coincidió Jared. Pero en su interior se dijo que no era más que un hombre. Y como tal, no podía evitar sentirse cautivado por la luz de femenina admiración que brilló en los ojos de la sirena.

–Entonces, me imagino que usted será muy versado en el conocimiento de las costumbres de los habitantes de otros países. –Olympia lo miró, expectante.

–He hecho algunas observaciones –dijo Jared.

–Yo me considero una mujer de mundo gracias a la excelente educación que recibí de mis tías –le confió Olympia–. Pero, en realidad, nunca he tenido la oportunidad de viajar al extranjero. Mis tías no me dejaron mucho dinero que digamos poco antes de morir. Yo vivo de la pequeña herencia que me quedó, pero, por supuesto, no me alcanza para costear un viaje de esa naturaleza.

–Comprendo. –Jared sonrió por la noción que tenía Olympia sobre eso de ser mujer de mundo–. Bueno, señorita Wingfield, creo que hay todavía un par de cosas que debemos discutir respecto a mi trabajo en esta casa.

–¿Las hay?

–Eso me temo.

–Pensé que ya habíamos agotado el tema. –Olympia se acomodó en su silla y exhaló un suspiro casi imperceptible, muy sensual, que en cualquier otra mujer habría delatado signos de pasión–. Nunca he conocido a ninguna otra persona que haya viajado tanto como usted, señor. Realmente me encantaría hacerle unas cuantas preguntas y corroborar sus respuestas con algunos datos que he extraído de mis libros.

Jared se dio cuenta de que Olympia estaba observándole como si fuera el hombre más apuesto, fascinante y deseable en la faz de la tierra. Ninguna mujer le había mirado antes con tanto desparpajo. Aparentemente, ni siquiera parecía preocuparse por el ojo que llevaba tapado con un parche.

Jared nunca se había considerado un hábil seductor de mujeres. Para empezar, desde los diecinueve años, había estado demasiado ocupado como para dedicar mucho tiempo a esas cosas. Y, tal como siempre se lo decía su padre, le faltaba el fuego de los Flamecrest.

Y no porque careciera de los apetitos masculinos normales, pensó Jared. Por el contrario, los tenía perfectamente identificados. Sabía muy bien lo que era pasar una noche en vela, ansioso por tener entre sus brazos una cálida y generosa mujer.

El problema relacionado con todo eso era que no se consideraba partidario de involucrarse en romances efímeros e insignificantes. Los que había tenido en los últimos años le habían dejado una especie de vacío, totalmente insatisfecho. Y tenía la sospecha de que sus compañeras también se habían sentido así. Como Demetria siempre le había señalado, una vez superado el espejismo de su título y demás, quedaba muy poco interesante por descubrir.

Pero aquel día en particular, un profundo instinto masculino le indicó que podía seducir a Olympia Wingfield. Con ella no tendría que recurrir a ramos de flores, ni a poemas, ni a miradas especiales.

Todo lo que tendría que hacer sería impresionarla con las historias de sus viajes.

Consideró cómo llevaría a cabo la seducción. Indudablemente, Olympia le sonreiría por las historias que él pudiera contarle sobre Roma o Nápoles. Quizá se derretiría con alguna anécdota de un viaje a América. Y vaya uno a saber de qué sería capaz si comenzaba con relatos sobre las Indias Occidentales. Su cuerpo se puso tenso al analizar todas las posibilidades.

Jared inspiró profundamente y trató de repeler aquella repentina sensación de fuego que lo abrumaba. Repitió lo que siempre hacía cada vez que sentía que su cuerpo le flaqueaba. Introdujo la mano en el bolsillo interno de su chaqueta para tomar su libro de citas. Advirtió que Olympia le observaba muy interesada, mientras él consultaba los compromisos que tenía apuntados para aquel día.

–Primero debemos controlar las mercancías que su tío despachó y que encomendó a mi cuidado –anunció Jared.

–Sí, por supuesto –dijo ella sucintamente–. Fue muy amable por su parte haberlas escoltado hasta aquí. Tío Artemis y yo hemos llegado a un acuerdo muy provechoso, que supongo ya se lo habrá explicado. Él escoge ciertos artículos que le resultan de interés durante sus viajes y me los envía desde donde se halle. Luego, yo los vendo a algún comerciante de Londres.

Jared trató de imaginar a Olympia como astuta vendedora de artículos de lujo, pero no lo consiguió.

–¿Le importa si le pregunto cómo entra en contacto con sus potenciales compradores, señorita Wingfield?

–Es muy sencillo. Uno de mis vecinos, el terrateniente Pettigrew, ha tenido la gentileza de colaborar conmigo en ese aspecto. Dice que es lo menos que puede hacer, por respeto a mis queridas tías que, durante tantos años, fueron vecinas suyas. –Ella le obsequió con una sonrisa radiante.

–¿Y qué hace el señor Pettigrew con las mercancías?

–Creo que su hombre de confianza en Londres se encarga de todos los detalles.

Olympia agitó la mano en un vago gesto.

–¿Y usted cree que ese hombre de confianza hace buenos negocios? –insistió Jared.

Olympia sonrió y se inclinó hacia delante, dando a entender que le iba a hacer una confidencia.

–Con el último embarque, obtuvimos casi doscientas libras.

–¿De verdad?

–Claro que el embarque fue excepcional. Tío Artemis envió unos cuantos metros de seda y una gran variedad de especias. No creo que esta vez seamos tan afortunados.

Jared pensó en las aproximadamente tres mil libras en mercancías que él había escoltado desde Francia. Se había visto obligado a contratar a dos hombres forzudos, como vigilantes, después de que el barco hubiese anclado en Weymouth.

Jared extrajo una hoja de papel doblado de su cuidado libro de citas.

–Esta lista enumera los artículos que su tío le envía en este embarque. –Se la entregó a Olympia–. En comparación, ¿cómo es respecto al envío anterior?

Olympia tomó la hoja de sus manos y la examinó frunciendo el ceño distraída.

–No recuerdo exactamente qué incluía el envío anterior, pero creo que esta vez no hay tantos encajes. Y tampoco veo ninguno de esos abanicos italianos que tío Artemis incluyó.

–Hay varios rollos de seda y algo de terciopelo –señaló Jared.

–El terrateniente Pettigrew me ha dicho que, desgraciadamente, el mercado de las sedas y del terciopelo está en la actualidad muy bajo. En suma, creo que esta vez conseguiremos menos dinero que la vez anterior. –Olympia apenas se encogió de hombros–. Pero, de todas maneras, como dicen mis sobrinos, sacaremos nuestra tajada.

Jared se preguntó cuántas veces el señor Pettigrew habría engañado a Olympia.

–Tengo cierta experiencia en el negocio de las mercaderías importadas, señorita Wingfield.

–¿De verdad? –Ella le miró auténticamente sorprendida.

–Sí. –Jared pensó en los cientos de miles de artículos que llenaban las bodegas de los barcos de los Flamecrest todos los años–. Si usted quiere, yo puedo hacerme cargo de este embarque en su lugar.

–Es muy generoso por su parte. –Obviamente, Olympia estaba fascinada por su oferta de colaboración–. ¿Pero está seguro de que quiere asumir esa responsabilidad? El terrateniente Pettigrew me dice que es una tarea que consume mucho tiempo, que uno debe cuidarse mucho de los estafadores.

–Espero que sepa de qué está hablando. –En su interior, Jared pensó que el señor Pettigrew debía reconocer de inmediato a un estafador cuando le veía, porque, sin duda, sería como él–. Pero, al menos, creo que con este envío podré lograr las mismas ganancias que obtendría el terrateniente Pettigrew, si no mejores.

–Tendrá que quedarse con una buena comisión por sus servicios, por supuesto.

–Eso no será necesario. –El calculador cerebro de Jared comenzó a analizar la cuestión, pesando y calibrando el trabajo. Encomendaría la tarea a su hombre de confianza, Felix Hartwell. Y cuando le enviara las instrucciones aprovecharía la ocasión para seguir investigando sobre el dinero que le estaba desapareciendo a él–. Consideraré esta tarea como parte de mi trabajo en la casa.

–¿De verdad? –Olympia le miró embelesada–. Qué extraño. Ningún otro maestro consintió en extender sus responsabilidades fuera del salón de clases.

–Confío en que mi presencia le resulte de utilidad –dijo Jared con suavidad.

La puerta de la biblioteca se abrió bruscamente, permitiendo la entrada de una mujer regordeta, que llevaba un delantal y una cofia. Sostenía una bandeja entre sus manos enrojecidas por el trabajo.

–¿Qué ocurre? ¿Qué es toda esta historia del nuevo maestro? –Miró a Olympia, bastante alterada–. ¿Va a arruinar otra vez los sueños y esperanzas de otro pobre infeliz que se crea capaz de educar a esos monstruos?

–Mis sobrinos no son unos monstruos. –Olympia miró a la mujer mayor con gran desaprobación–. Señora Bird, le presento al señor Chillhurst. Tío Artemis me lo ha enviado y creo que me será de gran utilidad. Señor Chillhurst, la señora Bird, mi ama de llaves.

Jared pensó que nada en la señora Bird daba a uno la imagen de una etérea criatura delicada y femenina. Era una mujer robusta, de cara redonda y nariz larga, que parecía haber pasado toda su vida con los pies bien firmes sobre la tierra. Sus ojos cansados revelaban una expresión constante de alerta.

–Vaya, vaya, vaya. –La señora Bird apoyó la bandeja ruidosamente; miró a Jared de reojo mientras servía el té–. Conque esos diablos que están arriba tenían razón. Usted parece más un valiente pirata que un maestro, señor Chillhurst.

–¿De verdad? –Jared arqueó las cejas, ante la confianza con la que se desenvolvía la criada, pero advirtió que para Olympia nada estaba fuera de lugar. Aceptó la taza y el plato con fría gentileza.

–No importa. –La señora Bird le miró significativamente–. Con esos pillos se necesita alguien que sepa usar una cachiporra y una pistola. Casi despedazaron a los tres pobres sabios que la señorita Olympia contrató. Sí, eso hicieron.

–Señora Bird, realmente no me parece justo que asuste al señor Chillhurst de ese modo, dándole tan mala impresión.

Olympia miró de inmediato a Jared. Sus ojos denotaban una gran alarma.

–¿Por qué no? Tarde o temprano, se va a enterar de la verdad. Me gustaría saber cuánto va a durar, sí, me gustaría. ¿Lo va a poner en la misma casa de guardabosques que a los otros tres?

–La señora Bird se refiere a la cabaña que está al borde del camino. ¿Tal vez la vio al llegar? –Olympia sonrió a Jared.

–Sí. Para mí es perfecto.

–Estupendo. –Olympia pareció aliviada–. Veamos ahora. ¿Qué más nos queda por conversar? Ah, sí. Será un honor que comparta la mesa con nosotros. En el piso superior hay una habitación que puede servir perfectamente como salón de clases. Y por supuesto, tiene plena libertad para utilizar mi biblioteca. –Hizo una pausa, aparentemente tratando de recordar si se había olvidado de mencionar algo–. Puede empezar mañana temprano.

–¿Y qué va a ganar? –La señora Bird volvió los ojos y echó, de reojo, una mirada de advertencia a Jared–. Tiene que hacerse a la idea que la señorita Olympia es muy mala para los números. Siempre se olvida de pagar y uno tiene que estar recordándole esas cosas. No sea tímido para pedirle su dinero.

Olympia la miró, hecha una furia.

–Ya basta, señora Bird. Habla como si yo tuviera el cerebro de un mosquito. Sucede que el señor Chillhurst ya recibió su sueldo por adelantado, de manos de mi tío Artemis. ¿No es cierto, señor Chillhurst?

–No tiene por qué preocuparse de mis honorarios, señorita Wingfield –contestó Jared con cortesía.

–¿Lo ve, señora Bird? –Olympia dirigió una mirada triunfante a su criada.

La señora Bird protestó de forma que pudiera hacerse oír. No se la veía absolutamente convencida, pero dejó las cosas como estaban.

–Si va a cenar con la familia, debe saber que hay vino rosado y jerez en la bodega.

–Gracias –dijo Jared.

–La señorita Sophy y la señorita Ida siempre tomaban uno o dos vasos de uno o del otro después de cenar, y una o dos copas de brandy antes de irse a la cama. Es bueno para hacer la digestión, sabe. La señorita Olympia sigue con la misma tradición.

–En especial, desde que llegaron mis sobrinos –corroboró Olympia.

–Gracias, señora Bird. –Jared sonrió brevemente a Olympia–. Me agradaría tomar una o dos copas de vino rosado antes de la cena hoy. Ha sido un largo viaje.

–Supongo –dijo la señora Bird–. ¿Cuánto tardó?

–Lo suficiente –respondió Jared–. A propósito, ¿a qué hora suele servirse la cena en la casa?

–¿Cómo puedo saberlo yo? Todo depende de que la señorita Olympia logre traer a esos demonios a la mesa. Nunca son puntuales para las comidas. Siempre encuentran una excusa.

–Ya veo –dijo Jared–. En ese caso, señora Bird, esta noche y todas las noches en lo sucesivo, la cena se servirá a las seis. Todo el que no se presente a la mesa a esa hora se quedará sin comer. ¿Está claro?

La señora Bird le miró espantada.

–Sí, clarito como el agua.

–Perfecto. Ya puede retirarse, señora Bird.

–¿Y quién es el que da las órdenes ahora, eh?

La mujer le miró, totalmente descontrolada.

–Hasta nuevo aviso yo –contestó Jared con toda frialdad. Vio que Olympia abría los ojos desmesuradamente–. En nombre de la persona que me ha empleado, por supuesto.

–Bah, de todas maneras, me parece que le va a durar poco eso de mandonear –declaró la señora Bird antes de retirarse.

–No le haga caso, señor Chillhurst. –Olympia se mordió el labio–. Es un poco brusca, pero bien intencionada. La verdad es que no sé qué habría hecho sin ella. La señora Bird y su difunto esposo trabajaron durante años para mis tías y después siguió conmigo. Yo le estoy muy agradecida. No todos aceptarían trabajar para mí. ¿Sabe? Aquí, en Upper Tudway, consideran que soy un poco rara.

Jared advirtió la expresión de soledad en sus ojos.

–Sin duda, Upper Tudway no está acostumbrada a tener una mujer de mundo entre sus habitantes.

–Muy cierto. –Olympia sonrió lánguidamente–. Es lo que siempre me decían tía Sophy y tía Ida.

–No se preocupe. Estoy seguro de que la señora Bird y yo nos llevaremos bien. –Jared bebió un sorbo de su té–. Hay otro punto que me gustaría discutir con usted, señorita Wingfield.

–¿Me he olvidado de algo? –Olympia entrecerró los ojos, preocupada–. A fin de cuentas, la señora Bird tiene razón. Siempre dejo de lado cosas que para mí son triviales, pero que para los demás, pueden resultar de importancia.

–No ha desestimado nada importante –le aseguró Jared.

–Gracias a Dios. –Olympia se relajó en su asiento.

–Su tío me pidió que le informara de que, además de las mercancías para vender, le envía unos cuantos libros. Entre ellos, un viejo diario.

El encantador aire de distracción permanente se desvaneció de la expresión de la muchacha en un abrir y cerrar de ojos. Concentró toda su atención.

–¿Qué ha dicho?

–Que entre las mercancías hay un libro, el diario de Lightbourne, señorita Wingfield. –Jared no tuvo que esperar mucho para ver la reacción de la joven.

–*Lo encontró.* –Olympia se puso de pie como impulsada por un muelle. Mostraba el rubor característico de un entusiasmo exagerado. Los ojos le brillaban como una llama turquesa–. Tío Artemis encontró el diario de Lightbourne.

–Eso fue lo que dijo.

–¿Dónde está? –preguntó Olympia entusiasmada.

–Está embalado en uno de los baúles del carruaje. No estoy seguro en cuál de ellos.

Y no fue porque no hubiera estado tentado de buscarlo. La cuestión fue que no tuvo la oportunidad de detenerse y ponerse a registrar, una vez que el buque llegó a puerto. Se dedicó a encontrar un carruaje, los dos vigilantes y a cargar todos los baúles. Luego viajó toda la noche hasta llegar a Weymouth. Y sólo se detuvo en el momento de llegar a Upper Tudway. Prefirió correr el riesgo de que le asaltaran por el camino a dejar las mercancías en alguna hostería desconocida, a merced de cualquier ladrón.

–Debemos descargar ese carruaje de inmediato. Estoy ansiosa por ver ese diario.

Olympia no podía contener la excitación y el entusiasmo.

Rodeó el escritorio, se recogió la falda y corrió hacia la puerta.

Jared la observó, divertido, mientras ella salía de la biblioteca. Pensó que si se veía obligado a vivir en aquella caótica casa por un tiempo, tendría que ser él quien estableciera las reglas y quien las pusiera en práctica. Nada reemplazaba el orden de una buena rutina.

Debía comenzar tal como pensaba continuar.

Solo en la biblioteca, Jared terminó tranquilamente su té. Luego dejó la taza sobre el plato y extrajo el reloj de su bolsillo. Miró la hora. Faltaban diez minutos para que sus jóvenes alumnos estuvieran a punto de bajar.

Deliberadamente, se puso de pie y caminó lentamente hacia la puerta.

CAPÍTULO III

Varios días después, la señora Bird entró bruscamente en la biblioteca, con una bandeja de té.

–Se me hace tan raro que haya tanto silencio por aquí últimamente. –Apoyó, sin ceremonia alguna, la bandeja sobre el escritorio de Olympia–. Rarísimo, no se discute.

De mala gana, Olympia abandonó la lectura del diario Lightbourne, cuyo lenguaje era muy complicado. Le rezongó a la señora Bird.

–¿De qué demonios habla? Pensé que el silencio era algo agradable. La verdad es que ahora estamos aprendiendo el significado de la palabra paz, algo que ignorábamos desde que mis sobrinos llegaron.

Los últimos días habían sido una verdadera felicidad, en cuanto se refería a Olympia. No podía creer que Jared Chillhurst hubiera implantado un cambio tan radical en la casa en tan corto plazo.

Ya no había más botas embarradas en los pasillos, ni sapos en las gavetas de su escritorio, ni parloteos constantes que molestaran. Los tres niños llegaban puntualmente a la mesa, a la hora de comer, pero lo más notable en ellos era que se presentaban limpios y arreglados.

–No es algo natural. –La señora Bird sirvió té en la única taza que tenía sobre la bandeja–. Yo quisiera saber qué está haciendo ese pirata allá arriba con esos tres diablos.

–El señor Chillhurst no es ningún pirata –le reprendió Olympia severamente–. Ya le he dicho que deje de llamarle así. Es maestro. Y muy bueno por lo que nos ha demostrado hasta el momento.

–Ja, ja. Está allí arriba torturando a esos pobres niños. Eso es lo que está haciendo. Mire, me juego la cabeza a que les está amenazando con hacerles andar la pasarela si no se portan bien.

–Aquí no tenemos pasarela. –Olympia sonrió brevemente.

–Bueno. Entonces seguro que les está haciendo creer que les va a golpear con un látigo si no hacen lo que él dice.

–Estoy segura de que Robert acudiría a mí de inmediato si el señor Chillhurst les hubiera amenazado tan seriamente.

–A menos que el pirata le haya dicho que le cortará el cuello o en trocitos si se le ocurre hablar con usted.

–¡Oh!, por el amor de Dios, señora Bird. Usted últimamente no hacía más que decir que lo que mis sobrinos necesitaban era una mano firme.

La señora Bird colocó la tetera sobre la bandeja y se apoyó sobre el escritorio.

–Pero no dije que debía aterrorizarles para que se portaran bien. Después de todo, muy en el fondo, son unos niños buenos.

–¿De verdad cree que el señor Chillhurst les ha amenazado con tomar medidas violentas para que se comporten como es debido? –Olympia golpeteó su pluma sobre el escritorio.

–Bueno, ya que me lo pregunta, le diré que no hay nada mejor, ninguna cosa es más efectiva que la violencia, para conseguir que unos niños tan traviesos se corrijan en poco tiempo. –La señora Bird miró detenidamente el cielorraso.

Olympia le siguió la mirada. No se escuchaban golpes ni ruidos en el piso superior. Tampoco gritos distantes. Aquel silencio tan antinatural empezó a poner un poco nerviosa a Olympia.

–Supongo que lo mejor será que suba a ver lo que está pasando.

Olympia cerró el diario con reticencia y se puso de pie.

–Tendrá que aguzar el oído, señorita Olympia –le advirtió la señora Bird–. Según parece, el señor Chillhurst quiere darle siempre una buena impresión. Seguro que no quiere quedar mal, qué va. Si sabe que usted le está mirando, se va a portar como un santo.

–Tendré cuidado.

Rápidamente, tomó un sorbo de té. Cuando terminó, dejó la taza en su lugar y caminó hacia la puerta.

–Ah, antes de que me olvide –gritó la señora Bird a sus espaldas–. El terrateniente Pettigrew mandó una nota. Dice que volvió de Londres esta mañana y que vendrá esta tarde. Seguro que quiere ayudarle en relación con las cosas que llegaron el otro día.

Olympia se detuvo ante la puerta.

–¡Oh, Dios mío! Olvidé avisarle que ya no necesitaré su asesoramiento en este asunto.

–¿Por qué no? –La señora Bird frunció el entrecejo.

–El señor Chillhurst ha dicho que se hará cargo de todos esos detalles tan molestos para mí.

–¿Y cómo se debe entender eso?

La expresión de la señora Bird cambió de la desaprobación a la genuina señal de alerta.

–Tal como suena, señora Bird. El señor Chillhurst se hará cargo del último envío de mercancías del tío Artemis.

–Mmm, me parece muy sospechosa tanta gentileza. ¿Y si Chillhurst le roba las cosas?

–Tonterías. En primer lugar, si hubiera querido «robarme» las cosas como usted dice, no me las habría hecho llegar jamás. Podría habérselas quedado cuando llegó a Weymouth.

–Bueno, es posible que no se las quiera robar, pero le puede engañar –le advirtió la señora Bird–. ¿Y cómo se va a enterar usted de eso? Sólo le va a dar su palabra de que las vendió al precio más caro que pudo. Ya se lo dije. Ese hombre parece un pirata. Lo mejor es que deje al terrateniente Pettigrew que se encargue de eso.

Olympia perdió la paciencia.

–Estoy segura de que podemos confiar en el señor Chillhurst. Tío Artemis lo ha hecho. –Salió de la biblioteca antes que la señora Bird tuviera la oportunidad de responder.

Llegó hasta el descansillo de la escalera y se detuvo a escuchar. Aun allí reinaba el silencio.

De puntillas, caminó por el pasillo y, cuando llegó al salón de clase, apoyó la oreja contra la puerta. El murmullo de la voz de Jared, similar al del mar, se filtraba por los paneles de madera.

–Desde un principio, fue un plan perverso –decía Jared–. Pero al capitán Jack le encantaban las aventuras alocadas. Más tarde, esa predilección resultó ser un rasgo típico de la familia.

–¿Eso significa que había otros piratas en la familia del capitán Jack? –preguntó Ethan, ansioso.

–El capitán Jack prefería que le llamaran bucanero –comentó Jared–. Si bien no creo que haya habido otros en la familia, me temo que varios descendientes de la misma se dedicaron al comercio libre.

–¿Qué es el comercio libre? –preguntó Hugh.

–El contrabando –explicó Jared secamente–. La familia del capitán Jack vivía en la isla de Flame. Es un lugar hermoso, pero queda muy lejos. Robert, muéstranos en el mapa dónde está la isla de Flame.

–Aquí –indicó Robert orgulloso–. En la costa de Devon. ¿Ven? Este pequeño punto de aquí.

–Muy bien, Robert –le felicitó Jared–. Como ven, la isla se halla situada en un lugar excelente para el contrabando. Bastante cerca de las costas de Francia y España, pero convenientemente alejada de las autoridades. El servicio de vigilancia rara vez se acerca por allí y los lugareños jamás se atreverían a hablar con extraños.

–Cuéntenos algo sobre los contrabandistas –dijo Ethan.

–No, primero quiero escuchar el plan que tenía el capitán Jack para cruzar el istmo de Panamá –dijo Robert.

–Sí, cuéntenos el plan de los bucaneros para capturar el galeón español, señor Chillhurst –dijo Hugh ansiosamente–. Mañana puede hablar de los contrabandistas.

–Muy bien –admitió Jared–. Pero primero deben saber que la idea no sólo fue muy desacertada, sino también muy peligrosa. El istmo de Panamá es un territorio muy traicionero. Está lleno de espesos bosques y de extrañas criaturas horrendas. Muchos hombres han muerto tratando de alcanzar el mar del otro lado.

–¿Pero por qué se le ocurrió al capitán Jack cruzar el istmo? –preguntó Ethan–. ¿Por qué no se quedaron en las Indias Occidentales?

–Por el oro –respondió Jared sucintamente–. El capitán Jack tenía un socio en aquel momento. Habían oído hablar de un tesoro legendario, que España estaba transportando desde sus colonias en América. Los dos bucaneros decidieron ver si podían atravesar el istmo de Panamá, con un grupo de hombres, capturar uno o dos barcos españoles y hacerse ricos de la noche a la mañana.

–Por todos los demonios –exclamó Robert–. ¡Qué aventura tan emocionante! Ojalá hubiera podido estar con el capitán Jack cuando hizo ese viaje.

Olympia ya no pudo aguantar más. Las palabras *tesoro legendario* y *bucaneros* la embelesaron. Estaba tan embobada como sus sobrinos con los relatos de Jared. Abrió la puerta muy despacio y entró en el salón.

Ethan, Hugh y Robert estaban sentados alrededor del globo terráqueo. No levantaron la vista cuando Olympia entró en el salón. Estaban demasiado concentrados.

Jared sostenía el globo en una mano. En la otra, su daga. La punta de la hoja señalaba la región de las Indias Occidentales.

Olympia frunció el ceño al ver la daga. Hacía ya dos días que no la veía, pues Jared ya no la llevaba atada a su muslo, como cuando había llegado. Por lo tanto, Olympia pensó que la habría embalado en alguno de sus baúles. Pero aquella mañana la había llevado consigo y era evidente que la manejaba con natural destreza.

«Parece tan peligroso como siempre», pensó Olympia, mientras examinaba su rostro bajo la luz de la mañana. Pero comenzaba a conocerle muy bien, pues Jared había tomado la costumbre de reunirse con ella en la biblioteca, todas las noches, después de la cena.

Desde el principio Jared había establecido el hábito de compartir una copa de brandy con ella, antes de retirarse a su vieja cabaña. La noche anterior, había leído durante un rato y luego empezó con sus relatos de viajes, atrayendo la atención de Olympia con cada palabra.

–¿Todos los maestros han viajado tanto como usted? –le había preguntado ella.

–Oh, no. –Jared la miró con una expresión indescifrable–. Yo he tenido bastante suerte en ese aspecto. He trabajado para varias personas cuyas actividades comerciales les obligaban a viajar. Y la mayoría de ellos preferían viajar con sus familias.

Olympia asintió con la cabeza.

–Naturalmente, querrían que el maestro de sus hijos les acompañara durante aquellos largos viajes. ¡Qué carrera tan maravillosa ha elegido usted!

–Pero sólo hace poco que he apreciado el valor que tiene. –Jared se levantó de la silla, se dirigió hacia la garrafa que contenía el brandy y sirvió un poco más de aquel líquido ambarino en la copa de Olympia–. Veo que tiene una buena carta de navegación colgada en la pared, señorita Wingfield. Describe muy bien los mares del Sur.

–He hecho varias investigaciones sobre las leyendas que se originaron en esa parte del mundo. –Entre los efectos del brandy y los del fuego de la chimenea, Olympia experimentaba una placentera sensación de calidez y relajación. «Una mujer de mundo conversando con un hombre de mundo», pensó, satisfecha.

Jared se sirvió un poco más de brandy en su copa y colocó la garrafa nuevamente en su lugar.

–Uno de mis viajes, de los más interesantes, me condujo a cierto número de islas de esa región –comentó pensativo. Volvió a sentarse en su silla.

–¿De verdad? –Olympia le observaba maravillada–. Debe de haber sido muy emocionante.

–¡Oh!, claro que lo fue. –Jared unió las yemas de los dedos–. Como usted bien sabrá, esa región es famosa por las leyendas relacionadas con ella. Hay una, en particular, que me ha intrigado sobremanera.

–Me encantaría escucharla –murmuró Olympia.

La biblioteca parecía extraída de un sueño, como si todo el recinto, incluyendo a Jared y a ella misma, se hubieran trasladado a otro lugar y a otra época.

–Se trata de una joven pareja de enamorados que no podían casarse porque el padre de la muchacha se oponía a la relación.

–Qué triste. ¿Y qué pasó con los amantes? –Olympia bebió otro sorbo de brandy.

–Su pasión era tan grande que estaban dispuestos a todo para vivir juntos –dijo Jared–. Entonces, se pusieron de acuerdo para encontrarse por la noche, en la playa, en una caverna abandonada.

–Supongo que se quedarían conversando hasta el amanecer –dijo Olympia–. Indudablemente, se dijeron palabras poéticas. Se confiarían sus secretos más íntimos. Soñarían con un futuro juntos.

–En realidad, pasaron la noche haciéndose el amor apasionadamente. –Jared la miró.

–¿En una playa? –Olympia parpadeó.

–Por supuesto.

Olympia carraspeó.

–¿Pero no les resultaría incómodo? Quiero decir, por la arena y esas cosas.

–¿Y qué es un poco de arena para un par de enamorados que están desesperados el uno por el otro? –Jared sonrió levemente.

–Sí, por supuesto –dijo Olympia de inmediato. Tenía la esperanza de que Jared no la hubiera considerado demasiado cándida.

–Y además esa playa era muy especial. Se decía que estaba consagrada a cierta deidad isleña, quien al parecer sentía compasión por los amantes.

Olympia todavía no estaba del todo convencida de que hacer el amor en la playa fuera algo muy cómodo, pero de todas maneras, prefirió no seguir hablando del tema.

–Por favor, continúe. Siga con la leyenda.

–Una noche, el iracundo padre de la novia les sorprendió en la playa. Mató al muchacho.

–Qué terrible. ¿Y qué pasó?

–Naturalmente, la joven estaba angustiada, abrumada por la pena y el dolor. Se metió en el mar y desapareció. La deidad a cargo de la playa se enfureció. Castigó al padre de la muchacha convirtiendo toda la arena de la playa en perlas.

–¿Y eso fue un castigo? –preguntó ella, asombrada.

–Sí. –Jared sonrió fríamente–. El hombre estaba tan excitado por haber descubierto la playa repleta de perlas que corrió a su casa, a despertar a toda la familia. Pero la deidad embrujó la caverna abandonada, haciendo que se volviera invisible ante los ojos de todos aquellos que quisieran ir a buscarla.

–¿Entonces jamás encontraron la playa de perlas?

–Los isleños todavía siguen hablando de ella. –Jared meneó la cabeza–. Muchos la han buscado. Pero nadie la vio jamás. Se dice que sólo podrán encontrarla un par de amantes cuya pasión sea igual a la de aquella pareja que optó por encontrarse allí, para hacerse el amor a la luz de la luna.

–Vaya, arriesgar todo en nombre del amor, señor Chillhurst. –Olympia suspiró.

–He empezado a creer que una gran pasión es como una gran leyenda –comentó Jared suavemente–. Vale la pena correr cualquier riesgo por ella.

Olympia se estremeció. Al principio sintió calor, luego, frío.

–Sin duda, debe de tener razón. De todas maneras, le agradezco la historia. Es muy bella. Jamás la había escuchado.

Jared la miró a los ojos. Algo oscuro y perturbador se advirtió en sus propios ojos.

–Sí, muy bella.

En ese momento, Olympia casi se convenció de que Chillhurst hablaba de ella y no de la leyenda. Experimentó una extraña sensación, similar a la que vivía cada vez que investigaba una leyenda, pero mucho más poderosa. Estaba agitada, un poco mareada.

–¿Señor Chillhurst...?

Jared extrajo su reloj del bolsillo.

–Veo que se ha hecho muy tarde –dijo, con evidente pesar–. Es hora de que vuelva a mi cabaña. Tal vez, mañana por la noche, tengamos la oportunidad de conversar sobre otra costumbre, bastante original, que practicaban los habitantes de otra isla de los mares del Sur que, por casualidad, llegué a conocer.

–¡Oh! me encantaría –suspiró Olympia...

–Buenas noches, señorita Wingfield. La veré mañana en el desayuno.

–Buenas noches, señor Chillhurst.

Una vibrante sensación de deseo había anidado en el alma de Olympia, mientras acompañaba a Jared hasta la puerta de salida. Se quedó allí, parada, mirándole mientras desaparecía en la oscuridad de la noche.

Y luego, cuando se fue a acostar, soñó que Jared la besaba en una playa de perlas.

En aquel momento, a plena luz del día, mientras escuchaba a Jared relatar historias a sus sobrinos, se dio cuenta de que él se había convertido en una parte muy importante de su pequeño hogar, y en muy poco tiempo. Estaba aprendiendo mucho sobre todo lo relacionado con ese hombre con rostro de pirata. Notó que le gustaba mucho. «Demasiado, tal vez», pensó.

No debía olvidar que, algún día, Jared se marcharía y que ella se quedaría sola otra vez, con su biblioteca, sin ninguna compañía adulta con quien compartir todos los placeres intelectuales que ésta contenía.

En aquel momento, Jared levantó la vista y la vio allí, dentro del salón de las clases. Apenas esbozó una sonrisa.

–Buenos días, señorita Wingfield. ¿Desea algo?

–No, no –dijo Olympia de inmediato–. Por favor, continúe. Yo, simplemente, quería observar la clase.

–Por supuesto. –Jared señaló el globo terráqueo–. Estamos estudiando geografía esta mañana.

–Eso veo. –Olympia dio un paso hacia ellos.

–Estamos aprendiendo todo sobre las Indias Occidentales, tía Olympia. –Ethan sonrió.

–Y sobre un pirata que se llamaba capitán Jack –agregó Robert.

Jared carraspeó suavemente.

–Debemos resaltar que el capitán Jack era un bucanero, no un pirata.

–¿Cuál es la diferencia? –preguntó Hugh.

–En verdad, la diferencia es muy pequeña –explicó Jared–. Pero cierta gente insiste mucho en esa distinción. Los bucaneros navegaban en comisión. En teoría, estaban autorizados por la corona, o por las autoridades locales de las Indias Occidentales, a atacar a los barcos enemigos. Claro que, a veces, el asunto se complicaba mucho. ¿Por qué crees que sucedía eso, Robert?

–Supongo que porque había muchos países que tenían colonias en las Indias Occidentales, señor.

Robert cuadró los hombros.

–Exactamente. –Jared sonrió en señal de aprobación–. En la época del capitán Jack, había buques ingleses, franceses, holandeses y españoles en la región.

–Y seguro que los bucaneros no debían atacar los barcos y las ciudades de sus respectivos países –añadió Ethan. Frunció el ceño–. Eso significa que los ingleses tendrían que atacar a los franceses, a los españoles y a los holandeses. Los franceses, tendrían que haber atacado a los ingleses, a los españoles y a los holandeses.

–Parece bastante complicado –dijo Olympia. Dejó de fingir ser una interesada observadora de los métodos instructivos de Jared. Cruzó a toda prisa el salón para reunirse con sus sobrinos–. ¿Qué era toda esa aventura de querer cruzar el istmo de Panamá para buscar un tesoro?

–¿Le gustaría quedarse con nosotros para escuchar la historia, señorita Wingfield?

La sonrisa de Jared fue lánguida y misteriosa.

–Sí, claro –dijo Olympia. Le sonrió agradecida–. Me encantaría. Tengo mucho interés en esos relatos.

–De acuerdo –dijo Jared suavemente–. Acérquese un poco más. No me gustaría que se perdiese ningún detalle, señorita Wingfield.

El terrateniente Pettigrew llegó a las tres de la tarde. Olympia ya estaba de regreso en su biblioteca cuando escuchó el ruido de las ruedas de la calesa en la entrada de la casa. Se levantó de su silla y se acercó a la ventana, para verlo descender de su carruaje.

Pettigrew era un hombre corpulento, de casi cincuenta años. En su época, tuvo fama de buen mozo y, en la actualidad, seguía actuando como si todas las mujeres del mundo todavía le considerasen irresistible. Olympia no entendía qué habían visto las mujeres en el terrateniente.

La verdad era que el hombre podía volverse un verdadero pelmazo. Olympia sabía que su juicio no era muy cualificado en la materia. Después de todo, para ella, la mayoría de los hombres de Upper Tudway eran insulsos y necios. Rara vez tenían los mismos intereses y objetivos que ella y, por lo general, tendían a imponer sus inquietudes sobre las mujeres. Pettigrew no era una excepción, claro. Por lo que Olympia sabía, sus principales pasiones eran los perros sabuesos, la caza y el trabajo de la tierra.

Sin embargo, Olympia sabía muy bien que estaba en deuda con él por cuidarse de todos los embarques que su tío le enviaba. Se sentía realmente agradecida por todo lo que el terrateniente Pettigrew había hecho por ella.

La puerta de la biblioteca se abrió justo en el momento en que Olympia volvía a sentarse. Pettigrew entró en la sala. El aroma a su colonia predilecta anticipó su entrada.

El terrateniente Pettigrew viajaba a Londres con mucha frecuencia y aprovechaba la oportunidad para quedarse allí un tiempo y ponerse al tanto de la moda. Aquella tarde llevaba unos pantalones bordeados con numerosos pliegues pequeños. La chaqueta le ajustaba demasiado, entallada en la cintura. La parte posterior de la misma caía en dos colas largas, que llegaban hasta sus rodillas. Debajo de ésta llevaba una camisa cuidadosamente plisada. Tenía la corbata tan alta y rígida que Olympia la creyó almidonada.

–Buenas tardes, señorita Wingfield. –Pettigrew le ofreció una sonrisa, que intentó ser amable, mientras se acercaba al escritorio–. Tiene hoy un aspecto excelente.

–Gracias, señor. Por favor, tome asiento. Tengo noticias bastante interesantes para usted.

–¿De verdad? –Con un gesto muy diestro, Pettigrew se

separó las colas de la chaqueta para poder sentarse–. Sospecho que querrá hablarme sobre el último envío que le ha hecho su tío. No se preocupe, querida. Ya me ha llegado el rumor y, como siempre, estoy dispuesto a ayudarla.

–Es muy amable de su parte, señor. Pero justamente, la buena noticia es que ya no necesitaré de sus servicios para venderlas.

Pettigrew pestañeó varias veces, como si se le hubiera metido polvo en el ojo y, luego, se quedó inmóvil.

–¿Cómo ha dicho?

–Ha sido una gran ayuda para mí y se lo agradezco profundamente. Pero ya no puedo seguir molestándole.

Olympia le sonrió con calidez.

–Señorita Wingfield. –El terrateniente Pettigrew frunció el ceño–. No considero molestia alguna ayudarla a vender las mercancías. En realidad, me siento obligado a colaborar con usted. Estaría faltando a mis obligaciones de amigo y de buen vecino si le permitiera caer en las manos de algún timador sin escrúpulos que no vacilaría en aprovecharse de una inocente muchacha como usted.

–No tiene por qué preocuparse por la señorita Wingfield –dijo Jared desde la puerta–. Ella está en muy buenas manos.

–¿Qué rayos...? –Pettigrew se volvió bruscamente hacia la puerta. Observó a Jared–. ¿Quién es usted, señor? ¿De qué está hablando?

–Me llamo Chillhurst.

Olympia advirtió una repentina tensión en el aire entre los dos hombres. Se esforzó en hacerla desaparecer, haciendo las presentaciones correspondientes.

–El señor Chillhurst es el nuevo maestro de mis sobrinos. Hace muy pocos días que está con nosotros, pero ya ha hecho maravillas. Esta mañana, los muchachos han estado estudiando geografía y apuesto que ahora deben saber mucho más sobre las Indias Occidentales que cualquier otro niño de Upper Tudway. Señor Chillhurst, permítame presentarle al terrateniente Pettigrew.

Jared cerró la puerta detrás de sí y caminó hacia el escritorio.

–La señora Bird mencionó que había llegado.

La mirada del terrateniente Pettigrew se fijó de modo automático en el parche de terciopelo negro que le cubría un ojo. Luego, tácitamente, reprobó la desnudez de su garganta, porque tenía el cuello de la camisa abierto.

–Demonios. Lo que menos parece es un maestro. ¿Qué está sucediendo aquí?

–No hay dudas de que el señor Chillhurst es un maestro. Y excelente. Tío Artemis me lo ha enviado.

Olympia se estaba enfadando.

–¿Wingfield le envió? –Pettigrew le lanzó una mirada de irritación–. ¿Está usted segura?

–Sí, por supuesto que estoy segura. –Olympia luchó por conservar la paciencia–. Y sucede que el señor Chillhurst es muy versado en temas financieros. Se ha ofrecido a actuar como mi hombre de confianza. Ésa es la razón por la que ya no necesitaré de sus servicios para vender las mercancías que mi tío me envía.

–*Su hombre de confianza.* –Pettigrew estaba indignado–. Bueno, pero usted no necesita ningún hombre de confianza. Me tiene a mí para que le administre las cosas.

Jared se sentó. Apoyó los codos sobre los posabrazos de la silla y juntó las yemas de sus dedos.

–Ya ha escuchado a la señorita Wingfield. Ya no necesitará de sus servicios, señor Pettigrew.

El hombre le clavó la mirada con todo su odio y luego se dirigió a Olympia.

–Señorita Wingfield, en varias oportunidades le he advertido de los peligros de tratar con personas de quienes ignoramos sus antecedentes por completo.

–El señor Chillhurst es un hombre perfectamente respetable –dijo Olympia con firmeza–. Mi tío jamás lo habría contratado para trabajar en esta casa si hubiera sido de otro modo.

–¿Ha revisado sus referencias, señorita Wingfield?

Pettigrew volvió a mirar desdeñosamente a Jared.

–Mi tío se ha encargado de todas esas cosas –le defendió Olympia.

–Le aseguro, señor, que no hay razones para preocuparse. –Jared sonrió fríamente–. Me encargaré de que la señorita Wingfield obtenga jugosas ganancias de lo que su tío le ha enviado.

–¿Y quién puede decir qué es una ganancia jugosa? –replicó Pettigrew–. La señorita Wingfield no tendrá posibilidad alguna de saber si usted la ha engañado, ¿no? Tendrá que depender exclusivamente de su palabra.

–De la misma manera que se ha visto obligada a depender de la suya en el pasado –contestó Jared suavemente.

–¿Está insinuando alguna cosa, señor? –Pettigrew se puso tenso–. Porque, si es así, permítame informarle que no lo toleraré.

–En absoluto. –Jared golpeteó las yemas de los dedos de una mano contra las de la otra, en un tamborileo silencioso–. La señorita Wingfield me ha comunicado que, del último envío, obtuvo doscientas libras.

–Correcto –corroboró el terrateniente Pettigrew, tenso–. Y fue muy afortunada al reunir esa suma. Porque de no haber sido por mis contactos en Londres, no habría ganado más de cien o ciento cincuenta, como mucho.

–Será interesante ver si yo puedo desempeñar ese trabajo tan bien como usted, ¿no? –Jared inclinó la cabeza–. Tal vez, incluso logre mejorar sus resultados.

–Señor –contestó Pettigrew, indignado– no me gusta su actitud.

–Su opinión no me interesa –observó Jared, conservando un tono suave–. Pero le aseguro que vigilaré estrechamente los asuntos comerciales de la señorita Wingfield. Después de todo, lo que ella necesita es dinero, ¿no? Una mujer soltera, que debe mantener a tres niños, tiene que aprovechar hasta el último centavo de lo que pueda ganar.

El rostro relleno de Pettigrew se volvió desagradablemente carmesí.

–Mire, señor. No puedo permitir que usted se ocupe de las mercancías de la señorita Wingfield así porque sí. Podría llevárselas y desaparecer para siempre.

–Lo que ha desaparecido es la mercancía –intervino

Olympia–. Bueno, es un decir. El señor Chillhurst las envió a Londres esta mañana.

El terrateniente Pettigrew abrió los ojos desmesuradamente, hecho una furia.

–Señorita Wingfield, no puedo creer que haya actuado tan precipitadamente como para permitir a este hombre que se lleve las mercancías de Upper Tudway.

–Están a salvo, señor Pettigrew. –Jared siguió golpeándose las yemas de los dedos–. Las envié vigiladas. Un conocido mío, en quien confío plenamente, las recibirá cuando lleguen a Londres, para encargarse de su posterior venta.

–Por Dios, hombre. –Pettigrew se le acercó–. ¿Qué ha hecho usted? Esto es un robo. Daré parte de inmediato a las autoridades.

–Ya basta, señor Pettigrew. –Olympia se puso de pie repentinamente–. No pongo en tela de juicio que el señor Chillhurst tenga en mente otra cosa más que defender mis intereses. No quiero ser grosera, pero tampoco deseo que siga con toda esta palabrería insultante. El señor Chillhurst podría ofenderse.

–Sí. –Jared seguía tamborileando los dedos, mientras consideraba la posibilidad–. Podría.

Pettigrew movió la boca durante unos instantes, pero no logró articular palabra. Luego, fuera de control, se dirigió a Olympia.

–Bien, señorita Wingfield. Eso es todo. Si usted prefiere depositar su confianza en un extraño en lugar de en un vecino a quien conoce desde hace años es asunto suyo. Pero espero que se arrepienta muy pronto de lo que está haciendo. Su nuevo maestro parece, más bien, un maldito pirata.

Olympia estaba enfadada. Después de todo, Jared era un empleado suyo y, por lo tanto, le competía a ella el defenderle.

–Realmente, señor Pettigrew, ha llegado usted demasiado lejos. No puedo permitir que hable en esos términos a ninguno de mis empleados. Que tenga buenos días, señor.

–Buenos días, señorita Wingfield. –Pettigrew caminó hacia la puerta–. Sólo espero que no pierda usted un dineral en manos de este... de este... individuo.

Olympia se quedó mirando la puerta, hasta que se cerró a espaldas de Pettigrew. Luego arriesgó una rápida mirada a Jared. Se sintió aliviada al comprobar que ya había dejado de golpearse los dedos. Sospechaba que ese gesto no era de buen augurio.

–Le pido disculpas por esta desagradable escena –dijo Olympia–. El terrateniente Pettigrew tiene muy buenas intenciones, pero creo que se ha sentido ofendido al enterarse de que puse todas las mercancías en sus manos en lugar de entregárselas a él.

–Me llamó pirata.

–Sí, pero por favor, no se ofenda. –Olympia carraspeó delicadamente–. No podemos culparle por haber hecho el comentario. La verdad es que la señora Bird ha hecho antes la misma comparación. Hay algo en usted, señor, que hace que uno le imagine como a un pirata.

–Espero que no le decepcione el hombre que hallará bajo el rostro de pirata. –Jared esbozó una sonrisa.

–Oh, no –susurró Olympia–. No sería posible decepcionarme, señor.

La noche siguiente, Olympia estaba sentada ante su escritorio, observando el cabello de Jared. Negro y abundante, estaba cepillado por detrás de las orejas y le llegaba hasta el cuello de la camisa. No había dudas de que su estilo estaba pasado de moda y que contribuía a su aspecto salvaje. Pero a Olympia no le importaba. Todo lo que deseaba hacer era poder pasar la mano sobre él.

Era la primera vez en la vida que sentía deseos de acariciar la cabellera de un hombre con los dedos.

Jared estaba sentado en un sillón, frente a la chimenea, con las piernas extendidas hacia delante. Llevaba botas y leía un libro que había escogido de un estante cercano.

El brillo del fuego acentuaba más sus rasgos duros. Después de la cena, se había quitado la chaqueta. Olympia ya se había habituado a que no se pusiera corbata, pero aún le perturbaba el hecho de que estuviera en mangas de camisa, en la misma sala que ella, a solas.

Tan embriagante sensación de intimidad la elevaba dos centímetros del suelo. Sentía escalofríos. No podía evitar preguntarse si Jared no estaría sintiendo otra cosa, además del cansancio lógico del día.

Era casi medianoche, pero aún no daba señales de querer retirarse a su vivienda. La señora Bird se había ido a su cuarto después de la cena. Ethan, Hugh y Robert hacía horas que se habían acostado. *Minotauro* se hallaba en la cocina.

Olympia estaba a solas con Jared, consumida por una extraña y desconocida inquietud. Esos sentimientos habían ido cobrando intensidad cada noche, desde la llegada de Jared. Por cuanto a ella concernía, él no se mostraba para nada incómodo ante tanta intimidad.

Olympia sintió urgencia por hablar con él. Vaciló. Luego cerró el diario de Lightbourne con un fuerte golpe.

Jared levantó la vista de su lectura y le sonrió con picardía.

–¿Va progresando, señorita Wingfield?

–Eso creo –dijo Olympia–. La mayoría de los datos son prosaicos. A simple vista, no es más que un diario que relata los acontecimientos del día. Parece referirse al período desde el que la señorita Lightbourne se comprometió, hasta los primeros meses de casada, con un tal señor Ryder.

–¿Ryder? –La mirada de Jared se volvió enigmática.

Ella parece muy feliz con él. –Olympia sonrió–. Le llama su «amado señor Ryder».

–Ya veo.

–De hecho, es la única expresión que emplea, aunque está casada con él. Extraño, pero es así. Debe haber sido una dama muy formal.

–Eso parece.

La voz de Jared sonaba extraña. Estaba casi aliviado.

–Como ya le he dicho, el diario parece algo vulgar, con la diferencia de que está escrito en una combinación de inglés, griego y latín. Pero cada cierto número de páginas, me encuentro con una serie de números, mezclados entre los párrafos, que parecen no tener ningún sentido. Creo que esos números y esas palabras son las claves de lo que estoy buscando.

–Suena bastante complicado, pero creo que así son los códigos.

–Sí. –Olympia detectó una falta de interés en Jared. Sabía que había llegado el momento de cambiar de tema.

Empezaba a darse cuenta de que, por alguna razón, el misterio del diario de Lightbourne no presentaba ningún atractivo intelectual para Jared. De hecho, se mostraba genuinamente aburrido cuando ella lo mencionaba. Y eso le decepcionaba, porque habría preferido discutir sus hallazgos con él.

De todas maneras, no podía quejarse porque él deseara eludir el tema, pensó. Después de todo, siempre estaba bien dispuesto a charlar de cualquier otra cosa con ella.

–¿Le resultan familiares el latín y el griego? –preguntó Jared, casi con indiferencia.

–¡Oh!, sí –le aseguró Olympia–. Tía Sophy y tía Ida me enseñaron ambas lenguas.

–Echa de menos a sus tías, ¿verdad?

–Mucho. Tía Ida murió hace tres años. Y luego tía Sophy, hace seis meses. Eran la única familia que tenía hasta que llegaron mis sobrinos.

–Ha estado sola demasiado tiempo.

–Sí. –Olympia vaciló–. Una de las cosas que más echo de menos son las conversaciones que solíamos tener por las noches. ¿Sabe lo que es no tener a nadie con quién hablar, señor Chillhurst?

–Sí, señorita Wingfield –contestó él suavemente–. Lo sé muy bien. He sentido la falta de una compañía cercana durante la mayor parte de mi vida.

Olympia le miró a los ojos y advirtió que Jared estaba permitiéndole penetrar brevemente en su alma. «Es justo», pensó, pues ella también le había mostrado parte de su interior. Le tembló la mano cuando bebió otro sorbo de brandy.

–Aquí, en Upper Tudway, nadie se interesa por las leyendas y costumbres de otras tierras –confió Olympia–. Ni siquiera el señor Draycott. Aunque por un tiempo pensé...

Su voz se desvaneció.

–Draycott no está interesado en esas cuestiones, señorita Wingfield, pero yo sí. –Jared apretó la copa con fuerza.

–Eso presentí. Realmente usted es un hombre de mundo. –Olympia miró el brandy que tenía en su copa y luego volvió a alzar la vista–. Anoche mencionó conocer ciertas costumbres, muy poco comunes, que practicaban los habitantes de una isla de los mares del Sur.

–¡Ah!, sí. –Jared cerró el libro y miró el fuego–. Unos hábitos de galantería muy interesantes los de esos isleños.

–Prometió darme más detalles esta noche. ¿Lo recuerda?

–Claro. –Jared tomó un sorbo de su brandy y asumió una expresión contemplativa–. Aparentemente, la tradición del lugar dicta que el supuesto pretendiente debe llevar a su dama a un lugar de la jungla que se considera mágico. Me dijeron que se trata de una laguna, donde una enorme cascada cae sobre un muro de rocas.

–Parece encantador. –Olympia bebió otro sorbo de brandy–. ¿Y después qué pasa?

–Si la dama desea que el hombre le haga la corte, entonces permite que la bese debajo de la cascada. –Jared hizo girar la copa con sus manos–. Él le entrega una muestra de sus sentimientos, como símbolo de su amor. La leyenda dice que una unión que empieza de ese modo resultará armoniosa y fructífera.

–¡Qué interesante!

Olympia se preguntaba cómo sería un beso de Jared. Su físico se veía tan perfecto, poderoso y fuerte allí, sentado junto a ella. Pensó que podría levantarla con una sola mano, si quisiera.

Se preguntó cómo se sentiría si Jared la levantara entre sus brazos.

Y la estrechara contra su pecho.

Y le cubriera la boca con la suya.

Aturdida por el curso que habían tomado sus pensamientos, Olympia se sobresaltó y la copa amenazó con caérsele de las manos. El brandy se derramó sobre el escritorio.

–¿Se encuentra usted bien, señorita Wingfield?

–Sí, sí, por supuesto.

A toda prisa, Olympia enderezó la copa y la apoyó sobre el escritorio. Mortificada ante su torpeza, secó el brandy derramado con un pañuelo mientras buscaba desesperadamente algún tema que la salvara de tan engorrosa situación.

–Y hablando de símbolos de amor en los mares del Sur... –Olympia se concentró en terminar de enjugar hasta la última gota de brandy derramada–. Recientemente he leído algo en relación con una práctica muy fuera de lo común en esa parte del mundo.

–¿De verdad, señorita Wingfield?

–Parece ser que, entre los habitantes de una de las islas, es tradición que el novio entregue a la novia un gran objeto de oro en forma de falo.

Al otro lado de la sala, se produjo un profundo silencio. Olympia levantó la vista, pues creyó que Jared no la había escuchado. Experimentó una extraña sensación cuando vio la perturbación en sus ojos.

–¿Un falo de oro? –preguntó Jared.

–Bueno, sí. –Olympia dejó el pañuelo empapado en brandy sobre el escritorio–. Una costumbre muy rara, ¿no lo cree usted, señor? ¿Qué supone que una puede hacer con un gran falo de oro?

–No podría asegurarlo de antemano, pero sospecho que existe una interesante respuesta a esa pregunta.

–Sin duda. –Olympia suspiró–. Pero jamás conoceré la respuesta porque nunca viajaré a los mares del Sur.

–Como usted misma dijo, señorita Wingfield, no se necesita viajar mucho para tener experiencia sobre el mundo. –Jared dejó su copa de brandy y se puso de pie.

–Cierto. –Le miró mientras él, deliberadamente, se acercaba–. ¿Sucede algo, señor Chillhurst?

–Sí. –Rodeó el escritorio, extendió los brazos y levantó a Olympia de la silla–. Hay algo que quiero saber esta noche y sólo usted conoce la respuesta, señorita Wingfield.

–*Señor Chillhurst.* –Olympia casi no podía respirar por la excitación que ardía en ella. Sentía que estaba a punto de derretirse–. ¿Cuál es su pregunta, señor?

–¿Me besaría, señorita Wingfield?

Olympia estaba tan agitada que no podía hallar las palabras para responderle. Hizo lo único que pudo. Le rodeó el cuello con los brazos y alzó su boca hacia la de él en silenciosa invitación.

Con repentina y absoluta certeza, se dio cuenta de que había esperado ese momento durante toda su vida.

–*Sirena.*

Jared la estrechó con todas sus fuerzas entre sus brazos, mientras poseía sus labios con pasión.

CAPÍTULO IV

Fuego, como una llama salvaje e implacable, corrió en las venas de Olympia. Estaba tan aturdida como estimulada.

La boca de Jared era cálida, persuasiva y exigente. La convencía, la conquistaba. En reacción a sus labios, que se movían sobre los de ella sin cesar, Olympia no dejaba de temblar.

Sentía el calor del cuerpo de Jared y la fuerza de sus manos. Sabía que estaba volviéndose terriblemente vulnerable ante él, pero no le importaba, porque estaba disfrutando mucho de aquella experiencia. Le abrazó con más fuerza todavía, como si de ellos hubiera dependido toda su vida, mientras él la conducía a un mar de sensaciones.

Jared gimió cuando ella abrió la boca, ante su sutil insistencia.

–Estoy ansioso por escuchar tu canción, querida –murmuró él contra sus labios y, al instante, se encontró en el interior de su boca.

Cuando Jared le tocó la lengua con la suya, Olympia se asombró. Instintivamente, trató de retirarla.

–Todavía no –le urgió Jared–. Quiero saborearte.

Olympia se sintió cautivada por esas palabras.

–¿Saborearme?

–Así. –Jared volvió a tomar la boca de Olympia una vez más, saboreándola plenamente–. Y así. Por Dios, eres más embriagadora que el mejor brandy.

Olympia echó la cabeza hacia atrás y cerró los ojos, totalmente abandonada a la delicia de experimentar ser besada por Jared.

Sintió que Jared cambiaba sus brazos de posición. Pasó uno por detrás de sus rodillas y el otro alrededor de los hombros. Olympia suspiró profundamente cuando él la levantó para transportarla hacia el otro lado de la sala.

Abrió los ojos y le miró, cuando la depositaba sobre los almohadones de terciopelo del sofá. Advirtió un apetito incontenible en los ojos de Jared y supo que dentro de ella también había algo que respondía a ese apetito. Nunca se había sentido tan gloriosamente viva.

–Todo esto es muy extraño. –Olympia le tocó el rostro, embelesada–. Me siento como si estuviera a punto de emprender un largo viaje, hacia una tierra desconocida.

–Yo también. –La sonrisa de Jared fue lenta y sensual. Se hincó sobre una de sus rodillas, en el suelo, junto al sofá–. Haremos este viaje juntos, mi encantadora sirena.

Sin poder musitar palabra alguna, Olympia le tomó la mano y se la llevó a los labios. Le besó la palma con una profunda emoción.

–Dios mío, no tienes idea de lo que me estás haciendo.

Jared le apoyó la palma de la otra mano sobre la garganta y luego, lentamente, la bajó hasta posarla sobre su pecho.

–Esto es pasión, ¿no es cierto, Jared?

Olympia le miró entre sus pestañas casi cerradas.

–Sí, Olympia. Esto es pasión.

–No sabía que tuviera tanto poder –murmuró–. Ahora entiendo por qué está en la base de tantas leyendas.

Se alzó para poner la boca de él una vez más contra la suya.

Mientras la besaba, Jared exploró la forma de su seno con la palma de la mano. Olympia advirtió que todo su cuerpo vibraba con una extraña ansiedad. Se movió en el sofá buscando una mayor intimidad.

Jared inhaló profundamente y comenzó a desatar las cintas del vestido de Olympia. Sus poderosos dedos temblaron levemente.

–¿Jared? ¿Estás sintiendo la misma calidez que yo?

–No se trata simplemente de calidez, mi dulce sirena. Estoy ardiendo.

–¡Oh!, *Jared*. Me está pasando exactamente lo mismo.

–Me temo que cuanto más lejos lleguemos en este viaje, más nos costará volver.

Jared bajó el talle del vestido hasta la cintura.

Olympia se estremeció de la cabeza a los pies cuando Jared tomó uno de sus pezones entre los labios.

–No quiero volver nunca más.

–Tampoco yo. –Jared levantó la cabeza para mirarla intensamente a los ojos–. Pero, por mucho que te desee, no quiero llevarte más lejos de lo que tú quieras llegar. Si quieres que me detenga, mejor que me lo digas mientras todavía pueda hacerlo.

–Tengo veinticinco años, Jared –le dijo ella, acariciándole la mejilla–. Soy una mujer de mundo; no una jovencita recién salida de la escuela. Me enseñaron a tomar mis decisiones sin prestar atención a lo que normalmente se entiende por apropiado o debido.

–Me habían dicho que eras una mujer de lo más original. –Jared le sonrió lentamente y bajó la vista para contemplar sus senos desnudos–. Pero también eres muy hermosa.

Olympia tembló con anticipación. Estaba en un dilema. Por un lado, tenía el impulso de escaparse de la intensa mirada de Jared, pero por el otro, habría dado cualquier cosa con tal de parecerle atractiva. Nunca se había considerado hermosa, pero ahora que Jared la miraba así, se sentía fantástica.

–¿Sabes cuánto te deseo? –Jared acarició el pezón con un dedo–. ¿Puedes imaginártelo remotamente, al menos?

–Me siento feliz, profundamente feliz de que me desees, Jared. –Olympia se arqueó contra la palma de su mano. Sintió que el seno se le hinchaba, adquiriendo turgencia. Los pezones parecían insoportablemente sensibles al contacto con su piel.

–Vas a conducirme a la locura, pero yo voy a abandonarme a este viaje. –Jared llevó la mano hasta el tobillo de Olympia, para subirla por debajo de sus faldas.

Olympia sintió la mano en la cara interna de sus piernas y algo en su interior comenzó a latir. El calor la derretía. De pronto, se dio cuenta de que le urgía tocarle, explorarle de la misma manera que él lo estaba haciendo y descubrir su cuerpo.

Buscó torpemente los botones de la camisa, y por fin logró abrirla. Los oscuros y rizados vellos del pecho le fascinaron. Apoyó la mano sobre éste y sintió la rigidez de sus músculos.

–Sabía que serías así. –Suspiró maravillada–. Tan cálido, tan fuerte, tan poderoso.

–Olympia... Mi sirena...

Jared apretó con más fuerza el muslo de la joven, por encima del liguero, mientras besaba apasionadamente el valle de sus pechos.

Un grito breve, finito, de temor y angustia, apuñaló la nube de pasión que envolvía a Olympia. Se quedó helada, como si acabara de caer en una corriente de agua fría.

Jared levantó la cabeza de inmediato.

–¿Qué demonios ha sido eso?

–Es Hugh. –Olympia luchó por sentarse. Le temblaban los dedos mientras trataba de acomodarse el vestido–. Ya te he dicho que en ocasiones tiene pesadillas. Debo ir a su lado de inmediato.

Lentamente, se puso de pie. La contemplaba mientras ella trataba de volver a atar las cintas de su vestido.

–Permíteme.

–Por favor. Date prisa. Hugh se asusta tanto.

Agradecida por la ayuda, Olympia se dio vuelta y esperó con impaciencia a que él terminara de acomodarle el talle de su vestido de muselina.

–Ya está. Jared retrocedió.

Olympia corrió hacia la puerta. La abrió y recorrió rápidamente el pasillo rumbo a las escaleras. Sabía muy bien que Jared le estaba siguiendo. Cuando volvió la vista atrás, por encima de su hombro, notó que él, metódicamente, estaba abotonándose la camisa e introduciéndola dentro de sus pantalones.

Una vez arriba, Olympia siguió el pasillo, hacia la habitación de Hugh. La puerta de la izquierda se abrió cuando ella pasaba. Robert apareció vistiendo un camisón.

–¿Tía Olympia? –Robert se restregó los ojos, como para despabilarse–. Creo que escuché a Hugh.

–Sí, fue él. –Olympia se detuvo un momento para tocarle el hombro–. Otra pesadilla, seguramente. Vuelve a la cama, Robert. Yo le atenderé.

Robert asintió y comenzó a cerrar la puerta. Se detuvo al ver a Jared.

–Señor Chillhurst. ¿Qué está haciendo aquí?

–Estaba con tu tía cuando oímos el grito de Hugh.

–¡Oh! Hugh se asusta mucho, sabe.

–¿Por qué? –preguntó Jared.

–Tiene miedo de que dentro de poco nos trasladen de aquí a la casa del próximo pariente que quiera recibirnos. –Robert se encogió de hombros–. Ethan también tiene el mismo miedo. Yo les he dicho que deben ser valientes, pero todavía son muy pequeños, sabe. Les cuesta entenderlo.

–Nadie se irá de esta casa, Robert –dijo Olympia firmemente–. Ya te lo he dicho.

–Sí, tía Olympia –contestó Robert, con una extraña y ominosa gentileza.

Olympia suspiró. Sabía que Robert no la creía completamente, aunque ella no había dejado de insistir sobre lo mismo durante los últimos seis meses. Pero no había tiempo para dedicarse a este tema. Primero, debía atender a Hugh.

Recorrió el pasillo hasta llegar a la habitación de Hugh. Los sollozos del niño se escuchaban aun con la puerta cerrada.

Olympia la abrió suavemente y penetró en la oscura habitación. A la pálida luz de la luna, la muchacha alcanzó a ver un bultito, patético, acurrucado debajo de las mantas.

–¿Hugh? ¿Hugh? Soy yo, tía Olympia. –Se acercó a la cama y se sentó sobre ésta, junto al tembloroso montoncito. Apartó la ropa y puso la mano sobre el hombro de Hugh, que no dejaba de temblar–. Ya pasó. Todo terminó. Estoy aquí.

–*Tía Olympia.* –Hugh se sentó lentamente y la miró con ojos muy grandes, aterrorizados. Luego se echó en sus brazos, sollozando–. Otra vez he tenido ese sueño.

–Lo sé, querido. Pero simplemente fue eso, un sueño. –Olympia le estrechó con más fuerzas todavía y le acunó–. Estás seguro aquí, conmigo. Nadie te llevará a otro lugar. Ahora ésta es tu casa, tu hogar.

Se oyó un rasgueo en la oscuridad. El cuarto se iluminó cuando Jared encendió una vela. Hugh, de inmediato, levantó la cabeza para mirar por encima del hombro de Olympia.

–Señor Chillhurst. –Hugh parpadeó y escondió la cabeza. Obviamente, se sentía muy avergonzado ante la evidencia de las lágrimas en su rostro–. No sabía que todavía estuviera aquí.

–Estaba abajo, en la biblioteca, cuando tuviste ese sueño –contestó Jared tranquilamente–. ¿Te sientes mejor ya?

–Sí, señor. –Hugh se secó las lágrimas de la cara con la manga del camisón–. Ethan dice que siempre lo echo todo a perder.

–¿Sí? –Jared arqueó una ceja–. Si mal no recuerdo, Ethan echó a perder unas cuantas margaritas ayer, cuando se cayó del árbol.

El rostro de Hugh se animó.

–Eso hizo. ¿Verdad?

–Nadie me dijo que Ethan se había caído de un árbol. –Olympia miró a Jared.

–No fue tan terrible –declaró Jared–. Todo lo que se hizo fue un rasguño en la rodilla.

–El señor Chillhurst dijo que no había necesidad de contártelo –explicó Hugh–. Que las mujeres organizan un gran escándalo por un poquito de sangre.

–¿Ah, sí? –Olympia dirigió a Jared una mirada de reprobación–. Bueno, eso es una muestra de lo mucho que el señor Chillhurst conoce a las mujeres.

–¿Está insinuando que mis conocimientos sobre las mujeres son deficientes en algunos aspectos, señorita Wingfield?

La sonrisa de Jared fue peligrosamente divertida.

–Eso es, precisamente, lo que estoy insinuando, señor Chillhurst.

–Entonces tal vez tenga que dedicarme con más ahínco a estudiar el tema. Después de todo, es mi obligación profesional alcanzar la cumbre de la educación y la instrucción. Claro que, para mis investigaciones, necesitaré un espécimen voluntario. ¿Le importaría ser esa voluntaria?

Olympia experimentó una gran confusión. Sabía que él estaba bromeando, pero no entendía su significado. ¿La estaría subestimando, ahora que la había visto medio desnuda entre sus brazos, en el sofá de la biblioteca?

Tía Sophy y tía Ida le habían advertido que muchos hombres, secretamente, desaprobaban a las mujeres de mundo liberadas, aunque en la mayoría de los casos, esos mismos hombres se sentían muy felices de llegar a intimar con ellas.

Por un instante, en el que el corazón se le paralizó, Olympia se preguntó si no habría juzgado mal a Jared. Tal vez él no era la clase de hombre que ella creía. Tal vez no se diferenciaba en nada de Reginald Draycott, ni de los demás hombres de Upper Tudway. Sintió calor y después frío. Se alegró de que sólo una vela estuviera iluminando la alcoba.

–¿Te encuentras bien, tía Olympia? –le preguntó Hugh, frunciendo el ceño por la preocupación.

Avergonzada, Olympia volvió la mirada hacia él.

–Por supuesto que sí. ¿Y tú?

–También. –Se limpió la nariz con la manga del camisón–. Lamento haberte alarmado.

–Todos tenemos pesadillas de vez en cuando, Hugh –dijo Jared.

–¿Incluso usted? –Hugh parpadeó.

–Incluso yo.

–¿Qué clase de pesadillas tiene usted? –preguntó Hugh, con genuino interés.

–Hay un sueño en particular que siempre se ha repetido en mi vida. –Jared notó que Olympia tenía el rostro girado a un lado–. Estoy en una isla desconocida y, a lo lejos, veo un barco en el puerto.

–¿Y qué le pasa en el sueño? –inquirió Hugh, más interesado todavía.

–Sé que está a punto de zarpar y que debo subir a bordo o me dejarán abandonado allí. Pero no puedo alcanzarlo.

Paso el tiempo mirando mi reloj, pero aunque haga lo que haga jamás llegaré al barco por mis propios medios. Si alguien no me rescata, me dejarán abandonado en la isla.

Olympia levantó la vista de inmediato.

–Yo he tenido sueños como ése –susurró–. Uno sabe que estará solo para siempre y no puede tolerar esa idea.

–Sí, es muy desagradable.

Jared la miró. Por un instante, una remota soledad, combinada con un irrefrenable deseo, brilló en su mirada.

En ese mismo momento, Olympia concluyó que no había juzgado mal a aquel hombre. Les unía un lazo que no podía traducirse en palabras. Se preguntaba si Jared lo entendería con la misma claridad que ella.

–Pero no es más que un sueño, tía Olympia –la reconfortó Hugh.

–Tienes razón. –Olympia se desembarazó del hechizo que la había atrapado temporalmente y sonrió a su sobrino–. Son sólo sueños. Bueno, creo que ya hemos discutido bastante el tema. –Se levantó de la cama–. Si estás seguro de que puedes volver a dormirte, Hugh, entonces nos marcharemos.

–Estaré bien, tía Olympia.

Hugh se arrebujó bajo las mantas.

–Muy bien, entonces. –Olympia se agachó para darle un beso. Hugh hizo una mueca de disgusto, como siempre, pero no volvió la cara–. Nos veremos mañana en el desayuno.

Hugh esperó hasta que Olympia apagó la vela y alcanzó la puerta.

–¿Tía Olympia?

–¿Sí, cariño? –Se volvió para mirarle.

–Robert dice que Ethan y yo debemos ser valientes, porque algún día tú te aburrirás de nosotros y nos enviarás de vuelta con nuestros parientes de Yorkshire. Me preguntaba cuánto falta para que te canses de nosotros y nos eches de aquí.

Olympia sintió un nudo en la garganta.

–Nunca voy a cansarme de teneros en mi casa. La verdad

es que no sé cómo he podido vivir sola antes de que llegarais vosotros.

–¿Es cierto? –preguntó Hugh con ansiedad.

–Oh, sí, Hugh –contestó Olympia con toda franqueza–. Es cierto. La vida aquí era muy aburrida antes de que llegarais tú y tus hermanos. No se me ocurre nada más deprimente en mi vida que veros partir.

–¿Estás segura? –volvió a preguntarle Hugh, con la misma ansiedad.

–Juro que si tú, Ethan y Robert os marcháis, rápidamente me convertiría en una intelectual muy rara, que sólo encontraría diversión en los libros.

–No es cierto –dijo Hugh con vehemencia–. No eres extraña. Charles Bristow dijo que lo eras y yo le golpeé por eso. Porque *no* es cierto. Eres fantástica, tía Olympia.

»No quise decírtelo. El señor Chillhurst dijo que tuve razón en no contarte lo que sucedió. –La desconcertada mirada de Hugh se fijó de inmediato en Jared.

–Cierto –dijo Jared–. Un caballero que se reta a duelo con otro, para defender el honor de una dama, jamás lo discute con ella. Ni antes ni después del duelo.

–Por el amor de Dios. –Olympia estaba enfadada–. No voy a permitir que nadie se pelee por mi culpa. ¿Queda entendido?

–No tiene importancia. –Hugh suspiró–. Perdí. Pero el señor Chillhurst me dijo que me enseñaría algunos trucos para que me vaya mejor la próxima vez.

–¿Ah, sí? –Olympia miró a Jared, furiosa.

–No se preocupe, señorita Wingfield –dijo Jared.

–Usted no hace más que repetirme esa frase. Pero estoy empezando a pensar que lo más correcto sería comenzar a observar más detenidamente las clases que da a mis sobrinos.

Jared arqueó una ceja.

–Tal vez sea mejor que discutamos eso a solas, señorita Wingfield. Buenas noches, Hugh.

–Buenas noches, señor.

Olympia salió, muy tensa. Jared la siguió y cerró cuidadosamente la puerta detrás de sí.

–La verdad es, señor Chillhurst –empezó Olympia en un murmullo– que no puedo permitir que aliente a mis sobrinos para que riñan con otros niños.

–No es mi intención hacer nada por el estilo, señorita Wingfield. Debe confiar en mí. Me considero un hombre inteligente, que busca remedios no violentos para resolver cualquier controversia en la medida de lo posible.

–¿Está seguro de eso? –Ella le miró.

–Muy seguro. Pero a veces el mundo no es color de rosa y un hombre debe saber defenderse.

–Mmm.

–Así como debe saber defender el honor de una mujer –concluyó Jared suavemente.

–Ése es un concepto muy antiguo con el que no coincido –dijo Olympia, apesadumbrada–. Tía Sophy y tía Ida me enseñaron que una mujer debe defender sola su honor.

–De todas maneras, espero que siga confiando en mis métodos de enseñanza. –Jared le tomó la mano para detenerla–. Y en mí.

Olympia estudió el rostro de Jared a la luz del candelabro de pared. Su enfado desapareció.

–Por supuesto que tengo confianza en usted, señor Chillhurst.

–Entonces, le doy las buenas noches, señorita Wingfield.

Jared le sonrió, inclinó la cabeza y la besó con fuerza en la boca.

Pero antes de que tuviera la responsabilidad de responder, el beso terminó. Jared la soltó. Descendió las escaleras sin decir ni una sola palabra más y salió de la casa.

Olympia bajó las escaleras lentamente. Trató de identificar el torbellino de emociones que giraba dentro de ella, pero fue un esfuerzo inútil. Había demasiadas cosas nuevas e inéditas. Era asombroso, inquietante y, tal vez, un poquito peligroso.

Tenía la sensación de haber entrado en el corazón de una leyenda, escrita expresamente para ella.

Con una sonrisa pensativa, pasó frente a la enorme puerta de hierro de la entrada. Fue a la biblioteca y tomó el diario de Lightbourne. Durante unos instantes, permaneció en medio de la habitación, saboreando el recuerdo del abrazo de Jared. Fue muy apropiado que la besara por primera vez allí, en aquel lugar tan especial para ella.

Olympia recordó la primera imagen que tuvo de esa biblioteca. Fue aquel día oscuro y lluvioso en el que la habían dejado en aquella casa con tía Sophy y tía Ida. Entonces, Olympia estaba muerta de frío y de miedo, desesperada, dispuesta a no revelar sus temores. Otra vez la habían depositado en casa de otro pariente anónimo.

Aquellos dos años, durante los cuales había pasado de mano en mano, dejaron sus huellas. Con sólo diez años de edad, Olympia era demasiado delgada, demasiado callada, extremadamente ansiosa y con tendencia a padecer terribles pesadillas.

Algunas de ellas adoptaban formas humanas. Por ejemplo, tío Dunstan, que la miraba con un brillo raro en los ojos. Un día, la siguió a una habitación y cerró la puerta. Empezó a hablarle de lo bonita que era y a tocarla con aquellas manos enormes y sudorosas.

Olympia gritó. Tío Dunstan la soltó al instante y le suplicó que dejara de gritar, pero ella estaba tan nerviosa que no podía hacerlo. Siguió gritando hasta que tía Lilian abrió la puerta. La mujer captó la situación con sólo mirar la escena. No dijo nada, pero a la mañana siguiente Olympia fue enviada a la casa del siguiente pariente en la lista.

Y también su primo Elmer, un muchacho perverso, tres años mayor que ella. Gozaba aterrando a Olympia en cuanto tenía la oportunidad. Solía abalanzársele, a gritos, emergiendo de cuanto escondrijo encontrara en los pasillos, cada vez que la veía pasar. Le había prendido fuego a la única muñeca que tenía. La amenazaba con encerrarla en el sótano. En pocas semanas, Olympia tenía miedo hasta de hacer el movimiento más insignificante. Se sobresaltaba hasta de la sombra más pequeña. Cuando el médico la examinó, diagnosticó una enfermedad nerviosa, razón suficiente para que la despacharan a casa del siguiente pariente.

Y la que seguía en la lista era tía Sophy. Ella y tía Ida la llevaron a la biblioteca el primer día que llegó. Le ofrecieron chocolate caliente, asegurándole que esa sería su residencia permanente. Por supuesto que Olympia no les creyó al principio, pero trató de ser amable al respecto.

Las tías intercambiaron una mirada suspicaz y, luego, tía Sophy le tomó la mano y la llevó ante el enorme globo terráqueo.

–Puedes venir a la biblioteca cuando quieras, Olympia –le dijo tía Sophy con afecto–. En esta sala, eres libre. Libre para explorar tierras desconocidas. Libre para soñar lo que quieras. En este recinto hay todo un mundo entero, Olympia, y es tuyo.

Llevó su tiempo, en realidad meses, hasta que Olympia aprendió a florecer bajo el afecto y las atenciones recibidas por parte de las tías. Pero floreció al fin. Y a medida que fue creciendo, feliz y segura en su nuevo hogar, comenzó a pasar horas interminables en aquella biblioteca.

Muy pronto, aquel lugar se convirtió en su favorito. Era su mundo privado, donde cualquier cosa podía pasar. Un lugar en el que las leyendas podían convertirse en realidad, en el que estar sola no importaba tanto.

Fue el sitio perfecto para saborear el beso del pirata.

Con el diario debajo del brazo, Olympia salió de la biblioteca y recorrió toda la casa, verificando que las puertas y ventanas estuvieran perfectamente cerradas. Apagó las velas y subió a su alcoba.

Era una bella noche. Jared no podía recordar otra mejor. La temperatura era agradable, había luna llena y en el aire flotaban las fragancias de la primavera que llegaba a su fin. Tuvo la sensación de que, si aguzaba bien los oídos, hasta podría escuchar alguna melodía desde los prados.

Era la clase de noche ideal en la que un hombre tomaba plena conciencia de su virilidad. Una noche para susurros y dulces suspiros de deseo. Una noche en la que cualquier cosa podía suceder.

Una noche en la que un hombre podía seducir a una sirena.

Ciertamente, si el joven Hugh no hubiera hecho añicos la magia de unos momentos atrás, pensó Jared con cierta desazón, Olympia ya sería suya.

Al imaginarse a Olympia en la llama de una apasionada sumisión, notó que su cuerpo se endurecía una vez más. Estaba tan maravillosa, allí, tendida sobre el sofá, a la luz del fuego. Añoró tenerla así una vez más.

Su cabello parecía un río de fuego sobre los almohadones de terciopelo. Sus pechos, firmes y turgentes, de hermosas curvas y con unos pezones generosos, rosa-coralinos. Su cálida piel, tan suave como la seda. Su boca, de miel. Todavía tenía su perfume impregnado.

Y ella le había deseado, le había respondido, se había abandonado a él.

Jared experimentó una honda satisfacción. Era la primera vez en la vida que una mujer le deseaba simplemente por lo que era. Pues para Olympia, sólo había el maestro de sus sobrinos.

Jared sonrió. La excitaba. Olympia se derretía cada vez que él la tocaba. En sus ojos leyó una dulce y honesta pasión.

En ningún momento había mostrado la frialdad de Demetria. Y Jared estaba convencido de que no había otro amante en la vida de Olympia, al menos, por el momento.

No podía estar seguro de su pasado, ya que Olympia siempre se consideraba una mujer de mundo. La deducción era que ya no era virgen. Pero a juicio de Jared, Olympia nunca había experimentado la profunda pasión a la que se había entregado aquella noche con él, aunque ya se hubiera acostado con otro.

Había detectado sorpresa y asombro en su mirada. Lo sintió en sus caricias. Y entonces se dio cuenta de que había sido el primero en llevarla hasta la cima de esa emoción. Con una súbita convicción, Jared se prometió que, si alguna vez había existido otro hombre en la vida de Olympia, él se encargaría de que lo olvidara.

Qué diferente de Demetria.

Cuando el corazón del Guardián abras con tu llave, cuídate de su beso mortal mientras buscas la clave.

Olympia frunció el entrecejo cuando, a duras penas, logró desentrañar la frase. No la entendía, pero estaba segura de que acababa de hallar la primera clave del diario.

Bostezó mientras garabateaba las palabras en una hoja de papel. Era muy tarde ya. Casi las dos de la madrugada. La vela que estaba sobre su mesilla de noche se había consumido casi por completo. Como no había logrado conciliar el sueño después de que Jared se marchara, decidió estudiar el diario.

Cuando el corazón del Guardián abras con tu llave, cuídate de su beso mortal mientras buscas la clave.

Olympia no tenía idea del significado de las palabras, pero presentía que se trataba de algo importante. Comenzó a dar vuelta a la página. Un ladrido distante, proveniente de la cocina, la detuvo.

Algo había despertado a *Minotauro.*

Alarmada, Olympia dejó el diario y apartó las mantas. Se levantó de su alta cama, se dirigió hacia la chimenea y cogió un atizador de hierro. Después se puso una bata.

Fue hacia la puerta y la abrió cautelosamente.

El silencio fluyó desde el primer piso, como una ola inmensa. *Minotauro* había dejado de ladrar. Olympia concluyó que lo que, desde afuera, lo había despertado, ya había desaparecido. Tal vez lo había perturbado algún gato u otro animal pequeño que se había acercado a la cocina buscando comida.

Sin embargo, no podía desembarazarse de la horrible sensación de que algo andaba mal.

Apretando muy fuerte el atizador, Olympia recogió el vuelo de su bata y comenzó a bajar lentamente las escaleras. El frío aire de la noche la recibió al pie de las mismas. Parecía venir de la biblioteca.

Olympia se encaminó hacia allí. La puerta estaba entreabierta, tal como ella la había dejado. Utilizó el atizador para terminar de abrirla.

El fuerte olor a brandy le hizo fruncir la nariz. Con una mirada ceñuda, entró lentamente en la habitación.

Había luz suficiente como para ver que las cortinas se agitaban levemente por la brisa de la noche. Olympia se estremeció. Estaba segura de que no había dejado ninguna ventana abierta. Todas las noches ponía especial atención en cerrar todas las puertas y ventanas de la planta baja.

Recordó que, por supuesto, aquella noche había sido muy especial. Antes de irse a la cama, no había logrado arrancar sus pensamientos de sus vivencias anteriores con Jared. Tal vez, por esa causa, había olvidado revisar la ventana de la biblioteca.

Pero el olor a brandy aumentaba a medida que se acercaba a la ventana. No se dio cuenta de la verdad hasta que, con los pies descalzos, pisó el charco sobre la alfombra.

El pánico hizo presa de ella. Trató de repelerlo mientras se acercaba rápidamente al escritorio. Tanteó torpemente la lámpara hasta que, por fin, pudo encenderla. La luz tranquilizante le demostró que el recinto estaba vacío.

También indicó a las claras que el charco de brandy provenía de la garrafa que se había volcado.

Olympia contuvo la respiración. Alguien había estado revolviendo su biblioteca pocos minutos antes.

CAPÍTULO V

–¿Qué vamos a estudiar esta mañana, señor Chillhurst? –preguntó Ethan, mientras untaba su tostada con mermelada.

Jared abrió su libro de citas, que estaba junto a su plato. Miró lo que había anotado debajo del título: *lecciones matinales.*

–Geometría.

–Geometría. –Ethan protestó con toda franqueza.

Jared ignoró la reacción y cerró el libro. Miró una vez más la tensa y distraída expresión en el rostro de Olympia. Algo andaba mal, pero no podía saber de qué se trataba exactamente. Sintió escalofríos al pensar que, tal vez, se estaba arrepintiendo de lo sucedido la noche anterior.

La había empujado demasiado, pensó. Debió haberle dado más tiempo para que se adaptara a la pasión que tan inesperadamente había nacido entre ellos. No tenía que echarlo todo a perder por presionar demasiado.

–No me interesan las matemáticas –anunció Hugh.

–Especialmente la geometría –agregó Robert–. Estaremos encerrados toda la mañana.

–No, no estaremos dentro hoy. –Jared miró a la señora Bird–. Un poco más de café, por favor, señora Bird.

La señora Bird se apoyó pesadamente sobre la mesa agarrando la cafetera. Dirigió una mirada ceñuda a Ethan mientras llenaba la taza de Jared.

–Dime qué estás haciendo con ese pedazo de salchicha.

–Nada –respondió Ethan, con expresión angelical.

–Estás dándole de comer al perro por debajo de la mesa, ¿no?

–No, claro que no.

–Sí –dijo Hugh, muy alegre–. Yo te vi.

–No puedes probarlo –repuso Ethan.

–No tengo que probarlo –dijo Hugh–. Todos sabemos que es cierto.

–¿Otra vez os estáis peleando los dos? –Olympia levantó la vista, momentáneamente distraída de la contemplación que estaba haciendo de los huevos que tenía en el plato.

–La pelea ya ha terminado –dijo Jared, sin perder la serenidad en ningún momento. Miró a cada uno de los mellizos con una expresión severa y ellos, de inmediato, obedecieron–. Señora Bird, tal vez sea mejor que se lleve a *Minotauro* de aquí.

–Tiene toda la razón, señor. Yo nunca quise que los perros anduvieran dando vueltas dentro de la casa.

La señora Bird fue hacia la puerta de la cocina y chasqueó los dedos para llamar a *Minotauro.*

De muy mala gana, el perro emergió de su escondite, debajo de la mesa y, con una última mirada esperanzada hacia Ethan, se metió en la cocina.

–¿Cómo haremos para estudiar geometría al aire libre, señor Chillhurst?

–Empezaremos por medir el ancho del arroyo, sin cruzarlo realmente –contestó Jared. Volvió a mirar a Olympia, que no dejaba de mirar los huevos que tenía ante ella.

–¿Cómo puede hacerse eso? –preguntó Ethan, a quien obviamente estaba picándole la curiosidad.

–Yo os lo mostraré –dijo Jared, aún con la vista fija en Olympia–. Y cuando hayáis aprendido a hacerlo, os contaré cómo el capitán Jack utilizó la misma técnica para encontrar la salida de la jungla.

–¿Una jungla en el istmo de Panamá? –preguntó Hugh.

–No, esta jungla estaba en una isla, en las Indias Occidentales –explicó Jared. Sonrió al ver que, al fin, había logrado atraer la atención de Olympia, que se dignó a levantar la vista del plato. «El bueno y viejo capitán Jack», pensó con pesar.

–¿Y qué estaba haciendo el capitán Jack en medio de la jungla de una isla? –preguntó Ethan.

–Supongo que estaba ocultando un tesoro, por supuesto –murmuró Jared.

–¿Alguna vez volvió a esa isla a desenterrarlo?

Olympia abrió unos ojos enormes muy interesada.

–Creo que sí –dijo Jared.

–¿De verdad el capitán Jack usó la geometría para poder salir de la jungla? –preguntó Robert.

–Claro que sí.

Jared bebió un sorbo de café y examinó la expresión de Olympia por encima de la taza. Otra vez se había perdido en sus pensamientos. Ni siquiera la anécdota sobre el capitán Jack había bastado para mantenerla concentrada aquella mañana. Decididamente, algo andaba mal.

–¿El capitán Jack degolló a algún hombre y dejó sus huesos diseminados sobre el tesoro, para desanimar a cualquier persona que se hubiera atrevido a desenterrarlo? –preguntó Hugh.

–¿De dónde demonios sacaste una idea así? –Jared casi se atragantó con el café.

–He oído por ahí que los piratas siempre hacían eso –dijo Hugh.

–Ya os he dicho que el capitán Jack era un bucanero y no un pirata. –Extrajo el reloj de su bolsillo para mirar la hora–. Si ya habéis terminado, podéis levantaros de la mesa. Yo quiero hablar unos minutos a solas con vuestra tía. Mientras tanto, id corriendo a buscar unos lápices y papel. Yo me reuniré con vosotros dentro de poco.

–Sí, señor –dijo Robert, ansioso.

Hubo un estruendo de sillas que se arrastraban mientras los tres niños se atropellaban para salir del salón.

–Un momento, por favor –dijo Jared suavemente.

Los tres se volvieron con docilidad.

–¿Se olvidó de algo, señor Chillhurst? –preguntó Robert.

–No. Vosotros habéis olvidado algo. Ninguno de los tres pidió el correspondiente permiso de vuestra tía para retirarse de la mesa.

–Disculpe, señor. –Robert hizo una pequeña reverencia exagerada–. Por favor, con tu permiso, tía Olympia.

–Discúlpame, tía Olympia –dijo Hugh–. Tenemos que irnos ahora.

–Perdóname, tía Olympia –canturreó Ethan–. Tenemos que prepararnos para estudiar, ya sabes.

Olympia parpadeó y sonrió a los tres, aunque vagamente.

–Sí, claro. Que paséis una buena mañana.

Hubo otro concierto de ruidos hasta que llegaron a la puerta. Jared esperó pacientemente hasta que la habitación estuvo desierta. Luego miró al otro extremo de la mesa, donde se sentaba Olympia.

Jared pensó que estaba hermosa, sentada allí, con el sol iluminándole la cara. Experimentó una extraña sensación de intimidad, al encontrarse allí, compartiendo el desayuno con ella. Y, de inmediato, una familiar ráfaga de deseo le envolvió.

Aquella mañana, el rostro de la muchacha estaba enmarcado por el volante plisado de una modesta camisa de lino. El amarillo intenso de su vestido de talle alto realzaba el color de su cabellera, apenas recogida bajo la cofia de encaje.

Jared se preguntó cuál sería la reacción de Olympia si él se ponía de pie, se dirigía adonde ella estaba y la besaba. Y con la pregunta, sobrevino una imagen: Olympia tendida sobre la mesa, entre los platos y las tazas de té; sus encantadoras piernas, colgando sobre el borde, las faldas levantadas hasta la cintura y su cabellera en salvaje desorden.

También se imaginó a sí mismo en esa imagen, entre las suaves piernas de Olympia, tan blancas. Estaría tremendamente excitado ante la miel que tendría al alcance de las manos.

Jared debió sofocar un suspiro de frustración y controlar sus emociones.

–Esta mañana aparentemente hay algo que la perturba, señorita Wingfield. ¿Puedo preguntarle cuál es el problema?

Olympia lanzó un rápido vistazo en dirección a la puerta de la cocina y luego otro, a la puerta que se había cerrado detrás de sus sobrinos. Se inclinó hacia delante y bajó la voz.

–Bueno, toda la mañana he estado esperando hablar con usted, señor Chillhurst.

Jared, fugazmente, se preguntó si ella seguiría llamándolo «señor Chillhurst» después de haber experimentado su primer clímax entre sus brazos.

–Creo que ahora disponemos de un momento para estar solos. Dígame en qué piensa.

–Anoche sucedió algo muy extraño en la biblioteca. –Olympia frunció las cejas en señal de gran concentración.

–Tal vez inusual, señorita Wingfield, pero yo no lo calificaría de extraño. –Jared sintió un nudo en el estómago. Luchó por mantener la voz serena y normal–. Después de todo, los hombres y las mujeres han gozado de tales interludios desde la época de Adán y Eva.

Olympia le miró sin verlo.

–¿De qué está hablando?

Vaya suerte la suya, pensó Jared, decepcionado. Justo cuando por fin descubría a su sirena, se daba cuenta de que ella también cargaba con la cruz de tener un cerebro que sólo podía concentrarse en una cosa cada vez.

No obstante, se sintió aliviado al comprobar que, después de todo, ella no estaba arrepintiéndose de la pasión que había estallado entre ellos la noche anterior.

–No se preocupe, señorita Wingfield. –Jared apoyó los codos sobre la mesa y unió las yemas de sus dedos–. Estaba refiriéndome a algo inconsecuente.

–Ya veo. –Olympia volvió a echar otra rápida mirada hacia la puerta–. Respecto de lo de anoche...

–¿Sí?

–*Minotauro* se puso a ladrar, alrededor de las dos de la madrugada. Yo bajé a ver qué era lo que le inquietaba. –Bajó la voz aún más–. Señor Chillhurst, encontré tirada por el suelo la garrafa de brandy.

Jared la miró sorprendido.

–¿Se refiere a la que tiene en la biblioteca?

–Sí, por supuesto. Es la única garrafa de brandy que tengo. Era de tía Sophy. Ella y tía Ida siempre la dejaban allí.

–Señorita Wingfield, tal vez lo mejor será que siga con su relato –dijo Jared.

Ella le miró impaciente.

–Eso es precisamente lo que estoy tratando de hacer, señor, pero usted no hace más que interrumpirme.

–Mis disculpas –Jared golpeteó los dedos entre sí.

–Además de la garrafa volcada, descubrí que una de las ventanas de la biblioteca estaba abierta.

–¿Está segura de que estaba abierta? –Jared frunció el ceño–. No recuerdo que estuviera así cuando estuvimos allí.

–Precisamente. No había ninguna ventana abierta...

–Tal vez, la brisa que entró por la ventana volcó la garrafa –concluyó Jared.

–No lo creo. Esa garrafa es demasiado pesada, señor Chillhurst. Creo que alguien penetró anoche en mi biblioteca.

–Señorita Wingfield, debo decirle que esto no me gusta en absoluto.

–A mí tampoco. –Olympia abrió desmesuradamente los ojos–. Le confieso que nunca antes había sucedido nada por el estilo en esta casa. Estoy muy preocupada.

Jared la estudió por encima de sus manos unidas.

–¿Va a decirme que bajó sola las escaleras para comprobar de dónde venían los ruidos extraños? ¿No se le ocurrió llamar a la señora Bird o soltar al perro primero?

–No hay razones para preocuparse, señor. –Olympia restó importancia al asunto–. Estaba armada con un atizador. De todas maneras, cuando llegué a la biblioteca, ya no había nadie. Seguramente, el ladrido de *Minotauro* debió de haber espantado al intruso.

–¿Un atizador? Dios mío. –De pronto, Jared se puso furioso por la falta de sentido común de Olympia. Se puso de pie y se dirigió hacia la puerta–. Creo que voy a echar un vistazo a la biblioteca personalmente.

–Iré con usted. –Olympia saltó como un resorte.

Jared abrió la puerta del comedor y la miró con dureza, en señal de desaprobación, cuando pasó junto a ella. Olympia no se percató de esa expresión.

En el pasillo, tomó la delantera y rápidamente entró en la biblioteca. Jared se vió obligado a seguirla con paso rápido.

Cuando entró en el recinto, un momento después, encontró a Olympia examinando una de las ventanas.

–¿Ve esto? –Señaló el seguro–. Lo rompieron. Alguien forzó esta ventana anoche, señor Chillhurst.

Jared estudió más de cerca el seguro de la ventana. La verdad era que la vieja pieza de metal estaba torcida.

–¿No estaba en estas condiciones antes?

–No. Me habría dado cuenta. Durante años, cada noche, me he tomado la molestia de comprobar cada uno de los seguros de las ventanas.

–¿Ha notado la falta de algo? –Jared recorrió toda la biblioteca con una mirada.

–No. –Olympia se acercó a su escritorio y miró las gavetas que estaban cerradas–. Pero faltó poco. Quienquiera que haya roto mi ventana anoche, no habría tenido dificultades para acceder a mi escritorio.

–¿Cree que quien entró aquí lo hizo con la idea de llevarse algo de su escritorio? –Jared la miró alarmado.

–Por supuesto. Sólo hay una cosa que alguien podría querer robarme de aquí, señor Chillhurst. El diario de Lightbourne.

Jared la observó, confundido ante tal conclusión.

–Nadie sabe que lo tiene. –«Excepto yo», pensó.

–No podemos estar tan seguros de eso. Di a tío Artemis instrucciones precisas de no revelar a nadie que me enviaba el diario, pero no podemos afirmar a ciencia cierta que nadie se haya enterado que está en mi poder.

–Me resulta muy improbable que su tío haya mencionado el tema a otra persona –dijo Jared suavemente.

–Él se lo contó a usted, ¿no?

–Sí. –Jared se puso tenso.

–Por supuesto que lo hizo porque sabía que podía confiar en usted, pero creo que debe de haber existido otra gente que descubrió que tío Artemis había comprado el diario.

–¿A quién se está refiriendo, señorita Wingfield?

–Bueno, para empezar, un anciano francés vendió el diario a mi tío. –Olympia golpeteó el piso con la puntera de su zapato–. Ese hombre pudo haberse enterado de que el diario me sería enviado y haberlo divulgado.

Olympia estaba en lo cierto. Y si supiera toda la verdad,

pensó Jared, tendría todo el derecho del mundo en considerar al nuevo maestro de sus sobrinos como el principal sospechoso. Pero Jared se había pasado la noche contemplando las técnicas probables para conquistar a su sirena. No se había introducido sin permiso en la biblioteca de la joven.

Jared trató de hacer caso omiso a su creciente nerviosismo. Durante largos años, muchos habían perseguido el secreto del diario de Lightbourne, pero hasta donde Jared sabía sólo los miembros de su familia sabían dónde estaba. Los demás involucrados en aquella centenaria leyenda hacía muchos años que habían muerto.

Jared había dado órdenes expresas a los miembros de su familia para que permanecieran al margen del asunto mientras él perseguía el tesoro. Pero ahora se preguntaba si alguno de los impredecibles e impulsivos Ryder habría decidido desafiar su advertencia.

Jared apretó los dientes. Si alguno de sus familiares había recurrido al robo, irrumpiendo en la casa de Olympia para apoderarse del diario, como que había un Dios que lo pagaría.

Pero Jared recordó que había otras explicaciones mucho más lógicas para explicar la presencia de intrusos en la biblioteca de Olympia la noche anterior.

–Señorita Wingfield, creo que si realmente alguien irrumpió en su casa anoche fue para apoderarse de algo mucho más valioso que un viejo diario. La garrafa del brandy, por ejemplo. Cualquier ladronzuelo podría obtener una buena suma de dinero vendiéndola.

–Dudo mucho que el intruso de anoche persiguiera la garrafa, o los candelabros, o cualquier otra cosa. –Olympia frunció el ceño–. Nunca hemos tenido esa clase de problemas en este vecindario. No, he pensado mucho en todo esto y he llegado a la conclusión de que la advertencia que he descubierto en ese diario es muy clara.

–¡Santo Dios! –Jared tuvo una terrible premonición–. ¿Qué advertencia?

–Anoche descifré la primera de las pistas ocultas en el diario. –Los ojos de Olympia brillaron de excitación–. Decía: «Cuando el corazón del Guardián abras con tu llave, cuídate de su beso mortal mientras buscas la primera clave».

–¿Está segura?

–Absolutamente segura. El Guardián, quienquiera que sea, puede ser extremadamente peligroso. Tendremos que tener cuidado.

«Dios mío», pensó Jared. Debía desviarla de esa línea de pensamiento lo antes posible.

–Mire, señorita Wingfield. No creo que tengamos que preocuparnos por una leyenda que tiene cien años. Si alguna vez existió un Guardián, seguramente debe de estar muerto hace mucho tiempo.

–Por experiencia, sé que detrás de toda leyenda siempre hay algo de verdad. Es obvio que debo seguir estudiando el diario. Tal vez, encuentre más referencias sobre el Guardián, o una explicación de quién es.

–Lo dudo –masculló Jared.

–Mientras tanto, debo proteger el diario. Fue por pura casualidad que lo llevé anoche a mi cuarto, cuando el intruso se metió en la biblioteca.

Olympia examinó el recinto pensativamente.

El estruendo de pisadas en el pasillo y las uñas de un perro rasgando el piso interrumpió la conversación antes de que Jared pudiera contestar. Miró hacia la puerta abierta. Hugh, Ethan, Robert y *Minotauro* entraron como una tromba a la biblioteca.

–Estamos listos para nuestra clase de geometría, señor Chillhurst –anunció Robert.

–Muy bien. –Jared vaciló y luego asintió con la cabeza. Se volvió brevemente hacia Olympia–. Terminaremos esta conversación más tarde, señorita Wingfield.

–Sí, por supuesto. –Pero fue evidente que la atención de Olympia ya no estaba en él. Se hallaba demasiado ocupada, examinando la biblioteca, en busca de escondites.

Jared siguió a los muchachos. Pensó que las cosas estaban complicándose. Olympia estaba preparándose para defenderse, a sí misma y al diario, de una vieja leyenda.

Mientras tanto, en su mente, la leyenda en cuestión no tenía otro objetivo que el de hacer desesperado y apasionado el amor de Olympia.

Jared descartó el problema de la seducción en favor de cuestiones más mundanas. Era un experto en la materia.

Se preparó para anotar, en su libro de citas, todos esos asuntos que necesitaban atención rápida. Como primera medida, verificaría todos los cerrojos y postigos de la casa, encargándose de que se reparara el seguro que habían roto.

Lo más probable era que el intruso se hubiera introducido en la biblioteca en busca de cosas de valor, que pudiera vender fácilmente. Sin duda, los ladridos de *Minotauro* le habrían espantado y, seguramente, no se arriesgaría a volver a intentarlo.

De todas maneras, no entraba en los planes de Jared correr ningún riesgo.

Poco después de las tres de la tarde, el ruido de las ruedas de un carruaje en la entrada de la casa distrajo a Olympia de la investigación que estaba haciendo sobre el diario. Se quedó escuchando durante un momento, con la esperanza de que el visitante, quienquiera que fuese, se retirara una vez que la señora Bird le informara que ella estaba ocupada en el estudio.

–La señorita Wingfield no recibe visitas esta tarde –anunció la señora Bird a quienquiera que estuviera en la puerta.

–Tonterías. Nos recibirá.

Olympia, molesta, suspiró al escuchar el tono familiar de aquella voz femenina. Cerró el diario cuando la señora Bird abrió la puerta de la biblioteca.

–¿Qué sucede, señora Bird? –preguntó Olympia, con lo que creía que era un tono autoritario–. Ya le he dado instrucciones de que no quiero interrupciones esta tarde. Estoy muy ocupada.

–Han venido la señora Pettigrew y la señora Norbury para verla, señorita Wingfield –dijo la señora Bird, bastante irritada–. Insisten mucho.

Olympia sabía que no tenía ningún sentido tratar de evitar la visita. Tanto ella como la señora Bird podrían haberse quitado de encima a la señora Norbury, esposa del vicario. A la pobre mujer podía intimidársela ya que tenía mucha experiencia en soportar las palizas que le propinaba su insoportable esposo. Pero no hubiera sido posible detener a la señora Pettigrew, que era tan autoritaria como el mismo terrateniente.

–Buenas tardes. –Olympia logró esbozar una sonrisa a sus visitantes, cuando la señora Bird las hizo pasar a la biblioteca–. Qué agradable sorpresa. ¿Desean una taza de té?

–Por supuesto.

A la señora Pettigrew, una mujer robusta y sustanciosa, le agradaban los sombreros grandes y amplios. Tomó asiento.

Olympia siempre había pensado que Adelaide Pettigrew era la pareja ideal para el terrateniente. Como esposa del hombre que más tierras poseía en el vecindario, tenía plena conciencia del lugar que ocupaba en la sociedad. Además, según Olympia, se preocupaba demasiado de la posición que debían ocupar todos los demás.

Ethan, Hugh y Robert la habían apodado la «bruja metomentodo».

Años atrás, tías Sophy e Ida se habían formado el mismo concepto de ella.

La señora Norbury asintió con la cabeza con cierto titubeo, mientras se sentaba en una silla pequeña. Colocó cuidadosamente su pequeño bolso sobre la falda y lo estrujó entre sus manos nerviosamente. Era una mujer pálida y menuda, con rasgos ratoniles, que parecía estar eternamente refugiándose en algún rincón, como si en algún sitio del zócalo pudiera encontrar el agujero que la llevaba a su guarida.

A Olympia no le gustaba en absoluto la idea de que la señora Pettigrew hubiera traído consigo a la esposa del vicario. No era un buen augurio.

–Traeré la bandeja del té –anunció la señora Bird entre dientes.

–Gracias, señora Bird. –Olympia se enfrentó a sus visitantes; aspiró el aire profundamente y se preparó–. Un hermoso día, ¿no?

–Hemos venido aquí por un asunto muy grave. –La señora Pettigrew ignoró el comentario y dirigió a su compañera una mirada de mandamás–. ¿No es así, señora Norbury?

–Muy cierto, señora Pettigrew.

La señora Norbury se sobresaltó.

–¿Y cuál es ese asunto tan grave? –preguntó Olympia.

–Ha surgido una cuestión de conveniencia –anunció la señora Pettigrew, con ominosos acentos–. Para ser franca, me sorprendió que fuera su casa la involucrada, señorita Wingfield. En consecuencia, su comportamiento, si bien es admisiblemente excéntrico y a veces insólito, raramente ha carecido del debido decoro.

–¿Acaso mi comportamiento se ha modificado últimamente? –Olympia la miró, confusa.

–Por supuesto que sí, señorita Wingfield. –La señorita Pettigrew hizo una pausa, para lograr el efecto deseado–. Tenemos entendido que ha contratado a un maestro de lo más inadecuado para sus tres sobrinos.

–¿Inadecuado? –Olympia se quedó literalmente petrificada–. *¿Inadecuado?* ¿De qué demonios está usted hablando, por el amor de Dios? El maestro que he contratado es un excelente tutor para los jóvenes. El señor Chillhurst está haciendo un trabajo excepcional.

–Nos hemos enterado de que su señor Chillhurst tiene un aspecto extremadamente amenazante y que no se puede confiar en él. –La señora Pettigrew miró a la señora Norbury, buscando apoyo–. ¿No es así, señora Norbury?

–Sí, señora Pettigrew. –La mujer estrujó su bolso con más fuerza todavía–. Un aspecto extremadamente amenazante. Parece un pirata, según nos dijeron.

La señora Pettigrew se volvió hacia Olympia.

–Tenemos entendido que su aspecto no es sólo amenazante y tosco, sino que además tiene un temperamento muy violento.

–¿Violento? Eso es ridículo –protestó Olympia.

–Se comenta que ha golpeado al señor Draycott de la manera más espantosa –aseguró la señora Norbury–. Por cierto, aseguran que el señor Draycott todavía tiene los dos ojos morados después de lo que pasó.

–¡Oh! se están refiriendo al incidente que ocurrió la otra tarde en mi biblioteca. –Olympia sonrió para tranquilizarlas–. No fue nada. Sólo un lamentable malentendido.

–No creemos en malos entendidos –dijo la señora Norbury, pesarosa–. Su señor Chillhurst es obviamente una amenaza para todo nuestro vecindario.

–Tonterías. –Olympia dejó de sonreír–. Está exagerando, señora Pettigrew.

–No sólo constituye un peligro para todos nosotros –replicó la señora Pettigrew– sino que mi esposo también tiene razones para creer que podría aprovecharse de su ingenuidad, señorita Wingfield.

–Le aseguro que el señor Chillhurst no se ha aprovechado de mí. –Olympia se enfadó con ella.

–Al parecer, le ha robado las mercaderías que su tío le envió –dijo la señora Pettigrew.

–Eso no es cierto. –Olympia se puso de pie–. Señora Pettigrew, me temo que tendré que pedirle que se retire. Tengo mucho trabajo esta tarde y no puedo permitirme el lujo de perder el tiempo de esta manera.

–¿Ha visto algún centavo de la venta del último envío de mercancías de su tío? –preguntó la señora Pettigrew con frialdad.

–Todavía no. Pero prácticamente, no ha habido tiempo de que las mercancías se vendan en Londres. Por lo tanto, mucho menos puedo pretender recibir las ganancias de esa venta.

–Mi esposo me ha informado de que lo más probable es que usted jamás vea ni un centavo de esa venta –dijo la señora Pettigrew–. Pero, por supuesto, su situación económica no es mi principal preocupación.

–Señora Pettigrew, ¿cuál es, exactamente, su principal preocupación? –Olympia apoyó ambas manos de plano sobre el escritorio y apretó los dientes.

–Su reputación, señorita Wingfield.

–¿Mi reputación? –Olympia la miró sin poder creerlo–. ¿Y cómo podría peligrar mi reputación?

Fue entonces, cuando la señora Norbury sintió que había

llegado el momento de intervenir. Tosió suavemente para aclararse la voz.

–No está bien visto que una mujer soltera, como usted, tenga, digamos, una asociación íntima con una persona de la clase del señor Chillhurst.

–Es cierto –dijo la señora Pettigrew. Dirigió a la esposa del vicario una mirada de aprobación y luego volvió a dirigir su atención a Olympia–. Su señor Chillhurst debe ser despedido de inmediato.

Olympia miró con ojos entrecerrados a ambas mujeres.

–Bien, el señor Chillhurst es el maestro de los niños de esta casa. Y sucede que desempeña sus funciones de un modo excelente. Por lo tanto, no tengo la menor intención de despedirlo. Además, ninguna de ustedes tiene derecho a propagar mentiras y rumores sobre él.

–¿Y qué nos dice de su reputación? –insistió la señora Norbury, nerviosamente.

Olympia advirtió, de reojo, un movimiento en la habitación. Volvió la cabeza y vio a Jared que estaba apoyado contra el marco de la puerta. Le sonrió con dulzura.

–Mi reputación es asunto mío, señora Norbury –le contestó Olympia sin diplomacia alguna–. No se preocupe por eso. Durante todos estos años, nadie se ha preocupado por mi reputación y he logrado sobrevivir perfectamente bien.

–Lamento tener que decir esto, pero si usted se niega a entender razones, nos veremos obligadas a tomar medidas.

La señora Pettigrew levantó el mentón.

–¿Y qué clase de medidas serían ésas, señora Pettigrew? –Olympia la miró, furiosa.

–Tenemos la obligación de velar por el bienestar de esos tres niños inocentes que están a su cuidado –anunció fríamente la señora Pettigrew–. Si usted no les proporciona un hogar decente, entonces mi esposo no tendrá más remedio que quitarle su tutela, señorita Wingfield.

–No pueden quitarme a mis sobrinos. No tienen derecho a llevárselos de esta casa. –El pánico y la ira hicieron que Olympia saltara como impulsada por un muelle.

–Estoy segura de que si mi esposo contactase con alguno

de los parientes de los niños y les informara acerca de la situación actual de esta casa, habría más de uno dispuesto a llevárselos sin dilaciones.

La señora Pettigrew sonrió con sorna y superioridad.

–Ni lo sueñe –contestó Olympia–. En primer lugar, están aquí porque ninguna otra persona los aceptó.

–Esa situación cambiaría radicalmente si se enteraran que su educación está a cargo de una mujer de moral dudosa. Estoy segura de que el señor Pettigrew podrá convencer a algún pariente para que cumpla con su deber en relación con esos niños. –La sonrisa de la señora Pettigrew fue de lo más amenazador–. En especial, si el señor Pettigrew ofreciera una pequeña suma para que el tutor de los niños pueda enviarlos lejos, a estudiar en una escuela.

–¿Serían capaces de pagar a alguien para que se lleve a mis sobrinos y los envíe a una escuela? –Olympia estaba literalmente temblando por el enfado y los nervios.

–Si es necesario, sí. –La señora Pettigrew asintió brevemente con la cabeza–. Por el bien de ellos, por supuesto. Los niños son tan fácilmente impresionables.

Olympia ya no pudo resistir más.

–Por favor, márchese ahora mismo, señora Pettigrew. –Miró a la esposa del vicario, que estaba acurrucada en su silla–. Usted también, señora Norbury. Y no se molesten en volver. No voy a permitir la presencia de ninguna de ustedes en esta casa. ¿Está claro?

–Bueno, mire, jovencita... –comenzó la señora Pettigrew, bruscamente.

Cualquiera que hubiese sido el discurso que estaba a punto de impartir, fue interrumpido por un alarido aterrorizado de la señora Norbury, que se levantó bruscamente de la silla y se volvió hacia la puerta.

–¡Oh!, el Señor se apiade de nosotras. Ése debe de ser él. –Se llevó la mano a la garganta en un femenino gesto de horror–. Es tal como usted dijo, señora Pettigrew. Este hombre parece un pirata asesino, sediento de sangre.

La señora Pettigrew se volvió y miró a Jared con honda desaprobación.

–Un pirata de carne y hueso. Permítame decirle, señor, que usted no tiene nada que hacer en una casa decente.

–Buenas tardes, señoras. –Jared inclinó la cabeza en una grácil y burlona reverencia–. No creo que hayamos sido debidamente presentados. Me llamo Chillhurst.

–No suelo conversar con individuos de su clase. –La señora Pettigrew comenzó a caminar hacia la puerta–. Si tiene algo de civismo, debe abandonar esta casa de inmediato. Está originando graves daños a la reputación de la señorita Wingfield y sólo Dios sabe las perversidades que ya habrá metido en las mentes de esos tres pobres niños. Y mejor no mencionar los problemas económicos producidos por su culpa.

–¿Se marcha tan pronto? –Jared se irguió y se interpuso en el camino de la señora Pettigrew.

–Mi esposo se encargará de un individuo como usted. –La señora Pettigrew salió al pasillo con bríos–. Vamos, Cecily. Nos retiramos.

La señora Norbury, nerviosamente, contempló el parche de terciopelo que tapaba el ojo de Jared.

–Le pido disculpas, señor –balbuceó–. Espero que no le hayamos ofendido.

–¡Oh!, sí que me han ofendido –dijo Jared, con suavidad–. Profundamente.

–¡Oh, Dios mío! –La señora Norbury parecía haber dialogado con el mismo diablo.

Jared le sonrió de tal manera que le hizo sentir escalofríos. Luego se dirigió a la puerta de la casa y la abrió de par en par.

–De prisa, Cecily –gruñó la señora Pettigrew.

–Sí, sí, ya voy. –La señora Norbury trató de recuperar la compostura y caminó rápidamente hacia la puerta.

–Pero ¿qué pasa? –La señora Bird apareció desde la cocina, con una bandeja de té en las manos–. Acabo de preparar el maldito té.

–Esta tarde, nuestras invitadas no tomarán el té, señora Bird. –Olympia se dirigió hacia el vestíbulo, para detenerse junto a Jared.

–Ja, lo de siempre –protestó la señora Bird–. Tanto jaleo y al final nadie se lo toma. Cierta gente no tiene consideración con las criadas.

Olympia se quedó de pie junto a Jared, observando al cochero de la señora Pettigrew que bajaba del pescante para ayudar a ambas damas a subir al flamante y elegante landó. Las dos capotas plegables del vehículo habían sido levantadas, a pesar de que la tarde era muy agradable.

La señora Pettigrew subió al carruaje, seguida de cerca por la señora Norbury. El cochero cerró la puerta.

Un grito resonó en el jardín.

–*Dios nos proteja* –gritó la señora Norbury–. Hay algo aquí. Abra la puerta. *Abra la puerta.*

–Sáquenos ya de aquí, estúpido –gritó la señora Pettigrew al cochero.

El hombre corrió de inmediato a abrir la puerta del vehículo. La señora Pettigrew bajó del landó de un salto y la señora Norbury hizo lo propio inmediatamente después.

Olympia escuchó el inconfundible *croc-croc* de varias ranas. A través de la puerta del landó, que había quedado abierta, Olympia pudo ver al menos media docena de ellas, que no dejaban de saltar dentro del reducido recinto.

–Saque ahora mismo esas espantosas criaturas –ordenó la señora Pettigrew–. Sáquelas ya o le despido inmediatamente, George.

–Sí, señora. –George se quitó el sombrero para recoger las saltarinas ranas en él y sacarlas del carruaje.

Olympia observó todo el alboroto con una sensación de creciente turbación. Entre el croar de las ranas, las palabrotas del cochero, los gritos de terror de la señora Norbury y las miradas venenosas de la señora Pettigrew, Olympia tenía el presentimiento de que se avecinaba el desastre.

Jared contemplaba toda la escena con una sonrisa tranquila.

Cuando la última de las ranas hubo desaparecido de dentro del landó, lugar que ocuparon de inmediato las señoras Pettigrew y Norbury, Olympia, por fin, se dignó mirar a Jared.

–¿Qué ha pasado con la clase de geometría?

–Se pospuso momentáneamente para dedicarnos a estudiar historia natural –dijo Jared.

–¿Cuándo se tomó esa decisión?

–Hace un rato, cuando Ethan, Hugh y Robert vieron el landó de la señora Pettigrew ante la entrada de la casa.

–Me lo temía –dijo Olympia.

–¡Oh! no ocurre nada –dijo Jared–. Creo que todas las ranas sobrevivirán. Seguramente encontrarán el camino de regreso a la laguna.

–Señor Chillhurst. Usted no tiene la menor idea del daño que se ha causado aquí. Las cosas no podían estar peor de lo que están.

Olympia, se volvió, terriblemente deprimida, y se dirigió hacia la biblioteca.

CAPÍTULO VI

Sorprendido por la profunda depresión de Olympia, Jared la siguió hasta la biblioteca y cerró la puerta.

–¿Qué sucede, señorita Wingfield? No estará preocupada por las ranas del carruaje de la señora Pettigrew, ¿verdad?

–Eso de las ranas no pudo haber sido más inoportuno. –Olympia le miró, disgustada.

–¿Por qué? –Jared la miró resueltamente–. ¿Ya se está arrepintiendo de haberme defendido?

–Por supuesto que no. Usted forma parte del personal que trabaja para mí y, en consecuencia, tiene derecho a que yo le proteja. –Olympia se dirigió a la ventana y se puso a contemplar el jardín–. La señora Pettigrew es una mujer extremadamente desagradable, que tiene la mala costumbre de meterse en los asuntos ajenos. No me arrepiento ni por un segundo de haber defendido su presencia en esta casa ante ella.

–Gracias. –Jared estudió la orgullosa línea de la grácil espalda de Olympia–. Creo que nunca nadie hizo algo semejante.

–¿Nadie hizo qué?

–Defenderme de ese modo.

–¡Oh! no fue nada. –Olympia levantó los hombros, como restando importancia al agradecimiento.

–Para mí fue mucho, señorita Wingfield. –Jared sonrió.

–La señora Pettigrew no tenía ningún derecho a atacarle de esa forma. Y tampoco la señora Norbury, aunque supongo que ella tiene una excusa: es una mujer muy apocada.

–A diferencia de usted –dijo Jared–. Pero aun hasta la

más fuerte de todas las mujeres debe cuidar su reputación. Por lo que pude escuchar desde que llegué, la señora Pettigrew está terriblemente preocupada por la suya.

–Eso parece. –Olympia no se volvió.

–¿Y usted, señorita Wingfield?

Jared dio un paso y se detuvo. No sabía qué hacer o qué decir. Nunca nadie había visto manchada su reputación por culpa de sus actos. Los hombres de negocios, insulsos y aburridos como él, rara vez se veían envueltos en situaciones que amenazaran el buen nombre de una mujer.

–Me importa un rábano mi reputación. –Olympia unió las manos entre sí, apretándolas firmemente–. Tía Sophy solía decir que la reputación no era más que la opinión del mundo, y que el mundo, por lo general, está equivocado. Lo que importa es el honor y según ella, éste era un asunto privado, entre uno y su conciencia. No me preocupa en absoluto lo que la señora Pettigrew piense de mí.

–Entiendo. –Jared suponía que debía sentirse aliviado de que ella no le culpara por haber puesto en peligro su reputación. Entonces, se preguntó, por qué no se sentía como si le hubieran quitado una enorme carga de encima de los hombros–. Si no está afligida por la opinión que puede formarse sobre usted la señora Pettigrew, ¿cuál es su problema, señorita Wingfield?

–¿No la escuchó, señor? Amenazó con quitarme a mis sobrinos –susurró Olympia–. Dijo que los niños no deben quedar expuestos a las influencias inmorales de esta casa y que su marido estaría dispuesto a pagar una suma considerable de dinero al pariente lejano que esté dispuesto a llevárselos.

–Bastardo –gruñó Jared entre dientes, casi en un susurro.

–¿Cómo ha dicho?

–Nada, nada, señorita Wingfield. Simplemente que acabo de darme cuenta de que el señor Pettigrew está mucho más desesperado de lo que pensaba.

–Sí. No sabía que el terrateniente Pettigrew y su esposa se preocuparan tanto por mi reputación. –Olympia se volvió para mirarle con gran determinación–. Tal vez, lo mejor sería llevarnos a mis sobrinos de aquí durante un tiempo. ¿Usted cree que con las mercancías que vendamos podremos obtener el dinero suficiente como para llevarlos cerca del mar?

–Sí, creo que le alcanzará para ese viaje. –Jared arqueó una ceja.

–Estupendo. –El rostro de Olympia se animó–. ¿Cuándo cree que tendremos noticias de su amigo en Londres?

–En cualquier momento, señorita Wingfield. Tal vez, mañana o pasado.

Jared pensaba que Felix Hartwell no tardaría mucho en vender las mercancías de Olympia. Sólo esperaba que Hartwell también hubiera avanzado en la investigación que llevaba a cabo en relación con la malversación de fondos. Tal vez, cuando le remitiera el producto de la venta también le enviaría algunas novedades respecto de su investigación.

–Me alegro mucho oír esas noticias –dijo Olympia–. Si desaparecemos de Upper Tudway durante unos quince días, puede que la señora Pettigrew se tranquilice un poco. También tengo la esperanza de que el terrateniente Pettigrew no esté tan dispuesto a pagar a nadie para que se lleve a los niños. Mira mucho su dinero.

Jared estudió la situación por un momento.

–Señorita Wingfield, creo que su idea de ir al mar con los niños no es mala, pero sí innecesaria.

Olympia abrió los ojos desmesuradamente, sorprendida.

–¿Por qué?

–Mi intención era la de hacer una visita al señor Pettigrew en un futuro próximo. Pero como su esposa se ha presentado hoy aquí para proferir amenazas, creo que no debo posponer más ese compromiso. Mañana mismo iré a verle.

–No entiendo, señor Chillhurst. –Olympia le miró, confusa–. ¿Por qué quiere hablar con el terrateniente Pettigrew? ¿Qué le dirá?

–Me ocuparé de dejarle bien claro que ni él ni su esposa volverán a proferir más amenazas contra usted, de ningún tipo; ni inquietarla de la manera que lo han hecho hoy. O sea, le diré que se ocupe de sus propios asuntos y le deje en paz.

–*Jared.* Quiero decir, señor Chillhurst. No quiero que haga nada que pueda crearle más problemas. –Olympia cruzó apresuradamente el salón y, cuando llegó junto a Jared, le puso la mano en el brazo–. Debe tener en cuenta su propia reputación.

–¿Mi propia reputación? –Jared sonrió brevemente.

–Por supuesto. Un maestro debe cuidarla mucho. Será un placer para mí darle una excelente carta de recomendación cuando se vaya de esta casa, por supuesto; pero, si el terrateniente Pettigrew se encarga de difundir por ahí que usted constituye una influencia negativa para los niños, entonces piense lo difícil que le resultará conseguir otro trabajo.

–No tiene que preocuparse de mi reputación, señorita Wingfield. –Jared cubrió la mano de Olympia con una de las suyas–. Le aseguro que jamás tendré dificultades para poder mantenerme.

–¿Está seguro de eso? –Ella buscó sus ojos, preocupada.

–Absolutamente seguro, señorita Wingfield.

–De todas maneras, creo que lo mejor sería que nos marchásemos de Upper Tudway por unos días.

–Como quiera. –Jared vaciló–. ¿Se supone que debo ir con ustedes?

–Por supuesto. –Olympia le miró sorprendida–. Forma parte del personal de la casa. No sé qué haría sin usted.

–Gracias, señorita Wingfield. –Jared inclinó la cabeza en una sutil reverencia–. Me esforzaré en satisfacerla.

–Estoy completamente segura, señor Chillhurst.

El mensaje de Felix llegó en el correo de la mañana. La señora Bird lo trajo a la mesa del desayuno y se lo entregó a Jared.

–Gracias –le dijo él.

–No se recibe mucha correspondencia aquí en Meadow Stream Cottage –le informó la señora Bird. Se quedó parada, aguardando, con la cafetera en la mano.

Jared se dio cuenta de que la mujer deseaba escuchar el contenido de la carta. Miró alrededor de la mesa y leyó la expectación en todos los rostros. Olympia y sus sobrinos lo miraban ansiosos. Hasta *Minotauro* parecía estar interesado. Evidentemente, cualquier comunicado procedente de otro lugar, alejado de Upper Tudway, era importante.

–¿La carta la ha enviado su amigo de Londres? –preguntó Olympia.

–Sí, él la envía. –Jared rompió el sello y abrió la única hoja de papel en la que se había redactado la misiva.

–¿El señor Hartwell ha vendido todas las mercancías, señor Chillhurst? –preguntó Ethan.

–Apuesto a que su amigo las vendió tan caras como el terrateniente Pettigrew –dijo Robert.

–Y yo apuesto a que ganó más dinero –declaró Hugh.

Jared leyó rápidamente la carta.

–Tienes razón, Hugh.

–¿De verdad? –El rostro de Olympia se iluminó–. ¿Lo suficiente como para que podamos ir todos al mar durante dos semanas?

–Más que suficiente.

Jared miró el papel y lo leyó en voz alta.

Chillhurst:

He seguido sus instrucciones y vendí las diversas mercancías que me envió. Si me permite, no es su estilo habitual. De todas maneras, la operación ya está cerrada. He hecho un depósito de tres mil libras, en una cuenta a nombre de la señorita Olympia Wingfield. Por favor, no vacile en avisarme si puedo servirle en algo más.

Robert casi estalló en su silla.

–*¡Tres mil libras!*

–¡Tres mil libras! –repitió Hugh, atónito.

Olympia estaba sentada, boquiabierta.

Jared tuvo que olvidarse de seguir leyendo la carta en voz alta porque la habitación se convirtió en un alboroto impresionante. Siguió leyéndola rápidamente con la vista, mientras los demás gritaban de alegría.

En cuanto al otro asunto que me había encargado averiguar, lamento comunicarle que no he avanzado mucho. Creo que fue el capitán de uno de sus barcos el que le sustrajo el dinero, pero me temo que no podremos probarlo. Mi consejo es que despida al oficial en cuestión. Infórmeme respecto de su decisión y yo actuaré de conformidad con ella.

Suyo,
Felix

Jared frunció el ceño, pensativo, mientras volvía a doblar la hoja de papel. Mentalmente, se dijo que avisaría a Felix de que no tomara aún ninguna medida en relación con el capitán involucrado.

Colocó la carta junto a su plato y alzó la vista. Notó que todos los demás continuaban en estado de shock por el dinero obtenido con la venta del último envío recibido.

Hugh y Ethan saltaban como locos en sus respectivas sillas. Robert estaba dando a Olympia un sinfín de sugerencias sobre las mil maneras de invertir el dinero. *Minotauro,* de alguna forma, se las había ingeniado para conseguir una salchicha.

–Una montaña de dinero –dijo la señora Bird, asombrada. Y luego repitió la frase una y otra vez–. ¡Una montaña de dinero!

–Señor Chillhurst, ¿está seguro de que no hay un error? –Olympia parecía no querer dar rienda suelta a su alegría.

–No, no hay ningún error. –Jared cogió su tenedor y comenzó a comer los huevos que tenía en el plato–. Le aseguro que Hartwell no comete errores cuando se trata de dinero. –Lo que, sin duda, significaba que Felix tampoco se equivocaba al afirmar que el capitán de uno de los barcos de Flamecrest había sido el responsable de las malversaciones de dinero de las que Jared había sido víctima en el transcurso del año anterior. Pero Jared no estaba satisfecho con la respuesta. Quería pruebas.

–Pero debe haber algún error –insistió Olympia–. Tal vez quiso decir trescientas libras, aunque aun siendo así, sería una cifra muy superior a la que conseguimos la última vez.

–Resulta obvio que el mercado de los artículos importados ha mejorado de modo notable en los últimos meses –dijo Jared secamente–. Ahora, si me disculpan, tendré que atrasar la clase de hoy en una hora, aproximadamente.

–¿Por qué? –preguntó Hugh–. Se supone que esta mañana nos tocaba estudiar las propiedades de las nubes y del viento.

–Sí –dijo Ethan de inmediato–. Usted nos prometió que nos contaría cómo hizo el capitán Jack para evitar a un buque español sólo por saber más de meteorología que el capitán enemigo.

–Abordaremos ese tema más tarde. –Jared se puso de pie y miró la hora en su reloj–. Primero debo atender ese otro asunto. –Volvió a guardar el reloj en su bolsillo.

Olympia se levantó también para seguirle hasta el pasillo. Cuando estuvieron a una distancia suficiente para que los niños no pudieran oírles, ella le puso la mano en el brazo.

–Señor Chillhurst, ¿está completamente seguro de que no se arriesgará demasiado al ir a ver en persona al terrateniente Pettigrew?

–Completamente seguro. –Jared tomó su chaqueta del perchero y se la enfundó. Pudo sentir el peso de la daga en el bolsillo oculto de la misma. Cuando tuvo puesta la prenda, sintió que la hoja se apoyaba cómodamente entre sus costillas.

–Quizá debiera ir con usted. –Olympia frunció el ceño.

–No será necesario. –Jared se sentía emocionado. Realmente, le resultaba muy extraño, y para nada desagradable, tener a alguien que se preocupara tan genuinamente de su bienestar–. Le aseguro que hace ya bastante tiempo que me cuido solo.

–Sí, lo sé. Pero ahora está trabajando en mi casa y yo siento cierta responsabilidad hacia usted. No quiero que resulte perjudicado en algún aspecto.

–Gracias, señorita Wingfield. –Jared le tomó el mentón con suma delicadeza y rozó apenas la boca de la muchacha con la suya–. Le aseguro que el terrateniente Pettigrew no representa peligro alguno para mí. –Le sonrió con picardía–.

Sólo existe una amenaza de la que debo cuidarme por el momento.

–¿Cuál es? –Olympia abrió los ojos desmesuradamente, alarmada.

–La posibilidad de que muera incinerado en cualquier momento por las llamas del deseo no satisfecho.

–Señor Chillhurst. –Olympia se puso colorada, pero en sus ojos se encendió una chispa de profunda excitación femenina.

–Hasta luego, mi dulce sirena.

Silbando suavemente, Jared dejó a Olympia inmóvil en el vestíbulo, mientras él abandonaba la casa, disfrutando de la cálida mañana primaveral.

–Señor Chillhurst, espere.

Olympia bajó corriendo los escalones de la entrada.

Jared se volvió y sonrió.

–¿Sí, señorita Wingfield?

–Tendrá cuidado, ¿verdad?

–Sí, señorita Wingfield, lo tendré.

Minotauro vino trotando desde el otro lado de la casa. Con la lengua colgando y moviendo la cola, levantó la vista esperanzado, en dirección a Jared.

–Me temo que esta mañana no podrás venir conmigo –le dijo Jared–. Quédate aquí y vigila todo por mí. Regresaré pronto.

Minotauro se sentó en los peldaños y se recostó pesadamente contra Olympia. Evidentemente, el perro estaba desilusionado, pero tomaba las cosas con filosofía.

Hasta la finca de los Pettigrew había una relativamente corta caminata, si se acortaba camino por los prados y el monte que bordeaba al arroyo. Jared se tomó ese tiempo para analizar cómo había cambiado su vida desde su llegada allí.

Lo sucedido en la biblioteca de Olympia la tarde anterior le había dado una tregua. Los comentarios de la señora Pettigrew sobre la reputación de Olympia habían sido bastante hirientes, pero Jared no pudo restarles importancia. Jared sabía, aunque Olympia no lo sospechaba, que aquella gente quería manchar su reputación.

La pasión era una extraña emoción, pensó Jared. Ahora que la había experimentado por primera vez sentía el mayor de los respetos por su poder. No obstante, era un caballero y, como tal, no podía perjudicar a Olympia, aunque a ella no le importara.

Los aullidos de una perrera llena de sabuesos dieron la bienvenida a Jared cuando tomó el camino principal que conducía a la residencia de los Pettigrew. Examinó la propiedad con gran interés. Evidentemente, la finca era próspera. Jared se preguntó cuántas de las mejoras que habían realizado allí se habrían pagado con el dinero que Pettigrew había robado a Olympia y a su tío.

Subió los peldaños de la entrada y golpeó fuertemente la puerta. Pocos instantes después, abrió una ama de llaves de mediana edad, que llevaba un vestido gris, una cofia blanca y un delantal. Lo primero que miró fue el parche de Jared.

–Por lo que se dice por ahí, usted debe de ser el nuevo maestro de los Wingfield, ¿no? –le preguntó.

–Me llamo Chillhurst. Por favor, tenga la amabilidad de informar al señor Pettigrew que he venido a hablar con él.

–No está –contestó rápidamente la criada–. Quiero decir, que no está en la casa en este momento.

–¿Y dónde se halla?

–En los establos. –El ama de llaves seguía mirándolo con evidente fascinación–. Si quiere, le voy a buscar.

–Gracias, iré yo personalmente.

Jared se volvió y bajó las escalinatas. Rodeó la casa y divisó un establo, recién pintado.

Voces chillonas y alborotadas le llamaron la atención al pasar junto a la puerta abierta de la cocina.

–Es él, te lo digo yo –decía el ama de llaves a otra persona que estaba allí–. El nuevo maestro. Dicen por ahí que ha estado acostándose con la señorita Wingfield todas las noches desde que llegó a Meadow Stream Cottage.

–Yo creí que estaba viviendo en la cabaña del guardabosques al pie del camino, como los otros que ella contrató antes que a él –respondió la otra voz.

–Bueno, ¿quién puede saber lo que sucede allí por las noches? –replicó el ama de llaves–. Me da pena que pueda pasarle cualquier cosa y nadie esté allí para defenderla. Pobre señorita Wingfield.

–Es digna de lástima.

–¿Cómo puedes decir algo así? Es una joven intachable, eso es –insistió el ama de llaves–. Es un poco rara, nada más. No por culpa de ella, no. Por esas tías que tenía y que la criaron.

–Nunca dije que no fuera una mujer intachable. Pero ya tiene veinticinco años y ninguna posibilidad de casarse. Y menos todavía con esos tres diablos que tiene que criar. Seguramente lo debe estar pasando de maravilla con los ataques nocturnos del pirata. Hay cosas peores.

–No para la señorita Wingfield. –En la voz del ama de llaves se detectó una auténtica preocupación–. Nunca una palabra de escándalo en contra de ella y tú lo sabes bien. No, ese maldito pirata está abusando de ella. Sólo Dios sabe lo que le debe hacer durante la noche.

–Algo interesante, espero, por el bien de la señorita Wingfield.

Jared apretó los dientes y continuó su camino.

Poco después, cuando entró al edificio en penumbra, sintió olor a heno y a excrementos. Un corpulento bayo castrado relinchó con curiosidad y asomó la cabeza sobre la puerta de un establo. Jared examinó con ojo crítico al caballo, que aparentemente era de bastante valor.

Oyó la voz de Pettigrew, que sonaba al otro extremo de las caballerizas, tenuemente iluminadas.

–Ya está todo listo para que el semental de Henninger se ayunte con la yegua. Es de pura sangre, sin duda. Me costará un dineral, pero vale la pena.

–Sí, señor.

–¿Has cambiado la herradura de la pata izquierda del bayo?

Pettigrew salió de la caballeriza, con una fusta en la mano. Le seguía un cuidador de baja estatura y muy delgado.

–Ayer lo llevé al herrero –aseguró el cuidador–. Anda como un reloj ahora, señor Pettigrew.

–De acuerdo, estupendo, porque quiero montarlo para la cacería local de la semana que viene. –En un gesto ausente, Pettigrew se golpeaba la pierna con la fusta–. Vamos a ver los sabuesos. –Entrecerró los ojos, pues le molestaba el rayo de sol que penetraba por la puerta a espaldas de Jared–. ¿Eh? ¿Quién está ahí?

–Chillhurst.

–¿Chillhurst? –Pettigrew le miró asombrado–. ¿Qué demonios está usted haciendo en mis establos?

–He venido a conversar con usted, señor Pettigrew.

–Oiga, yo no tengo nada que decirle, de modo que salga ahora mismo de mi propiedad.

–Me iré de inmediato, pero primero quiero que sepa algunas cosas. –Jared echó un vistazo al cuidador, a quien se le veía bastante nervioso–. Sugiero que tengamos esta conversación en privado.

–Maldito y arrogante *maestro* de mierda –vociferó Pettigrew, pero, de todas maneras, hizo un breve gesto con la fusta, indicando al cuidador que se marchase.

Jared esperó a que el servidor atravesara la puerta del establo.

–No le robaré mucho tiempo, Pettigrew. Sólo hay dos cosas que debe saber. La primera es que no debe seguir amenazando a la señorita Wingfield.

–¿Amenazando? ¿Cómo se atreve usted? –masculló Pettigrew, furioso–. Jamás he amenazado a la señorita Wingfield.

–No, tengo entendido que envió a su esposa para que hiciera el trabajo sucio en su lugar –dijo Jared–. No tiene ninguna importancia. Lo único que debe tener presente es que esas amenazas no deben volver a repetirse y mucho menos llevarse a efecto.

–Se está usted pasando de la raya, maldito bastardo. ¿De qué mierda está hablando?

–Sabe usted muy bien de lo que estoy hablando, Pettigrew. Su esposa le dijo a la señorita Wingfield que, a menos que me quitara a mí de en medio, le quitarían a sus sobrinos.

–La señorita Wingfield debería despedirle y echarle de aquí de inmediato –estalló Pettigrew–. No puede decir que su presencia es una buena influencia para esos niños tan dúctiles. Ni para la joven, tan fácilmente influenciable como ellos en este caso.

–Sea como fuere, yo seguiré en el cargo que ocupo en la casa de los Wingfield. Y si usted intenta sustraer a los niños de la tutela de la señorita Wingfield, le juro que se arrepentirá.

–Hace años que conozco a la señorita Wingfield. –Pettigrew entrecerró los ojos–. De hecho, siempre me consideré un amigo de sus tías. Creo que es mi responsabilidad hacer lo mejor para esa muchacha. Por otra parte, no permitiré que usted me intimide, Chillhurst.

–Pero voy a intimidarle de todas maneras. –Jared sonrió–. Si usted da el menor paso para quitarle los niños a la señorita Wingfield, me encargaré de que todo el mundo se entere de cómo la ha estado traicionando sistemáticamente durante todos estos años.

Pettigrew se quedó mirándole, azorado, boquiabierto. Un intenso color carmesí cubrió su regordeta cara.

–¡Cómo se atreve a acusarme de haberla traicionado!

–Con toda naturalidad, se lo aseguro.

–Es una maldita mentira.

–No –dijo Jared–. Es la verdad más absoluta. Sé muy bien qué mercancías venían en el último envío que el señor Wingfield le mandó a su sobrina. Casi lo mismo que en el último que yo me encargué de vender. Luego debieron de haber arrojado casi las mismas ganancias, alrededor de tres mil libras.

–Eso no es cierto –dijo Pettigrew entre dientes.

–Usted se quedó dinero, señor Pettigrew.

–No tiene ni una sola prueba, maldito cerdo.

–¡Ah!, ah, está usted en un error. Tengo un conocido en Londres que podría rápidamente descubrir todos los hechos. Y le daré instrucciones para que lo haga si usted no devuelve lo que debe a la señorita Wingfield.

–Te voy a enseñar a amenazarme, hijo de... –El rostro de

Pettigrew se distorsionó por la ira. Levantó la fusta y la bajó bruscamente, dirigiéndola al ojo bueno de Jared.

Jared bloqueó el movimiento con un solo brazo. Arrancó la fusta de la mano de Pettigrew y la arrojó a un lado, disgustado. Luego metió la mano en el interior de su chaqueta y extrajo la daga de su funda.

Empujó a Pettigrew contra la puerta de una de las caballerizas y apretó la punta de la hoja de la daga contra su garganta.

–Me has ofendido, Pettigrew.

–No puede hacer esto. –Pettigrew no podía quitar los ojos de la daga. Se humedeció los labios–. Le acusaré ante las autoridades. Le colgarán, Chillhurst.

–Lo dudo. Pero tienes plena libertad de denunciarme a las autoridades, si quieres. Sin embargo, primero tendrás que rellenar un cheque, a nombre de la señorita Wingfield, por la suma de dinero que le has robado de los dos últimos envíos.

Pettigrew se estremeció. La desesperación afloró en sus ojos.

–No tengo ese dinero. Me lo gasté.

–¿En qué?

–Mire... –murmuró Pettigrew–. Usted no lo entiende. Necesité el dinero del primer envío para pagar algunas deudas de honor.

–¿Perdiste el dinero de la señorita Wingfield jugando a las cartas?

–No, no. Perdí mi finca en una maldita partida de cartas. –El sudor asomó en las cejas de Pettigrew–. Pensé que estaba acabado. En la ruina. Y justo entonces apareció Olympia, pidiéndome asesoramiento sobre cómo debía vender las mercancías que su tío le había mandado. Me vino como agua caída del cielo.

–Tu cielo es muy diferente del de la señorita Wingfield –dijo Jared.

–Tenía intención de devolverle todo lo que le debía una vez solucionados mis problemas. –Pettigrew miró a Jared como buscando su comprensión–. Luego, llegó el siguiente envío y me di cuenta de que podía llevar a cabo unas cuantas mejoras en mi finca.

–De modo que tampoco pudiste resistir la tentación de robar en esa oportunidad. –Jared sonrió de mala gana–. Y tuviste las agallas de llamarme pirata a mí.

–Con las nuevas mejoras, la finca será mucho más productiva –anunció el señor Pettigrew solemnemente–. Podré reembolsar todo a la señorita Wingfield con la mayor brevedad.

Jared asintió en dirección al costoso caballo.

–¿Acaso ese bayo era una de las mejoras necesarias que tenías que hacer aquí?

–Un hombre debe tener su propio caballo para ir de cacería. –Pettigrew se veía muy avergonzado.

–¿Y qué me dices de ese flamante landó en el que tu esposa vino ayer a la casa de la señorita Wingfield?

–Ella tiene que mantener su posición en la población. Mire, Chillhurst, yo le devolveré hasta el último centavo a la señorita Wingfield en uno o dos años. Lo juro.

–Empezarás a pagarle de inmediato.

–Por Dios, hombre. No dispongo ahora de efectivo.

–Puedes comenzar reuniendo el dinero suficiente vendiendo ese bayo castrado. Con eso obtendrás cuatrocientas o quinientas guineas, como mínimo.

–¿Que venda el bayo? ¿Está loco? Acabo de comprarlo.

–Le buscarás un comprador –dijo Jared–. Y, cuando hayas vendido el animal, encontrarás otro para el landó. Calculo que debes a la señorita Wingfield unas seis mil libras.

–¿Seis mil libras? –Pettigrew estaba aturdido.

–Tienes dos meses para reunir todo el dinero.

Jared soltó a Pettigrew. Envainó la daga, se volvió y abandonó los establos. Una vez fuera, advirtió la presencia del cuidador de Pettigrew, que le miraba hoscamente. Le observaba desde las perreras.

Jared vaciló cuando se le ocurrió una idea. Se acercó al servidor y se detuvo justo frente a él.

–Dejó usted huellas de barro en la alfombra de la señorita Wingfield la otra noche –dijo Jared, como restando importancia a la cuestión–. Y también volcó la garrafa de brandy. Probablemente, tendría que hacerle pagar la reparación de la ventana que rompió, del mismo modo que estoy obligando a su patrón a que devuelva el dinero que robó.

–Oiga, señor, no sé de qué está hablando. –Los ojos del cuidador mostraron cierto estupor. Se quedó con la boca abierta, mirándole y, luego, comenzó a tartamudear–. No estuve anoche en la biblioteca de la señorita Wingfield, ni ninguna otra noche. Juro que no estuve. No me importa lo que diga el terrateniente.

–¿Acaso mencioné que la alfombra embarrada y la garrafa de brandy volcada estuvieran en la biblioteca de la señorita Wingfield? –preguntó Jared, con toda educación.

–Yo no tuve la culpa. –Los ojos del cuidador se abrieron desmesuradamente cuando se dio cuenta, con horror, que había caído en una pequeña trampa–. Sólo estaba haciendo lo que el terrateniente me mandó. No hice el menor daño. No hubiera lastimado a nadie, jamás. Sólo estaba buscando algo que él quería. Nada más. Me dijo que me iba a poner de patitas en la calle si no hacía lo que él me mandaba.

–¿Y qué es lo que estaba buscando exactamente? ¿Una carta, quizá?

–Unos papeles –dijo el sirviente–. Me dijo que juntara todas las notas, cartas, cualquier cosa que tuviera que ver con notas y dinero. Pero no pude encontrar nada de eso aunque puse todo patas arriba. Después el maldito perro se puso a ladrar, oí ruido arriba y me fui corriendo.

–Manténgase lejos de la casa –le advirtió Jared–. La próxima vez que vuelva a intentar algo de esa naturaleza, le juro que se topará conmigo en lugar de con la garrafa de brandy.

–Sí, señor. Nunca más me volveré a acercar a esa casa.

Había ciertas ventajas en tener la cara de un pirata, pensó Jared, divertido, mientras caminaba de regreso a Meadow Stream Cottage. La gente tendía a tomarle muy en serio.

Jared subió las escaleras de la entrada y, cuando abrió la puerta principal, se encontró con una escena de caos y confusión. Sólo se había ausentado durante una hora y la casa se había convertido en un pardemónium. Jared sonrió. El trabajo de un maestro nunca terminaba.

Minotauro ladraba excitado cuando vio a Jared entrar en el vestíbulo. Ethan y Hugh se gritaban mutuamente, mientras uno le arrojaba al otro un pesado y sucio tronco por la escalera. Robert vociferaba instrucciones desde el descansillo de la misma. Esbozó una sonrisa al detectar la presencia de Jared.

–El señor Chillhurst ha vuelto. Tía Olympia nos dijo que no tendríamos clases hoy. Tenemos que hacer las maletas para el viaje.

–Veo que vuestra tía estaba dispuesta a partir sin demoras rumbo al mar. –A Jared le resultó cómico el poder de decisión de Olympia. Obviamente, estaba resuelta a defender su hogar con uñas y dientes.

–No, no, señor Chillhurst. –Ethan forcejeaba con su extremo del tronco–. Al final, no iremos al mar, sino a Londres.

–¿A Londres? –Jared se asombró.

–Sí. ¿No es emocionante, señor? –Hugh sonrió–. Tía Olympia dice que, como ahora tenemos una montaña de dinero, lo usaremos para conocer Londres. ¿Sabe? Nunca hemos estado allí.

–Tía Olympia dice que el viaje será muy instructivo –explicó Robert–. Que visitaremos museos y Vauxhall Gardens, y que haremos toda clase de cosas.

–Tía Olympia dice que, sin duda, se celebrará alguna feria en uno de los parques y habrá fuegos artificiales. Que tomaremos helados y veremos el ascenso de un globo –concluyó Ethan.

–Dice que, probablemente, iremos a un teatro que se llama Astley, donde hay acróbatas, magos y caballitos amaestrados –agregó Hugh–. Lo leyó en las noticias de los periódicos de Londres.

–Ya veo. –Jared arqueó las cejas cuando apareció la señora Bird, con una pila de faldas dobladas–. ¿Dónde está la señorita Wingfield?

–En la biblioteca –contestó la señora Bird, apesadumbrada–. Esto es algo de locos. No sé por qué no podemos vivir como gente normal. ¿Para qué escaparse a Londres?

Jared la ignoró. Entró en la biblioteca y cerró la puerta. Olympia estaba sentada ante su escritorio, mirando fijamente uno de los periódicos londinenses. Al oírle entrar, levantó la vista de inmediato.

–Jared, quiero decir, señor Chillhurst. –Le observó ansiosamente–. ¿Ha salido todo bien?

–El señor Pettigrew no volverá a molestarla nunca más, ni a usted, ni a los niños. Más tarde se lo explicaré. ¿Qué es esto del viaje a Londres?

–Una noticia que ha causado conmoción, ¿no? –Olympia sonrió, con el rostro radiante–. Se me ocurrió que con todo el dinero que hemos recibido por la venta de las últimas mercancías que tío Artemis me envió, podemos darnos el gusto de viajar hasta Londres. Será una experiencia maravillosa para los niños y yo podré emplear el tiempo para seguir con mis investigaciones sobre el diario.

¿Investigaciones?

–Sí. Me gustaría consultar algunos mapas de las Indias Occidentales, que pertenecen a la Sociedad de Viajes y Exploraciones. El diario hace referencia a una isla que no puedo ubicar en ninguno de los mapas que tengo de esa zona.

Jared titubeó, pues mentalmente calculaba todos los problemas que un viaje a Londres podría implicar.

–¿Dónde tiene planeado hospedarse?

–Bueno, podríamos alquilar una casa por un mes. Debe ser algo bastante fácil.

–No.

–¿Cómo ha dicho? –Olympia parpadeó, sorprendida.

Jared se dio cuenta de que, por un instante, había olvidado el lugar que ocupaba en la casa. Supuestamente, él debía acatar órdenes de Olympia y no dárselas. Por desgracia, dar órdenes era uno de sus hábitos.

–Un viaje a Londres, en este momento tan particular, me parece algo muy inapropiado, señorita Wingfield –le dijo cautelosamente.

–¿Por qué?

–Para empezar, yo estaría obligado a buscar hospedaje también, y lo más probable será que las posadas estén a una distancia considerable de la casa. No me agrada la idea de que usted y los niños estén solos por la noche en una ciudad como Londres. –Hizo una pausa–. No después de lo que sucedió aquí hace dos noches.

–¿Se refiere a que alguien se introdujo en mi biblioteca? –Olympia frunció el ceño, considerando la idea.

–Precisamente –dijo Jared, con toda delicadeza–. No podemos correr riesgo alguno, señorita Wingfield. Aquí, en el campo, yo estoy a una corta distancia de la casa. Puedo oírla si grita pidiendo ayuda.

Sólo se trataba de una pequeña treta más, pensó Jared. Estaba seguro de que pronto le contaría que el intruso de la noche pasada había sido el cuidador de caballos de Pettigrew. Mientras tanto, necesitaba una excusa para evitar aquel atolondrado viaje a Londres.

–La solución es obvia. –Olympia vaciló un instante y, luego, una expresión de satisfacción brilló en sus ojos–. Se quedará con nosotros en la ciudad.

–¿Con ustedes? ¿Se refiere a compartir la misma casa? –Jared se sintió confuso ante la idea.

–Por supuesto. No hay absolutamente ninguna necesidad de gastar más dinero, inútilmente, reservando una habitación en alguna posada para usted. Sería un despilfarro. Además, si debemos cuidarnos del Guardián, quienquiera que sea ese hombre, usted debe estar cerca, preparado, en todo momento.

–Cerca, preparado –repitió Jared como un autómata.

–Bajo el mismo techo –aclaró Olympia.

–Ya veo. –«Bajo el mismo techo.»

La idea de pasar todas las noches bajo el mismo techo de su encantadora sirena bastó para dejarle sin respiración. Indudablemente, dormiría en una alcoba contigua a la de ella. La oiría cuando se vistiera cada mañana y cuando se quitara la ropa todas las noches, antes de acostarse. Miles de imágenes atractivas invadieron la mente de Jared. Veía a

Olympia caminando por los pasillos, para ir a tomar un baño. Se encontraría con ella en la escalera, cuando bajara a desayunar o a tomar la última taza de té antes de irse a dormir. Estaría cerca de ella mañana, tarde y noche.

Pensó que se volvería loco. La pasión le consumiría. Tendría todas las oportunidades del mundo para abandonarse y rendirse a las llamadas de su sirena.

Sería maravilloso vivir bajo el mismo techo que Olympia.

O terrible.

–¿Hay algún problema, señor Chillhurst?

–Eso creo. –Por primera vez en toda su vida, Jared tuvo dificultades para pensar con claridad y determinación–. Sí, hay un problema.

–¿Cuál? –Olympia ladeó la cabeza, inquisitivamente.

Jared respiró profundamente y contuvo el aire.

–Señorita Wingfield, ¿necesito recordarle que su reputación en este distrito ya pende de un hilo? Si voy a Londres con usted y, además, me alojo en la misma casa, su reputación quedará manchada por completo.

–Mi reputación no me preocupa en lo más mínimo, señor, pero soy consciente de que debo cuidar celosamente de la suya. Después de todo, como ya se lo he mencionado, no puede darse el lujo de que corran rumores sobre usted, pues eso le perjudicará en el próximo trabajo que ocupe.

–Una excelente observación, señorita Wingfield. –Jared se aferró a esa excusa, pues parecía el único punto débil que Olympia demostraba–. Como inteligentemente ha señalado, los rumores podrían ser muy perjudiciales para un maestro.

–No tema, señor. Jamás me atrevería a poner en peligro su reputación. –Olympia le sonrió para reconfortarle–. Pero, de todas maneras, no veo ningún problema. Después de todo, nadie en Upper Tudway se enterará de que compartimos la misma casa en Londres.

–Ah... bueno... sí, también está ese detalle. Sin embargo...

–Y en Londres, nadie le conoce, excepto ese amigo suyo que vendió las mercancías de tío Artemis. Por lo tanto, no correrá ningún rumor.

–Ah... bueno...

–Por otra parte, no nos moveremos en ningún círculo social. Seremos anónimos entre las multitudes que caminan diariamente por las calles londinenses. –Olympia rió–. ¿Quién podría advertir nuestra presencia y, mucho menos, difundir rumores sobre nosotros?

Jared luchó desesperadamente por encontrar algo de sentido común a la situación.

–¿El propietario de la casa que usted alquile, tal vez? ¿Los miembros de la Sociedad de Viajes y Exploraciones, con quienes usted desea contactar? Cualquiera podría hablar de nosotros, señorita Wingfield.

–Hmmm.

Olympia golpeteó suavemente la pluma sobre el escritorio.

A Jared no le agradó la expresión de su rostro.

–Señorita Wingfield, permítame decirle que una joven en su posición, simplemente, no puede...

–Ya lo tengo –declaró de repente.

–¿Que tiene qué?

–La respuesta perfecta. Si somos descubiertos y su reputación corre peligro, fingiremos ser un matrimonio.

Jared se quedó mirándola, fijamente, sin poder articular palabra.

–¿Y bien, señor? –Olympia aguardó, expectante. Como Jared no supo qué responder, ella siguió insistiendo–. ¿No le parece un plan muy hábil?

–Ah... bueno...

–Vamos, señor Chillhurst. Es lo más lógico, no sólo por razones económicas, sino para ser eficientes y movernos dentro de un contexto de seguridad. Realmente, es la única solución inteligente a este problema.

Jared deseaba informarle que la inteligencia era justamente lo que faltaba en toda aquella situación, pero aparentemente no pudo encontrar las palabras justas. La idea de tener que vivir bajo el mismo techo con ella y, además, aparentar estar casados, ciertamente le conduciría a la locura más espantosa.

La canción de la sirena le había trastornado.

–¿Qué dirá a sus sobrinos? –preguntó finalmente.

El rostro de Olympia se oscureció por un instante, mientras consideraba la pregunta. Pero un segundo después reapareció aquella sonrisa radiante.

–Por supuesto no será necesario que sepan nada al respecto –dijo ella–. Es muy poco probable que entren en contacto con adultos que pudieran tratar de sonsacarles la verdadera relación que nos une. Usted será el maestro. Nadie hará más averiguaciones. ¿No le parece lo correcto?

–Supongo –agregó Jared de mala gana. Rara vez los adultos contactaban con los niños.

–Y tampoco recibiremos visitas, de modo que no tendremos que temer por ese lado –continuó Olympia entusiasmada.

–Vamos rumbo al desastre –masculló Jared entre dientes.

–¿Qué ha dicho, señor Chillhurst?

–Nada, señorita Wingfield. Nada en absoluto.

Y con eso, pensó Jared, en un abrir y cerrar de ojos, quedaban destruidos todos los beneficios de haber cultivado, durante toda una vida, el sentido común, el ser práctico y la severa cavilación.

Había dejado de ser el hombre de días atrás. Ya no era el imaginativo y centrado hombre de negocios que, inocentemente, se había propuesto ir a comprar un estúpido diario con la pragmática intención de mantener al resto de la familia a salvo. En cambio, se había convertido en un individuo totalmente vulnerable a las llamadas del deseo, en un hombre atrapado en las garras de la pasión. Era un poeta, un soñador, un romántico.

Un idiota.

Todo habría sido mucho más simple si no hubiera olvidado su propósito de conseguir el diario, si no se hubiera dejado embelesar por el canto de la sirena.

Jared miró el encantador y esperanzado rostro de Olympia y escuchó cómo rompían las olas del mar contra las rocas. Mentalmente, se resignó a su destino.

–No veo motivos por los que su plan podría fracasar, señorita Wingfield. Me parece una solución lógica al problema y, además, sus sobrinos tendrán una experiencia muy educativa.

–Sabía que valoraría la inteligencia de mi plan.

–Cierto. Y no tiene por qué preocuparse en buscar una casa para alquilar. Como su hombre de confianza, me encargaré de encontrar una que sea de su agrado.

–Gracias, señor Chillhurst. No sé qué haría sin usted.

CAPÍTULO VII

En la sala de conferencias de la Institución Musgrave sólo había unas pocas personas atendiendo el relato del señor Blanchard sobre sus viajes a las Indias Occidentales.

–No hay ni la mitad de la gente que se dio cita aquí para escuchar el maravilloso discurso del señor Elkins sobre sus viajes a los mares del Sur –confió una mujer regordeta que estaba sentada junto a Olympia–. Claro que la forma de hablar del señor Blanchard no es tan entretenida como la del señor Elkins.

Olympia no podía poner eso en tela de juicio. Si bien el señor Blanchard era obviamente un hombre muy observador que había viajado mucho, no había sido dotado de un gran don para la oratoria en público. No lograba mantener la atención de su audiencia.

Olympia había acudido a oír la conferencia con la gran esperanza de ampliar sus conocimientos sobre la geografía de las Indias Occidentales. Por lo que había leído en el diario, era imprescindible ubicar la pequeña isla a la que Claire Lightbourne hacía referencia para descifrar el enigma. Se trataba de una pequeña porción de tierra, situada al norte de Jamaica.

Olympia había tratado de explicar eso a Jared la noche anterior, mientras compartían las copas de brandy de siempre, pero como era ya costumbre en él, le hizo cambiar de tema.

Hacía ya tres días que Olympia, Jared y el resto de la familia, incluso *Minotauro,* se habían establecido en Londres. Era la primera incursión que la muchacha hacía a un evento auspiciado por la Sociedad de Viajes y Exploraciones y Olympia lo había estado esperando con ansiedad.

Desgraciadamente, el discurso monótono del señor Blanchard no lograba mantenerla atenta. Miró el pequeño reloj que llevaba cogido con un alfiler en el talle de su vestido y comprobó que todavía faltaba otra media hora para que Jared y los niños pasaran a recogerla.

Jared. En la intimidad de sus pensamientos, Olympia le llamaba por su nombre de pila. El grado de intimidad que iba creciendo dentro de ella hacía imposible que pensara en él como el señor Chillhurst. Sin embargo, cada vez que hablaba en voz alta, tenía el buen sentido de hacerlo por su apellido.

No obstante, debía recurrir a todo su poder de concentración para mantener los términos formales cada vez que lo tenía cerca. Cada vez que se encontraba con Jared en algún pasillo o en las escaleras, sentía el irrefrenable impulso de arrojarse en sus brazos. Las noches que pasaban juntos en el pequeño estudio estaban haciéndose intolerables. Olympia no sabía cuánto tiempo más podría contenerse.

Además de su propia tensión, Olympia debía contender con la certeza que tenía de que Jared también debía recurrir a la misma autodisciplina cada vez que la tenía cerca.

Aquella misma mañana, había tenido un encuentro delicioso frente a la puerta de la alcoba de Jared. Olympia se dirigía a desayunar, a toda prisa, medio oculta tras una pila de periódicos y un globo terráqueo. Jared acababa de salir al pasillo.

En lo que a Olympia se refería, el choque entre ambos había sido pura obra del destino. Sin embargo, la muchacha se preguntó si parte de su cerebro no habría planeado el encontronazo. Después de todo, ella sabía exactamente cuándo saldría Jared de su habitación. Era un hombre que valoraba las costumbres y la rutina. Después de tres mañanas de oír sus movimientos a través de la pared que les separaba, Olympia sabía que Jared bajaba a las siete en punto.

–¡Oh, Dios mío! Disculpe –Olympia se tambaleó y aferró su globo terráqueo, cuando él salía de la puerta de su habitación y se interpuso involuntariamente en su camino.

Aunque Olympia había surgido por el costado de su ojo tapado, la reacción de Jared había sido rápida y segura. Hábilmente, atrapó el globo terráqueo que a Olympia se le había resbalado de las manos.

–¡Oh!, discúlpeme usted a mí, señorita Wingfield. ¿Ha dormido bien?

Olympia estaba tan confusa por tenerlo tan cerca a aquella hora de la mañana que experimentó cierta dificultad en contestar a tan sencilla pregunta. Durante varios segundos, lo único que pudo hacer fue observarle, deslumbrada, preguntándose desesperadamente si Jared aprovecharía la oportunidad para besarla.

–Sí, he dormido muy bien, señor Chillhurst –respondió ella al final, decepcionada porque él no había hecho ni el menor intento de apoderarse de su boca con la suya–. ¿Y usted? –¿Cómo haría para poder soportar semejante tortura todas las mañanas, durante un mes?, se preguntó, alarmada.

–Últimamente no puedo dormir muy bien –dijo Jared, con los ojos fijos en sus labios– ya que en mi mente no hay otra cosa que tu rostro, mi sirena.

–¡Oh!, Jared –suspiró ella–. Quiero decir, señor Chillhurst. –Una extraña sensación de deseo, muy íntima, hizo que se sintiese curiosamente débil–. Yo también pienso en usted durante gran parte de mis noches.

Jared sonrió.

–Una de estas noches, tendremos que hacer algo por nuestro problema en común o, de lo contrario, jamás volveremos a dormir.

–Sí, por supuesto. –Olympia abrió los ojos desmesuradamente, al comprender lo que le había insinuado–. Es evidente que le estoy causando un gran caos en su rutina. Lamento perturbar ese orden tan estricto que lleva. Sé lo importante que es para usted. Por cuestiones de salud, es crucial dormir bien por las noches.

–Creo que lograré sobrevivir, señorita Wingfield.

Y después *sí* la besó. Allí mismo, en el pasillo. Fue una caricia breve, que le robó después de mirar varias veces a ambos lados, para asegurarse de que ninguno de los niños había salido de su respectiva habitación.

Terminado el beso, Jared le bajó el globo terráqueo.

Olympia creía que los labios todavía le hacían cosquillas por el beso de Jared. Se irguió en su silla y trató de concentrarse en la conferencia.

Agazapado sobre las notas que tenía en el atril, el señor Blanchard seguía con su monótona perorata, gracias a la cual muchos ya se habían quedado dormidos.

–Además del azúcar, las islas de las Indias Occidentales exportan gran variedad de mercancías, que incluyen el tabaco, el café, las conchas y el mimbre. Por supuesto, deben importar casi todos los artículos que consideran necesarios para la vida civilizada.

Otra vez, la mente de Olympia comenzó a divagar. Había ido allí para aprender sobre islas perdidas y leyendas, no sobre importaciones y exportaciones. Para terminar con su aburrimiento, Olympia se dedicó a examinar el pequeño grupo de personas que le rodeaba. La mayoría eran miembros de la Sociedad de Viajes y Exploraciones, que auspiciaba la conferencia del señor Blanchard. Indudablemente, ella había mantenido correspondencia con varios de ellos. Se preguntaba cómo se presentaría ante ellos una vez que concluyera la charla.

–¿Ha acudido usted a otras conferencias de este ciclo? –le preguntó la mujer regordeta tras su mano enguantada.

–No –admitió Olympia en voz baja–. Soy miembro de la Sociedad, pero acabo de llegar a Londres. No he tenido oportunidad de asistir a ninguna conferencia pública hasta hoy.

–Es una pena que le haya tocado justamente ésta. La conferencia del señor Duncan sobre el Imperio Otomano fue fascinante.

–Yo estaba muy interesada por esta conferencia, ya que tengo especial interés en la geografía de las Indias Occidentales.

–¿De verdad? –La mujer se le acercó más–. Lo mismo que el señor Torbert y lord Aldridge. Debería conocerlos.

–Me encantaría. –Olympia estaba fascinada–. He leído

sus informes sobre las Indias Occidentales en el boletín trimestral.

–Ambos están aquí hoy. Sentados en extremos opuestos del salón, por supuesto. –La mujer se rió–. Supongo que sabe que son acérrimos enemigos. Desde hace años.

–¿De verdad?

–Será un placer para mí presentárselos. Pero, primero, permítame que lo haga yo. Soy la señora Dalton.

–Y yo la señorita Wingfield, de Upper Tudway, Dorset –dijo Olympia, de inmediato–. Un placer conocerla.

La señora Dalton abrió los ojos complacida.

–¿No será la señorita Wingfield que escribe esos artículos tan interesantes sobre tesoros legendarios y costumbres extrañas de otros países, verdad?

Olympia se ruborizó. Era la primera vez que alguien la reconocía por su trabajo. Nadie en Upper Tudway se tomaba la molestia, siquiera, de leer la publicación de la Sociedad.

–Sí, he escrito uno o dos artículos de esa naturaleza –comentó Olympia, con un tono que esperó sonara modesto.

–Querida mía, esto es magnífico. No sólo para mí, sino para varios miembros de la Sociedad. Apenas el señor Blanchard acabe su intervención, le presentaré a todo el mundo.

–Es muy amable de su parte.

–En absoluto, señorita Wingfield. Usted es casi una leyenda. Vaya, justamente, el otro día el señor Torbert y lord Aldridge comentaban que jamás abandonaban Londres sin llevarse uno o dos de sus artículos para que les guíen en sus viajes.

–¿Haciéndose pasar por maestro? Ridículo. ¿Qué juego demoníaco está jugando, Chillhurst?

Felix Hartwell miró de reojo a Jared con una expresión medio divertida y medio respetuosa.

–No estoy totalmente seguro de saber la respuesta a eso, Felix. –Jared apenas esbozó una sonrisa. Tenía la vista fija en Hugh, Ethan y Robert, que estaban a cierta distancia, tratando de elevar una cometa por los aires.

La habían comprado poco después de acompañar a Olympia hasta la Institución Musgrave. Cuando Jared se aseguró que la muchacha había entrado en la sala de conferencias, llevó a los niños a un parque cercano y envió un mensaje a Felix.

Éste se presentó en cuestión de minutos. Era una de las cosas que Jared más valoraba de su hombre de confianza. Felix sentía el mismo respeto por la puntualidad que él. Hacía años que trabajaban juntos, por lo que Jared consideraba a Felix prácticamente como un amigo, virtualmente la única persona en la que podía confiar.

Jared debía admitir que en muchos aspectos eran iguales. Ambos poseían una naturaleza serena, fría, para muchos, insulsa. Compartían un acercamiento lógico y pragmático, tanto para los asuntos personales como para los comerciales. Jared pensó que su padre los definiría como dos hombres con alma de comerciantes.

Pero últimamente las cosas habían cambiado. Jared se preguntaba cómo reaccionaría Felix cuando se enterase de que se había convertido en una irremediable víctima de la pasión.

–Le conozco demasiado bien como para creer que no sabe lo que está haciendo ni por qué, Chillhurst. –Felix resopló–. Nunca hace nada sin pensarlo antes mil veces, sin planearlo minuciosamente. No es su estilo actuar impulsivamente, por mero capricho o presentimiento, señor.

–Tienes frente a ti a un hombre diferente.

Jared miró a Felix y le sonrió brevemente.

Felix se quedó mirándole, aturdido. Jared no estaba sorprendido. Después de todo, a él mismo aún le costaba aceptar ese nuevo aspecto de su personalidad. No era de extrañar, entonces, que Felix se mostrara atónito y hasta confuso por la transformación.

Aunque mantenían una correspondencia fluida, hacía varios meses que Jared no veía personalmente a su hombre de confianza. La última vez, había sido cuando Felix viajó a la isla de Flame, en la costa de Devon, donde residía Jared, para pasar allí dos semanas, revisando las estrategias comerciales de Flamecrest.

Jared rara vez viajaba a Londres. Prefería mucho más el espectacular paisaje que le ofrecía su isla nativa que las rimbombantes luces de la ciudad.

Aunque no se veían muy a menudo, Jared pensaba que Felix había cambiado muy poco con el paso de los años. Era un hombre de ciudad, realidad que se plasmaba en la delicadeza de sus manos y en la elegancia en el corte de su ropa. Sus rasgos simpáticos y abiertos ocultaban una astuta inteligencia que Jared valoraba muchísimo.

–¿Diferente? ¿Usted? –Felix rió–. No lo creo. Jamás he conocido un estratega más deliberado en toda mi vida. Trabajar para usted es como hacerlo para un famoso jugador de ajedrez. No siempre puedo predecir cómo serán los desplazamientos de las piezas, pero he aprendido que es usted el que siempre dirige el juego.

–Esta vez no estoy jugando al ajedrez –observó Jared, complacido, mientras la cometa surcaba muy alta en el aire. Ethan y Hugh aplaudían excitados, y salieron detrás de Robert, quien corría a toda velocidad, con el hilo en la mano–. La verdad es que el destino me ha convertido en un juguete indefenso. En estos momentos, soy como esa cometa. Una criatura que ha nacido para que el viento haga de ella lo que quiera.

–¿Cómo ha dicho, señor?

–Bueno, Felix, debes saber que me he rendido a las poderosas garras de la pasión.

–¿A las garras de la pasión? ¿Usted, Chillhurst? Está hablando conmigo, Felix Hartwell. Hace casi diez años que soy su representante en Londres. Conozco más sus asuntos comerciales y la forma en que los maneja que cualquier otra persona en la faz de la tierra. Supongo que le conozco mejor que nadie, dado que ambos tenemos una forma de ser similar.

–Eso es muy cierto.

–Por supuesto que lo es. Y si hay algo de lo que estoy plenamente seguro, es de que no es un hombre que se deje llevar por la pasión. Es un ejemplo de autocontrol, señor.

–Ya no. –Jared pensó en el beso que le había dado a Olympia aquella mañana, en el pasillo, frente a la puerta de su cuarto. Vivir bajo el mismo techo que albergaba al objeto de su deseo era la tortura más dulce a la que había sido sometido. Su único consuelo era que Olympia también estaba sufriendo–. He oído el canto de la sirena y estoy perdido.

–¿Sirena?

–Conocida también con el nombre de señorita Olympia Wingfield.

–Señor, ¿está divirtiéndose a mis espaldas? –preguntó Felix abruptamente–. Porque, de ser así, espero que lo que está diciendo sea una broma.

–¡Caramba! No estoy bromeando. –Jared explicó brevemente toda la situación a Felix, pero sin mencionar el diario de Lightbourne, ni cómo éste le había conducido hasta Olympia. Después de todo, el diario ya no tenía ninguna importancia–. ¿Sabes una cosa, Felix? Por primera vez en mi vida, empiezo a comprender las excentricidades de los miembros de mi familia.

–Permítame decirle, Chillhurst, que nadie podría comprender las increíbles locuras de su familia. No se ofenda, pero usted es el único miembro cuerdo del clan y lo sabe muy bien. Ya me lo ha dicho el suficiente número de veces.

–Al parecer, a las palabras se las lleva el viento. –Jared volvió a sonreír–. ¿Quién podría ser racional y lógico cuando cae prisionero de las llamas de la pasión desenfrenada?

–Mi señor, no comprendo absolutamente nada de todo esto. –Felix se puso tenso e inclinó la cabeza en un gesto brusco y ofendido–. La idea de que se disfrace de maestro para perseguir a la famosa señorita Wingfield me resulta imposible de creer. Usted no es la clase de hombre vulnerable a una pasión desenfrenada.

–Quiero que algo quede bien en claro, Felix. –El humor de Jared se desvaneció–. No quiero que esto llegue más lejos, pues la reputación de la señorita Wingfield está en juego.

Felix dirigió a Jared una rápida mirada inquisitiva y luego desvió la vista hacia otro lado.

–Después de todos estos años, señor –dijo, con mucha tranquilidad–, espero que confíe en mí lo suficiente como para saber que no violaré una confidencia suya.

–Por supuesto que confío en ti –dijo Jared–. Si no la tuviera, jamás habría iniciado esta conversación. Bueno, ahora además de haberte revelado que estoy trabajando en casa de la señorita Wingfield, como maestro de sus sobrinos, debo pedirte un favor. Nadie debe saber que estoy aquí, en Londres.

Felix mostró una inmediata expresión de alerta al comprender. Sus ojos reflejaron lo que bien podría considerarse una pequeña dosis de alivio.

–¡Ah!, entonces es cierto que está poniendo en práctica uno de sus ingeniosos planes. Lo sabía.

Jared no encontró razones suficientes como para explicar mejor su situación. Después de todo, la pasión romántica era un asunto privado.

–De modo que no debes divulgar mi presencia aquí en la ciudad.

–Por supuesto que no. –Los ojos de Felix se entrecerraron con aire pensativo–. Usted rara vez viene a Londres y, cuando lo hace, no participa en ningún acontecimiento social. Por lo tanto, lo más lógico es que nadie pregunte nada sobre usted.

–La verdad es que contaba con eso. Por otra parte, es muy difícil que alguien me reconozca a simple vista.

–Hay muy poco riesgo de que alguien le reconozca, incluso aquellos que le conocen personalmente. –Felix torció el gesto, en señal de desagrado–. Obviamente, no planea moverse en ningún círculo social. A nadie se le ocurriría ir a buscarle en esa pequeña casa en Ibberton Street.

–Esa pequeña casa es justamente lo que yo quería, Felix. Se trata de la residencia perfecta para una familia de clase media-baja, que procede del medio rural. Siempre que me mantenga alejado de los clubes y de las típicas cacerías, podré moverme por la ciudad en el mayor anonimato.

–Probablemente, podría pasear sin que nadie advirtiera su presencia por Hyde Park siempre y cuando lleve a esos tres niños con usted. –Felix rió–. La gente suele ver lo que confía ver. Le aseguro que nadie espera ver al vizconde Chillhurst desempeñando el cargo de maestro.

–Precisamente. –Jared se sintió aliviado de que el inteligente y pragmático Felix hubiera encontrado cierta lógica en su alocado plan. Jared estaba convencido de que ya no podía confiar en su propio sentido común–. Teóricamente, deberíamos estar a salvo con todo esto.

–¿A salvo de qué, señor? –Felix le miró de reojo con gesto interrogante.

–Del desastre –dijo Jared.

–¿Qué clase de desastre?

–Bueno, del descubrimiento, por supuesto –contestó Jared–. Siempre existe la amenaza de que alguien me localice en esta situación y temo las consecuencias que ello acarrearía. Es demasiado pronto todavía.

–¿Demasiado pronto, señor? –Felix empezó a preocuparse seriamente.

–Sí. Cortejar a una sirena es una tarea difícil, Felix, en la cual tengo cero de experiencia. No quiero que todo el proyecto se me venga a pique, delante de mis narices, antes de que haya tenido la oportunidad de preparar correctamente el terreno.

–Si no le conociera tan bien, señor, diría que está poniéndose tan raro como el resto de sus parientes.

Felix soltó un suspiro.

–Una idea escalofriante.

Jared rió y le palmeó en el hombro.

–Lo es. No se ofenda, señor.

–No te preocupes, Felix. No puedo ofenderme frente a la verdad. Nadie puede negar que mi familia es famosa por traer al mundo gente rara.

–Sí, señor. –Felix vaciló–. Quizá debería mencionar un detalle que debe tener en cuenta.

–¿Cuál?

–Demetria Seaton está en la ciudad. Sabrá que ahora es lady Beaumont, ¿no?

–Sí, lo sé. –Jared trató de mantener el mismo tono de voz.

–He oído que lord Beaumont está en Londres, buscando otra cura para su pequeño, pero aparentemente es bastante persistente problema.

–¿El de no poder lograr todavía que su esposa le dé un heredero, tal vez?

–Nunca dejo de asombrarme cómo se las ingenia para estar tan bien informado, teniendo en cuenta que prácticamente nunca viene a la ciudad. Sí, ha dado en el clavo. Corre el rumor de que lord Beaumont todavía no ha podido lograr ni siquiera la consumación de su reciente matrimonio.

–¿De verdad? –Jared pensó que eso ni siquiera inmutaría a Demetria.

–Según parece, ni siquiera la presencia de la bella lady Beaumont en su cama es suficiente para solucionar su problema de impotencia –murmuró Felix.

–¡Qué pena! Pero tengo la sospecha de que lady Beaumont no debe sentirse totalmente infeliz con la situación –dijo Jared.

–Otra vez más ha dado en el clavo, según dicen los rumores. –Felix observó cómo se desplazaba la cometa en el aire–. Si lord Beaumont no logra cumplir con su deber de conservar el título, pasándolo a su heredero, lady Beaumont será quien herede toda su fortuna.

–Sí.

Sin duda, Demetria daría a su maldito hermano, Gifford, una jugosa porción de esa fortuna, pensó Jared. Y acceso a tamaña fortuna le convertiría en un cretino todavía mayor.

Gifford era el único lazo sanguíneo que Demetria tenía y le consentía más de la cuenta. Por lo que Jared sabía, esa actitud sobreprotectora que ella había asumido hacia él sólo había servido para que su hermano menor fuera un canalla malcriado, malhumorado y déspota quien, sin duda, terminaría suicidándose.

Jared hizo una mueca cuando recordó aquella noche, tres años atrás, en la que Gifford le retó en duelo. Su exigencia de encontrarse al amanecer, armados con pistolas, se planteó menos de una hora después de que Jared acabara de comprometerse con su hermana Demetria.

Gifford estaba furioso entonces. Sostenía que Jared había humillado a su hermana y, en consecuencia, demandaba una compensación inmediata.

Por supuesto, Jared se negó a ello. Después de todo, en aquellos días era un hombre razonable y lógico, por lo que reaccionó de ese modo. No tenía motivo para arriesgar su vida, ni la del joven Gifford, en un duelo que no solucionaría nada.

La negativa de Jared a aceptar el reto en duelo en el campo de honor no hizo más que acrecentar la ira del joven. Tachó a su futuro cuñado de cobarde.

–Como lord Beaumont está rozando los setenta años –continuó Felix–, las probabilidades indican que lady Beaumont quedará viuda en cualquier momento y con una herencia muy sustanciosa.

–Con mayor razón si cabe si Beaumont acelera su muerte exigiéndose a sí mismo una actividad demasiado intensa, a fin de terminar con su impotencia.

–Será interesante ver si lord Beaumont logra hallar una cura para el mal que le aqueja. –Felix sonrió fríamente.

–Yo le deseo la mejor de las suertes –dijo Jared.

–¿Sí? –Felix le miró con suspicaz sorpresa, que no pudo disimular–. Había creído que le interesaría la perspectiva de que lady Beaumont pueda convertirse pronto en una mujer libre.

–Su libertad, o la falta de ella, ya no es asunto de mi incumbencia. –Jared se encogió de hombros.

–¿No? Según me han dicho, está más hermosa que nunca. Y los rumores de un amante murieron mucho antes de su boda con lord Beaumont.

–¿Sí? –preguntó Jared sin mucho interés.

El asunto del amante de Demetria era uno de los pocos temas que él jamás había discutido con Felix. De hecho, Jared no lo había discutido con nadie.

Sabía que habían corrido muchas especulaciones tras la repentina ruptura del compromiso, pero él siempre se negó a dar crédito a los chismes.

–Si lady Beaumont tiene un amorío por ahí –insistió Felix– lo mantiene bien escondido.

–En este caso para ella es imprescindible la discreción –comentó Jared–. Beaumont jamás toleraría que su esposa tuviera un amante cuando él no puede procurarse un heredero.

–Cierto. –Felix hizo una pausa–. En lo que concierne al otro asunto...

–No has descubierto nada nuevo, ¿no?

–Me temo que no he tenido acceso a más información. –Felix movió la cabeza–. Debe haber sido el capitán del barco el que preparó la malversación de los fondos. Ninguna otra persona pudo haberlo hecho.

–Preferiría tener pruebas antes de despedirlo.

–Entiendo, señor, pero en casos como éste es casi imposible descubrir pruebas. –Felix se encogió de hombros–. Eso es lo difícil en los delitos de malversación de fondos. Es muy complicado seguir las pistas.

–Eso parece. –Jared observó que la cometa ganaba cada vez más altura y oyó los gritos de entusiasmo de Ethan y Hugh–. Esperemos un poco más, Felix. Todavía no estoy preparado para adoptar medidas contra el capitán.

–Como quiera, señor.

–¡Caramba! –exclamó Jared, aunque manteniendo bajo el tono de voz–. No me gusta que me engañen. No me agrada pasar por tonto.

–Lo sé muy bien, señor.

Se produjo un momento de silencio; ambos hombres se quedaron contemplando la cometa y a los niños.

–Debes disculparme, Felix. –Jared extrajo el reloj de su bolsillo y miró la hora–. Tengo una cita dentro de unos momentos y creo que me llevará bastante tiempo convencer a mis alumnos de que devuelvan esa cometa a tierra firme. Debo irme.

–Como guste, Chillhurst. Como siempre, estoy preparado para lo que me necesite.

–No sé qué haría sin ti, Felix.

Jared inclinó la cabeza, a modo de saludo y se encaminó hacia el parque para recoger a Ethan, Hugh, Robert y la cometa. Eran casi las cuatro de la tarde, hora de ir a buscar a Olympia a la Institución Musgrave.

Jared perdió veinte minutos entre convencer a los niños,

recoger su nuevo juguete y encontrar un coche de alquiler. Mientras las ruedas del vehículo giraban con su «clac-clac» por las transitadas calles de la ciudad, Jared miró dos veces su reloj de bolsillo.

Robert dejó, por un momento, de mirar fascinado el escenario que pasaba frente a sus ojos por las ventanillas del carruaje. Vio que Jared guardaba el reloj en su bolsillo por segunda vez.

–¿Llevamos retraso, señor?

–Espero que no. Con un poco de suerte, la conferencia terminará más tarde de lo previsto.

–¿Podemos tomar otro helado antes de ir a buscar a tía Olympia? –Ethan pateaba el asiento con los talones.

–Ya has tomado uno esta tarde –le recordó Jared.

–Sí, pero eso fue hace horas y tengo calor otra vez.

–Apuesto a que a tía Olympia le encantaría tomar un helado –comentó Hugh, con una expresión de altruismo que no engañó a Jared ni por un instante.

–¿Eso crees? –Jared fingió estar considerando la sugerencia.

–¡Oh!, sí, señor. –Una genuina anticipación brilló en los inocentes ojos de Hugh–. Estoy seguro.

–Veremos lo que dice ella al respecto. –Jared miró por la ventanilla–. Bueno, ya hemos llegado. ¿Veis a vuestra tía por alguna parte?

Ethan se asomó por la ventana.

–Allí está. Rodeada por varias personas. Le haré una señal con la mano.

–No, no lo hagas –le dijo Jared–. No se llama a una dama de ese modo. Robert bajará del coche para ir a buscarla, como corresponde.

–Tiene razón, señor. –Robert abrió la puerta del carruaje y bajó al pavimento–. No tardaré.

–No olvides cogerla del brazo –le recordó Jared.

–No, señor. –Robert salió corriendo por la calle.

Jared cerró la puerta y se apoyó contra los almohadones del asiento. Observó cómo Robert se acercaba a la entrada de la sala de conferencias de la Institución Musgrave.

Felix tenía razón, pensó. La gente veía sólo lo que esperaba ver. Era muy improbable que alguien reconociera al vizconde Chillhurst en la Sociedad de Viajes y Exploraciones. Que él recordara, no conocía personalmente a ninguno de sus miembros. Sin embargo, no estaba de más actuar con cautela.

–No sabía que tía Olympia tuviera tantos amigos en Londres –dijo Ethan.

–Tampoco yo –murmuró él.

Estudió a los dos hombres que estaban más cerca de ella. Uno era tan gordo que parecía estar a punto de estallar en cualquier momento. El otro, por el contrario, era tan delgado que cualquiera lo habría imaginado haciendo huelga de hambre durante los últimos meses.

Jared advirtió que ambos estaban muy interesados en cada palabra que Olympia pronunciaba.

–¿Sucede algo malo? –preguntó Hugh, ansiosamente.

–No, Hugh. –Jared mantuvo la voz tranquila y serena. Ya sabía que Hugh era terriblemente susceptible a la posibilidad de que su nueva y frágil vida junto a tía Olympia se viera destruida en cualquier momento.

Pero no había dudas de que Olympia disfrutaba mucho de la nueva compañía que se había procurado.

Jared seguía mirando cuando Olympia notó la presencia de Robert y se volvió hacia el coche. Vio el resplandeciente brillo de entusiasmo en su elocuente rostro y se sintió molesto, como si alguien le hubiera dado una puñalada. Aquella expresión era fruto de la conversación que había mantenido con los dos hombres.

«De modo que esto es estar celoso», concluyó Jared, totalmente sorprendido.

Era una sensación de lo más desagradable.

Jared trató de ser filósofo al respecto. Después de todo, un hombre susceptible de caer en las redes de la pasión desenfrenada debía estar preparado también para experimentar el lado oscuro de tal emoción.

–Aquí viene ya. –Ethan comenzó a saltar una y otra vez sobre su asiento–. ¿Crees que querrá tomar ese helado?

–No tengo ni idea. Pregúntaselo a ella. –Jared se inclinó hacia delante para abrir la puerta. Observó, complacido, mientras Robert practicaba el arte de los buenos modales, ayudando a su tía a subir al carruaje.

–Gracias, Robert. –Olympia se sentó junto a Jared. Debajo del ala de su sombrero de paja, sus ojos mostraban un inconfundible brillo de entusiasmo–. Espero que os hayáis divertido mucho esta tarde.

–Hicimos subir por los aires una cometa en el parque –dijo Ethan–. Fue muy divertido.

–¿Te agradaría tomar un helado buenísimo, tía Olympia? –preguntó Hugh, ingenuamente–. Con un día tan caluroso, te vendría de maravilla.

–¿Un helado? –Olympia sonrió a Hugh, momentáneamente distraída–. Sí, buena idea. Hacía mucho calor en la sala de conferencias.

Todos miraron a Jared.

–Parece que hay unanimidad –dijo Jared.

Abrió el escotillón del techo del vehículo para asomarse y dar órdenes al cochero de que les condujera a la heladería más respetable y cercana que hubiera.

–Estoy tan contenta con todas las cosas que he aprendido hoy –comentó Olympia, cuando Jared volvió a sentarse–. Estoy ansiosa por seguir estudiando el diario.

–¿Sí? –murmuró él con un cuidadosamente cultivado aire de gentil aburrimiento.

«Si por mí fuera, este maldito diario podría desintegrarse ahora mismo», pensó Jared. Lo que realmente quería saber era hasta dónde había llegado la alegría de Olympia después de haber conocido a sus nuevos amiguitos.

Jared no pudo escuchar toda la historia completa sino hasta más tarde, por la noche, porque Hugh, Ethan y Robert no podían dejar de hablar sobre las aventuras que habían vivido en Londres.

Eso no le molestó. Jared sabía que tendría tiempo suficiente después de que los niños y la señora Bird se retiraran a sus respectivas habitaciones.

El feroz tormento que debía padecer cada noche, encerrado en una pequeña habitación, tan cerca de Olympia, sólo se hacía llevadero cuando Jared pensaba en la manera de encontrar una solución. No creía que Olympia fuera capaz de resistir la fuerte tensión que flotaba en el ambiente cada vez que estaban juntos. Jared sabía, al menos, que él no lo soportaría.

Cuando toda la casa estuvo en silencio, Jared encerró a *Minotauro* en la cocina y fue a buscar a Olympia. La vivienda era pequeña y sabía dónde encontrarla exactamente.

Cuando Jared entró en el estudio, Olympia levantó la vista del diario de Lightbourne. Los ojos le brillaban y su sonrisa fue tan cálida que Jared sintió que la sangre le hervía. La sola idea de que pudo haber vivido toda su vida sin conocer el significado de aquella poderosa sensación le dio escalofríos.

–¡Oh! está ahí, señor Chillhurst. –Olympia marcó la página del diario que estaba leyendo con una tira de cuero grabada–. Por fin tenemos paz y tranquilidad en la casa. Honestamente, no entiendo cómo podríamos arreglárnoslas sin usted.

–El problema era que en su casa no había una rutina ordenada, señorita Wingfield. –Jared caminó hacia la mesa donde estaba la garrafa de brandy. Sirvió dos copas–. Ahora que la rutina se ha establecido, todo está bajo control.

–No subestime su contribución, señor –dijo ella, mientras él se acercaba al escritorio con las dos copas de licor–. Ha hecho mucho más que establecer una simple rutina.

Le miró con auténtica admiración, mientras le aceptaba una de las copas.

–Sólo trato de ganarme mi salario. –Jared bebió un sorbo y se preguntó si se ahogaría en las profundidades de aquellos ojos color turquesa–. ¿Qué aprendió hoy que la ha exaltado tanto?

Olympia pareció brevemente desconcertada, como si por un instante sus pensamientos hubieran tomado un curso completamente distinto. Se recuperó enseguida.

–Ya sé que no le interesan en lo más mínimo los estudios que estoy haciendo sobre el diario de Lightbourne, señor.

–Mmmm –Jared mantuvo la voz indiferente.

–Le dije que necesitaba consultar algunos mapas nuevos.

–Cierto.

–Bueno, ahora tengo acceso a esas fuentes. –La excitación brilló en los ojos de Olympia–. No sólo la Sociedad tiene una amplísima biblioteca con material excelente, sino que algunos miembros de ella me han ofrecido gentilmente sus colecciones privadas para que las consulte cuando lo desee.

Precisamente lo que Jared había temido. Recordó aquellos dos hombres que habían estado revoloteando a su alrededor ante la puerta de la Institución Musgrave.

–¿Qué miembros?

–El señor Torbert y lord Aldridge. Aparentemente, sus bibliotecas personales incluyen numerosos mapas y cartas sobre las Indias Occidentales.

–¿Ha comentado con ellos lo que está investigando en estos momentos? –preguntó Jared.

–No, por supuesto que no. Simplemente les dije que tenía mucho interés en la geografía de la zona.

–Supongo que ellos saben que usted estudia leyendas. –Jared frunció el ceño.

–Sí, pero no hay razón alguna para que piensen que estoy buscando el tesoro del diario de Lightbourne –le aseguró Olympia–. No le he contado a nadie mi interés sobre esa historia en particular.

–Comprendo.

–Señor Chillhurst, sé que el tema le aburre y, además, esta noche me gustaría hablar de otra cosa.

–¿De qué, señorita Wingfield?

–Es difícil expresarlo en palabras. –Olympia se puso de pie y rodeó el escritorio. Caminó hacia el globo terráqueo–. Temo que me considerará muy atrevida. Y de hecho, tendrá razón.

–Jamás podría pensar que usted es muy atrevida, señorita Wingfield. –Jared sintió que su cuerpo se ponía tenso.

Olympia apoyó las yemas de los dedos sobre el globo terráqueo y, lentamente, comenzó a girarlo.

–En primer lugar, quiero agradecerle haberme hecho posible seguir con mis estudios del diario de Lightbourne.

–He tenido muy poco que ver en ello.

–No es cierto. Si usted no se hubiera encargado de vender ese lote de mercancías que me envió mi tío, jamás habríamos podido acudir a Londres. Y si no hubiera puesto al terrateniente Pettigrew en su lugar, yo me habría tenido que olvidar del diario, para concentrarme en proteger a mis sobrinos y mantenerles lejos de su alcance. Independientemente de cómo vea usted la situación, estamos aquí en Londres y yo tengo plena libertad de hacer mi trabajo gracias a usted.

–Espero que encuentre lo que busca aquí, en Londres.

–Aunque no localice el tesoro del que se habla en el diario, no me quejaré, señor. –Olympia giró el globo con más rapidez–. Ya he encontrado mucho más de lo que jamás soñé, gracias a usted.

–¿De verdad? –Jared se quedó inmóvil.

–Sí. –Ella no le miraba. Tenía los ojos fijos en el globo terráqueo que no dejaba de girar–. Señor, usted es un hombre de mundo. Ha viajado mucho y ha visto muchas costumbres extrañas.

–Sí, he tenido algo de experiencia.

–Como a menudo le he explicado, yo también soy una mujer de mundo, señor. –Olympia carraspeó ligeramente y tosió con discreta suavidad.

–Señorita Wingfield, ¿qué está tratando de decir?

Lentamente, Jared dejó la copa de brandy.

–Como mujer de mundo, deseo hacerle una pregunta que quiero que me conteste como hombre de mundo. –Levantó la vista del globo. Tenía los ojos brillantes de deseo.

–Haré todo lo posible por complacerla –dijo Jared.

–Señor Chillhurst... –La voz de Olympia se quebró ligeramente. Hizo una pausa y luego prosiguió–. Me ha dado todas las razones para creer que tiene intenciones de involucrarse en una relación sentimental conmigo, mientras desempeña su cargo como maestro en esta casa. ¿Estoy equivocada?

Jared sintió que los últimos despojos que quedaban de su autocontrol se convertían en cenizas gracias a las ardientes llamas de la pasión. Le temblaron las manos cuando intentó aferrarse de los bordes del escritorio.

–No, Olympia, no estás equivocada. Estoy más que dispuesto a involucrarme en esa relación siempre y cuando dejes de llamarme señor Chillhurst y me tutees.

–*Jared.*

Se volvió bruscamente, dando la espalda al globo terráqueo y, de inmediato, salió corriendo al encuentro de sus brazos.

CAPÍTULO VIII

–Tenía tanto miedo de que me consideraras una descarada –le confió Olympia, apoyando su cara contra la camisa de Jared. Creía estar flotando en una combinación de placentero alivio y gloriosa excitación que la consumía siempre que estaba en sus brazos–. Sé que eres un perfecto caballero y temía que mi pregunta pudiera ofenderte.

–Mi dulce sirena. –Jared le besó en la coronilla–. No soy un perfecto caballero.

–Sí, lo eres. –Olympia levantó la cabeza y le ofreció una trémula sonrisa–. O al menos, te esfuerzas por serlo. No es culpa tuya que por tus venas corra una pasión excesiva. Sé que yo, deliberadamente, estoy provocando ese elemento de tu naturaleza. Sin duda es una pésima actitud por mi parte.

–No, Olympia. –Jared tomó el rostro de la muchacha entre sus manos. Su mirada brillaba con una feroz certeza–. No creo que haya nada malo en este sentimiento, y si lo hay, particularmente, no me importa.

–Me alegro tanto de que pienses así. Estaba casi segura de ello. –Olympia notó la dureza de los músculos de Jared, cuando apoyó los muslos contra su cuerpo–. Tú y yo nos parecemos bastante, ¿no? Nuestra experiencia y estudio sobre tierras lejanas, sobre otras civilizaciones, nos han dado una visión amplia de la naturaleza humana.

–¿Te parece?

–¡Oh! sí. Los hombres y las mujeres de mundo como nosotros no necesitan regirse por los convencionalismos sociales.

–No te imaginas el efecto que tienes sobre mí.

Jared le tomó el rostro y la miró a los ojos.

–Espero que sea similar al que tú me creas –murmuró ella.

–Pienso que es mil veces más grande –la corrigió él, con la boca apenas a dos centímetros de distancia de la de ella–. Si tú estuvieras sintiendo lo mismo que yo, te habrían consumido las llamas.

–Ya me han consumido las llamas.

Jared susurró algo suave, ininteligible, lleno de emoción. Olympia no pudo adivinar el significado de las palabras, pero no había necesidad. La boca de Jared estaba sobre la suya y supo precisamente qué le había querido decir. Aquella noche, él la deseaba con una pasión que le nacía en el alma, una pasión que, en intensidad, se comparaba con la de Olympia.

Con una tumultuosa sensación de felicidad, la joven se abandonó al beso. Se apretó más contra el cuerpo de él, buscando su calor, su fortaleza. Apenas alcanzó a ver que Jared se apoyaba contra el escritorio y que había separado más las piernas, de modo que ella quedaba atrapada entre sus musculosos muslos.

–Tan suave. –Jared hundió los dedos en los cabellos de Olympia, liberándolos de su cofia. Tomó varios mechones entre sus manos, soltándolos y aferrándolos alternativamente, en sus puños–. Tan exquisitamente suave.

De reojo, Olympia vio cómo flotaba su cofia de encaje blanco hasta caer lentamente sobre la alfombra. Le invadió una extraña sensación de abandono.

–¡Oh! Jared, esto supera todos los límites –exclamó hechizada por las emociones que le abrumaban.

–Sí, mi dulce sirena. –La voz de Jared era prácticamente irreconocible por la pasión–. Supera todos los límites.

Dibujó una línea de ardientes besos sobre el cuello y garganta de Olympia, de modo que se vio obligada a echar la cabeza hacia atrás contra su brazo. Cuando Jared advirtió que el camino se veía bloqueado por el cuello plisado de la blusa, soltó un improperio impaciente.

–No podré soportar esta tortura mucho más tiempo. –Jared tiró rápidamente de las cintas del vestido–. Si no puedo tenerte ya mismo, mi dulce Olympia, creo que terminaré en el manicomio, totalmente desequilibrado.

–Lo entiendo. –Olympia comenzó a abrirle la camisa–. Yo también creo que me volveré loca a causa de esta poderosa emoción.

–Entonces no tenemos opción, ¿eh? –Jared le obsequió con una insólita sonrisa, mientras le bajaba el talle del vestido hasta la cintura–. Debemos salvarnos mutuamente de una completa demencia.

Cuando Olympia consiguió abrirle la camisa, se quedó mirando, embelesada, el pecho desnudo de Jared. Meneó ligeramente la cabeza.

–No estoy tan segura de que podamos salvarnos mutuamente. Creo que ya estamos perdidos, Jared.

–Entonces, que así sea.

Jared soltó los tirantes de la camisa, se la quitó y la arrojó al suelo. Terminó junto a la cofia de encaje blanco, sobre la alfombra. Se quedó inmóvil, contemplando sus senos.

Olympia se ruborizó por la ardiente mirada de Jared, pero no trató de cubrirse. Por el contrario, el saber que él la deseaba tan desesperadamente la hacía aún más insolente. Jugó con los dedos sobre su pecho y luego los elevó hasta sus hombros.

Jared respiró profundamente y luego expiró el aire con un audible gemido. Bajó la cabeza para besar los rosados y erectos pezones, mientras ella trazaba los contornos de su espalda.

–Me encanta eso.

Jared cerró su único ojo y la abrazó con más fuerza, sintiendo que los senos se aplastaban contra su pecho.

–¿De verdad? –Olympia le acarició–. A mí también, Jared. Es maravilloso acariciarte.

–Dios mío, Olympia.

Jared se movió, como impulsado por una fuerza de la que ya no podía seguir defendiéndose. Rodeó la cintura de Olympia. La levantó, giró y la sentó sobre el borde del escritorio. Las faldas se agitaron en el aire, delicadamente.

–¿Jared? –Sorprendida al encontrarse sentada en el escritorio, Olympia levantó sus interrogantes ojos para encontrar los de Jared.

–Cántame tu dulce canción, mi encantadora sirena. –Jared le subió el vestido hasta las rodillas. Le separó las piernas con las manos y se colocó entre ellas–. Quiero dejarme llevar hasta mi destino.

–*Jared.*

Olympia aún estaba tratando de adaptarse a la inédita sensación de tenerlo entre sus piernas cuando Jared colocó las manos sobre la sensible piel de la cara interna de sus muslos. Ella le apretó los brazos y le miró fijamente, sin saber cómo debía reaccionar.

–No temas, mi hermosa sirena. –Jared le besó la curva del hombro–. Tú misma me informarás cuando estés lista.

Antes que Olympia pudiera preguntarle qué había querido decir con eso, sintió que Jared subía las manos, hasta aquel lugar tan íntimo y ardiente que, repentinamente, se había abierto a él.

Olympia dejó de respirar cuando sintió que la tocaba, sin prevenirla, en aquel vulnerable lugar de su cuerpo. Una agudísima sensación de urgencia surgió a partir del punto en el que los dedos de Jared contactaban con su piel de mujer.

–Ya estás mojada –dijo Jared–. Tan cálida y suave como los mares del Sur. –Retiró los dedos y se los llevó a los labios. Su sonrisa fue lenta y profundamente sensual–. Hasta tienes el sabor del mar.

–¿Sí? –Olympia se aferró de los brazos de Jared, como si de ello hubiera dependido su vida. Le hubiera gustado saber qué debía hacer, pero estaba completamente perdida.

–Sí. Excitante. Apenas salada. Increíble.

Jared volvió a poner la mano entre sus piernas y con mucha delicadeza, introdujo un dedo en ella.

–Jared, no sé qué decir. –Olympia se estremeció.

–No tienes que decir nada en absoluto, mi dulce sirena, hasta que estés lista para cantarme tu canción.

La muchacha no sabía a qué estaba refiriéndose, pero no tenía la fuerza, ni la lucidez mental para pedirle que se lo aclarase. El dedo de Jared en su interior la perturbaba tanto que no podía dejar de temblar. Instintivamente, apretó las piernas alrededor de él.

–Anda, cántame tu canción, mi dulce sirena. –Jared retiró suavemente el dedo, mirándole el rostro mientras Olympia gemía–. Sí, así. Una vez más, mi hermosura.

Jared la tocó con la yema del pulgar y ella gimió suavemente, estremeciéndose otra vez.

–Demonios, me encanta tu canción. –De mala gana, Jared retiró la mano de entre las piernas de Olympia.

Olympia abrió levemente los ojos preguntándose por qué Jared había dejado de acariciarla tan íntimamente. Necesitaba sentir la mano de él allí, en aquel lugar tan secreto. Estaba segura de que ninguna otra cosa habría podido aliviar la inmensa y dolorosa inquietud que experimentaba en aquellos momentos.

–¿Jared? –Bajó la vista y notó que Jared estaba luchando con los botones de su pantalón–. Por favor, quiero que me acaricies otra vez.

Jared soltó una carcajada entrecortada, que terminó como un gemido.

–No podría dejar de hacerlo en este momento aunque estuvieran persiguiéndome todos los demonios del infierno.

Olympia advirtió que Jared abría su pantalón. Miró aturdida cuando su miembro surgió, rígido y erecto.

–Señor Chillhurst.

–¿Podría usted pensar que es como una peculiar variación de las costumbres que se seguían en aquella isla de que alguna vez hemos hablado, señorita Wingfield? –Jared apoyó su frente contra la de Olympia. Esbozó una sonrisa muy sensual–. Ya sé que este falo, en particular, no está hecho de oro, pero es el único que tengo.

Impresionada, Olympia recordó la ingenua discusión que había mantenido sobre los falos de oro. No sabía si echarse a reír o caer al suelo de la vergüenza que le daba.

–Tal vez sea mejor que no esté hecho de oro puro, señor –logró decir finalmente Olympia–. Después de todo, como es tan grande, valdría una fortuna. Alguien podría tratar de robarlo.

–Te burlas de mí y eres tú la que corres el riesgo, sirena.

La risa que Jared le ofreció por toda respuesta se convirtió en una ronca exclamación.

–¿Sí? –Olympia se humedeció los labios y le miró entre sus espesas pestañas.

–Sí. –Jared le separó más las piernas y las pasó alrededor de su cintura. Se acercó más y colocó su miembro en la abertura de su suave y húmedo pasaje.

Si Olympia se había mostrado sorprendida al ver el miembro de Jared, ahora parecía auténticamente aturdida al sentir que comenzaba a penetrar lentamente por los portales de su desprevenido cuerpo. Pero al mismo tiempo deseaba aquella sensación que parecía ser insaciable.

–Sí, por favor. –Se aferró a sus hombros.

–¡Dios mío! –Jared tomó ambas nalgas de la joven en sus manos y la mantuvo firme, mientras se introducía más en el húmedo canal femenino.

Olympia cerró los ojos y se concentró en lo que sentía mientras él la penetraba.

La excitación y una deliciosa ansiedad se apoderaban de ella a medida que Jared se introducía en ella. No podía creer que su cuerpo pudiera adaptarse al de él, aunque, al parecer, eso era exactamente lo que estaba sucediendo.

A pesar de que el miembro se ajustaba perfectamente, no lo hacía de forma holgada. Se sentía un poco incómoda, aunque no por ello dejaba de experimentar cierto placer.

–Maldición. –Jared se detuvo de pronto.

–¿Qué sucede? –Olympia abrió los ojos. El rostro de Jared se veía más duro e impenetrable que nunca, como una piedra. Claro que ella nunca había visto una piedra bañada en sudor. Bajo sus dedos, los músculos de Jared eran como tiras de acero–. ¿Estás bien?

–Olympia, dijiste que eras una mujer de mundo.

Jared miró el rostro de Olympia con una expresión casi desesperada.

–Lo soy, señor. –Ella sonrió.

–Yo pensaba que con eso te referías a que tenías cierta experiencia en esta clase de cosas.

–Experiencia personal, no. –Le acarició suavemente la mejilla con las yemas de los dedos–. Creo que he estado esperándole a usted, para que me enseñe, mi señor. Después de todo, usted es un maestro muy experimentado, ¿no?

–Soy un loco. –La mirada del único ojo de Jared fue feroz–. Olympia, ¿estás segura de que me deseas?

–Más que nada en este mundo –murmuró ella.

–Entonces, quiero que te aferres a mí con todas tus fuerzas, mientras yo trato de lidiar con esta terrible tormenta, hasta llegar a puerto seguro dentro de ti.

Olympia casi se derritió ante tan ardientes palabras. Como no pudo articular palabra, se limitó a abrazarle, con sus brazos y sus piernas, para atraerle más hacia sí.

Las palmas de las manos de Jared se sentían seguras y fuertes, en contraste con la suavidad de las nalgas femeninas. Se valió de aquel apoyo para mantenerla quieta, mientras la penetraba firmemente en su dulce interior.

Olympia se puso tensa y abrió la boca para gritar de asombro. No pudo. Jared le cubrió la boca con la suya, ahogando su protesta.

Una vez lograda la penetración total, Jared no se movió, salvo para separar levemente su boca de la de ella.

–¿Estás bien? –le preguntó en un ronco murmullo.

–Sí. –Olympia tragó saliva y, complacida, desenterró las uñas de la espalda de Jared–. Eso creo.

–Demuéstramelo. Canta para mí, sirena.

Jared comenzó a moverse, muy lentamente, con extrema delicadeza, dentro de ella. Nunca abandonó su cuerpo. Se retiraba apenas para volver a penetrar el segundo siguiente.

El dolor que Jared pudo haber causado desapareció ante el inminente resurgimiento de la ardiente pasión. Olympia se aferró a Jared, a medida que él la llevaba sin descanso hacia las profundidades de las aguas saladas de la pasión.

Era tanto el deseo de Olympia que ya no lo soportaba. Se creía a punto de estallar. Se escuchó implorándole urgente satisfacción, una satisfacción que no podía definir.

–Pronto, mi sirena. Muy pronto –prometió él, mientras seguía empujando.

–Ahora, Jared. Así, haz algo.

–Estás pidiendo poco, ¿no?

Pero Jared parecía muy complacido con la solicitud de Olympia. De hecho, para la creciente frustración de la muchacha, él alentaba esas súplicas. Parecía saber exactamente hasta qué profundidad llegar, en qué medida retirarse. Manejaba la feroz tensión hasta que Olympia se sentía como un juguete al que le habían dado más cuerda de la cuenta.

Era demasiado. La cuerda que Olympia llevaba en su interior se rompió.

Nunca había imaginado que existieran esas sensaciones. Una oleada de placer tras otra la envolvieron haciéndole temblar una y otra vez. Quería gritar de felicidad, pero Jared sellaba su boca con la suya.

Olympia le sintió penetrar en ella una vez más, la última. Él se estremeció, violentamente, y abrió la boca sobre la de ella. La joven se sorprendió tragando el feroz grito de satisfacción de Jared, del mismo modo que él había tragado los suyos.

Cuando todo terminó, Jared levantó a Olympia del escritorio y, en sus brazos, la llevó hacia el sofá. Allí se dejó caer pesadamente, junto a ella.

Pasó un largo rato hasta que Jared pudo recuperarse lo suficiente como para levantar la cabeza y buscar el rostro de Olympia. Ella se desperezó lánguidamente debajo de él. Su sonrisa encerraba una deliciosa y femenina expresión de satisfacción. «La sonrisa de una sirena que, finalmente, ha conocido la fuerza de su poder», pensó.

Y había sido él el encargado de descubrir esa intensidad.

–Es usted un hombre de extremadas pasiones, señor Chillhurst –le dijo ella.

–Eso parece, señorita Wingfield. –Jared sonrió. Estaba exhausto. Exhausto y feliz–. Permítame decirle que sus pasiones son tan extremadas como las mías.

–Debo decirte que fue de lo más excitante. Nunca había

sentido nada parecido. –Ella se movió contra su cuerpo, al tiempo que le rodeaba el cuello con los brazos.

–Ya lo sé, Olympia.

Bajó la cabeza y, con gran ternura, le besó un seno. Una profunda sensación de posesión se apoderó de él.

A pesar de la opinión de Olympia sobre su apasionada naturaleza, Jared sabía que hasta entonces siempre había conducido sus contados romances con el mismo orden y disciplina que aplicaba a sus asuntos comerciales. Por cierto, jamás había tenido nada que ver con una mujer virgen.

No había habido duda alguna de que Olympia lo era, dada la estrechez que había encontrado. Además, vio la sangre mezclada con el salado fluido que había cubierto su órgano.

Pensó que debía sentirse avergonzado de sí mismo. Pero la única emoción que experimentaba en aquel momento era una profunda satisfacción. Y como la misma Olympia le había dicho, no era una adolescente inexperta que acababa de salir de la escuela. Tenía veinticinco años. *Era una mujer de mundo.*

Jared se quejó en silencio. Olympia no era una persona de mundo en absoluto. Era una mujer inocente, que había estado enclaustrada toda su vida en medio del campo y él había abusado de ella.

Había sido la experiencia más fantástica de toda su vida.

Jared pensó en el libidinoso Draycott que había tratado de seducirla en la biblioteca de su casa. Se preguntó cuántos hombres más de Upper Tudway la habrían considerado como una presa auténtica. Cuántos hombres más habrían intentado hacer avances deshonestos.

Pero Olympia había querido cantar su canción de sirena para él exclusivamente.

Jared se conmovió al saber que, entre todos, ella le había escogido a él. Jared era el único a quien ella se había entregado. Sintió un nudo en la garganta y tuvo que tragar saliva antes de poder hablar.

–Olympia –le dijo con suavidad–. Quiero que sepas que valoro mucho el tesoro que acabas de entregarme. Te juro que te cuidaré de la mejor manera posible.

Olympia delineó su mandíbula con la yema del índice.

–Ya me cuidas mucho. –Le sonrió–. Sólo espero que te quedes mucho tiempo en esta casa.

–¿Como maestro y amante?

–Claro, sí, por supuesto... ¿Qué más? –Olympia se ruborizó.

–¿Qué más? –Se tapó los ojos con el brazo. Sabía que debía contarle toda la verdad en aquel momento, pero si lo hacía, todo cambiaría. Sin duda, Olympia se enfadaría y se ofendería al verse decepcionada.

Jared sabía que, si él estuviera en lugar de ella, se pondría furioso al enterarse de que le habían engañado. Como el día que sorprendió a Demetria con su amante.

Recordó las palabras que le había dicho a Felix aquella misma tarde: *No me agrada pasar por tonto.*

Cuando Olympia se enterase de la verdad, pensaría que Jared la había tomado por tonta, que se había divertido a expensas de ella.

Sería exactamente la misma conclusión a la que él habría llegado si se invirtieran los papeles.

El descubrimiento le hizo apretar los dientes. ¿Qué pasaría si Olympia reaccionaba al hecho de haber sido engañada de la misma manera que Jared ante la decepción que le originó Demetria tres años antes?, se preguntó. ¿Qué pasaría si ella quisiera sacarle de su vida del mismo modo que él había apartado a Demetria?

¿Qué pasaría si Olympia le volvía la espalda y se alejaba de él?

Se quedó helado.

Jared no sabía qué hacer. No podía pensar en todo aquello con la lógica necesaria.

Lo único que sabía, por cierto, era que estaba demasiado cautivado por el comienzo de aquella relación como para permitirse correr algún riesgo, ya desde el principio.

Ya tendría la ocasión de pagar, con sudor y sangre, lo que había hecho, pensó apesadumbrado. Probablemente, Olympia no toleraría eso del hombre al que había escogido para entregarse.

Jared debía enfrentarse a la posibilidad de que, una vez que Olympia descubriera toda la verdad, no volviera a confiar en él, ni a creerle, tal como lo había hecho aquella noche.

Jared no podía tolerar que Olympia le volviera la espalda. Sobre todo ahora, cuando apenas acababa de encontrarla.

Todo estaba complicándose tanto, por Dios, pensó Jared y no por primera vez.

Ese era el coste de la pasión.

Nunca antes había estado en situación así, pero presentía que necesitaba tiempo. Sólo un poco más de tiempo, el suficiente para enseñarle a quererme tanto que pueda arriesgarme a decirle la verdad, sin temores.

Sí, el tiempo era la respuesta, decidió, agradecido de haber descubierto, por fin, una razón práctica, eminentemente lógica, para eludir lo inevitable.

Sus atormentados pensamientos fueron interrumpidos por el ladrido del perro abajo.

–¿Qué demonios...? –Jared apartó el brazo de sus ojos.

–Es *Minotauro* –dijo Olympia, asombrada.

–Ese maldito perro va a despertar a todo el vecindario. –Jared rodó por el sofá y, cuando se puso de pie, se abrochó la ropa rápidamente.

Al imaginarse a la señora Bird y a los niños entrando en la biblioteca y encontrando a Olympia en aquel estado, se alarmó.

–Vístete –le ordenó–. Rápido. Yo iré a ver qué pasa con el perro. –Cogió un candelabro y se encaminó hacia la puerta.

–¿Sabes? *Minotauro* ladró de la misma manera aquella noche en la que alguien irrumpió en mi biblioteca de Upper Tudway. –Olympia frunció el ceño, con gesto cavilante, mientras se sentaba en el sofá–. Tal vez ha oído a otro intruso. –Diestramente, se colocó el talle del vestido.

–Lo dudo mucho. Lo más seguro es que el animal haya oído algo o a alguien en la calle. No está acostumbrado ni a los olores ni a los ruidos de la ciudad.

Jared hizo una breve pausa al llegar a la puerta y se volvió, justo a tiempo para observar cómo Olympia se colocaba la ropa. Se quedó maravillado de aquella imagen.

La blusa de la muchacha aún estaba en el suelo, sobre la alfombra, junto a su cofia blanca de encaje. Sin aquella prenda de batista, casi insignificante, que cubría una buena parte de su pecho, el vestido se transformaba milagrosamente. Ya no parecía modesto, sino atrevido. Un provocativo marco para los senos delicadamente curvados de Olympia.

Jared la vio hacer una mueca de dolor cuando intentó dar un titubeante paso. Se dio cuenta de que, tal vez, sentiría cierto ardor. Pero Olympia no se quejó y él no supo cómo disculparse.

Antes de que pudiera decidir qué hacer, Olympia se recuperó. Le sonrió y corrió hacia la puerta.

Jared se sintió confuso, asombrado, ante la inmediata respuesta de su cuerpo. Con un gran esfuerzo, se obligó a prestar atención a lo que estaba sucediendo.

–Aguarda aquí. Iré a ver qué pasa con *Minotauro* –murmuró.

Con una última mirada de pesar hacia el redondeado busto de Olympia, a sus mejillas enrojecidas y a sus cabellos en desorden, Jared salió al pasillo.

–Espere un momento, señor Chillhurst. –Olympia salió corriendo detrás de él–. Le acompañaré.

–¿Señor Chillhurst? –Jared se burló de ella, arqueando una ceja, mientras avanzaba hacia la escalera trasera.

–Es mejor si mantenemos el hábito de la formalidad –dijo ella, muy seriamente–. Debemos guardar las apariencias ante los niños y la señora Bird.

–Como prefiera, señorita Wingfield. –Jared bajó la voz, a medida que comenzaba a bajar las escaleras–. Pero me reservo el derecho de llamarla Olympia cuando vuelva a tener la oportunidad de introducir la mano bajo sus faldas.

–Señor Chillhurst.

–Así se hacen las cosas entre los hombres y las mujeres de mundo –le informó Jared con acabada certeza. Trató de olvidar su culpabilidad y dedicarse a disfrutar del placer que le desbordaba.

Una gran satisfacción, más potente que el brandy, comenzó a correr por sus venas. Era Ícaro volando demasiado cerca del sol, pero valía la pena arriesgarse. La recompensa de una naturaleza apasionada era jugosa, pensó Jared con optimismo. Aquella noche se había convertido en un hombre nuevo.

–Me está tomando el pelo de una manera muy poco decorosa para un caballero, señor. –La acusación de Olympia, que pronunció casi sin aliento, quedó interrumpida por otro ladrido que provenía de la cocina–. Decididamente, algo está perturbando a *Minotauro.*

–Probablemente, alguien habrá venido a vaciar el pozo ciego del vecino.

–Tal vez.

Jared abrió la puerta de la cocina y *Minotauro,* que estaba esperando ansiosamente al otro lado, le saltó encima. El perro salió corriendo, pasó junto a él y se detuvo frente a Olympia.

–¿Qué pasa, *Minotauro*? –Olympia le acarició suavemente la cabeza–. No hay nadie en la casa, salvo nosotros.

Minotauro aulló ensordecedoramente, la rodeó dando saltos y salió corriendo hacia la planta alta.

–Tal vez quiera ir al jardín –dijo Olympia–. Lo dejaré salir unos minutos.

–Yo lo haré.

Jared echó un vistazo por la cocina antes de seguir al perro arriba. Aparentemente, no había nada mal en el horno de hierro ni cerca del fregadero. La ventana que daba a la calle estaba con el seguro puesto, como correspondía.

Jared comenzó a subir. Olympia le seguía de cerca.

Juntos, recorrieron el pasillo que conducía a la puerta trasera. *Minotauro* ya estaba allí. Rascaba la puerta con entusiasmo.

–Algo anda mal –dijo Olympia–. Es un comportamiento de lo más extraño en él.

–Creo que tienes razón.

Jared retiró la traba de la puerta. *Minotauro* se escurrió a través de la abertura apenas fue lo suficientemente amplia como para permitirle el paso. Salió corriendo hacia el pequeño jardín cercado.

–Los vecinos van a enfadarse mucho si comienza a ladrar otra vez –observó Olympia, inquieta.

–Es, pues, una suerte que no hayamos conocido a ninguno de esos vecinos –dijo Jared, mientras le entregaba el candelabro–. Quédate aquí en la casa. Iré a ver qué es lo que le molesta tanto.

Jared desapareció en las sombras de la noche. Pensó que Olympia obedecería sus órdenes porque siempre que mandaba algo en aquel tono en particular, era para que se hiciera obedecer.

Minotauro se detuvo cuando llegó al otro extremo del jardín. Saltó sobre sus patas traseras y comenzó a olfatear, infatigablemente, la parte superior del muro.

Jared pasó junto al retrete y se abrió paso entre los altos arbustos, hasta donde se hallaba *Minotauro,* mirando en dirección a la callejuela. Había luz suficiente como para ver que la pequeña senda de piedras estaba desierta.

Jared observó los jardines vecinos, a ambos lados de la casa. Los dos estaban a oscuras y en silencio. No había rastro de ningún vaciador de aguas, cuyo trabajo se realizaba precisamente a aquellas horas de la noche. A muy poca gente le gustaba que le vaciaran el pozo ciego durante las horas diurnas. En la mayoría de las casas, los excrementos debían sacarse del jardín por el pasillo principal, para ser depositados en un carro que se estacionaba en la calle. La costumbre era hacer todo ese trabajo por la noche, cuando no había tanta gente caminando por la ciudad que pudiera sentirse ofendida por los malos olores.

–No hay nadie por aquí –dijo Jared en voz baja–. Pero sospecho que ya lo sabes, ¿no es verdad, *Minotauro*?

El perro le miró y luego siguió olfateando los ladrillos.

–¿Ves algo? –preguntó Olympia.

Jared miró por encima de su hombro y se dio cuenta de que la muchacha había desobedecido sus instrucciones. Olympia había dejado el candelabro en la casa y había salido tras él. Con la luz de la luna, sus ojos se veían inmensos y entre sus senos aparecían fascinantes sombras.

Jared estaba en una encrucijada: por una parte, se sentía

irritado por la desobediencia de Olympia, pero por otra no podía dejar de pensar en lo bellos que se veían los pechos desnudos de la joven.

–No –dijo–. No hay rastros en la callejuela. Tal vez alguien pasó por aquí hace unos minutos e inquietó a *Minotauro.*

–Ya hace varias noches que estamos en esta casa y nunca antes le henos visto reaccionar de este modo, porque alguien pasara caminando por la callejuela.

Olympia miró por encima de la pared.

–Ya lo sé. –La tomó del brazo–. Volvamos a la casa. No tiene sentido quedarnos aquí.

–¿Algo te ha molestado? –Olympia le miró, obviamente sorprendida por la inflexión de su tono de voz.

Jared se preguntó cómo hacía un maestro para decirle a su empleadora que cada vez que él impartía una orden lógica y razonable esperaba que la cumplieran al pie de la letra. Pero, antes que pudiera hallar el medio para dejárselo bien claro, sin tener que revelar su verdadera identidad, Olympia le detuvo con una aguda exclamación.

–¡Dios mío! ¿Qué es eso? –Olympia se quedó mirando un pequeño cuadrado blanco en el césped–. ¿Se le cayó el pañuelo, señor Chillhurst?

–No. –Jared se agachó y recogió el arrugado cuadrado de lino blanco. Frunció el ceño cuando notó el perfume.

Olympia también frunció la nariz por la intensa fragancia. Miró a Jared, con expresión clara y solemne.

–De modo que *sí* hubo alguien en el jardín esta noche.

Jared observó que *Minotauro* se acercaba al trote, para olfatear el pañuelo.

–Eso parece –coincidió Jared.

–Me lo temía, señor Chillhurst. Ya no hay dudas al respecto. Nos encontramos ante una situación extremadamente delicada.

–¿Delicada?

–La advertencia que descubrí en el diario respecto al Guardián debe ser tenida en cuenta. –Olympia entrecerró los ojos, mientras estudiaba el pañuelo perfumado–. Alguien está decidido a encontrar el tesoro escondido. ¿Pero cómo se enteró el malvado de nuestra dirección aquí en Londres?

–Maldita sea, Olympia –le interrumpió Jared abruptamente, cuando se le ocurrió una idea desagradable. Apretó los labios–. ¿Has sido indiscreta sobre nuestra presencia aquí en la ciudad?

–No, por supuesto que no. He sido muy cuidadosa en ese aspecto. Su reputación es muy importante para mí.

–Supongo que alguno de tus conocidos de la Sociedad de Viajes y Exploraciones pudo habernos seguido hasta aquí o enviar a alguien a que lo hiciera.

–Sí, es una posibilidad –dijo Olympia rápidamente–. Tal vez, alguno de ellos esté conectado con el Guardián de alguna manera.

«O tal vez uno de los nuevos amigos de Olympia se sintió atraído por la tentación del tesoro, como muchos otros», pensó Jared. Sabía hasta qué punto habían llegado los miembros de su familia, en el pasado, siguiendo las pistas de aquel tesoro perdido. Era muy factible que hubiera otros capaces de hacer los mismos sacrificios, las mismas locuras.

Indudablemente, todos los miembros de la Sociedad de Viajes y Exploraciones sabían que la especialidad de la señorita Olympia Wingfield era buscar tesoros enterrados y oro perdido.

CAPÍTULO IX

Al despertar a la mañana siguiente, Jared recordó la fina blusa de lino que había caído sobre la alfombra, junto a la cofia de encaje blanco. Se dio cuenta de que, indudablemente, ambas seguirían allí donde estaban la noche anterior, en la biblioteca de Olympia.

–Maldición. –Jared se sentó y tomó el parche de terciopelo negro que dejaba sobre su mesilla.

Eso de tener un romance, sin duda le iba a resultar mucho más difícil de lo que había imaginado. Se preguntaba cómo harían los más conocidos galanes de la *high society* para entrar y salir de los muchos y variados burdeles tan fácilmente y sin ser vistos. Estaba descubriendo con rapidez que, al estar involucrado en una relación simple y sencilla con una sola mujer, también corría serios riesgos.

Tal vez, simplemente, no estaba hecho para aquella clase de cosas, pensaba Jared, mientras apartaba las mantas a un lado y se levantaba de la cama. Por otra parte, el encuentro amoroso de la noche anterior debía de ser uno de los episodios más increíblemente importante de su vida. Tal vez *el más* espectacular.

Pero el amanecer ya había llegado y, con él, todos los detalles molestos que, ineludiblemente, empañarían la bella aventura. «Lo primero es lo primero», se recordó Jared. Tenía que recoger la cofia y la camisa antes de que la señora Bird o cualquiera de los niños las descubrieran en la biblioteca.

De inmediato, tomó una camisa blanca de algodón y

unos pantalones en su bien organizado armario ropero. En lugar de perder el tiempo calzándose un par de botas, decidió ir descalzo.

Se puso la ropa lo más rápidamente posible y se dirigió hacia la puerta. La abrió cautelosamente y miró por el pasillo, para comprobar que no hubiera nadie allí. Un simple vistazo a su reloj le indicó que todavía no eran las cinco y media.

Con un poco de suerte, si la señora Bird ya se había levantado, estaría todavía en su cuarto o merodeando en la cocina.

Silenciosamente, Jared bajó las escaleras. Sus pensamientos oscilaban entre las prendas de Olympia, que habían dejado olvidadas, abandonadas en el suelo y el misterioso pañuelo perfumado que habían encontrado en el jardín.

No había dudas de que alguien se había introducido en el jardín de la casa la noche anterior. Lo más probable es que hubiera sido un ladrón, o un delincuente ocasional, buscando una oportunidad. Pero Olympia jamás aceptaría una explicación tan primaria.

Jared maldijo en voz baja, consciente de que la creciente preocupación de Olympia por el legendario Guardián aún dificultaría más su ya caótica vida.

Exhaló un pequeño suspiro cuando entreabrió la puerta de la biblioteca y divisó la cofia y la blusa en el suelo, frente al escritorio de la joven. Estaban allí, negligentemente tiradas, como prueba irrefutable de una noche de pasión, de alocado abandono. Jared sintió que aquel familiar calor comenzaba a arder en la parte inferior de su cuerpo. No olvidaría aquellos momentos durante el resto de su vida.

Sonrió levemente al agacharse para recoger las prendas del suelo. También descubrió tres horquillas que había quitado de la cabellera de Olympia.

–¿Se olvidó de algo, no es cierto? –preguntó la señora Bird, desde la puerta–. Eso pensé.

–¡Santo cielo! –Jared se irguió, cofia y blusa en mano. Se volvió con una sombría expresión de resignación. Sonrió con frialdad–. Se ha levantado temprano esta mañana, ¿verdad, señora Bird?

Obviamente, la señora Bird no se dejaría intimidar. Le miró hecha una furia con ambas manos sobre sus caderas.

–Hay algunos que se las dan de caballeros; se las dan, pero sólo para conseguir lo que buscan. ¿Es usted uno de esos?

–No tengo ninguna intención de marcharme, señora Bird, si es a eso a lo que se refiere.

–Eso sería lo mejor. –La señora Bird entrecerró los ojos, especulativamente–. Cuanto más se quede aquí, más va a comprometer a la señorita Olympia.

–¿Eso cree? –Jared la miró interesado.

–Maldito pirata. –El rostro de la señora Bird se puso colorado carmesí de la rabia–. No le voy a permitir que le rompa el corazón. La señorita Olympia es una mujer decente, a pesar de lo que usted le hizo anoche. No está nada bien que se aproveche de su inocencia y de su confianza.

Jared recordó el misterioso pañuelo del jardín y se le ocurrió una posibilidad que hasta entonces no había considerado.

–Dígame, señora Bird. ¿Cómo es que sabe tantas cosas sobre lo que sucedió aquí anoche? ¿Acaso estaba espiándonos desde el jardín?

–¿Espiando? *¿Espiando?* –La señora Bird se mostró terriblemente ofendida–. Jamás haría una cosa semejante, señor. Yo no espío a nadie.

Vagamente, Jared recordó el perfume del pañuelo, pero no pudo asociarlo con la señora Bird ya que ella generalmente olía a aceite de lino, polvos de limpieza y, ocasionalmente, a ginebra.

Mis disculpas –dijo Jared

La señora Bird ni se inmutó.

–Tengo ojos y orejas. Oí todo ese lío en el jardín. Cuando abrí la ventana para ver qué pasaba, les vi a los dos, allí, cuchicheando bajito. Y también le vi a usted besar a la señorita Olympia antes de volver a la casa.

–¿De verdad nos vio? –Jared recordó que aquel último beso había tenido el objetivo de borrar de la mente de Olympia la idea del Guardián. No estaba seguro de haber alcanzado su objetivo.

–Claro que les vi, con mis propios ojos. Y es más, había luz suficiente para ver también que la pobre señorita Olympia no tenía puesta la blusa debajo del vestido. Y eso quería decir que alguien, lo más probable usted, se la había quitado.

–Es usted muy observadora, señora Bird.

–Sospechaba que usted le había echado el ojo y no me equivoqué. Después de lo que vi en el jardín anoche, quise levantarme bien tempranito, para controlar todo aquí antes de que otro se me adelantara. Cuando vi sus cosas en el suelo, tuve la certeza de lo que había sucedido.

–Muy astuta, señora Bird.

–Iba a recoger las cosas del suelo cuando oí que se abría la puerta de su cuarto arriba. –El ancho mentón de la señora Bird adoptó una postura acusadora–. Ahora estoy segura, como que hay un Dios, que es usted el culpable, el pecador.

–La felicito por sus brillantes investigaciones y deducciones lógicas, señora Bird. –Jared hizo una breve pausa, para asegurarse de atraer la total atención de la criada–. Con esos talentos, tal vez podrá obtener usted un puesto como mensajera en Bow Street después de ser despedida de esta casa.

La señora Bird abrió mucho sus ojos, asustada. Luego se puso furiosa con él.

–Bah, guárdese sus amenazas, señor. La señorita Olympia no me va a despedir y ambos lo sabemos.

–¿No me diga? Por si no se ha dado cuenta, la señorita Wingfield confía mucho en mí para llevar la organización de esta casa.

–Ella no me va a dejar sin trabajo –declaró la señora Bird–. Tiene muy buen corazón. Es usted al que le va a poner de patitas en la calle si se entera de que me está amenazando.

–Si estuviera en su lugar, no me animaría a poner a prueba la lealtad de la señorita Wingfield, señora Bird. No después de que ella se entere de que estuvo espiándonos.

–Maldito sea, con esa mente retorcida que tiene. Ya le dije que no estuve espiando a nadie.

–¡Ah!, pero eso es lo que ella creerá si usted le dice que

sabe todo lo que sucedió aquí anoche. Siga mi consejo, señora Bird. Vigile su lengua y métase en sus cosas.

–Usted es el mismo demonio. –La señora Bird apretó la boca, sumamente disgustada–. Vino a esta casa, derechito del infierno, para poner todo patas arriba. Hipnotizó a esos diablos que están durmiendo allá arriba para que se porten bien. Sacó tres mil libras de la nada y ahora le arrastra el ala a la pobre señorita Olympia. Mejor dicho, abusó de ella.

–En esto último se equivoca, señora Bird.

Jared caminó decididamente hacia la puerta.

–Es la pura verdad. –A la señora Bird no se le escapó la expresión de Jared, por lo que decidió, inteligentemente, dar un paso atrás–. Sé que abusó de ella.

–Eso sólo sirve para demostrar que usted no sabe bien lo que pasó. –Jared pasó junto a ella, con grandes pasos, rumbo a las escaleras.

–¿Qué quiere decir, canalla? –le gritó la señora Bird.

–Fui yo la víctima del abuso –le contestó Jared gentilmente.

Si bien Jared no se volvió ni una sola vez para mirarla, mientras subía las escaleras de dos en dos peldaños, sintió la penetrante desaprobación de la señora Bird hasta que llegó al descansillo de las mismas.

Aquella vieja regañona era un problema molesto, pero no insuperable, concluyó Jared mientras recorría el pasillo. Podría manejarla.

Jared se detuvo frente a la puerta del cuarto de Olympia y golpeó suavemente. Se oyó movimiento dentro del cuarto y, poco después, Olympia abrió.

–Buenos días, señorita Wingfield. –Jared sonrió al verla con su largo camisón blanco, que arrastraba por el piso, y una bata de chintz que se había puesto rápidamente, lo que era evidente.

La cabellera cobriza de Olympia se veía cual magnífica nube en torno de su cautivador rostro. Se ruborizó deliciosamente al verle. A la pálida luz del amanecer, se veía irresistible. Jared miró la tentadora cama desarreglada detrás de ella.

–Señor Chillhurst, ¿qué está haciendo aquí a esta hora?

–Olympia miró por el pasillo, para comprobar que no hubiera nadie–. Alguien podría verle.

–He venido a devolverle ciertos efectos personales que, aparentemente, olvidó anoche. –Jared le mostró la cofia y la blusa.

–¡Cielo santo! –Olympia miró las prendas. Abrió los ojos desmesuradamente, mostrando alarma. Se las arrebató de la mano–. Me alegro tanto de que se haya recordado de recogerlas.

–Desgraciadamente, la señora Bird las descubrió antes de que yo bajara.

–¡Oh, Dios! –Olympia suspiró–. ¿Se escandalizó mucho? Estaba muy preocupada por su presencia en esta casa y, obviamente, ahora debe de estar pensando lo peor.

–Por supuesto que piensa lo peor, pero creo que tiene la inteligencia suficiente como para guardarse sus pensamientos y no divulgarlos. –Jared bajó la cabeza para besar a Olympia con toda calidez–. Estoy ansioso por verla a la hora del desayuno, señorita Wingfield.

Jared dio un paso atrás y cerró la puerta ante el ruborizado rostro de Olympia. Caminó silbando bajito por el pasillo, hacia su alcoba.

–Buenos días, tía Olympia.

–Estás muy guapa hoy, tía Olympia.

–Buenos días, tía Olympia. Hermoso día, ¿no?

Olympia sonrió a Hugh, Ethan y Robert, que se habían apresurado a ponerse de pie cuando la vieron entrar en el comedor.

–Buenos días a todos. –Esperó mientras Ethan se le acercaba a toda prisa a acomodarle la silla. Todavía no se había acostumbrado a los nuevos modales de sus sobrinos–. Gracias, Ethan.

Ethan miró a Jared, buscando su aprobación. Éste asintió en silencio, con la cabeza. Con una sonrisa, Ethan volvió a sentarse en su silla.

Olympia miró en dirección al otro extremo de la mesa y

captó el suspicaz ojo de Jared. Aquella radiante y cálida felicidad que había florecido en ella la noche anterior resurgió una vez más. Le temblaron los dedos ligeramente al coger la cuchara.

«De modo que así se siente una cuando está enamorada», pensó. La noche anterior había descubierto la verdad. No había dudas de que sus sentimientos hacia Jared sobrepasaban los límites de una simple pasión.

Amor. Olympia había creído que jamás experimentaría esa sensación. Después de todo, por muy de mundo que fuera, a los veinticinco años una mujer debía ser realista.

Amor.

La sensación era infinitamente más excitante que la de descubrir los secretos de una leyenda perdida o la de explorar las extrañas costumbres de otras tierras.

Amor.

Su vida era una copa que se había desbordado aquella mañana. La soledad en la que se había sumido después de la muerte de tía Sophy y tía Ida acababa de llegar a su fin. Había encontrado a un hombre cuya alma era afín a la suya.

De todas maneras, recordó que no podría tenerle a su lado durante mucho tiempo. Semanas, meses, uno o dos años, tal vez, si tenía mucha suerte. No había dudas de que Jared, al final, se iría de su casa para ocupar un puesto en otra. Así vivían los maestros. Los niños crecían y sus mentores se iban a otra casa.

Pero mientras tanto, Olympia se juró que disfrutaría aquel inmenso y apasionado amor, que había llegado a ella a través de un hombre con cara de pirata.

–Bueno, ¿adónde vais a ir hoy? –preguntó Olympia, con lo que esperó fuera un tono sereno y normal. Porque, internamente, no lo estaba en absoluto.

Notó que la dicha era una emoción muy difícil de disimular. Por el distintivo brillo en el ojo de Jared, advirtió que él también había captado su euforia.

–Iremos de visita al Museo Mecánico del señor Winslow –contestó Robert.

–Dicen que hay una araña gigante, que se mueve exactamente como si fuera de verdad –dijo Hugh, excitado–. A las mujeres les da miedo, pero a mí no.

–También oí que hay un oso mecánico y algunos pájaros –agregó Ethan.

–Parece muy interesante.

Olympia miró a Jared con evidente curiosidad.

–Eso dicen –respondió Jared mientras untaba su tostada con mermelada.

Olympia se quedó pensativa durante unos instantes. No sabía si seguir con los planes que había elaborado para ese día, o ir con ellos de visita al museo mecánico.

–Creo que debería ir al museo con vosotros.

–Si desea acompañarnos, será bienvenida –Jared mordió su tostada.

–Sí, tía Olympia, ven con nosotros –dijo Robert–. Será muy divertido.

–Y muy instructivo –comentó Ethan, inteligentemente.

–Estoy segura de ello. –Olympia pensó que, yendo al museo, no sólo tendría una experiencia instructiva sino que también le daría la oportunidad de pasar la tarde con Jared–. Muy bien, entonces haremos los arreglos pertinentes. ¿A qué hora pensáis salir hacia el museo?

–A las tres en punto –contestó Jared.

–Perfecto. Tengo una cita para ver algunos mapas en la Institución Musgrave, pero terminaré mucho antes de esa hora.

–Dudo que encuentre algo útil en la colección de la sociedad, señorita Wingfield. –Roland Torbert juntó ambas manos tras su espalda, mientras se acercaba a Olympia–. Aquí, la variedad de mapas sobre las Indias Occidentales es muy pobre. Pero en mi biblioteca personal tengo una excelente colección.

–Realmente, me agradaría mucho verla, señor Torbert. –Olympia se alejó un poco de él. A Torbert le caracterizaba siempre una mezcla de olores: a ropa vieja y húmeda, a sudor y al perfume que usaba en vano para tapar el resto de los olores–. Pero deseo llevar a cabo mi investigación de una manera ordenada.

–Naturalmente. –Torbert acortó las distancias entre ambos. Miró por encima del hombro de Olympia mientras desenrollaba otro mapa y lo desplegaba sobre el escritorio, junto al que ya había colocado allí, en primer lugar–. ¿Le importaría decirme qué es exactamente lo que está buscando en estos mapas?

–Estoy tratando de determinar la geografía correcta de la zona. –Olympia, deliberadamente, dio una respuesta muy vaga. No tenía intenciones de confiar a nadie, excepto a Jared, los progresos que iba obteniendo en su investigación–. Al parecer, hay ciertas discrepancias en los informes de esa área.

–Comprendo. –Torbert asumió un aire de erudito–. Es muy difícil representar esas islas en un mapa, sabe.

–Sí, seguro. –Olympia se inclinó sobre los dos mapas, comparándolos con gran cuidado.

En ninguno de ellos halló rastros de una misteriosa isla sin nombre, al norte de Jamaica. En el mapa más nuevo de los dos, Olympia detectó la indicación de dos pequeños puntitos que indicaban tierra, pero no estaban ubicados en la correcta proximidad de las Indias Occidentales.

–Tal vez, podría ser hoy mismo, más tarde –dijo Torbert–. Sería un placer para mí recibirla esta tarde, señorita Wingfield. –Observó que Olympia enrollaba un mapa y lo dejaba de lado–. Puedo arreglarlo todo para que vea esos mapas esta tarde.

–Gracias, pero esta tarde estoy ocupada. –Desenrolló otro mapa–. Tal vez esta misma semana, si le parece bien.

–Por supuesto, por supuesto. –Torbert volvió a unir ambas manos detrás de su ancha espalda y se meció sobre los talones–. Señorita Wingfield, tengo entendido que también va a inspeccionar los mapas de lord Aldridge.

–Tuvo la gentileza de ofrecerme esa oportunidad. –Olympia frunció el ceño mientras examinaba minuciosamente el nuevo mapa.

–Siento que es mi deber aprovechar esta ocasión para darle un pequeño consejo.

–¿Sí? –Olympia no levantó la vista de los mapas.

–Es mi deber informarle que debe ser extremadamente cautelosa cuando revele cualquier aspecto de sus estudios a lord Aldridge. –Torbert tosió discretamente.

–¿De verdad? –Olympia le miró sorprendida–. ¿A qué se refiere?

Torbert echó un rápido vistazo por la biblioteca para asegurarse de que nadie más, incluso el viejo bibliotecario, pudiera oírlo. Se le acercó más todavía.

–Aldridge sería capaz de aprovecharse de una mujer joven, señorita Wingfield.

–¿Aprovecharse? –Olympia frunció la nariz cuando sintió el penetrante perfume de Torbert–. ¿De mí?

Torbert pareció avergonzado y, de inmediato, compuso su postura.

–No de su persona, señorita Wingfield –murmuró–. De su trabajo.

–¡Ah! –Había algo extrañamente familiar en aquel perfume, pensó Olympia.

–Querida, es bien sabido que usted se especializa en el estudio de antiguas leyendas y costumbres de otras tierras. –Torbert sonrió, con aire de complicidad–. También es un hecho que, en una de esas historias que publicó para la Sociedad, deslizó la posibilidad de que existiera un tesoro escondido por alguna parte.

–Cierto. –Olympia se encogió de hombros y se inclinó sobre los mapas–. Pero jamás oí que nadie hubiera realmente encontrado ninguno de esos tesoros, señor. La recompensa radica precisamente en la tarea de explorar.

–Pero sólo para los que tenemos una apreciación intelectual de esos aspectos –dijo Torbert con suavidad–. Me temo que, para los demás, la codicia por el oro y las joyas perdidas es mucho mayor que nuestra refinada tendencia al estudio y la exploración.

–Probablemente, tenga usted razón, señor Torbert, pero dudo que esas personas sean miembros de un grupo tan intelectual como el que compone la Sociedad de Viajes y Exploraciones.

–Es una pena, querida, que se equivoque justamente en ese punto. –Torbert sonrió, ausente–. La naturaleza humana es como es; siempre encontraremos buscadores de tesoros a nuestros pies. –Se incorporó–. Lamento tener que decir que Aldridge es uno de ellos.

–Tendré muy en cuenta su advertencia. –Olympia frunció nuevamente la nariz por el intenso perfume. Pensó que casi lo había identificado. Sabía que lo había percibido en otra parte recientemente. Muy recientemente.

De hecho, la noche anterior.

–Hace mucho calor aquí dentro, ¿no le parece?

Torbert extrajo su pañuelo del bolsillo y enjugó una de sus cejas llena de sudor.

Olympia se quedó mirando el pañuelo de lino. Era la copia exacta del que Jared había encontrado en el jardín.

La gran araña de cuerda caminaba sin cesar por su estuche de vidrio. Si bien sus movimientos se veían entrecortados, y sus pasos, antinaturales, no dejaban de fascinar a los espectadores. Perseguía a un ratón mecánico, que también se desplazaba de un modo similar.

Olympia se acercó lo más que pudo al vidrio, junto con Robert, Ethan y Hugh. Todos observaban el interior del estuche con gran atención. Jared estaba al otro lado, mirando cómo caminaba la araña con expresión indulgente.

–Es espantosamente enorme, ¿no? –Ethan miró esperanzado a Olympia–. ¿Estás asustada, tía Olympia?

Por supuesto que no. –Olympia le miró y advirtió cierta decepción en sus ojos–. ¿Cómo podría estar asustada si os tengo a vosotros tres que me vais a defender de esa bestia?

–No olvide al señor Chillhurst. –Ethan sonrió, complacido y satisfecho–. Él también te protegerá, ¿no es así, señor Chillhurst?

–Haré todo lo que esté a mi alcance para protegerla –juró Jared suavemente.

–Es sólo una araña de juguete –dijo Robert, con una autosuficiencia que únicamente un niño de diez años podía expresar–. No puede dañar a nadie, ¿verdad, señor Chillhurst?

–Probablemente no –dijo Jared–. Pero nunca se sabe.

–Es cierto –corroboró Ethan–. Nunca se sabe. Por ejemplo, si se saliera de ahí, podría causar muchos problemas.

Robert miró al otro lado del salón, donde el público estaba observando los movimientos de un oso mecánico.

–Sólo tenéis que imaginar lo que aquella dama haría si sintiera las desagradables patas de la araña tocándole el tobillo.

–Apuesto a que se pondría a gritar como una loca –se aventuró a decir Hugh, mientras observaba el seguro que protegía la parte superior del estuche.

–Ni se te ocurra. –Jared enarcó las cejas.

Los niños protestaron y siguieron la araña.

Olympia miró rápidamente a ambos lados y se apresuró a acercarse a Jared. Era la primera oportunidad que se le presentaba para hablar a solas con él. Estaba ansiosa por contarle lo que había descubierto respecto del pañuelo de Torbert.

–Señor Chillhurst, debo hablar con usted.

Jared sonrió.

–Estoy a su disposición, señorita Wingfield.

–En privado. –Olympia se dirigió a otro salón, también repleto de extraños artefactos de cuerda.

Jared la siguió con paso tranquilo hacia un estuche que contenía un soldado mecánico.

–Sí, señorita Wingfield. –Giró la manivela de la base del estuche. El soldado empezó a erguirse, a ponerse firme–. ¿De qué quiere hablar?

–Creo haber descubierto la identidad del intruso. –Ella le lanzó una triunfante mirada de reojo, fingiendo estar muy concentrada en el soldado de cuerda–. Tal vez, la del mismo Guardián.

Jared sintió que la mano se le congelaba en la manivela.

–¿De verdad? –le preguntó, sin inflexión alguna.

–Sí. –Olympia se acercó más, como si quisiera estudiar más de cerca el soldado mecánico–. No lo creerá, pero no es otro que el señor Torbert.

–¿Torbert? –Se quedó mirándola fijamente–. ¿De qué demonios habla?

–Estoy segura de que el pañuelo que encontramos anoche pertenece al señor Torbert. –Olympia notó que el soldado comenzaba a levantar su pequeño rifle–. Usó uno esta mañana, en la biblioteca de la Sociedad, y era exactamente igual al otro.

–La mayoría de pañuelos se parecen –dijo Jared.

–Sí, pero éste tenía el mismo perfume que el que encontramos anoche.

–¿Seguro? –Jared frunció el ceño.

–Casi seguro. –Olympia vio que el soldado mecánico empezaba a apuntar con su rifle–. Pero hay otra posible explicación.

–¿Cuál?

–Al parecer, el señor Torbert y lord Aldridge son enemigos acérrimos desde hace años. De hecho, el señor Torbert se tomó todas las molestias para alertarme sobre lord Aldridge esta mañana. Por consiguiente, es muy factible que este último hubiera dejado el pañuelo del primero en el jardín.

–¿Y para qué iba a hacer una cosa así?

–Con la esperanza de desacreditar por completo al señor Torbert ante mis ojos, por supuesto.

Olympia le miró con impaciencia.

–Esa hipótesis presupone que usted podría identificar el pañuelo –señaló Jared.

–Sí, lo sé, pero es precisamente lo que he hecho.

–Aldridge no podía haber adivinado que le resultaría tan fácil reconocer el pañuelo de Torbert. No. Dudo seriamente que él haya tenido algo que ver en todo eso. –Jared se volvió hacia ella con una expresión cavilante–. Olympia, no quiero que te involucres en este asunto –le advirtió, dejando de lado las formalidades.

–Pero, señor Chillhurst...

–Déjamelo a mí.

–No puedo hacer eso. –Olympia levantó el mentón–. Esto afecta mis estudios, señor. Tengo todo el derecho del mundo a proteger el diario de Lightbourne del Guardián o de cualquiera que intente apoderarse del tesoro. –Se mordió el labio, con gesto pensativo–. Sin embargo, debo admitir que no considero al señor Torbert como parte de una leyenda. No creo que esté relacionado, siquiera, con el Guardián.

–Maldita sea, mujer –dijo Jared, entre dientes–. Yo te protegeré de Torbert, del Guardián y de cualquiera que se te acerque. Siempre y cuando, claro, pidas esa protección.

–¿Qué ha querido decir con eso, señor? –Olympia le miró, atónita–. Por supuesto que hay que adoptar precauciones.

–Señorita Wingfield, deje el asunto del pañuelo en mis manos. Yo me encargaré de que Torbert entienda bien claro que no deben volver a repetirse incidentes como el de anoche en el jardín.

–¿Vas a hablar con él?

–Tranquila. Lo entenderá perfectamente.

–Muy bien, señor, dejaré todo en sus manos.

Olympia se rindió, satisfecha.

–Gracias, señorita Wingfield. Y ahora...

Antes de que Jared pudiera concluir la frase, la voz de una mujer cortó el murmullo general de las conversaciones y el clic-clac de los mecanismos de cuerda.

–*Chillhurst.* ¿Qué estás haciendo aquí?

La mirada de Jared abandonó a Olympia y se fijó en la mujer que se les aproximaba.

–¡Cielos!

Olympia casi no tuvo tiempo de registrar la escalofriante y enigmática expresión en el rostro de Jared, ya que la mujer volvió a hablar.

–Chillhurst, eres tú, ¿verdad?

Cuando Olympia se volvió, advirtió que una hermosísima mujer se les aproximaba con un paso muy elegante. La dama se detuvo y sonrió fríamente a Jared. Sus ojos celestes lo observaban divertidos.

Durante unos instantes, Olympia no pudo más que contemplar la belleza de la mujer. Su cabellera rubia estaba prolijamente recogida bajo un sombrero azul, elegido con inteligencia y habilidad, indudablemente, gracias a una sustanciosa suma de dinero. Llevaba un vestido celeste y una chaqueta corta, hasta la cintura, azul marino. Olympia pensó que sólo los guantes de cabritilla que llevaba costaban mucho más que su vestido, sus zapatos, su cofia y su bolso juntos.

La mujer no estaba sola. La acompañaba otra dama, tan elegante como ella, vestida de amarillo. Si bien no era tan bella, también poseía un inequívoco aire de exótico atractivo. Era un brillante contraste de su amiga, con su oscura cabellera castaña y su sombrero de plumas. Tenía los ojos oscuros y la figura más rellena y redondeada que la de su espigada amiga.

–No podía creerlo cuando te vi hace unos instantes, Chillhurst –dijo la rubia–. Me habían dicho que estabas en la ciudad, pero me negaba a creerlo. Casi nunca vienes a Londres.

–Buenas tardes, Demetria. ¿O debo llamarte lady Beaumont? –Jared inclinó la cabeza con fría cortesía.

–Demetria está bien. –Demetria miró a su compañera–. ¿Recuerdas a Constance, no?

–Perfectamente. –Jared sonrió fríamente–. Buenas tardes, lady Kirkdale.

–Chillhurst. –Constance, lady Kirkdale, sonrió con cortesía. Sus ojos fueron hacia Olympia.

–¿Y quién es tu amiguita? –La mirada de Demetria siguió a la de su compañera–. Los rumores sostienen que estás viviendo con ella en una casa en Ibberton Street. Pero tampoco quise creer eso. Es tan atípico en ti involucrarte en una relación de esa clase.

–Lady Beaumont, lady Kirkdale, permítanme presentarles a mi esposa. –La voz de Jared sonó tan imperturbable como siempre, aunque, en la mirada que dirigió a Olympia, se leyó claramente una señal de advertencia.

Mi esposa.

Olympia se dio cuenta de que su boca se había abierto. La cerró de inmediato y se preparó para enfrentar aquella crisis. Después de todo, había sido idea suya decir que estaban casados a cualquiera que lo preguntara en caso de conocerles. La reputación de Jared estaba en juego.

El pobre sólo estaba siguiendo sus instrucciones. No tenía más opción que apoyarlo.

–Mucho gusto –dijo Olympia brevemente.

–Esto es absolutamente fascinante. –Demetria estudió a Olympia, como si se tratara de otro de los autómatas que se exhibían en el museo–. Vaya sorpresa. Con que por fin Chillhurst cumplió con las obligaciones que su título le impone y se procuró una vizcondesa.

CAPÍTULO X

–¿Vizconde?

Media hora después, Olympia entró en su estudio. Se quitó la cofia y giró bruscamente para enfrentarse a Jared. Era la primera oportunidad que tenía para estar a solas con él, desde la escena que se había desarrollado en el museo. Estaba en un estado de nervios que se la llevaban los demonios.

–¿Eres vizconde?

–Lamento que te hayas enterado de toda la verdad en esas circunstancias, Olympia. –Jared cerró la puerta y echó el cerrojo. Se quedó allí, de espaldas a la puerta y ante Olympia, con el fin de enfrentarse a ella, con la misma expresión sombría y enigmática que había mostrado desde que la presentó como su esposa–. Sé perfectamente bien que te mereces una explicación.

–Eso creo, usted trabaja para mí, señor Chillhurst. –Olympia resopló–. Quiero decir, milord. Lo que sea. Maldita sea, creo que debí haber insistido en que me diera referencias. Debo suponer que a mi tío tampoco le enseñó ninguna, ¿me equivoco?

–¡Ah! no –murmuró Jared–. Me temo que no. Verás, él no me pidió ninguna referencia.

–¿Él te contrató como maestro para los niños de mi casa y no te pidió referencias? –preguntó Olympia sin poder creerlo.

–En realidad, no me contrató como maestro –confesó Jared, con tono sereno.

–Esto empeora a cada momento. ¿Y para qué le contrató exactamente, milord?

–No me contrató para nada. Sólo me pidió que le hiciera el favor de escoltar las mercancías hasta Upper Tudway. –Jared la miró–. Una tarea que he cumplido al pie de la letra, si me permites recordarlo.

–Tonterías. –Olympia arrojó la cofia sobre el sofá y caminó hacia su escritorio, para situarse tras él. Pensó que siempre se sentía fuerte y segura cuando se ponía allí. Se sentó en una silla y miró furiosa a Jared–. Tenga la amabilidad de explicarme el resto de la historia, señor. Ya me estoy hartando de hacer el papel de tonta.

Algo brilló en el único ojo sano de Jared. Si fue dolor o rabia, Olympia no pudo determinarlo a ciencia cierta. De todas maneras, se estremeció.

Jared se sentó lentamente, extendió sus piernas, cubiertas a medias por las botas y apoyó los codos en los posabrazos de la silla de caoba. Unió las yemas de los dedos y la miró con expresión cavilante.

–Es un asunto un tanto complicado.

–No se preocupe por la complejidad. –Olympia sonrió, tratando de hacerle ver que ella también podía aparentar serenidad y frialdad–. Estoy segura de tener la inteligencia suficiente como para captar los puntos esenciales del relato.

–Sin duda. –Jared apretó la boca–. ¿Por dónde empiezo?

–Por el principio, claro. Dígame por qué está haciéndose pasar por maestro en mi casa.

Jared vaciló un instante buscando las palabras correctas.

–Todo lo que te he contado con referencia a cómo conocí a tu tío es cierto, Olympia. Fue en Francia y yo acepté escoltar las mercancías hasta que llegaran a tus manos.

–¿Y por qué se tomó esa molestia si no le interesaba el puesto?

–El diario de Lightbourne –contestó Jared simplemente.

–¿Por el diario? –Por segunda vez en el día, Olympia sintió que se quedaba boquiabierta–. ¿Sabía de su existencia?

–Sí, yo también trataba de localizarlo.

–¡Dios mío! –Olympia sintió que le faltaba el aire. Se acomodó contra el respaldo de la silla y trató de pensar con claridad–. Por supuesto. Eso lo explica todo.

–No todo.

–Usted estaba siguiendo las huellas del diario, pero tío Artemis se le adelantó y lo consiguió primero. Entonces, hizo los arreglos necesarios para trabar conocimiento con él «accidentalmente». ¿Voy bien hasta ahí?

–Sí. –Jared empezó a tamborilear los dedos entre sí–. Sin embargo...

–Se enteró de que el diario estaba empaquetado ya entre el resto de mercancías que me traerían a bordo del barco correspondiente. Por eso, buscó los medios para acompañar ese embarque.

–Tu inteligencia jamás deja de asombrarme, Olympia. –Jared bajó la cabeza.

La joven trató de ignorar el cumplido. No era el momento para dejarse llevar por las halagadoras palabras del hombre a quien amaba. No debía olvidar nunca que Jared la había engañado deliberadamente.

–Una vez que llegó a la casa, buscó una excusa para quedarse. Al parecer, se dio cuenta inmediatamente de que necesitábamos un maestro.

–Fue tu tío el que me dio la idea –admitió Jared–. Comentó que ya habías tenido tres maestros distintos en el lapso de seis meses.

–De modo que aprovechaste la oportunidad para permanecer cerca del diario de Lightbourne. Perdón... se aprovechó usted.

–Aparentemente, ésa fue la razón por la que le engañé. –Jared estudió la pared que asomaba por encima de la cabeza de Olympia.

–Supongo que tuvo miedo de no poder descifrarlo personalmente y prefirió que yo desentrañara esos extraños códigos para usted.

–Sé que es lo que parece, pero...

Olympia frunció el ceño, pensativa.

–¿Qué le atrajo del diario, señor Chillhurst? Quiero decir, milord.

–Jared está bien –dijo él–. La razón por la que estaba buscando el diario cuando conocí a tu tío es que pertenece a mi familia. –Se encogió de hombros–. También el tesoro, si es que, claro está, existe realmente.

Olympia se quedó petrificada.

–¿Qué quiere decir con eso de que pertenece a su familia?

–Claire Lightbourne era mi bisabuela.

–Nunca me lo dijo. –Olympia por poco se cae de la silla–. ¿Su bisabuela? ¿Vizcondesa? Pero en el diario no se hace referencia a ningún título.

–Porque ella se casó con Jack Ryder, cuando todavía era solamente el capitán Jack. Él se convirtió en conde de Flamecrest varios años después de su regreso a Inglaterra desde las Indias Occidentales. A la familia no le agrada mucho hablar del tema porque, aparentemente, él compró el título.

–¡Santo cielo!

–No era tan difícil comprar un título por entonces –dijo Jared–. Sólo hacía falta mucho dinero e influencias. Jack Ryder tenía ambas cosas.

–Sí, por supuesto. –Olympia recordó algunos datos del diario que ella había leído por encima. Jack Ryder había regresado de las Indias Occidentales siendo un hombre rico. Y amasó una fortuna aún mayor en Inglaterra.

–Después de asegurarse el título de conde de Flamecrest –prosiguió Jared–, mi bisabuelo adquirió un segundo título, el de vizconde Chillhurst, que se usa para los herederos de Flamecrest. En este caso, por mí.

–Usted es heredero al título y las propiedades de un conde. –Eran tantas las sorpresas que Olympia estaba llevándose que comenzaba a desfallecer–. Su bisabuelo era el señor Ryder de Claire Lightbourne. –«El amado señor Ryder de Claire», pensó Olympia.

–Sí.

«Mi querido señor Chillhurst.»

A medida que Jared avanzaba en sus revelaciones, Olympia caía más en el pozo de su depresión. Recordó que, desde un principio, había sabido que no podía tener a su señor Chillhurst a su lado para siempre. No obstante, no podía negar que, íntimamente, había deseado tenerle mucho más que aquellas breves y pocas semanas.

Su sueño había terminado demasiado pronto. Demasiado pronto. Tenía que encontrar la manera de salvarlo, aunque sólo fuera por un poco más de tiempo.

Y qué pasaría con Jared, pensó desesperada. Se negaba a sí misma tener que creer que la pasión que habían compartido no había significado nada para él, que también la había engañado al tomarla entre sus brazos. Tal vez no la amaba, pero la deseaba. Estaba segura de ello.

Tuvo que pensar con lógica.

–Bueno, con razón quería encontrar ese diario, señor Chillhurst. Realmente, tiene derecho. Seguramente, habrá estado buscándolo durante muchos años. Debe de haberse sentido muy enfadado cuando descubrió que yo lo iba a tener antes que usted.

–Si no quiere volver a llamarme Jared, con Chillhurst bastará.

–Como desee. –Olympia luchó desesperadamente por sonreírle–. Debo decir que esto abre una nueva y amplia brecha entre nosotros.

–¿Sí? –Jared la miró sorprendido.

–Ciertamente. –Olympia se puso de pie y se acercó a la ventana. Juntó sus manos detrás de la espalda y contempló el pequeño jardín cercado por muros. Estaba a punto de correr un riesgo calculado y debía ser muy cautelosa.

–No comprendo a qué te refieres.

–Sus conocimientos sobre la historia familiar pueden aportarme datos muy útiles, señor. –Olympia inspiró profundamente–. Podrían ayudarme a descifrar el diario.

–Lo dudo. Mis conocimientos sobre la historia familiar se limitan a una serie de relatos de Banbury, relativos al capitán Jack y a sus ridículas exploraciones.

Olympia enterró las uñas en las palmas de sus manos. Tenía que convencer a Jared de que la dejara seguir estudiando el diario de Lightbourne. Era la única excusa que le quedaba para conservar el lazo con él.

–Uno nunca sabe, señor –dijo ella–. Podría utilizar información de esos relatos para dar sentido a las extrañas frases que hay en el diario.

–¿Lo crees así? –Jared parecía estar considerándolo.

–Sí, estoy segura. –Olympia se volvió para mirarle–. Estoy dispuesta a seguir trabajando con el diario de Lightbourne, señor. Me sentiré más que complacida en compartir mis conclusiones con usted. Entiendo que el secreto del tesoro pertenece a su familia.

–Olympia, me importa un cuerno el secreto del diario de Lightbourne. –Jared endureció su expresión–. He tratado de aclararte ese punto.

–Por supuesto que le importa –insistió ella–. Se ha metido en muchos problemas para encontrarlo y para introducirse en esta casa, como maestro, a fin de descubrir ese secreto. Quiero que sepa que yo entiendo por qué me engañó.

–¿De verdad?

–Sí, y debo decirle además que su plan ha sido muy inteligente, señor. Habría sido brillante de no ser por el encuentro fortuito de esta tarde con lady Beaumont.

–Sólo tú puedes encontrar excusas para explicar mi comportamiento, Olympia.

–No son excusas en lo más mínimo, señor. Ahora que considero todo el asunto, sus acciones tienen mucho sentido para mí.

–Debería estar preguntándome por qué no me conformé con seguir actuando como maestro de esta casa y nada más –aventuró Jared–. Sin duda, querrás saber por qué te seduje.

–No, señor Chillhurst. –Olympia entrelazó los dedos y levantó el mentón–. No estoy haciéndome esa pregunta en particular.

–¿Por qué no? –Jared se levantó de inmediato de su silla–. Cualquier mujer lo haría.

–Ya conozco la respuesta.

Olympia era plenamente consciente de él.

–¿De verdad? ¿Y cuál es esa respuesta? ¿Cómo te explicas mi conducta, Olympia? Ambos sabemos muy bien que no me he comportado como un caballero. Cualquiera diría que he abusado de ti.

–Eso es una rotunda mentira. –Olympia se puso furiosa–. Ambos hemos abusado mutuamente del otro, señor.

–¿Eso crees? –Jared sonrió.

–Sí, ambos somos gente de mundo, señor. Los dos sabíamos qué estábamos haciendo. A decir verdad, si hay una culpable de lo que pasó entre nosotros, ésa soy yo.

–¿Tú? –Jared se quedó contemplándola atónito.

–Usted es un caballero, pero de inmediato intuí que, además, era un hombre de fuertes pasiones. –Olympia se ruborizó, pero le miró a los ojos, desafiante–. Me temo que me aproveché de esa realidad.

–¿Fuertes pasiones? –Jared carraspeó.

–Indudablemente, es una condición que ha heredado de su familia –dijo Olympia con suavidad–. Después de todo, es descendiente del señor Ryder y, por lo que he leído en ese diario, era sin duda un hombre de emociones feroces.

–Permíteme decirte que eres la única persona en la faz de la tierra que me considera un hombre de fuertes pasiones, Olympia. –Jared torció la boca, en un gesto divertido–. De hecho, se dice más bien que soy frío e insulso.

–Tonterías. El que diga eso de usted es porque no le conoce en lo más mínimo.

–Toda mi familia opina lo mismo. Y no son los únicos. Lady Beaumont también comparte la idea.

–Eso me recuerda otro asunto que quería discutir. –Olympia se distrajo momentáneamente–. ¿Quién es lady Beaumont? ¿Una antigua amiga suya?

Jared se levantó y caminó hacia el escritorio de Olympia sin decir ni una sola palabra. Se apoyó en él y se cruzó de brazos.

–Hasta hace muy poco, lady Beaumont era la señorita Demetria Seaton –dijo sin dar señal de emoción alguna–. Hace tres años estuvimos comprometidos durante un breve período.

–*Comprometidos.* –Por alguna razón, aquella noticia la sacudió mucho más que todas las barbaridades de las que se había enterado hasta el momento–. Comprendo.

–¿Sí?

–Es muy hermosa. –Olympia trató de disimular el pánico que la envolvía.

Le resultó muy difícil digerir el hecho de que Jared, alguna vez, hubiese amado a la encantadora Demetria. Se dio cuenta de que, hasta ese momento, no se le había ocurrido pensar en la existencia de otras mujeres en la vida de Jared. Si bien había notado que no era ningún novato en aquel aspecto, Olympia no se había permitido detenerse a cavilar en la posibilidad de que realmente él había amado a otra mujer. *Y que la había amado lo suficiente como para comprometerse con ella.*

–Por varias razones, con las que no te voy a aburrir hoy, Demetria y yo decidimos que no habíamos nacido el uno para el otro –dijo Jared.

–¡Oh! –A Olympia no se le ocurrió otra cosa que decir.

–El compromiso se deshizo poco después de ser anunciado. Hubo pocos comentarios al respecto porque el compromiso se celebró en la residencia de mi familia, en la isla de Flame, no en Londres. Hace un año, ella se casó con lord Beaumont y así terminó la historia.

–¡Oh! –Olympia tampoco supo qué comentar al respecto. Instintivamente, sospechó que no había sido algo para tomarlo tan a la ligera, pero se dio cuenta de que no tenía derecho a seguir preguntando–. Bueno, creo que eso no tiene ninguna importancia.

–Justamente.

–Sin embargo –continuó Olympia, decidida a tener en cuenta sólo los temas más importantes–, nos enfrentamos a una lamentable situación porque lady Beaumont le ha reconocido esta tarde.

–Yo no la llamaría desafortunada –dijo Jared–. Difícil sería un término más adecuado.

–Bueno, como prefiera. Pero el punto es que debemos afrontarlo.

–Tengo una propuesta. –Jared la observó fijamente.

–También yo. –Olympia comenzó a caminar lentamente por el estudio–. La respuesta es obvia.

–¿Sí?

–Por supuesto. Tenemos que hacer las maletas de inmediato y regresar a Upper Tudway.

–Si ese es tu deseo, podemos llevarlo a cabo sin problemas. Pero creo que no superaremos el escollo por el mero hecho de irnos de la ciudad.

–Claro que sí. –Olympia le miró fijamente–. Si actuamos con rapidez, nos habremos marchado antes de que usted se encuentre con más conocidos suyos. Una vez en Upper Tudway, podrá seguir haciéndose pasar por maestro de mis sobrinos.

–No creo...

–Yo puedo seguir trabajando en el diario –dijo ella, con entusiasmo–. Todo será como antes de venir a Londres.

–¿Puedo recordarte que fue idea tuya que nos hiciéramos pasar por un matrimonio en caso de ser descubiertos?

–Sé perfectamente bien que todo ha sido culpa mía. –Olympia enrojeció–. Pero, para ser justa, debo aclarar que mi plan habría dado excelentes resultados si usted hubiera sido lo que aparentaba ser, señor, un hombre sencillo, de modesta cuna. Lo que lo estropeó todo fue el hecho de que sea usted vizconde y también heredero del título de conde.

–Ya lo sé –dijo Jared, disculpándose.

–A nadie le habría importado un rábano nuestra relación. Pero su sangre azul hace que nos convirtamos en la comidilla de todo Londres.

–También lo sé y me siento responsable por todo.

–No se culpe, señor. –Olympia suspiró–. Probablemente, lo que sucedió era inevitable dada su naturaleza y temperamento. Un hombre de fuertes pasiones siempre corre el riesgo de originar rumores. De todos modos, si partimos para Upper Tudway sin demora, las habladurías terminarán de inmediato.

–El daño ya está hecho –dijo Jared–. Ya nos hemos presentado como lord y lady Chillhurst. No podemos esperar que una noticia así se diluya así porque sí.

–Eso sucederá si la próxima vez que venga a Londres lo desmiente todo, diciendo que sólo fue una broma –respondió Olympia con rapidez.

–¿Quieres realmente que diga que todo esto no fue más que una broma? –Jared la miró.

–Podríamos intentarlo –dijo Olympia con aire solemne–. Bien puede decir que yo era sólo una amiga.

–¿Una amiga?

–Bueno, puede decir que era su amante, o una antigua novia, o lo que se le ocurra. –Olympia frunció el ceño–. Sé que los caballeros suelen tener sus amoríos en casas no muy lejanas al centro de la ciudad. Es algo muy frecuente.

–¡Santo cielo! –Jared apretó las mandíbulas–. ¿Y qué pasaría con tu reputación, Olympia?

–Nadie me conoce aquí en Londres y es muy poco probable que esta tontería llegue a oídos de algún habitante de Upper Tudway. –Olympia dejó de caminar de aquí para allá y comenzó a golpetear con un pie contra el suelo–. Además, no me importa si alguien se entera. Ya le he dicho antes que no me preocupa mi reputación.

–¿Y qué me dices de mí? –preguntó Jared, con suavidad–. Yo también tengo una reputación que cuidar.

–Creo que podrá superar todo esto sin dañar demasiado su reputación. –Olympia le miró titubeando.

–¿Por qué lo crees?

–Ya no tendrá que procurarse otro empleo como maestro en el futuro ¿verdad? –señaló ella son sorna–. Y a nadie le importará la dama a quien sedujo. Después de todo, yo no tengo ninguna posición en la alta sociedad. Ni usted viene tan a menudo a Londres; más bien, casi nunca. Todo lo que tiene que hacer es desaparecer de la vista de todos durante unos pocos meses.

–Tengo otra solución, Olympia.

–¿Sí? ¿Cuál?

–Te sugiero que convirtamos esto en un hecho. Podríamos casarnos en secreto, si solicitamos una licencia especial. Nadie tiene por qué enterarse de cuándo tuvo lugar la boda exactamente.

–¡Casarnos! –A Olympia se le secó la boca.– ¿Que yo me case con usted?

–¿Por qué no? Me parece una solución lógica para su plan.

–Imposible. –Olympia se recuperó y, a toda prisa, recorrió el perímetro del escritorio. Se desplomó sobre la silla e inspiró profundamente para tranquilizarse–. Es del todo imposible, señor Chillhurst. Quiero decir, milord.

Jared se irguió y se giró para mirarla cara a cara. Plantó ambas manos sobre la superficie del escritorio y se inclinó hacia delante. La expresión de su rostro pareció tallada en piedra.

–¿Por qué no? –le preguntó, apretando los dientes.

Olympia se sobresaltó. Luego entrecerró los ojos, negándose a dejarse intimidar por aquella expresión tan amenazadora.

–Para empezar, usted es un vizconde.

–¿Y eso qué importa?

Olympia se sintió frustrada con la respuesta.

–Mal puedo ser yo la esposa de un vizconde.

–Yo seré quien juzgue eso.

–Me está proponiendo matrimonio sólo por la difícil situación en la que nos hemos visto involucrados.

Olympia parpadeó.

–En última instancia, te habría pedido que te casaras conmigo de todas maneras, Olympia.

–Es muy amable al decirme eso, señor, pero permítame el atrevimiento de decirle que no le creo.

–¿De modo que está llamándome mentiroso, señorita Wingfield? –preguntó Jared, recurriendo de nuevo a un trato formal.

–No precisamente. –Olympia soportó el ataque–. Simple y sencillamente, se está comportando como el noble caballero que es.

–A la porra con eso.

–Era de esperar –le aseguró ella–. Por otra parte, no permitiré que se vea atrapado en un matrimonio que no desea, cuando no existe absolutamente ninguna necesidad de hacer semejante sacrificio.

–Le aseguro, señorita Wingfield, que deseo ese maldito matrimonio. Tenerla en mi cama será una compensación más que suficiente por el sacrificio que tendré que soportar.

Olympia sintió que su rostro se ponía escarlata.

–Señor, está hablando sólo motivado por la pasión. Esa emoción debe disfrutarse en el momento oportuno, no hay nada de malo en ello, pero no constituye una razón válida para casarse.

–No estoy de acuerdo, señorita Wingfield.

Sin previo aviso, Jared levantó ambas manos para tomarle el rostro entre ellas. La besó ferozmente.

Olympia quedó tan sorprendida que ni siquiera pudo ofrecer resistencia. Abrió su boca bajo la de él y tembló como siempre lo hacía cuando Jared la besaba. Aquella calidez tan familiar surgió en la parte inferior de su cuerpo. Gimió suavemente.

Jared la soltó y se retiró un poco hacia atrás para mirarla con una expresión de enorme satisfacción.

–Entre mi temperamento apasionado y el suyo, señorita Wingfield, sospecho que nos llevaremos muy bien.

Se dirigió hacia la puerta.

Olympia tragó saliva y trató de recuperar el habla.

–Un momento. ¿Adónde cree que va?

–A obtener una licencia especial y a realizar todos los trámites necesarios para celebrar una boda muy discreta. Será mejor que se prepare para la noche de bodas, señorita Wingfield.

–Oiga, vea... señor Chillhurst. Quiero decir, lord Chillhurst. Estrictamente hablando, todavía es empleado mío. No puede dar órdenes de esa clase sin mi autorización.

–Por si no lo ha notado, señorita Wingfield, he estado impartiendo las órdenes y organizando toda esta familia desde el día que llegué. –Jared quitó la llave de la puerta y la abrió. La miró por un instante–. Es más, tengo talento para hacerlo.

–Ya lo sé, señor, pero...

–No hay razones para que tenga que preocuparse por los molestos detalles de la vida diaria, señorita Wingfield. Esas cuestiones no son su fuerte. Déjelo todo en mis manos.

Jared salió dando un portazo tan fuerte que la puerta tembló en las bisagras.

Olympia trató de levantarse de la silla, pero no pudo.

Volvió a caer sobre ella con un quejido. Aunque nunca había tenido la oportunidad de ver la violenta arrogancia de aquel hombre hasta ese momento, sabía que no debía sorprenderse de encontrarla. Se correspondía a la perfección con su apasionada naturaleza.

Sin embargo, no podía dejarle concretar su descabellado plan de casarse con ella. Después de todo, al hombre le guiaban la pasión y el honor, no el verdadero amor.

Se arrepentiría de su impulsiva decisión durante toda la vida, pensó Olympia, con tristeza. Aprendería a odiarla y eso le destrozaría el corazón.

Tenía que salvarle de aquellas pasiones, pensó Olympia. Le amaba demasiado como para permitirle que llevara a cabo la boda.

Además, analizando con profundidad las cosas, todo aquel lío era culpa de ella. Por lo tanto, ella era la única que podía solucionarlo.

Poco antes de la cena, Jared oyó que llamaban a la puerta de su habitación. Acababa de sentarse ante la pequeña mesa que tenía para redactar una carta para su padre.

–Adelante.

Levantó la vista para ver que, al abrirse la puerta, surgieron los rostros de Robert, Ethan y Hugh. *Minotauro* cerraba la pequeña columna que había enfilado hacia el interior de la habitación.

Jared observó las determinadas exprcsiones de los tres niños y dejó de lado la carta. Giró hacia un lado, apoyando un brazo sobre el respaldo de su silla.

–Buenas noches, señor. –Robert cuadró los hombros.

–Buenas noches. ¿Quieren decirme algo?

–Sí, señor. –Robert inspiró profundamente–. Hemos venido aquí para averiguar si lo que dice la señora Bird es cierto.

Jared sofocó un improperio.

–¿Qué es, concretamente, lo que ha dicho la señora Bird?

–Dice que usted no es maestro, sino vizconde.

Los ojos de Ethan brillaron de entusiasmo.

–Bueno, dice la verdad a medias. Sí es cierto que soy vizconde, pero creo que mi trabajo como maestro en esta casa ha sido muy meritorio.

–Bueno, señor, sí. –Ethan miró a sus hermanos, confuso–. Usted es un maestro muy bueno, señor.

–Gracias. –Jared inclinó la cabeza.

–La cuestión es, señor... –Hugh frunció el ceño, nervioso–. ¿Seguirá siendo nuestro maestro ahora que se ha convertido en vizconde?

–Tengo todas las intenciones de seguir supervisando vuestros estudios –dijo Jared.

–Muy bien, señor. –Hugh se relajó.

–Esa sí que es una buena noticia. –Ethan sonrió–. No nos gustaría tener otro maestro.

Robert resopló, mirando a sus hermanos menores.

–No hemos venido a hablar de esto.

–¿Entonces de qué han venido a hablar, Robert? –preguntó Jared.

Robert mantenía los puños muy apretados a los lados del cuerpo. Las palabras surgieron fluida y rápidamente, como si no pudiera detenerse.

–La señora Bird dice que hizo lo suyo con tía Olympia, que consiguió lo que quería y que ahora todos en la ciudad ya saben quién es usted realmente y que va a desaparecer de la noche a la mañana por el escándalo que se va a desatar cuando todos se enteren de que no está casado de verdad con tía Olympia.

–Discúlpeme, señor –dijo Ethan, antes que Jared tuviera tiempo de responder–. Pero ¿qué quiere decir que hizo lo suyo con tía Olympia?

–Cállate, idiota. –Robert se salió de sus casillas.

–Sólo estaba preguntando –se defendió Ethan.

–La señora Bird dice que la ha hundido –dijo Hugh a Jared–. Pero hace un rato, fui a preguntarle a tía Olympia si estaba hundida y me dijo que se sentía bien.

–Me alegra escuchar eso.

–Parece que hay más todavía. –Robert se movía nerviosamente–. La señora Bird dice que la única manera de arreglar todo esto sería que se casara de verdad con tía Olympia, pero que usted no haría eso ni loco.

–Me temo que la señora Bird se ha equivocado en eso último que dices –comentó Jared–. Ya le he pedido a tu tía que se case conmigo.

–¿De verdad? –Robert se mostró muy asombrado y, de inmediato, esperanzado–. Señor, nosotros no sabemos qué es lo que está pasando aquí exactamente, pero lo único que no queremos es que a tía Olympia le suceda algo malo. Ella ha sido muy buena con nosotros.

–También conmigo. –Jared sonrió–. Y mis intenciones son las de velar para que nada malo le pase a ella.

–Entonces, si usted va a cuidarla, no hay problemas, ¿no? –Robert sonrió, aliviado.

–Bueno –dijo Jared–, todavía hay una pequeña dificultad que resolver, antes de que todo esté solucionado a mi entera satisfacción. Pero estoy seguro de que no será obstáculo.

–¿Cuál es esa dificultad, señor? –El ceño de Robert se arrugó con la nueva preocupación–. Tal vez, nosotros podemos ayudar.

–Sí, ayudaremos –dijo Hugh, nervioso.

–Sólo díganos qué hay que hacer –dijo Ethan.

Jared extendió las piernas, se reclinó contra el respaldo y apoyó los codos sobre los posabrazos. Unió las yemas de los dedos.

–He pedido a vuestra tía que se case conmigo, pero hasta ahora no me ha dado su consentimiento. Me temo que hasta que ella acepte, todo este asunto seguirá un poco confuso.

Ethan, Hugh y Robert intercambiaron miradas preocupadas.

–Existe –continuó Jared– cierta urgencia en todo esto. En realidad, su tía debería adoptar la decisión de casarse conmigo lo antes posible.

–Hablaremos con ella –dijo Hugh de inmediato.

–Sí –coincidió Ethan–. Estoy seguro de que la convenceremos de que se case con usted, señor. La señora Bird dice que sólo una loca rechazaría su propuesta de matrimonio en estas circunstancias.

–Y tía Olympia no es ninguna loca –aseguró Robert a Jared–. A veces, se preocupa más de la cuenta. ¿Sabe? Es muy inteligente. Estoy seguro de que podremos convencerla.

–Perfecto. –Jared se inclinó hacia delante y cogió su pluma–. Entonces id a cumplir con vuestra tarea. Os veré en la cena.

–Sí, señor. –Rober hizo la correspondiente reverencia y lideró la columna hacia la puerta.

–Nosotros nos encargaremos de eso por usted, señor –dijo Ethan a Jared. Ensayó una rápida y gentil reverencia y salió corriendo detrás de Robert.

–No se preocupe, señor –le dijo Hugh en tono confiado–. Tía Olympia es casi siempre muy razonable. Seguramente podremos persuadirla de que se case con usted.

–Gracias, Hugh, aprecio mucho la colaboración de los tres –dijo Jared, en tono solemne.

Minotauro se levantó del suelo, meneó la cola alegremente y trotó detrás de los niños.

Jared esperó hasta que la puerta se cerró detrás de su pequeña banda de fieles asistentes antes de proseguir con su carta.

> Estimado señor:
>
> Cuando reciba esta carta, pretendo estar ya casado con la señorita Olympia Wingfield de Upper Tudway. No me caben palabras para describirla. Sólo le diré que puede quedarse tranquilo, pues será una esposa ideal para mí.
>
> Lamento que esta boda no pueda ser pospuesta a fin de que pudiera presenciarla debidamente. No obstante, será un placer presentarle a mi esposa con la mayor brevedad posible.
>
> Con el afecto de siempre,
>
> Jared

Cuando Jared estaba cerrando la carta, oyó que volvían a llamar a la puerta.

–Adelante.

La puerta se abrió y la señora Bird dio un solo paso en el interior de la habitación. Se detuvo y miró a Jared con expresión beligerante.

–He venido para escuchar con mis propios oídos lo que está sucediendo aquí.

–¿De verdad, señora Bird?

–¿Es cierto lo que les ha dicho a los niños? ¿Le ha pedido a la señorita Olympia que se case con usted?

–Sí, eso he hecho, señora Bird. Pero no es asunto suyo.

La señora Bird pareció momentáneamente sorprendida. Luego, mostró una expresión suspicaz.

–¿Si eso es verdad, por qué la señorita Olympia no se muestra como cualquier otra mujer que está a punto de casarse?

–Probablemente, porque rechazó mi propuesta.

–¿Ella lo rechazó? –La señora Bird le miró horrorizada.

–Eso me temo.

–Ya nos encargaremos de eso. –La señora Bird meneó la cabeza–. Esa jovencita a veces muestra una actitud negativa hacia algunas cosas. La señorita Sophy y la señorita Ida le llenaban la cabeza con cosas raras. Pero, de todas maneras, haremos que entre en razones.

–Confío en que usted la guíe en estas cuestiones, señora Bird. –Jared le entregó la carta–. ¡Oh!, a propósito, ¿podría encargarse de que se envíe esta carta?

–¿De verdad es usted un vizconde auténtico?

Lentamente, la señora Bird tomó la carta en sus manos.

–Sí, señora Bird. Lo soy.

–En ese caso, lo mejor será casar a la señorita Olympia con usted, antes de que se arrepienta y se vaya. ¿Dónde va a encontrar algo mejor que un vizconde?

–Me alegro que piense así, señora Bird.

CAPÍTULO XI

Olympia dejó su pluma y miró, pensativa, la misteriosa frase que acababa de descifrar.

Si quieres descubrir el secreto errante,
busca la clave en la Syrena y su mar ondulante.

No tenía sentido. Del mismo modo que tampoco lo tenía la advertencia sobre el Guardián. Pero Olympia estaba virtualmente segura de que era otra pieza del rompecabezas.

Antes de que pudiera seguir considerando el problema, oyó que alguien llamaba a su puerta.

–Adelante –exclamó, ausente, ya que tenía puesta toda su atención en la clave.

La puerta se abrió. La señora Bird, Robert, Ethan y Hugh enfilaron hacia el estudio y se acomodaron en hilera, frente a su escritorio. *Minotauro* asomó detrás de Hugh y tomó su puesto al final.

Con reticencia, Olympia dejó de lado el diario de Lightbourne por un momento y levantó la vista. Descubrió una fila de determinados rostros y los contempló, confusa.

–Buenas tardes –dijo Olympia–. ¿Algún problema?

–Sí –contestó la señora Bird–. Claro que hay problemas.

Robert, Ethan y Hugh asintieron con la cabeza, coincidiendo con la respuesta.

–Tal vez deberían consultarlo con el señor Chillhurst, entonces –sugirió Olympia, aún concentrada en la frase que acababa de transcribir–. Es muy bueno para solucionar problemas.

–Se está olvidando que él es ahora el vizconde Chillhurst –dijo bruscamente la señora Bird.

–Sí, tía Olympia –dijo Ethan–. Ahora tienes que llamarle milord.

–¡Oh! claro. Tienen razón. Se me había olvidado otra vez. Muy bien, consulten ese problema que tienen con milord. –Olympia sonrió, distraída–. Seguramente lo solucionará. Siempre lo hace.

Robert se irguió, muy nervioso.

–Te pido que me disculpes, tía Olympia, pero el problema eres tú.

–¿Yo? –Olympia miró a la señora Bird, buscando una explicación–. ¿De qué se trata?

La señora Bird apretó los puños a los costados de sus amplias caderas y dibujó una inflexible línea con la boca.

–El maldito pirata dice que le pidió que se casara con él.

De pronto Olympia se dio cuenta de qué iba todo aquel asunto.

–¿Y qué?

–También dice que usted no quiere –continuó la señora Bird.

–No puedo casarme con un vizconde, ¿cierto?

Olympia le sonrió amablemente.

–¿Por qué no? –preguntó Robert.

–Sí ¿por qué no? –repitió Ethan.

–Bueno, porque él es *vizconde*. –Olympia frunció el ceño–. Y algún día será conde. No puede casarse con alguien como yo.

–¿Y qué hay de malo contigo? –preguntó Hugh–. A mí me agrada como eres.

–Sí, eres una clase de mujer bastante agradable –confirmó Robert.

–Y es más. Usted es la única a la que él ha arruinado, señorita Olympia –murmuró la señora Bird–. Y la única con la que él se quiere casar.

–Ya le expliqué al señor Chillhurst, quiero decir, a milord, que después de todo, no estás hundida –dijo Ethan–. Le dije que estabas muy bien, pero insiste en que quiere casarse contigo.

–Es cierto –agregó Hugh–. Y nosotros también pensamos

que deberías casarte con él. Si te niegas, quizás él se marchará y tendremos que soportar a un nuevo maestro. Tal vez, no podamos encontrar a alguien que sepa cómo hizo el capitán Jack para medir la anchura del arroyo sin cruzarlo. Tal vez tampoco sepamos por qué vuela una cometa.

–Es una cuestión de honor –explicó Robert con tristeza.

Olympia sintió otro de aquellos escalofríos que habían estado atormentándola durante todo el día.

Si bien ella, como mujer de mundo, no se preocupaba demasiado por la reputación propia, debía admitir que Jared era un hombre orgulloso. Su honor debía de ser muy importante para él. Si de verdad creía que debía casarse con ella para satisfacer su sentido del honor, Olympia no sabría cómo afrontar la situación.

–¿Quién dijo que fuera una cuestión de honor? –preguntó Olympia lentamente–. ¿Chillhurst te dijo eso, Robert?

–Yo fui la que le dijo al amo Robert que era una cuestión de honor –dijo la señora Bird–. Es la pura verdad y usted lo sabe, señorita Olympia.

–Tal vez tendríamos que continuar esta discusión en privado, señora Bird.

Olympia miró los expectantes rostros de sus sobrinos.

–No –dijo Robert al instante–. Hemos dicho a milord que todos nos ocuparíamos del asunto.

–¿De verdad le dijeron eso?

Olympia miró a Robert fijamente.

–Sí, y él se mostró muy complacido por nuestra colaboración –le aseguró Robert.

–Entiendo. –Olympia se irguió en su silla.

El hecho de que Jared hubiera recurrido a esa táctica sólo significaba que quería cumplir sus objetivos.

La señora Bird parecía haberse dado cuenta de que las cosas habían adoptado un rumbo diferente. Después de una elocuente mirada que Olympia le dirigió, la mujer hizo callar a los niños y se los llevó hacia la puerta.

–Bueno, bueno. Ya la han oído ¿no? Váyanse corriendo los tres arriba. Yo voy a terminar esta conversación con la señorita Olympia.

–¿Llamará si nos necesita, señora Bird?

Robert se mostró escéptico.

–Sí, estén tranquilos. Vamos, vamos, vamos.

Los tres niños hicieron las reverencias pertinentes y abandonaron la habitación. *Minotauro* les siguió. Apenas se hubo cerrado la puerta del estudio, se oyó el estridente ruido de pisadas y uñas caninas por el pasillo.

Olympia escuchó el estrépito por las escaleras, y por los pasillos de la planta superior. Nadie corría ni pisaba de ese modo cuando Jared estaba cerca, pensó.

–¿Debo entender que milord no está en casa?

–No, señorita Olympia. Se fue. No va a estar en toda la tarde. –La señora Bird levantó el mentón–. Dijo que tenía algo importante que hacer. No me sorprendería que haya ido a buscar una licencia especial.

–¡Oh, Dios! –Olympia cerró el diario y se recostó sobre el respaldo de la silla–. ¿Qué voy a hacer, señora Bird?

–Casarse con ese tipo.

–No puedo hacer eso.

–¿Porque le parece que no va a estar a la altura de un vizconde?

–No, creo que podría aprender todo lo necesario para ser una vizcondesa correcta. No debe ser tan difícil.

–¿Entonces, por qué no se quiere casar con él?

–La verdadera razón por la que no quiero casarme con él es porque no me ama. –Olympia miró hacia la ventana.

–Bah. Ya me imaginaba una de esas tonterías. Escúcheme, señorita Olympia. El amor no es la única razón para casarse.

–No estoy de acuerdo, señora Bird –contravino Olympia, distante–. No puedo imaginarme casada con un hombre que no me ama.

–Pero parece ser que no le importa tener un amorío con él –gruñó la señora Bird por toda respuesta.

Olympia hizo una mueca ante la cruda verdad.

–Usted no comprende... –murmuró.

–Pero si está tan claro como el agua. ¿Cuándo va a aprender a ser práctica? –La señora Bird se inclinó hacia delante agresivamente–. Se ha pasado un montón de años entre esos libracos que tiene, estudiando leyendas, costumbres de gentes que no conocemos, pero no ha aprendido a usar la cabeza para las cosas que son importantes de verdad.

Olympia se frotó la frente. Aquella tarde tenía dolor de cabeza y casi nunca padecía de jaquecas.

–Sólo me pidió que me casara con él porque su prometida nos vio juntos ayer en el Museo Mecánico de Winslow.

–*Prometida.* –La señora Bird pareció escandalizada–. ¿Ese maldito pirata buscó una novia para casarse? ¿Estuvo viviendo en su casa, pensando manchar su honor, mientras tenía una novia guardadita en otra parte?

–No, no, ella es ahora lady Beaumont. –Olympia suspiró–. Creo que el compromiso terminó hace unos tres años.

–¿Por qué? –preguntó la señora Bird.

–Porque no se llevaban bien.

–Ja. Seguramente hubo algo más ahí. Me juego la cabeza. –La señora Bird mostraba una extraña expresión en sus ojos–. Sería bueno averiguar qué sucedió entre milord y esa noviecita, hace tres años.

–¿Por qué? –preguntó Olympia, con una expresión interrogante–. Obviamente, no es asunto mío.

–Yo no estaría tan segura. Si quiere saber mi opinión, milord es muy raro. Claro que esa gente bien siempre es rarilla. Pero, yo nunca he visto con estos ojos alguien más extraño que él.

–Señora Bird, usted no conoce a nadie de la gente bien, como usted la llama. ¿Qué podría saber entonces de su comportamiento normal?

–Sé que no está bien que uno se haga pasar por un maestro, cuando no se es –respondió la señora Bird de inmediato.

–Chillhurst tenía sus razones.

–¿Ah sí? –La señora Bird frunció el ceño cuando vio que Olympia volvía a frotarse la frente–. ¿Qué le pasa con la cabeza? ¿Le duele?

–Sí. Tal vez tenga que ir arriba a descansar un rato.

–Le voy a buscar un poco de mi tónico de alcanfor y amoníaco. Hace milagros.

–Gracias.

Olympia pensó que, con tal de quitarse de encima a la señora Bird, apoyando la propuesta matrimonial de Jared, habría aceptado cualquier cosa. No quería seguir escuchando sus razonamientos lógicos. Debía mantener los pies bien firmes en la tierra.

El llamador de bronce sonó insistentemente justo cuando Olympia estaba a punto de abandonar su estudio. El ladrido de *Minotauro* se escuchó desde la planta alta.

–Apuesto a que es milord. Seguro que no puede abrir la puerta solo ahora que es vizconde. –La señora Bird salió al pasillo–. La gente bien es tan arrogante...

Olympia calculó la distancia hasta las escaleras. Si se movía con rapidez, podría recluirse en su cuarto antes de que Jared la acorralase allí.

Caminaba de puntillas hacia la puerta cuando oyó voces en el pasillo. Se quedó helada al reconocer dos de las tres que sonaban.

–Veré si milord ha llegado a casa –dijo la señora Bird con un tono que Olympia jamás había oído en sus labios. Aquel deje de desdén era completamente nuevo.

Un momento después, la señora Bird apareció en la puerta del estudio, con el rostro enrojecido y lleno de excitación.

–Dos damas y un caballero vienen de visita –dijo en voz baja–. Han solicitado hablar con la vizcondesa Chillhurst. Creen que usted ya está casada con él.

–Ya lo sé. Maldita sea. Esto tenía que pasar.

–Los voy a llevar a la sala de la parte delantera.

–Dígales que estoy enferma, señora Bird.

–Mire, es mejor que les reciba o si no van a sospechar que aquí está sucediendo alro raro. –La señora Bird cuadró los hombros con los aires de un general dispuesto a la batalla–. Podemos hacer frente a esa gente.

–No sin Chillhurst.

–Sí que podemos –asintió la señora Bird resueltamente–. Vamos a hacer como si usted fuera la vizcondesa. No se van a dar cuenta de nada, seguro.

–¡Santo Dios! ¡Qué lío! No me siento capaz de afrontar este desastre, señora Bird.

–No se preocupe. Yo me haré cargo de todo. Ah, tome. El caballero me ha entregado estas tarjetas.

–Déjeme verlas. –Olympia tomó las tarjetas, las miró y comentó–: Lady Beaumont, lady Kirkdale y alguien llamado Gifford Seaton.

–Yo traeré té –dijo la señora Bird–. No tenga miedo. Me acordaré de llamarla milady frente a esas personas.

Salió corriendo hacia la puerta antes que Olympia tuviera la posibilidad de detenerla.

Con una profunda sensación de angustia, Olympia se encaminó lentamente hacia el saloncito. Deseaba que Jared llegara en aquel mismo momento y salvara milagrosamente la situación. Era tan bueno para ocuparse de aquellas cosas.

Entonces, Olympia pensó que, si no lograba convencerlo de que siguiera adelante con aquel interludio romántico que compartían, tal vez Jared se marcharía y ella se quedaría sola para arreglárselas por sí misma cada vez que la interrumpieran de una manera tan molesta.

Por supuesto que ocuparse de los detalles de la vida diaria constituiría el menor de sus problemas. Cuando Jared se marchara, se le partiría el corazón. No tendría ni la menor idea de cómo resistirlo.

Demetria y Constance se hallaban sentadas una en cada extremo del sofá. Vestidas de azul y amarillo rojizo, respectivamente, las damas formaban un elegante cuadro que desentonaba en el modesto entorno.

Un hombre apuesto, aparentemente un par de años más joven que Olympia, permanecía de pie, cerca de la ventana. Tenía el mismo color de pelo que Demetria. Vestido rigurosamente a la moda, llevaba una corbata con un nudo muy intrincado, pantalones con pinzas y una chaqueta de excelente confección, entallada en la cintura.

–Lady Chillhurst. –Demetria sonrió serenamente desde el sofá, pero en sus álgidos ojos brillaba la especulación–. Creo que ya le presentaron a mi gran amiga ayer lady Kirkdale. Permítame presentarle ahora a mi hermano, Gifford Seaton.

–Señor Seaton.

Olympia inclinó la cabeza al saludarle, del mismo modo que lo había visto hacer a Jared con tanta frecuencia.

–Lady Chillhurst. –Gifford sonrió mientras caminaba hacia ella con lánguida gracia. Tomó la mano de Olympia, se inclinó y la rozó levemente con sus labios–. Es un gran placer conocerla.

–Gifford insistió en venir de visita –dijo Demetria–. Constance y yo decidimos acompañarle.

Gifford contemplaba fijamente a Olympia.

–Señora, su presencia no coincide para nada con la imagen que me había formado de usted, gracias a las descripciones de mi hermana.

–¿Cómo debo entender eso?

Olympia retiró la mano. Pensó que el dolor de cabeza la estaba poniendo irritable. Deseó que toda aquella gente tan elegantemente se fuera de inmediato y la dejara en paz.

–No fue mi intención ofenderla, señora –aclaró Gifford de inmediato–. Es sólo que Demetria dijo que usted era, obviamente, una mujer del mundo rural y yo pensé que su aspecto lo evidenciaría a las claras. No esperaba que fuera usted tan encantadora.

–Gracias. –Olympia no supo cómo responder al cumplido–. Supongo que será mejor que tome asiento, señor Seaton. Mi ama de llaves nos traerá el té.

–No nos quedaremos mucho tiempo –dijo Constance–. Entienda que sólo estamos aquí por mera curiosidad.

–¿Por curiosidad? –Olympia le miró, incómoda.

–Debe usted saber, querida, que Chillhurst y yo, en cierta ocasión, estuvimos comprometidos para casarnos. –Demetria rió–. Cuando mi hermano se enteró ayer de que milord finalmente se había casado, no pudo resistir a la tentación de saber más cosas sobre usted.

–Milord exigía requisitos muy específicos para la mujer que fuera a convertirse en su esposa. –La sonrisa de Gifford pareció de hielo–. Sentí curiosidad por conocer a la dama que logró satisfacer esos requisitos tan especiales.

–No tengo ni la menor idea de qué están hablando –dijo Olympia.

Gifford se sentó junto a la ventana. Parecía fascinado por Olympia.

–Bien, señora, creo que lo mejor será que esté bien al tanto de los hechos antes de comenzar a moverse en nuestros círculos sociales. No es ningún secreto que Chillhurst puso fin al compromiso con mi hermana cuando descubrió cuál era su verdadera situación financiera. ¿Sabe? Erróneamente, había pensado que ella era heredera de una gran fortuna.

–No, no lo sé. –Olympia se sentía como un ratón, acorralado por tres hambrientos gatos que se habían dispuesto a jugar con él, antes del ataque final para matarlo.

–Hace tres años, Chillhurst dijo que lo único que pretendía de una esposa era que le diera una gran fortuna. –Gifford entrecerró los ojos.

–Gifford, por favor. –Demetria lanzó a su hermano una mirada de reproche y luego sonrió a Olympia–. Chillhurst posee un título noble, pero hasta su propia familia admite que tiene alma de comerciante.

–Para Chillhurst, todo en la vida es un negocio –comentó Gifford.

–Bueno, Gifford, estoy segura de que lady Chillhurst cumple sus requisitos –dijo Constance, siempre con gentileza–. Parece ser una criatura muy práctica.

–¿Por qué lo dice? –preguntó Olympia.

Nunca nadie la había tachado antes de práctica.

–Bueno, es evidente, ¿no? –Gifford frunció el ceño–. Debe de ser muy rica, porque de lo contrario Chillhurst no se habría casado con usted. Y Dios sabe que la fortuna de él es inmensa. Y la tiene encerrada aquí, aislada en esta casa, en esta zona tan poco céntrica de nuestra ciudad. –Su mirada mostró desprecio por el modesto vestido de muselina que Olympia llevaba–. Además, es evidente que no gasta mucho dinero en ropa. Por consiguiente, debemos deducir que usted tiene un gran sentido de la economía, señora.

–Chillhurst apreciará esa virtud. –La sonrisa de Demetria no expresó lo mismo que sus ojos y su voz denotó aspereza–. Estoy convencida de que tuvo miedo de que yo gastara hasta el último de sus peniques. Y probablemente tenía razón. A mí me agrada comprar cosas bonitas.

–Sí, es verdad, Demetria. –Constance la miró con una sonrisa divertida–. Y, por lo general, las cosas bonitas tienden a ser caras también.

–Pero vale la pena invertir cada penique en ellas –agregó Demetria.

–Chillhurst tiene mucho dinero. –Los ojos de Gifford expresaron desagrado–. Es rico como Craso. No necesita casarse con nadie por interés.

Olympia abrió la boca, irritada, para protestar, pero se detuvo al ver la mirada de incomodidad que Demetria intercambió con su amiga.

Por pura intuición, Olympia comprendió, de pronto, por qué flotaba tanta tensión en el ambiente. Demetria y Constance no habían querido ir a visitarla. Sólo estaban allí para intentar, en vano, controlar a Gifford. Aquel joven estaba cargado de odio, de rencor acumulado y, aparentemente, esas emociones tan profundas estaban dirigidas hacia Jared.

Olympia se puso a cavilar.

Demetria se apresuró a intervenir y distraer a Olympia de la rudeza de Gifford.

–Debe disculpar a mi hermano. A pesar de que han pasado tres años, todavía está molesto porque Chillhurst se negó a aceptarle un reto a duelo.

–¿No me dirá que realmente desafió a duelo a Chillhurst? –Olympia prácticamente se quedó sin aliento. Observó a Demetria por un instante y luego a Gifford.

–No se ofenda, señora, pero no tuve elección. –Un tanto nervioso, Gifford se puso de pie y caminó hacia la ventana–. Trató a mi hermana de la manera más inconcebible. Y yo me vi forzado a retarle a duelo.

–Bueno, Gifford. –Demetria volvió a mirarle con enojo–. No es necesario que saquemos ese tema ahora. Después de todo, ya han pasado tres años y yo estoy felizmente casada con otro.

–Estoy segura de que la historia tiene otros pormenores además de los que usted me ha detallado, señor Seaton. –Olympia miró los tensos hombros de Gifford.

–Le aseguro que no. –Gifford se encogió de hombros–. Cuando Chillhurst terminó con el compromiso, le reté a duelo. Le dije que, en mi opinión, él había insultado a mi hermana sin motivo alguno.

Demetria suspiró con suavidad. Constance le tocó el brazo, en un silencioso gesto para reconfortarla.

–¿Qué dijo Chillhurst cuando le acusó de haber insultado a Demetria? –preguntó Olympia con curiosidad.

–Como era pertinente, ofreció sus disculpas –contestó Demetria, para suavizar las cosas–. ¿No es cierto, Gifford?

–Sí, canalla. Eso fue precisamente lo que hizo. Ofreció sus disculpas y dijo que no se enfrentaría a mí en el campo de honor. Maldito cobarde, eso es lo que es.

–Gifford, no deberías decir semejantes cosas frente a lady Chillhurst –dijo Demetria, ya al borde de la desesperación.

–Presta atención a tu hermana –agregó Constance.

–Sólo estoy contando los hechos a lady Chillhurst –gruñó Gifford–. Debe saber con qué clase de hombre se ha casado.

–¿Acaso se ha vuelto loco? –Olympia miró a Gifford–. Mi esposo no es ningún cobarde.

–Por supuesto que no lo es –dijo Demetria rápidamente–. Nadie soñaría con acusar a Chillhurst de cobarde.

–¡Bah! –Gifford apretó la boca–. Es un cobarde y basta.

–Ya te dije que no era inteligente acompañar a tu hermano en esta visita, Demetria –se lamentó Constance.

–¿Y qué otra cosa podía hacer? –le preguntó Demetria en voz muy baja–. Estaba totalmente resuelto a venir hoy.

–Creo que ya he cumplido con mi deber de atender visitas por esta tarde. –La jaqueca de Olympia aumentaba por momentos–. Ahora les ruego que se retiren, por favor.

–Por favor, lady Chillhurst, le ruego que disculpe a mi hermano. –Demetria emitió unos sonidos tranquilizadores–. Tiene un temperamento muy impulsivo y siempre trata de protegerme. Gifford, prometiste no causar ninguna escena. Por favor, discúlpate con lady Chillhurst.

–No voy a disculparme por decir la verdad, Demetria. –Gifford entrecerró los ojos.

–Discúlpate aunque sólo sea por tu hermana –le imploró

Constance fríamente–. Ninguno de nosotros quiere resucitar las viejas habladurías. Sería muy doloroso para todos los involucrados. –Hizo una delicada pausa–. A Beaumont no le agradaría escucharlas lo más mínimo.

Olympia advirtió que el último comentario pareció haber dado buen resultado. Gifford miró a su hermana, frustrado. Luego, con profunda reticencia, se volvió hacia Olympia e inclinó la cabeza ligeramente.

–Mis disculpas, señora.

–No me interesan sus disculpas. –Olympia ya había aguantado lo suficiente–. Sucede que hoy estoy muy ocupada. Si no les importa...

–No piense mal de nosotros, lady Chillhurst –le pidió Demetria, mientras se ajustaba los guantes–. En aquella época, todo fue muy desagradable, pero ya me he cansado de repetir a Gifford que lo que sucedió hace tres años fue lo mejor que pudo haber pasado, para todos. ¿No es cierto, Constance?

–Muy cierto –corroboró Constance–. Si Chillhurst no hubiera anulado aquel compromiso, Demetria jamás se habría casado con Beaumont. Y tengo la plena certeza de que es mucho más feliz con él de lo que lo habría sido con Chillhurst.

–Eso ni se discute. –Demetria miró a Olympia–. Beaumont ha sido muy bueno conmigo, señora. Estoy muy satisfecha con la elección de esposo que he hecho. No quiero que piense que todavía lamento lo de Chillhurst. Nada podría alejarse más de la verdad.

Gifford maldijo por lo bajo.

La cabeza de Olympia latía a un ritmo intolerable. Se preguntó cómo haría una auténtica vizcondesa para quitarse de encima las visitas que no quería atender. Deseó que Chillhurst regresara. Él sí habría sabido qué hacer.

–El té, señora –anunció la señora Bird desde la puerta, con sus nuevos y ensayados modales–. ¿Desea que lo sirva?

–Gracias, señora Bird.

Olympia levantó la vista, agradecida por la interrupción.

La señora Bird se veía radiante cuando entró en la sala,

triunfante. Asía la pesada bandeja, cargada con toda la platería y porcelana que había encontrado en la casa. Una mujer delgada no habría podido levantar semejante peso.

Apoyó la bandeja sobre una pequeña mesa y comenzó a trabajar con gran energía. Las tazas y platos empezaron su concierto, al igual que la platería, al chocar con la porcelana.

Demetria y Constance miraron la bandeja y a la señora Bird con sorna. Gifford, con una sonrisa de desdén.

Olympia decidió hacer otro intento para despejar la sala de visitantes no deseados.

–Disculpen –anunció con determinación– pero esta tarde no me encuentro nada bien. No sé qué van a hacer ustedes, pero yo voy a subir ahora mismo a mi habitación a descansar.

Todos se volvieron atónitos para mirarla.

–Pero, oiga, acabo de traer el té –se quejó la señora Bird, agraviada. Dejó la pesada tetera–. No voy a permitir que nadie salga de aquí sin haberse tomado una buena taza.

–Creo que no tenemos tiempo de tomar su té –dijo Demetria, mientras se levantaba del sofá.

–No, claro. –Constance se puso de pie–. Debemos irnos.

–No se preocupen. Les serviré rápido. –La señora Bird llenó una taza y prácticamente la plantó en las manos de Demetria–. Aquí tiene.

Demetria, automáticamente, extendió la mano para tomar el plato y la taza, pero no logró asirlo antes de que la señora Bird lo soltara.

La taza se tambaleó y se volcó. El encantador vestido azul de Demetria quedó todo salpicado de té. Dio un grito y retrocedió un paso.

–¡Oh, Dios! –suspiró Olympia, resignada.

–Ayer mismo me enviaron este vestido. –Demetria se sacudía furiosa las manchas húmedas–. Me costó una fortuna.

–No pasa nada, Demetria. –Constance sacó un pañuelo blanco de encaje y comenzó a limpiar las manchas del vestido de Demetria–. Seguramente, Beaumont te comprará una docena de vestidos nuevos.

–Eso es lo de menos, Constance. –Demetria miró a la señora Bird, profundamente disgustada–. Esta mujer es una incompetente, lady Chillhurst. ¿Cómo puede tolerar que forme parte de su personal?

–La señora Bird es una excelente ama de llaves –dijo Olympia.

–Por supuesto que lo soy. –La señora Bird agitaba la tetera de una manera amenazadora–. Trabajo para una vizcondesa auténtica ¿no es verdad?

El té se derramó sobre la alfombra.

–¡Santo Dios! –exclamó Constance, asombrada y divertida a la vez–. Esto sí que es sorprendente. Espera a que veamos a nuestras amigas en la reunión para jugar esta noche en casa de los Newbury. No van a creérselo.

–No tienen ningún derecho a propagar habladurías sobre nosotros –refunfuñó Olympia.

Se puso de pie, preparándose para iniciar un nuevo intento de hacer salir a aquella gente de su casa.

Unos gritos estallaron en el pasillo.

La voz de Hugh retumbó desde lo alto de las escaleras.

–Vuelve aquí, *Minotauro*. Aquí. Ven.

Un silbido agudo y penetrante siguió a la llamada. Garras caninas rasgaron el piso de madera.

Instantes después, *Minotauro* irrumpió en el saloncito. El perro se abalanzó a saludar a los invitados de Olympia. En el trayecto, su espesa cola golpeó la bandeja de té. Dos tazas se hicieron añicos en el suelo.

–¡Caramba! –gritó la señora Bird–. Voy a tener que ir a buscar más tazas.

–Ni se moleste –dijo Demetria de inmediato.

Constance se echó hacia atrás, cuando *Minotauro* se dirigió hacia el sofá.

–Quítenos esa criatura de encima.

Minotauro giró su enorme cabezota en dirección a la voz y, con la lengua colgando, fue hacia ella.

–Pero bueno. –Gifford parecía confuso.

Empezó a atravesar la sala, con la evidente intención de asir al animal por el collar.

Minotauro ladró, complacido. Aparentemente, había decidido que la desconocida quería jugar.

Olympia oyó que la puerta principal se abría y cerraba. Se volvió al instante y vio que Jared se aproximaba por el vestíbulo. Se dirigió hacia la puerta del saloncito con ambas manos en las caderas, para enfrentarle.

–Por fin. Ya era hora de que regresaras.

–¿Sucede algo malo? –preguntó Jared con toda gentileza.

–Espero que hagas algo con toda esta gente que tengo en mi saloncito.

Olympia señaló con la mano la ruidosa y caótica escena que se había generado detrás de ella.

Jared avanzó y examinó la sala con sereno interés.

–*Minotauro* –dijo en voz baja.

El perro dejó de esquivar los intentos de Gifford por atraparlo y salió disparado como una saeta a recibir a Jared. Se detuvo justo al llegar frente a él. Se sentó sobre sus patas traseras y le miró, esperando su aprobación.

Jared apoyó la mano sobre la cabeza del perro y éste correspondió al gesto con lo que pareció una sonrisa.

–Vete –le ordenó Jared, sin levantar el tono de voz–. Arriba, *Minotauro*.

El perro se levantó obedientemente y salió trotando del saloncito.

–No se moleste por el té. –Jared miró a la señora Bird.

–Pero si no han tomado ni un sorbo –protestó la señora Bird.

–Estoy convencido de que nuestros invitados no tienen tiempo para quedarse a tomar el té. –Jared miró a Gifford con gélida cortesía–. Estaban a punto de marcharse ya, ¿no es verdad, señor Seaton?

Gifford miró a Jared con evidente rencor, mientras se sacudía los pelos del perro que se le habían quedado en las mangas de la chaqueta.

–Sí, la verdad es que estábamos a punto de irnos. Ya hemos permanecido lo suficiente en este manicomio.

–Que tenga un buen día, lady Chillhurst –dijo Demetria.

Tanto ella como Constance se dirigieron rápidamente hacia la puerta. Gifford les siguió.

Jared se hizo a un lado para permitir que todos abandonaran el saloncito.

Olympia notó que Demetria miraba a Jared de reojo, con sorna, cuando pasó a su lado.

–Siempre has sido una persona bastante rara, Chillhurst, pero esta casa sí que es curiosa, aun para cualquiera de los miembros de tu extraña familia. ¿Qué rayos te propones, milord?

–Mis cuestiones domésticas son un asunto mío, señora –dijo Jared–. No vuelva a esta casa sin una invitación.

–Bastardo –le dijo Gifford entre dientes, al pasar junto a él–. Sólo espero que tu pobre esposa sepa en qué se ha metido al casarse contigo.

–Shh, Gifford –le hizo callar Demetria–. Vamos ya. Tenemos otras visitas que hacer esta tarde.

–Dudo que sean tan divertidas como ésta –murmuró Constance.

Los visitantes se dirigieron hacia las escalinatas de la entrada de la casa. Jared cerró la puerta detrás de ellos, sin molestarse en acompañarles hasta el vehículo que les estaba aguardando. Se volvió hacia Olympia.

–No volverás a recibir a ninguno de esos tres –le dijo–. ¿Está claro?

Fue la gota que colmó el vaso para Olympia. Salió disparada hacia las escaleras.

–No me dé órdenes, señor Chillhurst. No se olvide que aún soy la que manda en esta casa y que usted forma parte del personal. Tenga la amabilidad de recordar su puesto y compórtese como corresponde.

–Olympia, quiero hablarte. –Jared ignoró el estallido.

–Ahora, no, señor. He tenido un día terrible. Subo a mi cuarto a descansar un rato antes de la cena. –A mitad de las escaleras, se detuvo y se volvió furiosa hacia él–. Cambiando de tema, señor. ¿Ha caído tan bajo que tuvo que presionar a mis sobrinos y a la señora Bird para que me convencieran sobre esa boda?

Jared se dirigió hacia las escaleras y se agarró a un poste de la barandilla.

–Sí, Olympia, eso hice.

–Debería sentirse avergonzado, señor.

–Estoy desesperado, Olympia. –Jared sonrió, de una manera extraña–. Haré cualquier cosa, diré cualquier cosa, me arrastraré por donde sea y utilizaré cualquier táctica con tal de convertirte en mi esposa.

«Lo ha dicho en serio», pensó Olympia. A pesar de su pésimo humor y de su intensa jaqueca, se sintió como nueva. Su última resistencia se derritió como cera en el fuego.

–No hay necesidad de seguir con esas conspiraciones, señor –dijo ella, todavía molesta con él y plenamente consciente de los riesgos que estaba corriendo–. He decidido casarme con usted.

–¿De verdad? –Jared apretó con todas sus fuerzas la parte superior del poste tallado.

–Sí.

–Gracias, querida Olympia. Haré todo lo que esté en mi mano para que jamás te arrepientas de esta decisión que has tomado.

–Sé que probablemente me arrepentiré –comentó ella, con pesimismo–, pero no le veo solución. Por favor, ahora déjeme sola un rato.

–Olympia, aguarda un momento. –Jared buscó sus ojos–. ¿Puedo preguntarle por qué has cambiado de decisión desde la última vez que te vi, querida?

–No.

Olympia siguió subiendo las escaleras.

–Por favor, Olympia, debo conocer esa respuesta. Me devora la curiosidad. ¿Te convencieron los niños para que cambiaras de parecer?

–No.

–¿Fue la señora Bird? Sé que ella se preocupa mucho por tu reputación, aunque tú no lo hagas...

–La señora Bird no ha tenido nada que ver en mi decisión. –Olympia estaba prácticamente arriba.

–Entonces, ¿por qué has aceptado casarte conmigo? –le gritó Jared.

–He cambiado de parecer, señor, porque me he dado cuenta de que usted es una persona preparadísima para ocuparse de llevar una casa.

Olympia se detuvo y le miró con airada frialdad.

–No entiendo –dijo él confuso.

–Señor, es muy simple. No me atrevo a perderle. Hoy día es muy difícil conseguir personal competente.

–Olympia, en serio, no dirás que te casas conmigo porque puedo organizar tu casa. –Jared la miró, atónito.

–En mi opinión, ésa es una excelente razón para casarse. ¡Ah! y hay otra cosa, señor.

–¿Sí?

Jared la miró con los ojos entrecerrados.

–¿Por casualidad, sabe a qué se refiere la palabra *sirena*?

Jared parpadeó.

–Una sirena es una criatura mitológica que cautivaba a los marineros poco precavidos y condenaba su destino.

–No hablo de esa clase de sirena, señor –le dijo ella, impaciente–. Me refiero a la sirena que se escribe con «y».

–*Syrena* es el nombre del barco en el que el capitán Jack navegó, mientras ejercía como bucanero en las Indias Occidentales –dijo Jared–. ¿Por qué me lo preguntas?

–¿Está seguro?

Ella se aferró de la barandilla.

–Eso es lo que mi padre asegura. –Jared se encogió de hombros.

–Los dibujos de las guardas –murmuró Olympia.

–¿Qué hay con eso?

Jared frunció el ceño.

–Los dibujos de las guardas del diario representan barcos muy antiguos, navegando en mares tormentosos, *ondulantes*, como recordará. Uno de los barcos tiene la figura de una mujer en la proa. Una sirena, tal vez.

–Me dijeron que el barco del capitán Jack tenía un mascarón de la sirena en la proa.

Olympia olvidó su dolor de cabeza. Recogió sus faldas y volvió a bajar rápidamente.

–Olympia, espera. ¿Dónde vas? –preguntó Jared, al verla pasar corriendo a su lado.

–Estaré en mi estudio. –Se volvió al llegar a la puerta–.

Voy a estar ocupada durante un buen rato. Encárguese de que nadie me moleste.

–Por supuesto, señorita Wingfield. –Jared arqueó las cejas–. Como parte del personal de esta casa, será un honor cumplir sus instrucciones.

Olympia le cerró la puerta del estudio en las narices. Se dirigió hacia el escritorio y abrió el diario de Lightbourne.

Se quedó estudiando el diseño que decoraba las guardas del principio del diario durante un largo rato, y luego, muy lentamente, cogió un cortapapeles.

Cinco minutos después, extrajo la figura del *Syrena,* navegando por el mar ondulante y descubrió el mapa que había sido adherido a ella.

Era el mapa de una isla. Una isla no registrada en los mares de las Indias Occidentales. Pero Olympia advirtió que el mapa no estaba completo. Lo habían cortado por la mitad.

Faltaba la otra mitad.

Había unas frases escritas al pie del fragmento de mapa:

La Syrena y la Serpiente deben unirse, dos partes
de un todo, un candado que espera su llave.

De inmediato, Olympia buscó al final del diario la figura de un barco que navegaba por un mar agitado. Y, por cierto, la figura del mascarón de proa era una serpiente.

Ansiosa, Olympia levantó la guarda.

Pero no había el menor rastro de la otra mitad del mapa.

CAPÍTULO XII

Jared colocó su libro de citas a la izquierda del plato del desayuno. Pensó que aquellos elementos eran muy útiles, ya que daban al hombre un sentido de control sobre su destino. Indudablemente, no era más que una gran esperanza, pero un hombre tan vulnerable a las fuertes pasiones se aferraba con ahínco a ciertas ilusiones.

–Esta mañana, las clases tendrán lugar de ocho a diez, como siempre –dijo Jared–. Hoy estudiaremos geografía y matemáticas.

–¿Nos contará otra historia del capitán Jack mientras estudiamos geografía, señor? –preguntó Hugh, a la vez que se llenaba la boca de huevo.

–No debes hablar mientras estás comiendo.

Jared le miró seriamente.

–Le pido disculpas, señor. –Hugh tragó el bocado de inmediato y sonrió–. Listo. Ya terminé. Bien, ¿qué pasará con la historia del capitán Jack?

–Me gustaría oír cómo hizo para inventar aquel reloj especial con el que medía la longitud en el mar –comentó Ethan entusiasmado.

–Ya nos ha contado esa historia –protestó Robert.

–Pero yo quiero volver a oírla.

Jared observó a Olympia con interés. La muchacha masticaba, ausente, su tostada con mermelada de grosella silvestre. La expresión de sus ojos le incomodó. Había tenido la mirada distante y preocupada desde que bajó a desayunar.

Aquella mañana no había planeados choques accidentales en los pasillos, ni miradas anhelantes, ni besos robados, ni mejillas arreboladas. «Un modo muy poco propicio para empezar un día tan importante», pensó él.

–Creo que hay una anécdota bastante instructiva referente a los cálculos de longitud en uno de los viajes del capitán Jack a Boston –dijo Jared. Volvió a consultar su libro de compromisos–. Cuando terminemos las clases matinales, acompañaré a vuestra tía Olympia a la biblioteca de la Sociedad de Viajes y Exploraciones.

–Estupendo; hay una o dos cosas que me gustaría verificar en la colección de mapas de la sociedad.

Con aquella frase, Olympia, volvió a la realidad.

«Nadie diría que hoy se casa», pensó Jared con profunda tristeza. Evidentemente, le entusiasmaba mucho más el proyecto de ir a la biblioteca a estudiar viejos mapas que el hecho de casarse con él.

–Mientras esté trabajando en la biblioteca –continuó Jared– yo me reuniré con Felix Hartwell. Tenemos que discutir ciertas cuestiones de negocios. Robert, Ethan y Hugh pueden jugar con su cometa en el parque. Cuando termine, ya será la hora de almorzar.

–¿Y qué haremos por la tarde, señor? –Ehtan golpcó los tacones de sus botas contra el travesaño inferior de la silla.

–Ten la amabilidad de dejar de dar golpes a la silla –dijo Jared, distante.

–Sí, señor.

Jared miró el siguiente compromiso que había apuntado y sintió que la parte inferior de su cuerpo se ponía tenso de anticipación y aprensión. ¿Qué haría si Olympia había cambiado de parecer?

No debía hacerlo.

No ahora que Jared estaba a punto de poseer su propia sirena.

No ahora, cuando la única mujer que había deseado con tanta intensidad en toda su vida estaba al alcance de su mano. *No ahora.*

–Después de que hayamos almorzado –prosiguió, luchando por mantener sereno su tono de voz– vuestra tía y yo cumpliremos con las formalidades necesarias para nuestra boda. Ya está todo arreglado. No nos llevará mucho tiempo. Cuando volvamos...

Se oyó un estrépito de cubiertos chocando contra la vajilla que provenía del extremo opuesto de la mesa.

–¡Oh, Dios! –murmuró ella.

Jared levantó la vista justo a tiempo para ver el frasco de mermelada de grosella volar por el aire. La cucharilla que estaba dentro también cayó.

Ethan sofocó una risita. Olympia se puso de pie de un salto y para tratar de limpiar, con su servilleta, aunque en vano, la mermelada que se había derramado sobre la alfombra.

–Déjelo –le dijo Jared–. La señora Bird se encargará de limpiarlo.

Olympia le miró titubeando; bajó la vista y volvió a sentarse.

De modo que no se sentía tan indiferente hacia la boda como había aparentado. Jared se tranquilizó. Apoyó los codos sobre la mesa, unió las yemas de los dedos y analizó, concentrado, su libro de citas.

–Esta noche, la cena se servirá antes de lo habitual –continuó– ya que iremos a Vauxhall Gardens a ver los fuegos artificiales.

Como era previsible, los niños gritaron entusiasmados.

–Excelentes planes, señor –dijo Robert, con el rostro animado.

–Nunca hemos visto fuegos artificiales –comentó Ethan.

–¿También habrá una banda de música? –preguntó Hugh.

–Eso espero –dijo Jared.

–¿Y podremos tomar helados?

–Probablemente. –Jared miró el rostro de Olympia para ver cómo reaccionaba ante la perspectiva de celebrar su boda en Vauxhall Gardens. Jared pensó que, cualquier otra mujer, se habría sentido profundamente ofendida.

–Maravilloso. –Repentinamente, los ojos de Olympia se animaron–. Me encantaría ver fuegos artificiales.

Jared exhaló un silencioso suspiro de alivio. ¿Quién dijo que él no tenía alma de romántico en el fondo?, pensó.

–¿Podremos ir a pasear por Dark Walk en Vauxhall? –preguntó Robert, con suspicaz inocencia.

–¿Qué sabes tú de Dark Walk? –Jared resopló.

–Uno de los niños que conocimos ayer en el parque nos contó algo al respecto –explicó Ethan–. Dijo que era muy peligroso caminar por Dark Walk.

–Es cierto, señor –confirmó Robert–. Nos dijeron que muchas de las personas que entraron a Dark Walk jamás volvieron a ser vistas. –Se estremeció–. ¿Cree usted que es verdad, señor?

–No, no lo creo –respondió Jared.

–Otro niño que conocimos ayer en el parque nos contó que una criada que había trabajado muchos años en su casa desapareció en Dark Walk –le informó Robert–. Nadie ha vuelto a verla.

–Lo más probable es que se escapara con otro criado –respondió Jared, cerrando su libro de citas.

–Me encantaría pasear por Dark Walk –insistió Robert.

–Tú quieres ir a caminar por allí sólo porque el otro niño te desafió. –Hugh hizo una mueca–. Pero recuerda que no valdrá si vamos todos juntos. El reto es que vayas tú solo, porque de lo contrario, lord Chillhurst espantaría a todos los villanos.

–Cierto –agregó Ethan, triunfante–. Los villanos no aparecerían si milord y todos nosotros estuviéramos contigo. Para ganar el desafío, tendrías que recorrer todo Dark Walk solo. Pero apuesto a que te dará tanto miedo que no irás ni loco.

–Sí –coincidió Hugh–. Te morirías de miedo si tuvieras que caminar por Dark Walk solo.

–No tengo miedo de ir a Dark Walk. –Robert miró furioso a sus hermanos.

–Sí, lo tienes –dijo Hugh.

–Basta ya. –Jared hizo un leve gesto a los mellizos–. Un hombre inteligente no responde a los desafíos de los demás. Está por encima de esas tonterías y toma sus decisiones basándose en la lógica y la razón. Y ahora, si habéis terminado con el desayuno, debéis prepararos para las clases de hoy.

–Sí, señor –Hugh miró a Robert por última vez, significativamente, mientras se ponía de pie.

Ethan rió con disimulo y se levantó de la silla.

Robert, como un hombre maduro, se puso de pie e hizo una reverencia a Olympia.

Jared esperó hasta estar a solas con ella en la habitación. Luego, la miró.

–Espero que los planes de hoy sean de tu agrado, querida.

–Sí, sí, por supuesto. –Olympia se sobresaltó ligeramente y agitó la cuchara de un lado a otro–. Es usted muy bueno organizando planes. Confío plenamente en su capacidad para ello.

–Gracias. Hago todo lo que está a mi alcance.

–¿Me está tomando el pelo? –Olympia suspiró.

–No, querida. Es que últimamente, estoy más contento que nunca.

La expresión de Olympia desconcertó a Jared.

–¿Por qué se burla de sí mismo y de sus pasiones? ¿Acaso no le gusta admitir que es usted capaz de sentir emociones tan fuertes?

–Por experiencia he descubierto que las pasiones fuertes tienen, por lo general, un efecto negativo en la vida de un hombre. Conducen a excesos varios, aventuras peligrosas y a un comportamiento desordenado, desenfrenado en varios sentidos.

–Sólo las pasiones desenfrenadas conducen a esos destinos tan negativos –repuso Olympia con suavidad–. Sus pasiones están siempre demasiado controladas, señor. –Se sonrojó, enfadada–. Salvo, quizá, cuando cae presa de la pasión romántica.

–Sí –dijo Jared–, excepto cuando te hago el amor. –La miró a los ojos. Eres mi gran debilidad, mi punto más vulnerable, mi talón de Aquiles. Mi sirena. Jared terminó su taza de café y apoyó la taza sobre la mesa de forma concluyente–. Debes disculparme, Olympia, pero me esperan mis alumnos.

–Jared, espere. Hay algo importante que quiero decirle. –Olympia extendió la mano cuando él pasó a su lado–. Se trata de mi último descubrimiento sobre el diario de Lightbourne.

–Querida, de lo único que no quiero hablar en el día de mi boda es de ese maldito diario. Ya sabes cómo me molesta ese tema. En fin, que no quiero oír ni una sola palabra más al respecto.

Jared bajó la cabeza y le rozó los labios con los suyos.

–Pero, Jared...

–Sólo trata de pensar en la noche de bodas que nos espera, mi sirena –le musitó con suma delicadeza–. Tal vez te resulte más interesante que el diario de Lightbourne.

Salió del comedor.

–¿Quiere que abra su casa de la ciudad? –Felix se inclinó sobre el escritorio para servirse una copa de vino rosado–. Por supuesto. Será un placer seguir sus instrucciones. Por supuesto necesitará personal, ¿no?

–Sí. –Jared tamborileó las yemas de sus dedos entre sí con expresión cavilante–. Pero no te molestes en buscar ama de llaves. Ya tenemos una.

–¿La que trajo de Upper Tudway? –Felix le miró con escepticismo–. Dudo que sea capaz de ocuparse de la casa de un caballero aquí, en la ciudad. No tendrá la experiencia.

–Nos arreglaremos.

–Es su decisión, obviamente. –Felix se encogió de hombros–. ¿Un vasito de vino?

–No, gracias.

–Bien, entonces, permítame un brindis por su inminente boda. –Felix tomó un gran sorbo de vino y dejó la copa–. Debo decir que ha organizado todo esto de la manera más inusual. Tal vez ha heredado esa tendencia familiar a la excentricidad.

–Tal vez.

–No puede informar sobre el feliz enlace al mundo aristocrático porque la *high society* ya le cree casado. –Felix rió–. ¿Puedo preguntarle cómo celebrará tan importante acontecimiento?

–Llevaremos a los sobrinos de mi prometida a Vauxhall esta noche para ver los fuegos artificiales.

–*Vauxhall*... ¡Dios mío! –Felix hizo una mueca–. ¿Qué piensa su novia de esos planes?

–Ella es feliz dejando en mis manos esas decisiones. Hablando de otro tema, Felix...

–¿Sí?

–Quiero que te encargues de que esto vuelva a manos del señor Roland Torbert. –Jared introdujo la mano en el bolsillo y extrajo el pañuelo de Torbert–. Y, junto con él, transmitirás un mensaje.

–¿Cuál es ese mensaje? –Felix miró el pañuelo con curiosidad.

–Informarás al señor Torbert que, de producirse otro incidente como el que hizo que este pañuelo quedara abandonado en el jardín de lady Chillhurst, tendrá que vérselas personalmente con el lord.

–Muy bien, pero dudo que ese individuo represente una gran amenaza para usted, Chillhurst. –Felix tomó el pañuelo–. El señor Torbert no es la clase de hombre que se introduce en los jardines de las damas.

–No, no creo que deba preocuparme mucho por él. –Jared extendió sus piernas hacia delante y miró a su amigo–. Hay algo más de lo que debemos hablar. ¿Has tenido oportunidad de hablar con los aseguradores?

–Sí, y los resultados no han sido mejores que los de mi anterior investigación. –Felix se puso de pie con expresión preocupada y comenzó a caminar por la sala–. Tendrá que aceptar que la persona que estuvo detrás de la malversación de fondos fue el capitán Richards. Simplemente no existe otra explicación posible.

–Richards ha trabajado para mí durante mucho tiempo, Felix. Casi tanto como tú.

–Ya lo sé, señor. –Felix meneó la cabeza–. Lamento ser yo el que le tenga que informar sobre esos aspectos. Sé la importancia que tienen la lealtad y la honestidad para usted. Comprendo cómo debe de sentirse después de haber sido engañado por una persona en la que confió durante tantos años.

–Ya te dije el otro día que no me agrada que me tomen por tonto.

Media hora después, el ruidoso vehículo alquilado se detuvo frente a la mansión de los Beaumont.

Jared bajó.

–Espéreme –gritó al cochero–. No tardaré mucho.

Extrajo su reloj de oro del bolsillo y miró la esfera mientras subía las escalinatas de la entrada. Había dejado a los niños con la señora Bird mientras iba a visitar a Demetria.

No tenía mucho tiempo ya que debía pasar a recoger a Olympia por la biblioteca. Pero eso no constituía un problema, pues no tenía mucho que decirle a Demetria.

Cuando la puerta se abrió, surgió ante él un mayordomo cuya mirada de desaprobación no sólo abarcó el inadecuado atuendo de Jared, sino que se extendió a su modo de llegar, tan inadecuado como la ropa. Obviamente, todos los que acudían de visita a la mansión lo hacían en sus vehículos particulares, no en coches de alquiler.

–Comunique a lady Beaumont que Chillhurst está aquí y que desea hablar con ella –dijo Jared, sin el menor preámbulo.

–¿Su tarjeta, señor?

El mayordomo miró desabridamente a Jared.

–No tengo tarjeta.

–Lady Beaumont no recibe visitas antes de las tres de la tarde, señor.

–Si usted no le avisa de que estoy aquí –le dijo Jared con mucha cortesía– me encargaré de hacerlo personalmente.

El mayordomo se enojó, pero inteligentemente se retiró hacia el vestíbulo para cumplir con las instrucciones recibidas. Jared esperó en los escalones hasta que la puerta se abrió por segunda vez.

–Lady Beaumont le recibirá en la sala.

Jared no se molestó en contestar. Entró en el vestíbulo y dejó que le condujeran hacia donde Demetria le estaba esperando. Se hallaba sentada en un rincón de la sala, con sus faldas de seda, celestes y blancas, hábilmente acomodadas sobre el sofá. Cuando Jared se aproximó, ella le sonrió tan distante como siempre. Su mirada era fría y suspicaz.

Jared pensó que ella siempre le había mirado de la misma manera: con frialdad e indiferencia. Tres años antes él, erróneamente, había leído en aquella expresión simplemente el autocontrol y disciplina de su conducta personal. Entonces había creído que esas cualidades eran las que él buscaba en una esposa.

Más tarde descubrió que lo que Demetria controlaba y restringía era el disgusto que sentía por él.

–Buenos días, Chillhurst. Vaya sorpresa.

–¿Sí?

Jared observó la costosa decoración de la sala. Las paredes estaban revestidas con seda azul. La chimenea, de mármol blanco tallado. Unas pesadas cortinas de terciopelo azul enmarcaban las ventanas, de proporciones clásicas, que daban a un enorme jardín. Todo se distinguía por la fría opulencia que traslucía a las claras la fortuna de Beaumont.

–Te has situado muy bien, Demetria.

–¿Realmente dudaste de que lo lograría?

–No. Ni por un segundo. –Jared se detuvo y estudió a la mujer. Advirtió que encajaba a la perfección en aquella sala de muebles tan caros. Nadie que conociera a Demetria en ese momento pensaría que no había tenido ni un penique–. Siempre fuiste una mujer muy decidida.

–Los que no hemos nacido en cuna de oro debemos aprender a ser decididos o resignarnos a vivir en la inseguridad. Pero tú no entenderías eso ¿no es cierto, Jared?

–Es muy probable que no.

No tenía ningún sentido tratar de explicarle que él había aprendido esa lección muchos años antes. Estaba convencido de que a Demetria no le interesaría escuchar la historia de su niñez, agobiada por la inseguridad financiera y por el caos emocional que creaba su excéntrica y apasionada familia.

Jared descubrió en aquel momento que jamás había discutido con Demetria esa clase de cosas en el pasado. Claro que ella tampoco había mostrado ningún interés. Sólo le preocupaba su futuro y el de su hermano.

–Tendrás una razón muy concreta para venir a visitarme a esta hora, ¿no? –Demetria apoyó un brazo, lánguidamente, sobre el respaldo del sofá.

–Por supuesto.

–Por supuesto. –La voz de Demetria revelaba amargura–. Tú nunca haces nada sin una razón muy concreta ¿verdad? Toda tu vida se rige por la razón, tu reloj y tu maldito libro de citas. Muy bien, entonces dime a qué has venido.

–Quiero saber por qué tú, tu hermano y tu queridísima amiga, lady Kirkdale, fuisteis a visitar ayer a mi esposa.

–Pero, Jared, qué pregunta tan extraña. –Demetria abrió los ojos desmesuradamente–. Simplemente, quisimos darle la bienvenida a la ciudad.

–Guárdate las mentiras para tu marido. Seguramente, a su edad, estará feliz de poder creerlas.

–No tienes derecho a juzgar mi matrimonio, Chillhurst. –Demetria apretó la boca–. No sabes nada al respecto.

–Lo que sé es que, probablemente, esa boda fue inspirada por la codicia, de tu parte, y una gran desesperación por tener un heredero, por parte de Beaumont.

–Vamos, Chillhurst. Ya sabes muy bien que la codicia y el deseo de tener un heredero son los factores que caracterizan a la vasta mayoría de los matrimonios de la aristocracia. –Demetria entrecerró los ojos especulativamente–. No pretenderás que crea que tu unión con esa mujer tan singular que has tenido escondida en Ibberton Street se ha basado en sentimientos más nobles, ¿verdad?

–No he venido aquí a discutir sobre mi matrimonio contigo.

–¿Entonces a qué has venido?

–A advertirte a ti y a ese hermano tan pesado que tienes, de que os mantengáis alejados de mi esposa. No permitiré que juguéis al gato y al ratón con ella, ¿entendido?

–¿Y qué te hace pensar que estábamos jugando con ella? Tal vez teníamos curiosidad por ver qué clase de mujer había logrado satisfacer tus requisitos.

–Debes de estar muy aburrida estos días para molestarte en visitar a Olympia.

–¿Quieres decir que es insulsa hasta ese punto? –Demetria le miró con burlona inocencia–. Qué picardía. ¿Cuánto tiempo crees que logrará mantener tu interés? ¿O es que te has buscado una aburrida marisabidilla para que te complazca?

–Basta, Demetria.

–¿Has encontrado lo que buscabas, Chillhurst? –Los ojos de Demetria expresaron una fría ira–. ¿Una mujer que se adapte a tu maldita agenda? ¿Una mujer que sobre pasión no sabe nada y que, por consiguiente, nunca se dará cuenta de que sufres penosamente cuando ella te falta?

–No te metas en mis asuntos privados. –Jared se volvió para marcharse, pero se detuvo–. Tú has encontrado lo que buscabas, Demetria. Alégrate.

–¿Es una amenaza, Jared?

–Creo que sí.

–Bastardo arrogante. Tienes la sangre tan fría como la de una serpiente. –Demetria cerró el puño, sobre el respaldo del sofá–. Te resulta tan fácil amenazar. Sólo porque naciste con todo, fortuna, un título y demás, te crees muy superior a todos nosotros. ¿Pero sabes algo, Jared? No te envidio.

–Es un alivio oírlo. –Jared sonrió.

–No, no te envidio en lo más mínimo, milord. –Los ojos de Demetria arrojaban llamas–. Estás destinado a vivir toda tu vida sin conocer la clase de pasión que te enciende la sangre. Nunca sabrás lo que es rendirse a un río de turbulentas emociones, capaces de arrastrarte sin control.

–Demetria...

–Nunca saborearás la miel de la dicha de estar con otra persona, cuya alma se corresponde exactamente con la tuya. Tú, con ese corazón de comerciante que tienes, nunca sabrás lo que es tener el poder de conseguir que una amante te responda, ¿no es cierto, Jared?

Jared la miró a los ojos y se dio cuenta de que ella estaba recordando la misma tarde que él. Fue un día en el que él la besó en los establos de la isla de Flame.

Aquel beso no había sido la casta caricia gentil de siempre. Había sido un desesperado intento por parte de él de despertar una respuesta en ella. Fue entonces cuando Jared descubrió, por primera vez, que buscaba la pasión en la mujer que se casara con él. Pensó que estaba en deuda con Demetria por haberle abierto los ojos frente a su debilidad.

–Tendré que arreglármelas lo mejor que pueda –dijo Jared–. Que tengas un buen día, Demetria. No quiero volver a encontrarte molestando a mi esposa. Y te advierto que alejes a tu maldito hermano de mi vista.

–¿Por qué? –preguntó Demetria, obviamente alarmada–. No puedes lastimarle. Mi esposo es un hombre rico y poderoso. Protegerá a Gifford de ti si es necesario.

–Tu esposo está mucho más preocupado por encontrar una cura para el infortunado mal que le aqueja que por proteger al majadero de tu hermano. –Jared arqueó las cejas–. Además, si deseas hacerle un favor a Seaton, deja ya de protegerle. Tiene veintitrés años. Es hora de que se haga hombre de una vez.

–Él es un hombre, maldito seas.

–Es un niño con emociones salvajes y descontroladas. Es malcriado, caprichoso y temperamental. Tú le has confinado a la represión, sobreprotegiéndole en todo momento. Si quieres que crezca, debes dejar que aprenda a aceptar las responsabilidades de sus propios actos.

–Toda mi vida he cuidado de mi hermano –se defendió Demetria con uñas y dientes–. No quiero ni necesito tus consejos.

–Como quieras. –Jared se encogió de hombros–. Pero si tú o Seaton volvéis a interponeros en mi camino, no confíes en que actuaré como un caballero por segunda vez. Ya lo hice una vez, si lo recuerdas. Con una vez basta.

–Tú no entiendes –mascculló Demetria entre dientes–. Pero claro, nunca entendiste. Vete de aquí, Chillhurst o juro que te haré echar a puntapiés.

–No te molestes. Irme es lo que más deseo.

Jared salió al pasillo sin volver la vista atrás ni una sola vez. El mayordomo había desaparecido, pero Gifford estaba justo junto a la puerta del salón, pálido de rabia.

–¿Qué estás haciendo aquí, Chillhurst?

–He venido a visitar a tu encantadora hermana, pero eso no es asunto tuyo. –Jared evitó a Gifford y se encaminó hacia la puerta de salida.

–¿Qué le has dicho, maldita sea?

Jared vaciló con la mano en el tirador de la puerta.

–Te diré precisamente lo que le he dicho. No vuelvas a acercarte a mi esposa, Seaton.

–Ambos sabemos que tus amenazas son en vano. –Una iracunda mueca de rabia distorsionó el apuesto rostro de Gifford–. No puedes hacerme daño. Beaumont es muy poderoso, incluso para ti.

–Si estuviera en tu lugar, no confiaría en la protección de Beaumont. –Jared abrió la puerta–. Ni en la de tu hermana.

–Ojalá te parta un rayo, Chillhurst. –Gifford dio un paso adelante–. ¿Qué estás diciendo?

–Estoy diciendo que si vuelves a ofenderme acercándote a mi esposa me encargaré de que lo pagues.

–Chillhurst –le provocó Gifford– seguramente no estarás amenazándome con retarme a un duelo, ¿verdad? Los dos sabemos que eres demasiado razonable, demasiado sensato, *demasiado cobarde* como para arriesgarte a encontrarte conmigo en el campo de honor.

–Me doy cuenta de que no tiene ningún sentido seguir discutiendo este asunto contigo. Ya te lo he advertido.

Jared salió a la escalinata de entrada y cerró la puerta bruscamente detrás de sí.

El coche de alquiler aún estaba esperándole en la calle.

–A la biblioteca de la Institución Musgrave –le gritó al cochero–. Y deprisa, por favor. Tengo una cita. –Abrió la puerta y subió a la cabina.

–Sí, señor. –El cochero soltó un suspiro y aflojó las riendas de los caballos.

Jared se acomodó sobre los cojines mientras el carruaje se alejaba de la mansión de los Beaumont. Pensó que Demetria se había equivocado cuando le dijo que estaba condenado a una existencia carente de toda emoción. En aquel preciso instante se sentía víctima de un torbellino de emociones que excedía toda experiencia anterior.

Era el día de su boda. Debería sentirse tranquilo ahora que sus planes comenzaban a dar frutos. Olympia pronto sería suya por las leyes de Dios y del hombre. Sin embargo, aquella mañana había despertado con una perturbadora inquietud que aún le molestaba.

No comprendía aquel sentimiento que le abrumaba. Después de todo, estaba a punto de hacer suya a la mujer que tanto deseaba.

Pero no estaba seguro de por qué precisamente ella había aceptado casarse con él.

Al principio, Olympia se había negado a casarse con él. Y después, a pesar de la escena que había vivido con Demetria el día anterior, anunció que estaba dispuesta a aceptarle como esposo.

Jared miró las transitadas calles. Seguramente Olympia no le había aceptado sólo porque él era capaz de mantener su casa en orden. Sabía que debía de haber algo más. *Tenía* que haber algo más.

Olympia le quería a él, recordó. La apasionada respuesta de la mujer debió haberle tranquilizado, pero por alguna razón no había sido así. Olympia le había dicho claramente que ella no se casaría sólo por una cuestión física ni para salvar su reputación. Como era una mujer de mundo, aquellos conceptos no tenían ningún valor para ella; no eran motivos que la llevaran al matrimonio.

¿Entonces por qué habría aceptado casarse con él finalmente?, se preguntó Jared por enésima vez. Aquella pregunta le había atormentado desde el día anterior. Se le metió en la cabeza que algo que Demetria había dicho o hecho durante su visita habría impulsado a Olympia a aceptar la propuesta de Jared. Pero aquello tampoco tenía sentido.

A menos que el enfrentamiento en el saloncito hubiera servido efectivamente para que Olympia se diera cuenta de que debía casarse para mantener las apariencias.

Después de todo, pensó Jared, una cosa era hablar de engañar a todo el mundo, haciéndoles creer que estaban casados, y otra muy diferente llevar a cabo aquella escalofriante decepción. Si bien ella no hacía otra cosa más que hablar de su experiencia mundana, no era más que una inocente muchacha de un pueblo perdido en un medio rural. No había tenido idea del baile en el que se metía cuando pensó que podía fingir que estaba casada con él y que todo el mundo la creería sin el menor problema.

Por supuesto, recordó Jared, cuando Olympia trazó su plan jamás imaginó que tendría que decir que se había casado con un vizconde. Creía que él sólo era un maestro. Se vio obligado a reconocer que el plan de la muchacha habría dado buenos resultados si él no la hubiera engañado desde el principio de la relación.

Jared sabía que se hallaba en aquella situación por su culpa, exclusivamente. Y sin duda merecía sufrir por la incertidumbre, atormentarse con preguntas que no sabía cómo formular y hacer equilibrios, precariamente, en el borde del abismo que separaba la esperanza de la decepción.

Ésas eran las consecuencias de la pasión desenfrenada.

Bueno. Sonrió, con pesar. Era evidente que nada era seguro y definitivo, una vez que un hombre se rendía al turbulento torrente del deseo. Todo lo que podía hacer ahora era luchar para mantenerse a flote.

Y en pocas horas disfrutaría de su noche de bodas. No permitiría que nada se interpusiera entre él y lo que más deseaba en el mundo. Aquella noche, cuando la llevara a su cama, Olympia sería su esposa. Se abandonaría al acto de amor más sublime, seguro de que al fin tendría un derecho tangible sobre ella.

Tal vez, no supiera a ciencia cierta por qué ella había aceptado casarse con él, pero al menos, tendría la plena certeza de que Olympia lo deseaba con la misma intensidad que él a ella.

Y se dio cuenta que no se trataba de una mera satisfacción. Sería mucho más de lo que había tenido con Demetria.

Los fuegos artificiales que encendieron el cielo en Vauxhall Gardens fueron tan espectaculares que casi lograron que Olympia se distrajera de sus pensamientos.

Estaba casada.

Todavía no podía aceptar la realidad de su nuevo estado civil.

Casada con Jared.

No parecía posible. La pequeña y formal ceremonia, llevada a cabo por una persona en las afueras de Londres, pocas horas atrás, se había caracterizado por lo absurdo.

Estaban unidos para siempre.

¿Y si había cometido un terrible error?, pensó Olympia, desesperada. ¿Qué pasaría si Jared jamás aprendía a amarla del mismo modo que ella le amaba a él?

Indudablemente, la deseaba, recordó. Tal vez podría construir su amor basándose en los pilares de la pasión.

Debía hacerlo.

Pero la pasión no era amor. Ella era una mujer de mundo. Tía Sophy y tía Ida le habían enseñado la importancia del amor. Olympia sabía muy bien que había una gran diferencia entre el deseo físico y un compromiso más importante, más serio.

Amaba a Jared con todo su corazón, pero no sabía si él podría permitirse amarla. Jared no confiaba en las pasiones fuertes. Se burlaba de las propias y trataba de controlarlas con toda firmeza.

Excepto cuando le hacía el amor, pensó Olympia.

Apretó con fuerza su bolso, mientras observaba una nueva explosión de luces en el oscuro cielo.

Excepto cuando le hacía el amor.

Aquella noche se sentía tan insolente y atrevida como cualquier aventurero que se dispone a buscar un tesoro legendario. Estaba arriesgándolo todo en la descabellada empresa de convertir la pasión de Jared en amor.

–¡Ooh! ¡mirad eso! –exclamó Ethan, fascinado, cuando una cascada de colores descendió en el firmamento. Miró a Jard que estaba de pie junto a él–. ¿Alguna vez ha visto algo tan hermoso, señor?

–No –dijo Jared, pero estaba mirando a Olympia, no a los fuegos artificiales–. Creo que nunca he visto algo tan hermoso.

De reojo, Olympia advirtió el controlado fulgor del ojo de Jared. Nunca le había parecido más peligroso.

La mirada de Jared encendía brillantes chispas en el interior de la muchacha, tan incandescentes y asombrosas como las luces del cielo. Cada vez que Jared la miraba de aquel modo, Olympia se sentía auténticamente hermosa, una leyenda por derecho propio.

–Me gusta mucho la música –exclamó Hugh–. ¿No te parece muy excitante, tía Olympia?

–¡Oh, sí! –Olympia advirtió que la voz se le quebraba por falta de aire, y vio que Jared dibujaba una sonrisa cómplice con sus labios. Sabía muy bien que la joven estaba pensando en el modo en que él la acariciaría aquella noche, no en la música–. Es terriblemente emocionante, por cierto.

–La canción de una sirena –murmuró Jared sólo para que ella pudiera oírle–. Y no puedo resistirla.

Olympia arriesgó una nueva mirada a aquel perfil imperturbable, implacable y quedó sin fuerzas ante la masculina expectativa que leyó en su rostro.

Jared la tomó del brazo y la música sonó más fuerte. La multitud presente en Vauxhall parecía maravillada.

–Debe de haber miles de personas –observó Robert.

–Dos o tres mil, por lo menos –dijo Jared–. Y eso significa que sería muy fácil que cualquiera de vosotros se perdiera. –Examinó los entusiasmados rostros de los niños–. Quiero que cada uno de vosotros me dé su palabra de que no se va a alejar de mi vista.

Sí, señor dijo Robert obedientemente. Se interrumpió ante el espectáculo que estaba viendo cuando una lluvia de colores volvió a estallar en el cielo.

–Sí, señor. –Ethan aplaudía entusiasmado, con toda su atención concentrada en la polícroma exhibición.

–Sí, señor. ¿Es muy difícil tocar un instrumento, señor? –Hugh observaba a la banda de música un tanto distraído.

Jared miró a Olympia a los ojos.

–Requiere mucho tiempo y dedicación –explicó suavemente–, pero sucede lo mismo con casi todas las cosas que valen la pena. Si uno quiere tener éxito de verdad, debe esforzarse por conseguir lo que desea.

Olympia se dio cuenta de que Jared no se refería al trabajo de aprender a tocar un instrumento. Jared le estaba hablando directamente a ella. No estaba segura de cuál era exactamente el mensaje, pero presentía que estaba comprometiéndose de alguna manera. Le obsequió con una sonrisa trémula, consciente del peso de la sortija de oro que le había colocado en el dedo pocas horas antes.

–¿Y los tambores? –insistió Hugh–. Tal vez no sean tan difíciles de aprender.

–Sin duda el piano sería más agradable.

–¿Le parece? –Hugh le miró con expresión seria.

–Sí. –Jared le sonrió–. Si tienes interés en aprender a tocar un instrumento, haré las gestiones necesarias para que venga a enseñarte un profesor.

–Me encantaría, señor. –Hugh estaba fascinado.

–Es muy bueno con nosotros, milord.

Olympia tocó el brazo de Jared.

–Es un placer.

Jared le besó el dorso de su mano enguantada.

–¿Dónde está Robert? –preguntó Ethan de repente.

–Estaba aquí hace un momento –contestó Hugh–. Tal vez fue a comprar un helado. Yo también quiero uno.

Olympia volvió a la realidad con profunda preocupación. Miró rápidamente a su alrededor. No había el menor rastro de Robert entre la entusiasta masa de personas que se habían dado cita allí para ver los fuegos artificiales.

–Se ha ido, milord. Prometió que no se alejaría, pero no lo veo.

–Dark Walk.

Jared soltó la mano de Olympia con una imprecación.

–¿Qué? –Olympia le miró.

–Tengo la sospecha de que Robert no ha podido resistir la tentación de ir a dar una vuelta por Dark Walk.

–¡Oh, sí! Esta mañana habló de un desafío. –Olympia se alarmó al observar la severa expresión de Jared–. ¿De verdad es tan peligroso ese lugar?

–No –contestó Jared–. No se trata de eso. Robert me prometió que no se alejaría de mi vista y ahora ha desaparecido.

–¿Va a pegarle, señor? –preguntó Ethan inquieto.

–Fue por el desafío, señor. –Hugh frunció el ceño–. Por eso desapareció.

–Sus motivos no tienen importancia –comentó Jared con ominosa serenidad–. Lo que importa es que faltó a su palabra. Pero eso quedará entre Robert y yo. Bien, ahora voy a dejar a vuestra tía al cuidado de vosotros, mientras voy a buscar a Robert. Espero encontraros a los tres aquí cuando vuelva.

–Sí, señor –susurró Ethan.

–Nosotros cuidaremos de tía Olympia –aseguró Hugh.

–No te preocupes, Olympia. –Jared la miró–. Robert está bien. Volveré con él en unos momentos.

–Sí, por supuesto. –Olympia tomó la mano de Hugh y extendió la otra para asir la de Ethan–. Esperaremos aquí hasta que volváis.

Jared se volvió y se marchó. En cuestión de segundos se perdió entre la multitud.

–Creo que el señor Chillhurst, quiero decir, milord, está muy, pero muy enfadado con Robert. –Hugh apretó muy fuerte la mano de Olympia. Le temblaba el labio inferior.

–Tonterías –dijo Olympia, tratando de tranquilizarle–. Simplemente está disgustado.

–Tal vez se enfade con todos nosotros por culpa de Robert –agregó Hugh preocupado–. Quizá decida que somos una carga muy pesada de llevar, y todo por nada.

Olympia se inclinó para hablar con Hugh.

–Cálmate. Chillhurst no nos va a abandonar por Robert, ni por ningún otro motivo.

–Ahora sí que no puede hacer eso, ¿verdad? –dijo Ethan, un poco más animado–. Después de todo se ha casado contigo, tía Olympia. Ahora tiene la obligación de cargar con nosotros, ¿no?

–Muy cierto. –Olympia miró fijamente a Ethan–. Tiene que hacerlo.

Era una idea muy realista. Toda la anticipación que había sentido Olympia se evaporó. Si iba al fondo de la cuestión, llegaría a la conclusión de que Jared se había casado con ella por razones de honor y pasión.

Y ahora tenía que cargar con ella.

CAPÍTULO XIII

Jared pensó que debía haber imaginado que Robert no podría resistir la tentación de caminar por Dark Walk. Fue culpa suya que el niño se hubiese marchado. Había estado pensando en su noche de bodas, no en sus responsabilidades. La pasión había dominado su cerebro durante todo el día y ahora debía pagar las consecuencias, como sucedía cada vez que la pasión estaba involucrada.

Las numerosas luces de colores comenzaron a hacerse cada vez más escasas a medida que se acercaba a Dark Walk. La pálida luz de la luna proporcionaba a la noche una iluminación muy pobre. La música y el ruido de la multitud se desvanecieron a sus espaldas cuando se internó en los vastos jardines.

Los árboles estaban mucho más próximos unos de otros en el más oscuro de los senderos que se habían abierto en tan amplio espacio. Mientras Jared cruzaba por un sector particularmente espeso de vegetación y follaje, oyó la suave y sensual risa de una mujer, seguida del bajo y ansioso murmullo de un hombre.

Pero no había indicios de Robert.

Jared estudió las sombras cuidadosamente, pensando que tal vez habría calculado mal. A lo mejor, Robert no había ido por allí. En aquel caso, tendría que enfrentarse a un problema mucho mayor del que había imaginado.

Las expectativas que había tenido por su inminente noche de bodas se perdieron en la distancia. A aquel paso, tendría que conformarse con la felicidad de llegar a casa sanos y salvos a la una de la madrugada.

Todo lo que había preparado para aquella noche estaba alterándose por completo.

Las hojas se agitaron al borde del sendero. Se oyó la tos de un hombre.

–Mmm. ¿No será usted ese tipo tan rico que se llama Chillhurst, verdad?

Jared detuvo sus pasos al oír el ronco murmullo que interrumpió sus pensamientos. Se volvió en dirección a un denso matorral a la izquierda del camino.

–Yo soy Chillhurst.

–Eso pensé. Me dijeron que tenía un parche en el ojo. Parece un maldito pirata –dijo.

–¿Quién le ha dicho eso?

–El tipo que me contrató. –Un hombre extremadamente delgado, de baja estatura, salió de entre los árboles, con una gorra marrón sucia, una camisa muy manchada y pantalones muy grandes para él. Se interpuso en el camino de Jared y le sonrió con su dentadura mellada–. Buenas noches, milord. Buena noche para los negocios, ¿no?

–Eso depende. ¿Quién es usted? –preguntó Jared.

–Bueno. –El tipo delgado se rascó el mentón, cavilando–. Tengo amigos que me llaman Tom el Viajero. –Sonrió–. Usted también me puede llamar así.

–Gracias. Pero, como aparentemente usted ya sabe quién soy yo, será mejor que nos olvidemos de las presentaciones y que nos dediquemos al asunto que nos interesa. Tengo un compromiso muy importante esta noche.

–Ese mocoso me ha dicho que usted siempre anda de compromiso en compromiso y los cumple al pie de la letra. –Tom el Viajero asintió complacido–. Me viene como anillo al dedo. Yo también, como usted, soy hombre de negocios al igual que el tipo que me ha enviado esta noche. Un hombre de negocios debe atender muy bien sus compromisos, ¿no?

–Correcto.

–Nosotros, los hombres de negocios, sabemos cómo tratarnos. –Tom el Viajero meneó la cabeza–. No como esos otros.

–¿Qué otros? –preguntó Jared, impaciente.

–Esos que son pura apariencia y bla-bla, pero que no tienen cerebro. Estoy seguro que usted sabe de quién hablo. Se enfadan por los negocios. Empiezan a sacar pistolas y lanzar amenazas.

–Sí, conozco a ese tipo de gente.

–Pero también hay gente como nosotros, milord. –Tom el Viajero asintió con la cabeza–. Hombres de mente inteligente que usan la lógica en lugar de la pasión para decidir negocios. No dejamos que la sangre se mezcle con asuntos financieros, ¿no?

–No tiene ningún sentido –coincidió Jared–. Ah, ¿y dónde está ese niño, si puedo preguntar?

–Claro. Está escondido lejos de aquí. Bien, si quiere que vuelva a una hora prudencial, será mejor que vayamos a los negocios.

–Estoy a su disposición. –Jared trató de controlarse para no permitir que su expresión delatara su preocupación por Robert. No ganaría nada demostrando su emoción. Tom el Viajero tenía razón. Por el bien de Robert, la cuestión debía abordarse como una simple transacción comercial.

Jared había pasado por una situación muy similar, meses atrás, en España. En aquella ocasión, había tenido que negociar con dos bandidos experimentados para liberar a sus primos.

Aparentemente estaba destinado a rescatar a los demás de las consecuencias de sus negligentes comportamientos.

«¿Quién me rescataría a mí?», se preguntó.

Dejó de lado aquella pregunta fugaz para concentrarse en el asunto que tenía entre manos.

El peso de la daga que llevaba en el forro de la chaqueta le tranquilizaba, pero habría sido una locura sacarla. La experiencia le decía que la violencia era el último recurso, innecesario, una prueba de negociaciones fracasadas. Por lo general, había mejores métodos para enfrentar los problemas. Métodos más serenos, más sanos y razonables.

–Me alegro –dijo Tom el Viajero, guiñándole un ojo para darle a entender que ambos eran hombres experimentados–.

Bueno, mire, es muy fácil. El que me contrató quiere algo de usted y, a cambio, le va a devolver al mocoso.

–¿Y qué es lo que quiere de mí su jefe?

–Bueno, eso justamente no me lo dijo. Pero entre nosotros, milord, creo que será una importante suma de dinero. Estoy seguro que usted ya sabe cómo son estas cosas. A mí me dijeron que lo único que tenía que hacer era sacar al mocoso de aquí y darle el mensaje. El resto no es asunto mío.

–¿Qué mensaje? –preguntó Jared.

–Mañana recibirá una carta donde le indican que vaya a cierto lugar, a una hora. –Tom el Viajero se subió el pantalón y asumió un aire importante–. En esa misma carta le dirán qué tiene que llevar a la cita.

–¿Eso es todo?

–Eso me temo, señor. –Tom el Viajero se encogió de hombros–. Como ya le dije, mi parte en este asunto es pequeña.

–¿Puedo preguntarle cuánto dinero le pagan por los esfuerzos que ha hecho esta noche? –preguntó Jared lentamente.

–Una pregunta muy acertada, si me permite decirlo, milord. –Tom el Viajero le miró con profundo interés–. Muy acertada por cierto. Justamente, creo que no me han pagado muy bien por todo el tiempo que le estoy dedicando y los problemas que he tenido que resolver.

–No me sorprende. Usted ha dicho que el que le contrató era un hombre de negocios y esa gente siempre busca las buenas ocasiones, ¿no?

–Para ellos es tan normal como respirar, milord.

–Y yo sé que un hombre de su talento debe de cotizar muy alto su tiempo. –Jared extrajo su reloj del bolsillo e hizo una mueca al ver la esfera. Estaba tan oscuro que no pudo leer la hora, pero la luz de la luna bastó para reflejar el brillo de la manecilla de oro.

–Sí, señor, es cierto. –Los ojos de Tom el Viajero se animaron al ver el hermoso reloj–. El tiempo es oro para un hombre de negocios.

–Para los hombres ocupados, como nosotros, nada sustituye a la eficiencia. –Jared dejó que el reloj colgara de sus dedos–. Las transacciones que se efectúan satisfactoriamente en pocos minutos, en lugar de en varias horas, permiten que uno pueda llevar a cabo unos cuantos negocios de alto rendimiento en una sola noche, en lugar de sólo uno.

–Si me permite, señor, le diré que usted refleja la situación perfectamente.

–Gracias. –Jared hacía oscilar el reloj constantemente, de manera que brillara con cada movimiento–. Yo le sugiero, señor, que nos ahorremos innumerables molestias llegando a un acuerdo aquí y ahora.

–Tal vez podamos, señor. Tal vez... –Tom el Viajero miraba el reloj como un pez al señuelo.

–¿Qué le han ofrecido por sus servicios?

–Cuarenta libras. Veinte por adelantado y el resto cuando le envíe la mercadería. –Tom el Viajero entrecerró los ojos.

Estaba mintiendo, pensó Jared. A Tom el Viajero no le habrían pagado más de veinte libras, como mucho. El reloj de oro valía mucho más.

–Muy bien, entonces redondeemos el trato. Jared cerró los dedos en torno del reloj–. Como ya le he dicho, esta noche tengo un compromiso muy importante. Le doy este reloj si me devuelve al niño. Si acepta, podrá obtener sus beneficios de inmediato en lugar de tener que esperar hasta mañana.

–¿El reloj, eh? –Tom el Viajero se quedó considerando la oferta–. Bueno, nadie me garantiza que el tipo que me contrató pague la mitad que me debe, ¿no?

–No. –Jared hizo una pausa–. A menos que conozca su identidad y pueda acosarlo hasta que le pague.

–Yo no sé su nombre y él no sabe el mío. Prefiero trabajar con un intermediario, ¿sabe? Es más seguro para todos.

–Muy inteligente. –Jared ocultó su irritación. Todo habría sido mucho más simple si hubiera podido conocer la identidad del «patrón» aquella misma noche. Ahora tendría que perder tiempo tratando de localizarlo.

–Sí, señor. Soy muy cauto en mi trabajo. Bueno, y con respecto al reloj...

–La caja del reloj es de oro macizo, como seguramente se habrá dado cuenta. Debo agregar que el trabajo que se ha hecho en el oro es artesanal. La faltriquera se ha hecho con una medalla muy costosa. Vale ciento cincuenta libras, pero usted podría conservarlo como recuerdo de esta noche en lugar de venderlo a un tercero.

–¿Un recuerdo, eh? Mis amigos se sentirán impresionados, ¿no? –Tom el Viajero se humedeció los labios y volvió a subirse el pantalón–. A cambio querrá recuperar el mocoso, ¿no?

–Claro. Yo lo quiero de retorno esta misma noche. –Jared miró a Tom el Viajero–. Tengo cosas más importantes que hacer por la mañana que perder mi tiempo pagando recompensas.

–Entiendo, señor. –Tom el Viajero sonrió con su dentadura llena de agujeros–. Sígame, milord y tendrá todo listo en pocos minutos.

Tom el Viajero abandonó el sendero y se introdujo en el denso follaje.

Jared volvió a guardarse el reloj en el bolsillo y metió una mano en el interior de su chaqueta. Agarró la daga pero no la extrajo de su funda escondida.

Les llevó varios minutos abrirse paso entre la vegetación y salir a la calle. Una vez fuera de los jardines, Tom el Viajero cruzó a través de las varias hileras de coches que esperaban y se apresuró hacia un camino estrecho. Un pequeño coche de alquiler aguardaba en medio de las sombras.

El cochero, envuelto en una capa mugrienta, estaba acurrucado en el asiento. Se sobresaltó al ver a Jared. Lentamente, bajó su petaca de gin y la colocó debajo del pescante.

–Bueno, ¿qué está pasando, eh? –gruñó el cochero a Tom el Viajero–. No nos dijeron nada de que este tipo iba a venir.

–No viene con nosotros –aclaró Tom el Viajero, tratando de calmar los ánimos–. Él y yo nos hemos puesto de acuerdo para hacer negocios. Vamos a darle a él el mocoso.

–¿A cambio de qué? –preguntó ásperamente el cochero.

–De un reloj que cuesta el triple de lo que nos pagaron a nosotros.

El cochero miró a Jared con suspicacia. Introdujo la mano en su capa de múltiples pliegues.

–Bueno, y entonces, ¿por qué no nos llevamos el reloj y al mocoso también?

Jared avanzó un paso hacia Tom el Viajero y le pasó un brazo por el delgado cuello. Extrajo la daga de su chaqueta y sostuvo la punta del arma contra la garganta del tipo flaco.

–Yo preferiría tratar todo este asunto como una cuestión de negocios –dijo en un murmullo– pero si quieren, podemos complicarlo más.

–Cálmese, milord –dijo de inmediato Tom el Viajero–. Este amigo mío es un poco nervioso. No piensa fríamente, como usted y yo. Pero como es empleado mío, vamos a hacer lo que yo le diga.

–Entonces dígale que saque la pistola que tiene en el bolsillo y que la arroje al suelo.

–Haz lo que te dice, Davy. –Tom el Viajero miró furioso al cochero–. Vamos a ganar mucho dinero con una sola noche de trabajo. Deja de dificultar las cosas.

–¿Estás seguro de que se puede confiar en él? –Davy se mostraba escéptico.

–Joder, hombre –rezongó Tom el Viajero–. Hasta el que me contrató dijo que este tipo cumplía al pie de la letra los tratos que hacía.

–Bueno. Está bien. Si estás tan seguro.

–De lo que estoy seguro es de que no quiero que me corte la garganta –se quejó Tom el Viajero–. Ahora, saca al mocoso del coche y vámonos.

El cochero vaciló y luego saltó de su asiento. Abrió la puerta del vehículo y sacó a Robert, maniatado y amordazado, para empujarlo sobre el empedrado donde quedó de pie.

–Ahí lo tiene –gruñó el cochero–. Ahora quiero que nos pase el reloj que Tom dice que nos va a dar. –Empujó a Robert hacia Jared.

Robert se tambaleó hacia delante con la mirada desorbitada por el miedo. Jared bajó la punta de la daga antes que el niño pudiera verla. Bajó el brazo y la colocó contra la espalda de Tom, sosteniéndola allí.

–Por aquí, Robert.

Robert levantó la cabeza de inmediato, al escuchar la suave orden de Jared. Exclamó algo que apenas pudo oírse debido a su mordaza. El temor de sus ojos se desvaneció, reemplazado por una expresión de desesperado alivio.

Jared introdujo la daga en la vaina oculta. Se echó hacia atrás y extrajo su reloj del bolsillo. Luego dio a Tom el Viajero un fuerte empujón hacia el carruaje.

–Largo ya –le dijo Jared–. Nuestro negocio ya ha terminado.

–¿Y qué hay de mi reloj? –gimió Tom el Viajero.

Jared se lo arrojó, dibujando un amplio arco en el aire. La caja de oro brilló en la oscuridad a la luz de la luna. Tom el Viajero lo agarró en el aire con una exclamación de satisfacción.

–Un placer hacer negocios con usted, señor –dijo Tom el Viajero. El reloj desapareció en su bolsillo.

Jared no se molestó en contestar. Tomó a Robert y lo sacó lo más rápidamente posible de aquel oscuro sendero para conducirle a la relativa seguridad de la calle. Una vez allí, le quitó la mordaza.

–¿Te encuentras bien, Robert?

–Sí, señor. –La voz de Robert sonó muy alterada.

–Bueno. Ya estás libre. –Jared le desató las cuerdas con las que le habían amarrado las muñecas–. Vayámonos de aquí. Tu tía y tus hermanos están esperándote. Deben de estar muy preocupados.

–Les dio su reloj. –Robert miró a Jared, atónito.

–Y tú me diste tu palabra de honor de que no te alejarías de mi vista. –Jared condujo a Robert, entre los coches que esperaban, hacia los jardines.

–Lo lamento mucho, señor –dijo Robert, casi en un murmullo–. Únicamente quise ir yo solo a Dark Walk, por el desafío, ¿recuerda?

–¿Y ese desafío era más importante que tu palabra de honor?

Jared avanzaba con pasos gigantescos hacia el área bien iluminada donde había dejado a Olympia y a los mellizos.

–Pensé que estaría de vuelta antes de que notaran mi ausencia –dijo Robert, avergonzado.

–Ya es suficiente. Discutiremos esto por la mañana.

–Me temo que está muy enfadado, ¿verdad? Robert miró de reojo a Jared.

–Me siento muy defraudado, Robert. Y hay diferencia entre ambas cosas.

–Sí, señor. –Se produjo un silencio profundo.

La exhibición de fuegos artificiales había llegado a su fin, pero la banda aún seguía tocando en el pabellón. Olympia aguardaba con los mellizos, a quienes se les veía inquietos y aburridos. La ansiedad de sus ojos se desvaneció al observar que Jared y Robert se aproximaban.

–¡Oh! allí están –dijo con un alivio evidente–. Estábamos a punto de ir a buscarles a Dark Walk.

–Es cierto –corroboró Ethan–. Tía Olympia dijo que no habría problemas, siempre y cuando nos quedáramos juntos mientras les buscábamos.

Jared pensó lo que habría podido pasar si Olympia y los niños hubieran llegado, inoportunamente, mientras él negociaba con Tom el Viajero. La ira y la preocupación que había estado conteniendo durante la última media hora se desató en un segundo.

–Te dije que tenías que quedarte aquí con los mellizos –le dijo secamente–. Cuando doy una orden, espero que sea cumplida, señora.

Olympia le miró como si la hubiera golpeado. Pero al instante, comprendió la situación.

–Sí, milord –contestó con humildad.

–¿Qué ha pasado, Robert? –miró de inmediato a éste–. ¿Dónde estabas?

–Un malhechor me secuestró en Dark Walk –dijo Robert con cierto deje de orgullo. Miró a Jared y la excitación murió en sus ojos–. Me sacó de los jardines y me dijo que me iba a quedar con él hasta mañana.

–¡Oh! Es una broma, ¿no? –preguntó Ethan.

–Es todo un cuento, ¿verdad señor? –La expresión de Hugh fluctuaba entre la incredulidad y el asombro. Se volvió hacia Jared para que lo confirmara–. Nadie secuestró a Robert. Está tomándonos el pelo.

–Me temo que Robert os está diciendo la verdad.

Jared cogió el brazo de Olympia y la condujo hacia la salida de los jardines.

–¿Cómo? –Olympia se liberó de la mano de Jared y tomó a Robert por los hombros. Le atrajo hacia ella–. Robert, ¿es cierto? ¿Alguien te había secuestrado esta noche?

–No debí haber ido solo a Dark Walk.

Robert asintió y bajó la cabeza.

–¡Dios mío! –Olympia le abrazó desesperada–. ¿Te encuentras bien?

–Sí, por supuesto. –Robert luchó para liberarse del abrazo de Olympia y cuadró sus hombros–. Sabía que el señor Chillhurst, quiero decir, milord, vendría a salvarme. Lo que no sabía era si sería esta misma noche. Pensé que tendría que esperar hasta mañana.

–¿Pero, por qué trataron de secuestrarte? –preguntó Olympia. Miró a Jared–. No entiendo. ¿Qué quería ese malvado?

–No lo sé –le contestó Jared. Volvió a tomarla por el brazo y llevó al grupo hacia las calles–. Confieso que no quise perder tiempo tratando de descubrir qué motivos se ocultaban detrás de todo esto.

–¡Santo Dios! –susurró Olympia–. Sólo hay una razón por la que alguien querría secuestrar a Robert.

–¿Cuál? –preguntó Hugh, ansioso.

–Debe de haber estado tras el diario de Lightbourne –afirmó Olympia, con hondo pesar.

–¡Vaya! –murmuró Jared.

–Quienquiera que haya sido el secuestrador, querría retenerle para pedir un rescate –explicó Olympia–. Lo más probable es que exigiera el diario para devolver a Robert. Tamaña maldad sólo puede llevarla a cabo un individuo.

Asombrado, Jared se dio cuenta de hasta dónde estaba llevando a Olympia su imaginación turbulenta.

–Mira, Olympia...

–Fue el Guardián –aseguró Olympia–. ¿No te das cuenta? Tiene que haber sido él. Tenemos que detenerle antes de que suceda algo terrible. Tal vez deberíamos contratar a un detective para que lo rastree. ¿Cree que podría darnos buenos resultados, milord?

–Maldita sea, Olympia, ¿quieres dejar de hablar sobre ese condenado Guardián? –Jared ya se había hartado–. Esa persona no existe. Si alguna vez lo hizo, debió de morir hace muchos años. Además, no es el momento ni el lugar para dar rienda suelta a sus locas fantasías.

Jared sintió que Olympia se ponía tensa. Los tres niños miraron a Jared con silencioso reproche. Jared maldijo en voz baja contra sí mismo.

Sabía que la ira que sentía estaba dirigida, en gran medida, a su propia persona. No había cumplido debidamente con sus responsabilidades. Debió haber vigilado más de cerca a Robert. En cambio, se había dedicado exclusivamente a pensar en su noche de bodas.

Aquello sólo le servía para avivar el fuego. No hacía más que pensar en lo cerca que habían estado del caos total y cómo se habría complicado todo aún más si Olympia hubiera decidido ir a buscarlos con los mellizos.

Y encima estaba atribuyéndolo todo al Guardián.

Mientras Jared hacía un gesto a un coche de alquiler, para detenerlo, pensaba que no había derecho a que un hombre tuviera que pasar por todas aquellas cosas en su noche de bodas. Aunque hubiera sido él el único responsable de aquella situación.

–¿Cómo consiguió liberar a Robert, milord? –preguntó Ethan, con su inagotable curiosidad de siempre.

–Sí, señor –repitió Hugh, mientras subía al carruaje–. ¿Cómo hizo para rescatar a Robert?

Fue Robert quien contestó. Deslizó una sobria mirada sobre Jared y luego miró hacia otra parte.

–Milord entregó al villano su reloj a cambio de mi libertad.

–¿Su reloj? –Ethan abrió los ojos desmesuradamente.

Se produjo un silencio en el carruaje a oscuras. Cuando echó a andar ruidosamente, todos miraron asombrados a Jared.

–¡Oh, Dios mío! –murmuró Olympia.
–¡Rayos! –susurró Ethan.
–No puedo creerlo –dijo Hugh–. ¿Su hermoso reloj, señor? ¿Lo entregó a cambio de Robert?
–Es la verdad, ¿no, milord? –Robert se sentó muy erguido–. Usted dio su reloj a aquel villano a cambio de mi libertad.
Jared miró a cada uno de ellos hasta que, finalmente, sus ojos se detuvieron en Robert.
–Discutiremos ese asunto mañana por la mañana a las nueve en punto, Robert.
Silencio otra vez.
Satisfecho por haber sido el que pronunció la última palabra, al menos, por el momento, Jared se acomodó sobre los cojines que hacían las veces de respaldo y se puso a mirar, con expresión cavilante, por la ventanilla. Pensó que era un preludio horrendo para una noche de bodas.
Se preguntó por qué, últimamente, nada le salía en la vida tal como él lo planeaba.

Hora y media después, Olympia caminaba de aquí para allá en su pequeño dormitorio. Miró por cuarta vez, desde que se había puesto el camisón y su bata de chintz, el reloj que tenía sobre el escritorio. No oía ningún ruido en la habitación de Jared.
Hacía casi una hora que la casa estaba en silencio. Todos, excepto Jared, estaban acostados. Hasta *Minotauro* se había metido en la cocina.
Inmediatamente después de que Jared ordenase a todos que se retiraran a sus aposentos, se recluyó en el estudio, con una botella de brandy. Todavía estaba allí.
Era su noche de bodas, aunque Olympia había dejado de contemplarla con deseo y anticipación. A decir verdad, ni siquiera estaba segura de que tendría su noche de bodas. La angustia del mal humor de Jared flotaba en toda la casa.
Olympia la sentía, aunque no la comprendía del todo. Trató de convencerse de que Jared estaba así debido a los

extraordinarios acontecimientos de aquella noche. Era una explicación razonable para el mal humor. Después de todo, había perdido bastante con tal de recuperar a Robert, quien no debió haber ido solo a aquel lugar.

Por otra parte, Olympia supuso que Jared debió de haber pasado momentos muy desagradables, negociando con los villanos para la liberación de Robert. Y era trágico que hubiera tenido que desprenderse de su querido reloj para lograrlo.

En suma, Olympia se daba cuenta de que los acontecimientos podían haber alterado a cualquiera, incluso al imperturbable Jared.

No obstante, pensó, tampoco Jared tenía derecho a ser tan desagradable en la noche de bodas.

Llegó hasta un extremo del cuarto, se volvió y se encaminó hacia la otra pared. Cada vez se hallaba más inquieta.

Rogaba para que Jared no estuviera arrepintiéndose allí abajo.

¿Y si lo sucedido aquella noche había bastado para que Jared empezara a dudar seriamente de lo acertado de haberse casado con ella?, pensó Olympia.

¿Y si repentinamente Jared decidía que ella y los niños eran una carga demasiado pesada de sobrellevar?

¿Qué pasaría si Jared estaba allí abajo ahogando con brandy el peso que le proporcionaba la gente de arriba?

Olympia se detuvo frente al espejo que estaba sobre su tocador y resopló al ver su imagen. Pensó que no tenía completamente la culpa de que ella y Jared se hubieran visto en el compromiso de casarse. Había sido Jared quien puso todo aquel desastre en movimiento cuando se presentó en su casa como el nuevo maestro de los niños.

La había engañado desde un principio. Y si bien ella podía mostrarse comprensiva con los motivos que le habían impulsado a hacerlo, también le servía para aliviar el peso de su propia culpa.

Además ella había contratado a Jared desde el primer momento y él jamás renunció a su cargo.

Olympia levantó el mentón. Pensándolo bien, Jared no

tenía derecho a tratar a su inocente empleadora con tanta impertinencia, justo en la noche de bodas.

Inspirada por una nueva decisión, Olympia se acomodó la cofia que llevaba en la cabeza, se ató mejor el cinturón de la bata y se dirigió hacia la puerta. La abrió y salió al silencioso pasillo.

Desde lo alto de las escaleras, divisó la luz de una vela por debajo de la puerta del estudio. Irguió su porte, descendió las escaleras y atravesó el pequeño vestíbulo de la planta baja.

Levantó la mano para golpear la puerta pero cambió de parecer al instante. La apoyó sobre el picaporte y lo giró. Con la frente bien alta, entró en el estudio y cerró la puerta tras de sí.

Se detuvo de repente al ver a Jared. Su imagen le impresionó mucho más de lo que había imaginado.

Estaba repantingado en la silla de Olympia con la relajada gracia de una bestia carnívora. Tenía las botas arrogantemente sobre el escritorio, como si él fuera el dueño del estudio y de todo lo que había en él.

Se había quitado la chaqueta. La única vela que proporcionaba algo de luz a la habitación mostraba que se había abierto la camisa hasta la mitad del pecho. Tenía en la mano una copa de brandy a medio terminar.

El parche de terciopelo negro que cubría su ojo izquierdo sólo servía para que el brillo de su otro ojo pareciera más intimidatorio.

–Buenas noches, Olympia. Pensé que a esta hora estarías profundamente dormida.

–He bajado a hablar con usted, señor Chillhurst. –Olympia recuperó fuerzas para defenderse de aquel desagradable tono de voz.

–*¿Señor Chillhurst?* –Jared arqueó una ceja.

–Milord –se corrigió, impaciente–. Quiero discutir cierto asunto con usted.

–¿De verdad? Yo no te lo recomiendo. No precisamente esta noche. –La saludó con su copa de brandy–. Como verás, no estoy del mejor humor.

–Entiendo. –Olympia le miró trémula–. Has pasado por

muchas cosas desagradables esta noche. Un hombre tan sensato debe haberse sentido muy afectado por una experiencia tan desafortunada. Sin duda, necesitarás tiempo para recuperarte.

–Sin duda. –Jared hizo una mueca. Una tosca diversión brilló en su ojo cuando tragó el brandy–. Los hombres que tenemos la desgracia de ser tan sensatos y una naturaleza apasionada reaccionamos emotivamente ante los secuestros y esas cosas.

–No necesitas burlarte de mí por tu forma de ser, Chillhurst –dijo Olympia–. Somos como somos y debemos afrontarlo y sacar provecho de ello. –Inspiró profundamente, para recuperar el coraje–. Y creo que lo mismo debe aplicarse a nuestro matrimonio, milord.

–¿De verdad? –Jared la miró con disgusto.

Olympia dio un paso y cerró fuertemente su bata hasta el cuello, justo debajo del mentón.

–La cuestión es que estamos como clavados uno en el otro, si entiendes lo que quiero decir.

–Clavados uno en el otro. Un concepto encantador.

–Sé que estás dudando acerca de lo acertado o no de haberte casado conmigo y, realmente, lo lamento mucho. Como recordarás, traté de disuadirte.

–Perfectamente, milady.

–Bueno, desgraciadamente no podemos hacer nada al respecto. Entonces tratemos de sacarle provecho.

Jared dejó la copa sobre el escritorio, apoyó los codos en los posabrazos de la silla y unió las yemas de los dedos, para mirarla con una enigmática expresión.

–¿Estás arrepintiéndote de haberte casado conmigo, Olympia?

–Lamento que te hayas sentido obligado a casarte conmigo, milord. –Ella vaciló–. Me habría gustado que fuera de otro modo.

–Yo no estaba obligado a casarme contigo.

–Claro que sí.

–¿Debes discutir conmigo cada tontería? –Jared apretó la boca–. Me casé contigo porque quería hacerlo.

–¡Oh! –A Olympia aquella realidad la alcanzó de sorpresa. Sintió que su ánimo mejoraba–. Eso me tranquiliza, milord. Me sentía un poco nerviosa. A una no le agrada pensar que se han casado con ella sólo para cumplir con lo que exige el honor.

–Ya rompí un compromiso, como recordarás. Quédate tranquila, pues si hubiera querido encontrar una salida para que esta unión no se efectuara, la habría hallado de cualquier manera.

–Comprendo.

–Al igual que tú, no me preocupan las apariencias ni el posible escándalo.

–Me alegro mucho de eso, milord.

Olympia avanzó otro paso hacia el escritorio.

–¿Crees que podrías llamarme Jared? –Jared ladeó la cabeza, un tanto burlón–. Estamos solos esta noche. Y como tú misma has señalado, ahora estamos casados.

–Por supuesto, Jared. –Olympia se ruborizó.

–¿Por qué te casaste conmigo, Olympia?

–¿Cómo has dicho?

–Te pregunto por qué te has casado conmigo. –Jared estudió el rostro de la joven a la luz de la vela–. ¿Fue solamente porque te resulto útil en la casa?

–*Jared*.

–Creo que eso fue lo que insinuaste al aceptar mi propuesta ayer. Me dejaste bien en claro que me apreciabas por mi capacidad de instaurar el orden en tu casa.

–Dije eso simplemente porque me dolía la cabeza y porque estaba furiosa con la escena que tuve que soportar en el saloncito con lady Beaumont, lady Kirkdale y el señor Seaton. Hay muchas razones por las que me sentí complacida de aceptar tu propuesta.

–¿Estás segura? –Jared tamborileó los dedos–. Debo recordarte que tal vez no te resulto tan útil como creíste en un principio. Esta noche, sin ir más lejos, casi pierdes a Robert por mi culpa.

–Él no se perdió por tu culpa sino por la suya propia. –Olympia estaba desesperándose–. Tú lo rescataste, Jared, y nunca lo olvidaré.

–¿Por eso has bajado esta noche? ¿Vienes a agradecerme que rescaté a Robert después de perderlo?

–Basta ya. –Olympia redujo de inmediato la distancia que les separaba y se plantó directamente frente al escritorio–. Creo que te estás poniendo deliberadamente difícil, milord.

–Posiblemente. Estoy de un humor muy difícil.

–Más todavía. –Olympia entrecerró los ojos–. Creo que has provocado esta discusión para molestarme.

–Yo no la inicié. –Inesperadamente, Jared quitó las botas del escritorio y se puso de pie. Parecía mucho más alto que ella–. Fuiste tú.

–Yo no fui –Olympia se negó a retroceder.

–Sí, fuiste tú. Yo estaba sentado solo, pensando en mis cosas, cuando has entrado por esa puerta sin que nadie te llamara.

–Ésta es nuestra noche de bodas –le recordó Olympia, apretando los dientes–. Debiste haber subido conmigo. Yo no tenía por qué bajar a buscarte.

–Dime por qué aceptaste casarte conmigo, Olympia.

Jared plantó ambas manos sobre la superficie del escritorio y se le aproximó.

–Ya sabes la respuesta a eso. –Estaba verdaderamente furiosa–. Me casé contigo porque eres el único hombre que he deseado con toda mi alma. El único hombre que con sólo ponerme un dedo encima me hace arder de pasión. El único hombre que me entiende. El único hombre que no me considera rara. Jared, tú has convertido todos mis sueños en realidad. ¿Cómo no iba a aceptar casarme contigo, maldito pirata?

Un profundo silencio envolvió la sala. Olympia se sentía como si acabara de caer a un abismo por una gran catarata.

–¡Ah! –dijo Jared–. Bueno, supongo que es así.

Extendió los brazos para tomarla.

Y la tomó precisamente en el momento en que ella se sumergía en el mar de pasión que ahogaría a ambos.

CAPÍTULO XIV

Apenas la tocó, Jared sintió que la fuerza interior de Olympia se transformaba instantáneamente en una pasión mucho más que poderosa.

Has convertido todos mis sueños en realidad.

Jared pensó que nunca una mujer le había dicho esas cosas. Ninguna mujer le había deseado así.

Nada parecía perturbar el deseo que Olympia sentía por él. Le había deseado desde un principio, cuando sólo le había creído el maestro de sus sobrinos. Le había deseado después de descubrir su verdadera identidad. Había seguido deseándolo aun teniendo toda la razón del mundo para creer que él buscaba lo mismo que ella: el secreto del diario de Lightbourne. Olympia no tenía ningún interés en sus títulos ni en su fortuna.

Le quería a él.

Jared se dio cuenta de que era mucho más de lo que siempre había aspirado. Pero no bastaba. Nunca bastaría. El verdadero tesoro todavía le eludía, aunque él todavía no podía identificarlo.

Sin embargo, nunca había estado tan cerca, jamás había tenido tanto. Un hombre inteligente tomaba lo que se le presentaba y se consideraba afortunado.

Un pirata se aferraba a lo que tenía y dejaba que la fortuna se cuidase sola.

Jared levantó a Olympia por encima del escritorio. La tomó en sus brazos y se dejó caer en la silla. Ella cayó contra él, cálida, fragante, vibrante de deseo.

–Jared. –Olympia le rodeó el cuello con sus brazos y

apretó su boca contra la de él. Un gemido bajo y sensual escapó de sus labios.

Jared acarició la curvatura de la pantorrilla expuesta de la joven a su alcance ya que se le habían subido el camisón y la bata. Por alguna razón, acudió a su mente la primera imagen que tuvo de ella en su biblioteca, tratando de zafarse de las manos de Draycott.

Jared pensó que Olympia no quería que ningún hombre la tocara. Sólo él.

Sólo él.

Jared sintió que la boca de Olympia se abría para él, invitándole a penetrar en la húmeda y oscura cavidad. Jared aceptó la invitación, abandonándose a la intimidad del embriagador beso. Olympia temblaba. Su lengua tocó la de él con la ansiedad de una gatita curiosa.

Jared le apretó más la pantorrilla y luego subió su mano hasta el muslo. Su piel le recordaba pétalos de rosa. Era tan suave.

Él, por el contrario, estaba tenso, lleno de excitación, desesperado por disfrutar de la plena posesión. Las manos le temblaban con la fuerza de su necesidad.

Introdujo una mano entre los muslos de Olympia. Ella gimió, arrancó la boca de la de él y ocultó el rostro en su hombro.

Y luego separó un poco las piernas para él.

–Sí –murmuró Jared.

Tomó en la palma de su mano el centro de su ardiente deseo y creyó que iba a estallar. Olympia no dejaba de restregarse contra su mano y él gimió sobre su boca.

El olor del deseo femenino le cautivaba, le hechizaba, le dominaba como un mágico artilugio.

Sirena.

Olympia gritó al hallar él la perla oculta entre sus piernas. Convirtió sus uñas en delicadas garras, que clavó en la espalda de Jared, quien sintió humedad en sus dedos.

Jared abrió la bata de chintz y desató el cuello del remilgado camisón blanco de lino. Liberó el dulce fruto de los senos de Olympia y saboreó un pequeño y apetitoso bocado.

–Jared, no puedo soportarlo.

Olympia se convulsionaba de deseo.

La muchacha le tomó el rostro entre sus delicadas manos y le besó con una salvaje pasión de miel, que parecía tan ingobernable como el curso del viento. Jared inhaló profundamente, al sentir la firme y lujuriosa curvatura de sus nalgas apretándose contra el erecto órgano.

Olympia había deslizado una mano en el interior de la camisa de Jared, para acariciarle y juguetear con el rizado vello. Comenzó a descender, explorándolo con la lengua, mientras seguía bajando.

Jared sintió que Olympia se escapaba de su regazo. La sostuvo con más firmeza para que no cayera al suelo. Y entonces se dio cuenta de que la joven estaba tratando de desabrocharle los pantalones.

Inspiró profundamente y, de inmediato, ejecutó la tarea por ella. Y entonces estuvo libre. Oyó una casi imperceptible exclamación de Olympia cuando tuvo el miembro entre los dedos. Lo acarició con la típica ternura femenina.

–Me encanta tocarte –susurró ella. Lo asió con más seguridad–. Tan potente, orgulloso y poderoso.

Las palabras y las caricias de Olympia le empujaron hacia un abismo invisible. Tenía la sensación de que, repentinamente, se había quedado sin aire. Cerró los ojos y comenzó a librar una violenta batalla para que no derramase entre los dedos de su esposa.

Era la primera vez que ella le tocaba tan íntimamente y no estaba seguro de poder recuperarse de tal experiencia. No estaba seguro de querer recuperarse de la experiencia.

Jared sintió que Olympia se deslizaba hasta llegar al suelo. Finalmente, quedó arrodillada frente a él, acurrucada entre sus muslos. Jared abrió los ojos y la miró.

Ella observaba detenidamente su erección.

–¿Olympia?

–Eres tan magnífico, Jared. –Ella pareció no oírle. Le acariciaba cada vez con mayor intensidad–. Tan excitante. Como un valiente héroe de una antigua leyenda.

–¡Caramba! –murmuró él–. Así me haces sentir. –Hundió

las manos en la cabellera de ella. Casi no se enteró de que la cofia había caído al suelo.

Olympia imitó el gesto de Jared, pero en el vello que rodeaba el miembro viril. Comenzó a besarlo entre los muslos.

–*Vale ya* –Jared sabía que no podría resistir más aquel tormento erótico.

Se levantó de la silla y se acostó en la alfombra. Llevó a Olympia consigo y la colocó encima de su cuerpo con una ronca exclamación.

–¿Jared? No entiendo.

Olympia se refugió en su pecho desnudo. Le miró con una mezcla de severa confusión y radiante erotismo.

Jared le acomodó las piernas sobre sus caderas, de modo que la joven quedó a horcajadas sobre él.

–Es una costumbre muy común entre los habitantes de varias... –Jared se interrumpió y apretó los dientes para evitar el estallido. La húmeda y caliente abertura de Olympia se apoyaba justamente en el ancho extremo de su miembro–. Entre los..., eh..., habitantes de ciertas lejanas tierras.

Olympia parpadeó y luego su sonrisa comunicó un femenino entendimiento. Se dejó caer lentamente hasta que Jared quedó alojado en la entrada del femenino canal.

–¿Qué tierras son ésas, señor Chillhurst? Usted ya sabe lo que me interesa conocer esos hechos.

–Por favor, señorita Wingfield. Recuérdeme hacerle una lista más tarde. –Jared la miró y advirtió la deliciosa y perversa sensualidad en sus ojos. Sonrió.

–Si no es mucha molestia.

–En absoluto. Como recordará, soy maestro. Y excelente para hacer listados.

Entrelazó las manos alrededor de las caderas de Olympia y empujó hacia arriba en un rápido movimiento que tomó a la joven por sorpresa.

–*Jared*. –Abrió los ojos en señal de asombro y luego volvió a entrecerrarlos, con un deseo que se acrecentaba a cada instante–. Una costumbre de lo más interesante.

–Pensé que te resultaría fascinante. –Jared trazó la curvatura de sus muslos con las manos–. A mí sí.

Apenas pudo pronunciar esas palabras. Todo su cuerpo respondía al canto de la sirena. Estaba totalmente tenso, desesperado. Olympia era estrecha, caliente, húmeda. Le envolvía, le albergaba, le transformaba en una parte de su cuerpo.

Durante aquellos breves instantes en los que se mantuvo alojado en su cálido interior, Jared sintió que no estaba solo. Se hallaba con la única persona en el mundo que era capaz de llegarle al alma. La única que podía rescatarle de su isla solitaria.

–Mi encantadora sirena. Mi esposa.

Olympia gritó. Se estremeció y su cuerpo se apretó fuertemente alrededor de Jared.

Y entonces comenzó a entonar la dulce melodía de la sirena, la canción que sólo dedicaba a él. Jared empujó una vez más en su interior y se abandonó a los turbulentos mares de la pasión.

–Fuegos artificiales –farfulló Jared.

Olympia se desperezó. Estaba echada sobre el cuerpo fibroso y húmedo de Jared, con las piernas entrelazadas con las de él y su cabellera cubriéndole el pecho, como un manto rojizo.

–¿Qué has dicho? –le preguntó Olympia.

–Hacerte el amor esta noche fue como estar en medio de una exhibición de fuegos artificiales. –Jared cogió un abundante mechón de cabello en su mano, lo miró a la luz de las velas y sonrió–. Eres una sirena con muchos talentos. Puedes seducirme mientras discutes conmigo.

–No te ofendas, milord, pero es notablemente sencillo seducirte. –Olympia rió.

–Sólo tú puedes hacerlo. –La sonrisa de Jared desapareció.

Olympia apenas se asombró ante el repentino cambio de humor de Jared. Tal vez porque se sentía demasiado relajada y contenta. Miró el único ojo de su esposo y, una vez más, tuvo la sensación de que un velo interno se abría durante unos instantes. Se vio penetrando en la calma fachada que

Jared presentaba al mundo entero para alcanzar las tempestuosas profundidades de su apasionada alma.

–Me complace oír eso, Jared, porque a mí me sucede lo mismo –dijo ella suavemente–. Tú eres el único hombre que he deseado de este modo.

–Ahora somos un verdadero matrimonio con todas las de la ley –declaró él, como sellando un pacto invisible–. Ninguno de los dos puede volverse atrás.

–Comprendo. Eso era lo que trataba de explicarte antes.

–Ah, sí. Tu sermoncito sobre cómo estamos clavados uno en el otro y sobre cómo sacar provecho de esa situación.

–Sólo trataba de encontrar el lado práctico de la cuestión. –Olympia se ruborizó ante la burla de Jared.

–Deja lo práctico y lo mundano para mí –dijo él–. Soy excelente para esa clase de cosas.

–Es muy raro, ¿no? –Olympia frunció el ceño.

–¿Qué?

–Que seas tan inteligente en las cuestiones prácticas, cuando es obvio que eres un hombre de fuertes emociones. Tu fuerza de voluntad es impresionante, milord.

–Gracias –dijo–. Trato de controlarme lo máximo posible.

–Sí. ¿Y lo logras la mayoría de las veces, Jared?

Ella sonrió, con gesto de aprobación.

–¿Hmmm?

–Nunca me contaste cómo perdiste el ojo. –Olympia tocó la cinta negra que aseguraba el parche de terciopelo.

–No es una historia muy edificante.

–De todas maneras, me gustaría oírla. Quiero saberlo todo sobre ti.

–Tengo dos primos, Charles y William, que han pasado casi toda su vida haciendo honor a la fama de la familia.

Jared jugueteó con su cabello.

–¿A qué te refieres?

–A que son bastante agradables, pero también negligentes, impulsivos y muy molestos. Cuando tenían catorce y dieciséis años respectivamente, decidieron dedicarse a comerciar sin impuestos. Cayeron en manos de un contrabandista que estaba haciendo negocios con los franceses.

–¿Qué sucedió?

–Me enteré de sus planes la misma noche en que iban a comenzar su nueva actividad. Mi padre y mi tío estaban en Italia en una estúpida aventura. Mi tía acudió a mí. Me rogó que impidiera que mis primos resultaran lastimados.

–¿Cuántos años tenías tú?

–Diecinueve.

–Entonces tú... ¿Algo salió mal aquella noche? –preguntó Olympia, con inquietud.

–Por supuesto que algo salió mal. –Jared sonrió de mala gana–. Por lo general, cada vez que mi familia pone a prueba cualquiera de sus planes idiotas las cosas salen mal. En este caso en particular, fue el capitán del barco que había pasado las mercancías de contrabando por el canal.

–¿Qué hizo?

–Después de que mis primos descargaran el barco y se encargaran de depositar segura la mercancía en el puerto, el capitán decidió que ya no le hacían falta sus servicios. Tampoco quiso compartir las ganancias con los muchachos. Decidió quedarse con todo y no dejar testigos.

–¿Trató de matarlos? –Olympia miró horrorizada el ojo vacío de Jared.

–Llegué justo cuando iba a disparar sobre Charles. Mis primos no llevaban armas. Yo había llevado la daga de mi padre. –Jared hizo una pausa–. Afortunadamente, me había enseñado a usarla. Pero, por desgracia, el capitán tenía mucha más experiencia que yo en las peleas con armas blancas. Me sacó el ojo en la primera estocada.

–Dios mío –murmuró Olympia–. Estuviste muy cerca de la muerte.

–Como verás, no tan cerca. –Jared dejó de mirarle el cabello para concentrarse en su rostro. La obsequió con una extraña sonrisa–. Y tampoco mis primos. Todo tuvo un final feliz, sirena.

–Nunca más debes arriesgarte de ese modo, Jared.

Olympia le abrazó con todas sus fuerzas.

–Te aseguro que, particularmente, no me agrada esa clase de situaciones –musitó Jared–. Y tampoco las origino.

Olympia le apretó contra sí.

–Jared, si pienso en lo que te pasó aquella noche...

–No lo hagas. –Jared le tomó el rostro entre ambas manos–. ¿Me entiendes? No pienses en eso y no vuelvas a sacar el tema.

–Pero, Jared...

–Olympia, ya pasó. Sucedió hace quince años. Desde entonces he hablado con todo el mundo al respecto. No quiero volver a abordar el tema. Ni una palabra más, sirena. –La hizo callar colocándole los dedos sobre la boca–. No obtendremos ningún provecho. Nadie puede alterar lo que ya sucedió. Lo mejor es dejar el pasado en el olvido.

–Sí, Jared. –Olympia guardó silencio. Apoyó la cabeza sobre el hombro del hombre. En su mente se sucedían una serie de horrendas imágenes sobre lo que Jared debió de haber vivido aquella noche.

Olympia pensó que Jared era un hombre inteligente, de fuertes emociones y de refinada sensatez. Un hombre así no podía salir ileso de un acto de tanta violencia. Las peores heridas estarían siempre muy por debajo de la superficie y, según parecía, era mejor no insistir.

–En cuanto a Robert... –Jared se desperezó.

–Sí, pobre Robert. Tal vez sea el momento de hablar de lo sucedido esta noche en Vauxhall Gardens. –Olympia frunció el ceño al regresar bruscamente al presente.

–No hay mucho de que hablar, Olympia.

–Por el contrario. Debemos pensar quién pudo haberle secuestrado y por qué. Ya sé que tú no crees en mi teoría de la existencia del Guardián del diario de Lightbourne, pero me parece que debemos tener en cuenta esa posibilidad.

–Maldición. –Jared se sentó de mala gana. Abrochó la bragueta de sus pantalones y apoyó el codo sobre una rodilla que tenía flexionada. Estudió por un momento la preocupada expresión de Olympia–. ¿Qué crees que está sucediendo aquí exactamente? ¿De verdad estás convencida de que el fantasma del capitán Jack anda suelto, buscando el tesoro?

–No seas ridículo. –Olympia se apartó el cabello de los

ojos y buscó a tientas la parte delantera de su bata–. Por supuesto que no creo en fantasmas. Pero por experiencia sé que siempre hay un ápice de verdad incluso detrás de la más descabellada de las leyendas.

–Nadie está tras el secreto del diario de Lightbourne excepto tú, milady.

–¿Y qué me dices del señor Torbert?

–Indudablemente, Torbert sabe que estás investigando una antigua leyenda, pero no puede saber cuál. Además, no le creo capaz de recurrir al secuestro. No le falta dinero. *Y puedes estar segura de que no es el Guardián.*

–Bueno, te garantizo que su aspecto no tiene mucho que ver con los personajes que se describen generalmente en una leyenda. –Olympia se quedó meditando sobre aquello.

–Aguda observación –comentó Jared.

–Pero quienquiera que se haya llevado a Robert esta noche, debe de haber tenido una razón.

–Por supuesto que tuvo una razón. Y muy simple: dinero.

–¿Dinero? –Olympia le miró disgustada–. ¿Te refieres a que alguien puede haberse enterado que recibí tres mil libras por la venta de las mercancías que me envió tío Artemis?

–No –contestó Jared, solemnemente–. Claro que no. –Se puso de pie y levantó a Olympia, para que quedara frente a él–. Olympia, creo que el secuestrador de Robert no estaba detrás de tus tres mil libras ni del diario de Lightbourne.

–Entonces, ¿por qué alguien habría de molestarse en secuestrar a Robert? –Ella buscó su mirada con ansiedad–. Él no pertenece a una familia rica.

–Ahora sí –respondió Jared.

–¿A tu familia? –Olympia estaba confundida. Guardó silencio y, luego, tragó saliva.

–La fortuna Flamecrest es bastante importante, gracias a Dios, sin contar con el tesoro perdido del capitán Jack. Lo más probable es que a Robert lo hayan secuestrado para obligarme a pagar un cuantioso rescate.

–¡Dios mío! –Olympia buscó a tientas la silla para dejarse caer en ella–. No había pensado en eso. No me había dado cuenta de que alguien podría pensar que te sentirías responsable por Robert ahora que te has visto en la obligación de casarte conmigo.

–Olympia, voy a hacerte una advertencia. Si vuelves a insinuar una sola vez más que me casé contigo por obligación, contra mi voluntad, perderé los estribos. Me casé contigo porque quise. ¿Está claro?

–Sí, milord.

Olympia miró la implacable expresión de su esposo.

–Muy bien, entonces. –Jared buscó su reloj y lanzó una maldición al advertir que el bolsillo estaba vacío. Miró el reloj de pared–. Te sugiero que subamos a la cama. Ha sido una noche muy larga y creo que necesito descansar.

–Sí, por supuesto.

Olympia se levantó de la silla. Se sentía desolada. La exuberante felicidad que había tenido entre sus manos minutos antes, mientras hacía el amor con Jared, se había disuelto.

–Olympia, ahora eres mi esposa. –Jared la estudiaba minuciosamente, mientras cogía la vela–. Pero eso en nada cambia nuestra relación. ¿Entiendes? Yo seguiré ocupándome de los asuntos domésticos y me encargaré de la educación de Robert, Ethan y Hugh. No tienes que preocuparte por esos molestos detalles. Yo me encargaré de todo en tu lugar.

–Sí, Jared. –Se puso de puntillas y le besó la mandíbula–. Pero hay un detalle que no se mantendrá como antes. –Olympia sonrió.

–¿Cuál? –Jared arqueó una ceja.

–Me refería a la cuestión de cómo dormiremos, milord. –Olympia se ruborizó, pero no desvió los ojos de su mirada desafiante–. Se me ocurre que ya no tendremos necesidad de..., usar el estudio para repetir lo que hicimos hace un rato.

Jared sonrió con una mueca de pirata.

–No, milady, ya no necesitamos escondernos en tu estudio. Ya es hora de que practiquemos la tradicional costumbre inglesa de hacer el amor en la cama.

Jared le entregó la vela, para que ella la sostuviera, mientras él la levantaba en brazos. Luego la llevó arriba.

El Amo de la Syrena debe hacer las paces con el Amo de la Serpiente antes de que las dos partes se unan para formar un todo.

Olympia frunció el ceño ante la clave que acababa de descifrar en el diario de Lightbourne. Sabía que el amo de la *Syrena* sólo podía referirse al capitán Jack. El amo de la *Serpiente* sin duda sería su inseparable amigo y compañero, Edward Yorke.

Claire Lightbourne no estaba muy al tanto de la disputa que había enfrentado a ambos hombres. Había tenido lugar en las Indias Occidentales, mucho antes de que ella conociera a su señor Ryder en Inglaterra. Sin embargo, había registrado el hecho de que su esposo había jurado no volver a tratar con él ni con ninguno de su clan.

Pero hacía mucho tiempo que ambos estaban en el cielo o el infierno que aguarda a los bucaneros. No había modo de reunirles para que hicieran las paces.

No había forma de unir las dos mitades del mapa.

–Maldita sea –exclamó Olympia.

Tenía la sensación de que estaba muy cerca de la respuesta. Pero debía encontrar la mitad del mapa que faltaba. Pensó que, tal vez, habría pasado de generación en generación de la familia Yorke, del mismo modo que la mitad de los Flamecrest había pasado por los Ryder.

¿Cómo se hacía para encontrar un descendiente de un bucanero que había muerto muchos años antes?

Olympia golpeteó su pluma contra el escritorio, mientras limpiaba la superficie de éste, pensativa. Ojalá Jared hubiera demostrado más interés en la investigación que ella llevaba a cabo sobre el diario de Lightbourne. La muchacha deseaba desesperadamente poder hablar con alguien inteligente al respecto. Pero en aquel asunto Jared prefería mantenerse al margen. No se involucraría en la investigación.

Olympia presentía que su negativa se debía a los deseos de demostrarle que no se había casado con ella para conocer el secreto. No obstante, aquello dificultaba sus estudios.

Un golpe en la puerta interrumpió sus pensamientos.

–Adelante –gritó impaciente.

El pequeño desfile que entró en su estudio estaba formado por Ethan, Hugh, la señora Bird y *Minotauro*. Olympia advirtió que hasta el perro parecía mortificado.

–¿Sucede algo malo? –preguntó inquieta.

–Robert costó demasiado. –Hugh dio un paso al frente.

–¿Cómo has dicho? –Olympia dejó su pluma.

–Que pensamos que Robert costó demasiado –explicó Ethan con altanería–. Lord Chillhurst tuvo que pagar con su hermoso reloj. En este momento Robert está recibiendo una severa reprimenda en el comedor y muy pronto seguro que nos pedirán a todos que nos marchemos.

–¡Oh! realmente no creo que Chillhurst vaya a pegar a Robert por lo que pasó anoche –dijo Olympia–. Y podéis estar seguros de que tampoco nos marcharemos.

–Algunos de nosotros nos vamos a tener que ir enseguida –comentó la señora Bird derrotada pero desafiante.– El mismo milord me lo ha dicho.

–¿De verdad? –Olympia no salía de su asombro.

–Seguro. Dijo que mañana nos vamos a mudar a un caserón de la ciudad. Dijo que va a tomar personal nuevo. –La desafiante expresión de la señora Bird se desvaneció sin previo aviso y su voz se quebró por la angustia–. Va a contratar un *mayordomo,* señorita Olympia. Un mayordomo de verdad. ¿Y qué van a hacer conmigo, pregunto yo? Milord no va a necesitar un ama de llaves común y corriente como yo después que se consiga gente de la ciudad para que trabaje en la casa.

–Y milord tampoco nos querrá a nosotros –musitó Hugh–. Especialmente después que tuvo que desprenderse de su reloj por culpa de Robert. Nos va a meter a todos en un barco y nos mandará a casa de nuestros parientes en Yorkshire.

–¿Crees que nos alcanzará el dinero para comprar a milord un reloj nuevo, tía Olympia? –Ethan dio un paso al frente–. Yo tengo seis centavos.

–No seas tonto, Ethan. –Hugh se enojó con su hermano–. Seis centavos no son nada para comprar un reloj como el que milord tuvo que dar por Robert.

–No va a querernos a ninguno. Y a mí, menos que a ninguno. –La señora Bird rompió en un llanto desconsolado.

–Esto ha sido más que suficiente. –Olympia se puso de pie de un salto, completamente exasperada–. No quiero seguir oyendo tonterías. No sé nada de la mudanza a una casa grande, pero si tenemos que hacerlo me importa un comino. Nada va a cambiar aquí. El mismo Chillhurst me lo confirmó anoche.

–Entonces le mintió otra vez, señorita Wingfield. –La señora Bird le dirigió una mustia mirada–. Todo ha cambiado aquí ahora que se casó con él.

–Eso no es cierto. –Olympia observó su pequeño grupo familiar con firme convicción–. Dijo que todo seguiría funcionando de la misma manera que cuando él llegó a vivir con nosotros. Chillhurst no pegará a Robert, no va a dejarla sin trabajo, señora Bird, y no va a enviar a nadie a Yorkshire.

–¿Cómo sabe todo eso, señorita Olympia? –preguntó la señora Bird. Si bien la voz aún sonaba angustiada, en sus ojos brilló una chispa de esperanza.

–Porque confío en que cumplirá con su palabra –dijo Olympia con toda serenidad–. Además, todos vosotros formáis parte de mi familia y Chillhurst lo sabe. Jamás trataría de separarnos. Sabe muy bien que yo no lo permitiría.

–Usted está hablando como si él todavía fuera su empleado, señorita Olympia. –La chispa de esperanza murió en los ojos de la señora Bird–. Pero la pura verdad es que usted ya no da las órdenes en esta casa. Ahora es la esposa de Chillhurst. Él es el dueño de la casa y puede hacer lo que se le antoje.

Minotauro lloriqueó bajito y metió la cabeza debajo de la mano de Olympia.

–Lamento mucho lo que sucedió anoche, señor.

Robert estaba tieso como un soldado frente a Jared. Tenía la vista fija en la pared detrás de Jared, por encima de su hombro izquierdo.

Este último tenía los codos apoyados en el escritorio, las yemas de los dedos unidas y las tamborileaba entre sí. Estudió el rostro de Robert, plenamente consciente de que el mocoso estaba haciendo valientes esfuerzos para que el labio no le temblara.

–¿Entiendes concretamente qué es lo que me ha defraudado de ti, Robert?

–Sí, señor. –Robert parpadeó varias veces.

–No fue el hecho de que te hayas metido en problemas. Tampoco el que me hayas costado un buen reloj.

–Lamento mucho lo de su reloj, señor. –Robert se animó a mirarle furtivamente, pero luego volvió a clavar la mirada en el mismo lugar que antes.

–Olvida el reloj. Es barato comparado con el honor. Nada es más importante para un hombre que el honor.

–Sí, milord.

–Cuando das a alguien tu palabra, Robert, debes hacer todo lo que esté a tu alcance para cumplir con ella. No puedes aceptar nada menos. No es honorable.

–Sí, señor. Prometo ser muy cuidadoso con mi honor en el futuro. –Robert resolló audiblemente.

–Me alegra oír esa decisión.

–Señor, desearía pedirle un favor muy especial. –Robert le miró con ansiedad–. Sé que no me lo merezco, pero estoy dispuesto a hacer cualquier cosa a cambio.

–¿Cuál es ese favor?

–Deseo pedirle que no castigue a los demás por lo que yo hice. –Robert tragó saliva–. Ethan y Hugh son muy pequeños, señor. Están aterrados ante la posibilidad de que les envíe a Yorkshire. Y sé que tía Olympia se pondría muy triste si les apartara de su lado. Verá, ella nos aprecia bastante. Se sentiría muy sola sin nosotros.

–Nadie será expulsado de esta casa, Robert. –Jared suspiró–. Tú, tus hermanos y tu tía estáis ahora bajo mi protección. Puedes estar completamente seguro que cumpliré mis responsabilidades hacia vosotros. –Esbozó una sonrisa–. Con un poco de suerte, actuaré mejor que anoche.

–Lo que sucedió anoche fue culpa mía, señor.

Robert frunció el ceño.

–Me temo que ambos tendremos que asumir nuestra parte de culpa. Yo no debía haberte perdido de vista. Tuve que haber adivinado que te tentaría ir solo a Dark Walk por el desafío que te hizo aquel muchachito.

–¿Y cómo habría podido adivinarlo, señor?

Robert pareció confuso.

–Porque alguna vez yo también tuve tu edad.

Robert le miró asombrado.

–Sí, lo sé. Es difícil de creer. –Jared bajó las manos y se reclinó contra el respaldo de la silla–. Bueno, ya hemos hablado lo suficiente de ese tema. Pasemos a otro.

–Señor, si no le importa, me gustaría saber precisamente qué castigo he de recibir por lo que hice anoche.

Robert vaciló.

–Dije que el asunto está terminado, Robert. Me doy cuenta de que ya te he castigado lo suficiente por lo que hiciste y eso basta.

–¿Sí?

–Por supuesto. Es un claro síntoma de que estás convirtiéndote en un hombre. –Jared sonrió satisfecho–. Estoy muy contento contigo, Robert. Uno de los principales objetivos de un maestro es ver que sus alumnos se conviertan en jóvenes honorables, en cuya palabra uno pueda confiar.

Con cierta sorpresa, Jared se dio cuenta de que no había dicho más que la verdad. Su actividad como maestro le daba sus satisfacciones. Pensó que un hombre podía pasarlo mucho peor en otros menesteres. Literalmente, un maestro se forjaba un futuro al educar a los niños.

–Sí, señor. Trataré de no volver a fallar nunca más. –Robert permaneció muy erguido–. ¿Eso significa que usted seguirá siendo nuestro maestro a pesar de que ahora está casado con tía Olympia?

–Sí, por supuesto. Me gusta esa tarea. Pero hay otra cosa que requiere mi atención inmediata. Robert, quiero que pienses detenidamente todo lo que sucedió anoche y que me lo cuentes detalladamente. Quiero saber todo lo que aquellos malvados dijeron mientras estuviste con ellos.

–Sí, señor, pero pensé que había dicho que el asunto había terminado.

–Sólo en lo que a ti respecta –dijo Jared–. Pero todavía quedan uno o dos detalles que debo solucionar.

–¿Qué clase de detalles, señor?

–Debo averiguar quién contrató a aquellos tipos para que te secuestraran.

–¿Va a buscarlo, señor?

Robert abrió los ojos desmesuradamente.

–Con tu ayuda lo encontraré, Robert.

–Haré todo lo que pueda. –Robert frunció el ceño, pensativo–. Pero no sé si podré ayudarle, señor. Lo único que recuerdo que dijeron era que la persona que les había contratado era un hombre de negocios, como usted.

–Supongo que sabrá que hubo rumores sobre la existencia de un amante. –Lady Aldridge miró con una expresión cómplice a Olympia–. Se dice que lord Chillhurst descubrió a su prometida en una situación de lo más embarazosa con un amante y allí mismo terminó el compromiso. Por supuesto que esa historia jamás se confirmó. Nadie relacionado con ella ha querido hablar del tema.

–Dudo seriamente que la historia haya sido cierta y no quiero hablar de eso, señora.

Olympia juntó las cejas, obviamente molesta.

Olympia se dio cuenta de que no lo estaba pasando nada bien. Había aceptado la taza de té que le ofreció lady Aldridge porque no había encontrado una manera amable de rechazarla. Después de haber pasado las últimas dos horas en la biblioteca de lord Aldridge, se sintió casi obligada a ser amable, aunque no hubiera encontrado nada útil en la colección de mapas. Desgraciadamente, acababa de descubrir de la manera más dura que lady Aldridge era una chismosa inveterada.

–Tiene razón, lady Chillhurst. Yo tampoco creo que sea cierta esa historia. –Pero la expresión de lady Aldridge traslucía con mucha mayor nitidez sus pensamientos al respecto. Era evidente que creía cada palabra.

–Perfecto. Tal vez podamos cambiar de tema.

Olympia trató de aparentar aburrimiento.

–Pero por supuesto, señora. –Lady Aldridge le dirigió una mirada de pesar–. No fue mi intención ofenderla. Espero que comprenda que no trataba de agraviar a la familia de su esposo. Sólo comentaba sobre lady Beaumont.

–Prefiero no hablar de ella tampoco.

–¿Qué sucede con esa lady Beaumont? –preguntó lord Aldridge mientras entraba en la sala de invitados. Al terminar Olympia su investigación, el hombre se había quedado unos minutos más en su biblioteca para devolver sus valiosos mapas a su lugar–. ¿Qué tiene que ver ella con el mapa de las Indias Occidentales que lady Chillhurst está tratando de localizar?

–Nada, querido. –Lady Aldridge le dirigió una sonrisa benévola–. Simplemente, le estaba contando cómo y por qué había terminado el compromiso entre lord Chilhurst y lady Beaumont hace tres años.

–Puras habladurías. –Lord Aldridge se dirigió hacia la mesa donde estaba el brandy y se sirvió una copa–. Chillhurst tenía toda la razón del mundo para romper ese compromiso. Un hombre de su posición no puede casarse con una mujer que empieza a mantener relaciones con otro hombre ya desde antes de la boda.

–Por supuesto que no –murmuró lady Aldridge. Miró a Olympia con interés.

–Debe pensar en su honor –comentó lord Aldridge–. El clan Flamecrest es terriblemente insólito, pero siempre ha sido muy orgulloso en cuestiones de honor.

–Si Chillhurst era tan amante de su honor, ¿por qué no retó a duelo al amante de su prometida cuando les sorprendió juntos? –Lady Aldridge sonrió fríamente–. También oí que el hermano de lady Beaumont le retó a duelo y que Chillhurst le ignoró.

–Probablemente, porque es demasiado inteligente como para dejarse matar por una mujer. –Lord Aldridge bebió un sorbo de brandy–. De todas maneras, todos saben que lord Chillhurst no tiene ni una gota de sangre caliente en sus venas. El resto de la familia es como un volcán, pero él no. Pregunte a cualquiera que haya hecho negocios con él. Es frío y calculador para todo.

–¿Usted ha hecho negocios con mi esposo? –preguntó Olympia, en otro desesperado intento por cambiar de tema.

–Seguro. Gané bastante dinero.

Lord Aldridge asintió con tosca satisfacción.

–No sabía que conociera a mi esposo –dijo Olympia.

–Bueno, no. Nunca he tratado con él directamente, como es natural. Nunca viene a la ciudad. Hace todos sus negocios a través de su hombre de confianza.

–¿El señor Hartwell?

–Precisamente. Felix Hartwell ha manejado los negocios de su esposo durante años. Pero todos saben que es Chillhurst quien da las órdenes. Con muy poco dinero volvió a rehacer la fortuna Flamecrest después de que su abuelo y su padre la hubiesen derrochado hasta el último penique. En cuestiones financieras, esa familia siempre tiene sus altibajos. Por lo menos, hasta que Chillhurst se hizo cargo.

–Mi esposo es bastante inteligente para esas cosas –dijo Olympia con orgullo.

–Es obvio que usted admira a su esposo, lady Chillhurst. –Lady Aldridge tomó su taza de té–. Me resulta muy emocionante, aunque un poco extraño, dadas las circunstancias.

–¿Qué circunstancias? –preguntó Olympia, irritada con su anfitriona. Si ser gentil con aquella clase de gente era uno de los requisitos para ser vizcondesa, pensó Olympia, le iba a resultar terriblemente difícil cumplir con sus funciones.

–Como mi esposo ha dicho, Chillhurst tiene fama de no sentir emociones fuertes. Es muy frío. Entonces, una se pregunta si no fue esa la razón por la que lady Beaumont buscó refugio en brazos de otro hombre durante su compromiso con él.

–Mi esposo es un hombre admirable en todos los aspectos, lady Aldridge. –Olympia estrelló su taza contra el platillo–. Y sí tiene la sangre caliente.

–¿De verdad? –Los ojos de lady Aldridge brillaron con maldad–. ¿Entonces por qué no se sintió en la obligación de retar a duelo al amante de su prometida ni en la de aceptar el desafío de su futuro cuñado?

–Las decisiones de mi esposo no son de su incumbencia, lady Aldridge. –Olympia se puso de pie–. Ahora, si me disculpan, el reloj acaba de dar las cuatro y debo marcharme. Mi esposo dijo que pasaría a recogerme a las cuatro en punto y es terriblemente puntual.

–La acompañaré hasta la puerta, lady Chillhurst.

Lord Aldridge dejó su copa de coñac.

–Gracias –Olympia no le esperó para abandonar la sala.

Aldridge la alcanzó en el vestíbulo.

–Lamento no haber podido ayudarla esta mañana, lady Chillhurst.

–No se preocupe.

La verdad era que Olympia había perdido las esperanzas de encontrar el mapa que le daría la pista necesaria para localizar la isla a la que Claire Lightbourne hacía referencia en su diario. Si bien tenía en su poder la mitad del mapa, no tenía ni la más remota idea de dónde podría estar situada aquella maldita porción de tierra.

–Lady Chillhurst, ¿no olvidará la advertencia que le hice respecto al señor Torbert, verdad? –Aldridge la miró nervioso–. Ese hombre no es de fiar. Prométame que actuará con cautela cuando trate con él.

–Le aseguro que lo haré.

Olympia se sujetó la cofia mientras el mayordomo le abría la puerta.

Jared esperaba en un coche de alquiler frente a las escalinatas del caserón. Ethan, Robert y Hugh estaban con él.

Olympia sonrió aliviada y bajó los escalones corriendo para reunirse con su familia.

CAPÍTULO XV

–Mirad eso –murmuró Hugh cuando Jared abrió la puerta situada junto a las escaleras de la mansión Flamecrest.

–Es la mejor habitación. Hay toda clase de cosas interesantes aquí –dijo Ethan. Se introdujo en el cuarto detrás de su hermano mellizo y examinó los baúles y muebles guardados allí–. Apuesto a que hay una fabulosa fortuna en joyas guardada en esos baúles viejos.

–No me sorprendería en absoluto.

Olympia levantó aún más el candelabro y miró por encima de la cabeza de los niños, para estudiar el cuarto en penumbra. A la pálida luz del cirio unas enormes y delicadas telarañas vibraron como velos rasgados.

Ethan tenía razón, pensó Olympia. Aquella sala, que aparentemente era el trastero de la casa era la más intrigante de las muchas habitaciones que Jared les había mostrado en la visita que habían hecho por la mansión.

Pero no la más inusual. Aquel honor lo tenía la galería del piso de abajo, que tenía una escalera que no llevaba a ninguna parte. Simplemente, acababa hacia la mitad en una pared de piedra. Sin embargo, el cuarto que estaban explorando en aquellos momentos reunía la más interesante colección de trastos de toda clase, decidió Olympia.

–Cualquiera sabe lo que uno podría descubrir aquí –dijo Olympia.

–Tal vez encontremos uno o dos fantasmas –dijo Robert con sombrío placer–. ¿Es un lugar muy raro, no? Se parece a una de las habitaciones de la casa embrujada del libro que estoy leyendo.

–Fantasmas –repitió Hugh con voz entrecortada por el entusiasmo y el miedo–. ¿Realmente crees que puede haber algún fantasma aquí dentro?

–Tal vez el espíritu del mismo capitán Jack –sugirió Ethan con un tono de voz sepulcral–. Quizá pasa a través de las paredes y baja flotando por las escaleras de la galería.

Jared miró de reojo a Ethan enarcando una ceja.

–Es una idea interesante. El fantasma del capitán Jack. –Olympia frunció el ceño.

–El capitán Jack murió tranquilamente en su cama –dijo Jared en tono apagado–. Tenía ochenta y dos años y sus restos descansan en la isla de Flame. Este caserón ni siquiera estaba edificado cuando él murió.

–¿Entonces quién construyó esta mansión, señor? –preguntó Hugh.

–El hijo del capitán Jack, el capitán Harry.

–¿Su abuelo la construyó? –Hugh abrió desmesuradamente sus ojos–. Vaya, seguramente fue un hombre muy inteligente.

–Inteligente, sí –dijo Jared–. Inteligente para gastar dinero. Esta casa representa uno de los métodos más interesantes para dilapidar una parte importante de la fortuna familiar.

–¿Qué pasó con las otras? –preguntó Ethan.

–Mi padre y mi tío se encargaron de acabar con el resto. De no haber sido por mi madre, todos estaríamos ahogándonos en el fango de la pobreza ahora –explicó Jared.

–¿Qué hizo su madre para salvarle de la pobreza? –preguntó Robert.

–Me dio uno de sus collares. –Jared miró a Olympia a los ojos–. A ella se lo había regalado mi abuela, quien a su vez lo había recibido de mi bisabuela.

–¿Claire Lightbourne? –preguntó Olympia abriendo los ojos.

–Sí. Tenía diamantes y rubíes y era valiosísimo. Mi madre me lo dio cuando tenía diecisiete años y me dijo que debía regalárselo a la mujer con la que me casara. La intención de ella era que fuera pasando de generación en generación en nuestra familia por una línea ininterrumpida de vizcondesas Flamecrest. Mi madre era una especie de romántica.

–Tía Olympia es la mujer con la que se ha casado –dijo Robert–. ¿Le ha regalado el collar?

–Sí, ¿ya se lo ha dado? –preguntó Hugh, obviamente interesado en la historia.

–No –contestó Jared sin mostrar emoción alguna–. Lo vendí cuando cumplí diecinueve años.

–*Lo vendió* –Ethan hizo una mueca de desilusión.

–¿Vendió el hermoso collar de su bisabuela? –Hugh miró a Jared–. ¿Cómo pudo hacer eso, sabiendo que debía pertenecer a su esposa?

–Utilicé el dinero para arreglar el único barco que le quedaba a mi familia en aquella época. –Jared no apartaba los ojos de Olympia–. Aquel barco fue la base de todos los negocios que hice después.

Olympia advirtió la determinación de su esposo y supo, sin duda alguna, lo que le habría costado desprenderse del collar de su madre.

–Fue algo positivo milord –dijo ella comprensiva–. Estoy segura de que tu madre se habría sentido orgullosa de su hijo, que usó el dinero para rehacer la fortuna de la familia Flamecrest.

–No particularmente –dijo Jared fríamente–. Mi madre se puso tan melodramática como el resto de la familia. Lloró al enterarse de cómo había actuado para financiar la reparación de aquel primer barco. Pero, por supuesto, no dejó por eso de disfrutar de los resultados.

–¿Qué quiere decir? –preguntó Hugh.

–Mamá celebró muchas fiestas importantes aquí en la ciudad. –Jared hizo un gesto con la mano, como para abarcar toda la mansión–. Le encantaba recibir gente y gastaba gran cantidad de dinero en bailes y fiestas que ofrecía en esta casa. Recuerdo una en particular, en la que se le ocurrió mandar construir una catarata y una pequeña laguna de champaña en una de las salas.

–Vaya –dijo Hugh–. ¡Una catarata de champaña!

–Apuesto a que usted recuperó el collar cuando se hizo rico. –Robert inclinó la cabeza con gesto interrogante.

–Quise hacerlo, pero llegué demasiado tarde. –Jared apretó las mandíbulas–. El joyero que me lo compró lo había desmembrado por completo. Quitó todas las piedras para utilizarlas en diferentes brazaletes, sortijas y prendedores. Todo se había dispersado entre distintas manos. Era muy difícil localizar todas las piedras y volverlas a ensamblar.

–De modo que se perdió para siempre –concluyó Hugh con un dramático suspiro.

–Eso me temo. –Jared inclinó la cabeza.

–Yo creo que hiciste lo que debías, milord. –Olympia levantó el mentón–. Todos deberían honrarte por haber solucionado las cosas con lógica y sentido práctico en aquellas circunstancias. Tengo la sospecha de que tus familiares, aunque no lo hayan confesado abiertamente, se habrán sentido orgullosos de ti.

Jared levantó un hombro, transmitiendo indiferencia con su gesto y miró la habitación en penumbra. La pesada llave que había usado para abrir la cerradura, colgaba de la argolla de hierro que tenía en la mano.

–Ahora no tiene ninguna importancia, ¿verdad? Ya está hecho. En cuanto a los fantasmas y demás, dudo que en esta habitación vayáis a encontrar algo más interesante que muebles con mucho polvo y retratos viejos de la familia.

–*Retratos.* –La excitación afloró en la voz de Olympia–. Por supuesto. Tal vez haya algún retrato de Claire Lightbourne por aquí. Y, tal vez, hasta haya alguno del capitán Jack.

–Quizá. Podrás buscarlos más tarde, si quieres. –Jared miró por última vez la habitación con expresión desdeñosa–. Está oscureciendo y sospecho que la cena debe de estar lista. –Automáticamente, se llevó la mano al bolsillo vacío.

Olympia hizo una mueca. Ethan, Hugh y Robert miraron la mano de Jared y contuvieron la respiración.

Una pálida sonrisa asomó a sus labios cuando rozó el bolsillo vacío con las yemas de los dedos. Se volvió sin hacer comentarios y caminó hacia la puerta.

–Vamos. Ya hemos perdido bastante tiempo dando vueltas por la casa.

Los niños salieron con reticencia detrás de él. Olympia echó un último vistazo a la habitación antes de seguir a los demás. Se consoló pensando que, en otra oportunidad, podría volver a buscar tranquilamente lo que quería.

Jared unió las yemas de los dedos y observó a su nuevo mayordomo analíticamente. Él mismo lo había contratado, luego de indicar a Felix que no se molestara en buscar a una persona para aquel puesto.

–Nunca me había dicho que quería tomarse la molestia de seleccionar usted mismo a un mayordomo, Chillhurst. –Felix se mostró sorprendido de que Jared hubiera preferido entrevistar personalmente a los aspirantes para el cargo.

–Me temo que es algo que debo atender en persona –le contestó Jared–. Se requieren ciertas condiciones, ¿sabes?

–¿Por qué? –Felix no lo comprendió.

Jared sonrió ante la confusión de su amigo.

–Porque esta persona estará obligada a trabajar con el ama de llaves que tenemos, y es una mujer de lo más inusual.

–Ya le dije que debería permitirme que la reemplazara por otra, bien entrenada y experimentada –musitó Felix.

–No puedo hacer eso. Mi esposa no lo permitiría jamás. Está muy unida a esa mujer.

–¿Permite que su esposa dé las órdenes en ese aspecto? –Felix le miró de una manera extraña.

–Digamos que me complace malcriar a mi flamante esposa. –Jared giró la palma de la mano, que quedó hacia arriba, en un gesto de resignación, en su nuevo papel como esposo.

–Empiezo a creer que habla con honestidad cuando me dice que es un hombre nuevo, atrapado en las redes de la pasión, Chillhurst. –Felix suspiró audiblemente–. Usted no es así, amigo mío. Tal vez tendría que consultar con un médico.

–¿Te parece?

–Pero le aconsejo que no recurra al mismo doctor que Beaumont. –Felix rió–. Por lo que se cuenta, el matasanos no ha podido curar al pobre hombre del mal que le aqueja.

El recuerdo del consejo de Felix hizo sonreír a Jared, mientras examinaba al señor Graves, de Bow Street.

El apellido le venía de perilla[1]. Era alto, de hombros caídos y cadavéricamente flaco. Tenía la permanente expresión de condolencia de un sepulturero. Jared se había quedado con él después de haber entrevistado a varios candidatos de Bow Street, al ver el brillo de perspicaz inteligencia que reflejaba su mirada.

–Bien, ¿comprende entonces cuáles son las obligaciones en esta casa? –preguntó Jared.

–Sí, milord, creo que sí. –Graves tiraba, muy incómodo, de su nueva chaqueta negra. Obviamente, no estaba acostumbrado a tanto refinamiento–. Debo cuidar de cerca a todos los habitantes de esta casa y no permitir la entrada de nadie que usted mismo no haya autorizado a que lo haga.

–Correcto. También tendrá que estar atento a todo suceso inusual o sospechoso. Quiero un informe diario de todos los hechos cotidianos, por mundanos que le parezcan, que se susciten mientras yo esté fuera de la residencia. ¿Está claro?

–Sí, milord. –Graves hizo un valiente esfuerzo por erguir sus caídos hombros–. Puede contar conmigo para eso, señor. No le he fallado en el otro aspecto, ¿verdad?

–Claro que no, Graves. –Jared tamborileó los dedos–. Usted y su amigo Foz me han proporcionado la evidencia que necesitaba para poner a prueba mi teoría.

–Fox y yo nos sentimos muy complacidos de poder satisfacerle, señor.

–Tal como ya le he dicho, tengo razones para creer que alguien trató de secuestrar al sobrino de mi esposa en una ocasión. Además, es posible que esa persona haya tratado de entrar en nuestra anterior residencia en Ibberton Street. Quiero que mantenga todo bajo vigilancia. No me importa tanto la posibilidad de que entren a robar algo como la de que hagan daño a cualquiera de mis familiares.

–Entendido, milord.

–Muy bien entonces. Empezará a hacerse cargo de sus

1. Graves significa «tumbas». *(N. de la T.)*

obligaciones desde ahora mismo. –Jared frunció el ceño–. Una cosa más, Graves.

–¿Sí, milord?

–Hará todo lo que esté a su alcance para llevarse bien con nuestra ama de llaves, la señora Bird. No quiero que se me moleste con discusiones entre el personal, ¿de acuerdo?

–Sí, señor. La señora Bird y yo ya nos hemos presentado. Es una mujer muy particular, si me permite que se lo diga. Tiene mucho humor. Siempre me agradaron las mujeres con humor.

–Entonces ya veo que no tendré que preocuparme por el asunto. –Jared disimuló una sonrisa–. Puede retirarse.

–Sí, milord.

Jared esperó a que su nuevo mayordomo abandonase la biblioteca. Luego, se puso de pie y rodeó el escritorio, para ir a detenerse junto a la ventana. Los jardines todavía estaban hechos un verdadero desastre, pero la mansión, que había estado cerrada durante años, había cambiado espectacularmente por dentro. Habían limpiado y sacado brillo a todo. La madera relucía y los cristales habían recuperado su brillo natural. Aquella vieja monstruosidad, milagrosamente, había dejado de ser un claustro para convertirse en un hogar acogedor para los tres niños que estaban a su cargo y su esposa.

No, se corrigió al instante. Era exactamente al revés. Los niños y Olympia habían transformado la casa en un hogar.

Después de unos minutos de reflexión, Jared volvió al escritorio y se sentó. Abrió una gaveta y extrajo su libro de citas. Al abrirlo, contempló las notas que había tomado allí en los últimos meses.

Ya no podía negar una conclusión tan obvia. La evidencia era demasiado clara para ser ignorada. Jared se preguntó por qué habría pospuesto lo inevitable durante tanto tiempo. No era su naturaleza vacilar en aquellos asuntos.

Lo había sospechado desde un principio, pero esperó encontrar otra explicación para la malversación de fondos.

Ya era hora de actuar. Había hecho el papel de tonto durante demasiado tiempo.

La noticia de que Olympia era la esposa del vizconde Chillhurst había corrido con una velocidad asombrosa. Ella deseaba que no hubiera sido así.

Ser una vizcondesa comenzaba a traer sus problemas, pensó Olympia dos días después, mientras le ayudaban a descender del antiguo carruaje Flamecrest. Aparentemente, cuando una tenía un título, perdía parte de su identidad personal.

Jared había ordenado que sacaran el viejo vehículo del depósito, que lo limpiaran, lo lustraran y lo engancharan a caballos bien robustos. Seguidamente, estableció que cada vez que Olympia abandonara la mansión, debía ir escoltada, permanentemente, por un criado y una dama de compañía.

La nueva dama de compañía, una joven de diecisiete años, demasiado servicial y comedida, siguió a Olympia, tal como sus obligaciones se lo dictaban, mientras ésta subía las escalinatas de la entrada de la Institución Musgrave.

–Puedes esperar en uno de esos bancos, Lucy. –Olympia señaló los bancos de madera del vestíbulo ante la biblioteca–. Regresaré dentro de una hora aproximadamente.

–Sí, señora. –Lucy hizo una reverencia.

Olympia entró de inmediato en la biblioteca. El viejo encargado le hizo un gesto de bienvenida con la cabeza.

–Buenos días, lady Chillhurst. Lamento cualquier descortesía por mi parte en el pasado.

–Buenos días, Boggs. –Olympia se quitó los guantes y sonrió al hombre–. ¿Qué es eso de la descortesía? Siempre ha sido usted muy atento conmigo.

–Lamento decir que no sabía que usted era la vizcondesa Chillhurst. –Boggs la miró, indignado consigo mismo.

–Ah, por eso. –Olympia restó importancia al tema. Ya había discutido con Jared acerca de cómo debía manejar esa clase de situaciones–. Por supuesto que no lo sabía. Mi esposo prefiere la privacidad y por eso decidimos pasar inadvertidos, permanecer casi en el anonimato, mientras estuviéramos en la ciudad. Pero, como nos descubrieron, milord decidió que ya no tenía sentido seguir ocultándonos de todo el mundo.

–Sí, señora. –Evidentemente, a Boggs no le entraba en la cabeza que alguien que tuviera un título nobiliario quisiera permanecer en el anonimato. Pero era demasiado gentil como para expresar sus pensamientos en voz alta.

–¿Le importaría si reviso las cartas y mapas de las Indias Occidentales una vez más?

–En absoluto. –Boggs la condujo hacia la sala de los mapas–. Utilice lo que quiera. Tuve que abrir la sala para otro miembro de la sociedad. Está aquí ahora, investigando el material.

–¿Sí? –Olympia frunció el ceño–. ¿El señor Torbert o lord Aldridge?

–No, el señor Gifford Seaton.

–¿El señor Seaton? –Olympia estaba tan asombrada que, por poco, se le cae el bolso–. No sabía que también fuera miembro de la sociedad.

–Sí, lo es. Se inscribió poco después de que su hermana se casase con lord Beaumont. Debe hacer unos dos años; pasa bastante tiempo en la sala de las Indias Occidentales.

–¡Oh! –Olympia caminó hacia la puerta y miró el oscuro y sombrío interior.

Gifford estaba de pie, frente a una gran mesa de caoba, examinando un mapa que había desenrollado. Levantó la vista y vio a Olympia. Su sonrisa fue calculadora.

–Lady Chillhurst. –Gifford mantuvo la mano en un extremo del mapa, mientras saludaba a Olympia con una reverencia–. Me alegro de verla. Me habían dicho que tenía la costumbre de utilizar la biblioteca de la sociedad.

–Buenos días, señor Seaton. Esta misma mañana me acabo de enterar de que usted es miembro activo de la Sociedad de Viajes y Exploraciones.

–He leído todos sus artículos publicados por la Sociedad –murmuró Gifford–. Son extremadamente informativos, si me lo permite.

–Muy amable. –Olympia se sintió ridículamente complacida. El malestar que había experimentado al ver a Gifford en aquella sala fue desvaneciéndose lentamente. Se acercó más a la mesa y observó el mapa–. Veo que está estudiando las Indias Occidentales. ¿Está escribiendo algún informe o planeando algún viaje a esa zona?

–Cabe la posibilidad de los dos. –Gifford la estudió meticulosamente.– Tengo entendido que usted también está interesada en esa región, lady Chillhurst. Boggs me ha dicho que usted ha estudiado los mapas y cartas de la zona.

–Tiene razón. –Miró el mapa que Gifford había desenrollado–. Sin embargo, no he tenido oportunidad de estudiar éste. Parece bastante antiguo.

–Lo es. Lo encontré el mes pasado y lo guardé en un cajón aparte, para poder tener acceso a él cuando lo necesitara.

–¿De verdad? –Olympia miró con interés el mapa–. Con razón yo no lo había visto con anterioridad.

–Sin duda. –Gifford vaciló y luego hizo un gesto hacia el mapa–. Puede examinarlo ahora, si lo desea. A mí me ha resultado muy interesante, porque informa de islas pequeñas que no están en los demás mapas de la colección de la sociedad.

–Qué interesante. –Olympia dejó a un lado su bolso y se inclinó sobre el mapa.

–¿Debo deducir que le interesan islas no registradas de las Indias Occidentales, señora?

–Sí, ciertamente. –Olympia se aproximó más al mapa, buscando puntos familiares de referencia, que hubiera localizado en otros mapas de la zona. Pero se desilusionó en cuanto lo miró detenidamente–. Ésta es una descripción muy poco habitual de la geografía de la zona. No está tan elaborada como la mayoría.

–Me dijeron que este mapa fue trazado personalmente por un bucanero que recorrió las Indias Occidentales hace más de cien años.

–¿Un mapa de bucanero? –Olympia levantó la vista de inmediato y descubrió que Gifford la observaba de una manera muy especial–. ¿De verdad?

–Eso fue lo que Boggs me dijo. –Él se encogió de hombros–. ¿Pero quién puede estar seguro de esas cosas? El mapa no está firmado, de modo que no hay modo de confirmar el nombre de la persona que lo trazó.

–Fascinante. –Olympia continuó examinando el mapa–. Ciertamente parece bastante antiguo.

–Sí. –Gifford se movió y se aproximó más a ella de modo que también podía estudiar el mapa–. Lady Chillhurst, me gustaría disculparme por mi comportamiento de la otra tarde. Lamento haberla ofendido.

–No se preocupe, señor. –Olympia examinó más detenidamente un puntito de tierra que no había observado en otros mapas–. Creo que hay demasiadas emociones involucradas en esa situación.

–Mi hermana y yo hemos estado solos en el mundo –dijo Gifford–. Hasta que se casó con Beaumont, nuestra situación financiera era extremadamente precaria. Hubo veces en las que temí que pasaríamos el resto de nuestras vidas en un asilo, o en la prisión debido a las deudas.

Olympia se sintió muy apenada. Por lo menos, ella no había tenido que pasar por aquellos temores gracias a la pequeña herencia que había recibido de tía Sophy y tía Ida.

–Qué penoso para ambos –dijo Olympia dulcemente–. ¿No tenían parientes a quienes recurrir?

–Ninguno. –La sonrisa de Gifford fue melancólica–. Vivíamos como podíamos, señora. Y lamento decir que, la mayoría de las veces, fue mi hermana la que tuvo que cargar con el fardo más pesado. Yo era demasiado joven para prestarle ayuda. Se hizo cargo de ambos, hasta que consiguió un buen casamiento.

–Ya veo.

–Mi familia no siempre fue pobre. Demetria y yo tuvimos que pasar por esa vergüenza porque mi padre no tenía el menor talento para los negocios. –Gifford apretó los dientes–. Y para empeorar las cosas, le encantaban los juegos de azar. Se disparó un tiro en la cabeza el mismo día que apostó lo último que quedaba de la herencia que había recibido.

–Lamento mucho oír eso.

Olympia olvidó el mapa que tenía frente a sí. El dolor de los ojos de Gifford no era para ser ignorado.

–Mi abuela heredó una gran fortuna, ¿sabe?

–¿De verdad?

–Sí. –Gifford asumió una expresión distante, como si contemplara el pasado y lo viera con nitidez–. Heredó un imperio en construcciones navales de mi bisabuelo y lo administró con la misma habilidad que cualquier hombre.

–Seguramente fue una mujer muy inteligente –dijo Olympia.

–Se decía que era extremadamente astuta. En aquella época, sus barcos zarpaban desde América hasta los puntos más distantes del planeta llevando sedas, especias y té.

–¿América?

–Sí. Mi bisabuelo había establecido su compañía naviera en Boston. Mi abuela se crió allí. Más tarde, se casó con uno de sus capitanes. Se llamaba Peter Seaton.

–¿Su abuelo?

–Jamás conocí a ninguno de mis abuelos. –Gifford asintió–. Mi padre era hijo único. Cuando sus padres fallecieron lo heredó todo. Vendió los barcos y volvió a Inglaterra. –Gifford apretó los puños–. Se casó y luego se dedicó a despilfarrar todo el dinero.

–¿Qué pasó con su madre?

–Murió al nacer yo.

Gifford bajó los ojos con los puños aún cerrados.

–Y ahora no tiene más que a su hermana.

–Y ella sólo me tiene a mí. –Gifford entrecerró los ojos–. Espero que entienda por qué me enfurecí cuando Chillhurst rompió el compromiso. Ella había trabajado tanto para ganarse el interés de él. Aquel verano había empeñado hasta las últimas joyas de mi madre para comprarse vestidos que le impresionaran.

–Señor Seaton, me llena de tristeza su desgraciada historia familiar. –Olympia le tocó la manga–. Pero, por favor, no culpe a mi esposo de lo sucedido. Le conozco lo suficiente como para saber que él no rompió el compromiso al enterarse de cuál era la situación económica de su hermana.

–Demetria me dijo la verdad y yo prefiero creer en ella, no en Chillhurst. –Gifford se apartó bruscamente de la mesa–. Es todo tan injusto, maldita sea.

–Pero su hermana ha conseguido un matrimonio bastante

conveniente y parece muy feliz. Usted goza de las ventajas de estar emparentado con lord Beaumont. ¿Por qué no está tan contento como ella, entonces?

–Porque no está bien. –Gifford se volvió de inmediato para mirarla cara a cara, consumido por el odio–. ¿No lo entiende? No es justo que Chillhurst lo tenga todo y nosotros no tengamos nada. *Nada.*

–Señor Seaton. No le comprendo. A mí me parece que han conseguido lo que querían.

–Le pido que me disculpe, lady Chillhurst. No sé lo que me ha pasado. –Gifford hizo un esfuerzo evidente por mantener el control. Cerró los ojos e inspiró profundamente.

–Tal vez lo mejor sea cambiar de tema. –Olympia sonrió–. ¿Quiere que estudiemos juntos este mapa?

–En otro momento, tal vez. –Gifford extrajo su reloj de bolsillo y miró la hora–. Tengo otro compromiso.

–Sí, por supuesto. –Olympia miró el reloj, pensando en el que Jared había tenido que dar para recuperar a Robert–. Es un reloj muy bonito. ¿Puede decirme dónde puedo comprar otro igual?

–Lo compré en una pequeña tienda, en Bond Street. –Gifford frunció el ceño–. Hice diseñar toda la pieza y las faltriqueras especialmente para mí.

–Ya veo. –Intrigada, Olympia avanzó un paso–. El motivo de la caja es bastante original. ¿Parece una serpiente?

–Una serpiente de mar. –Gifford volvió a guardar el reloj en el bolsillo–. Una criatura mitológica y legendaria, ya sabe usted. –La sonrisa de sus labios no se reflejaba en su mirada–. Es el símbolo de la época en la que mi familia tenía el puesto que le correspondía en el mundo. Ahora, si me perdona, debo irme.

–Que tenga un buen día, señor Seaton.

Olympia miró pensativa cómo Gifford abandonaba la sala. Cuando se quedó sola, volvió a concentrarse en el viejo mapa sobre la mesa. Pero su mente ya no estaba allí.

Le preocupaba el elaborado diseño del reloj de Gifford y de las faltriqueras.

Le resultó extrañamente familiar.

–Bienvenida a casa, milady. –Graves sostuvo abierta la puerta principal de la mansión Flamecrest, mientras Olympia subía rápidamente los escalones de la entrada–. Tenemos visita.

–¿Sí? –Olympia se detuvo en el vestíbulo y se volvió para mirar al nuevo mayordomo.– ¿Lo sabe la señora Bird?

–Sí, milady, ya lo sabe. –Graves sonrió–. Y está ligeramente alborotada por ello.

–Señorita Olympia, ¿es usted? –La señora Bird apareció en escena–. Ya era hora que llegara. Milord me djo que esta noche van a venir dos personas más a cenar. Y encima tengo que preparar dos habitaciones para que se queden a dormir. Lo que yo quiero saber es si todo este lío va a ser permanente.

–Bueno, en realidad, no puedo contestarle a eso –dijo Olympia–. No tengo la menor idea de cuántos amigos va a recibir milord.

–No son amigos –dijo la señora Bird pensando en un mal presagio–. Son parientes. El padre y el tío de milord. –Bajó la voz y miró a ambos lados para asegurarse de que no hubiera nadie más en el recibidor–. El padre de milord es un *conde.*

–Sí, ya lo sé. –Olympia desató las tiras de su cofia–. Estoy segura de que usted podrá solucionar perfectamente el problema de los invitados de esta casa, señora Bird.

–Por supuesto que usted puede, señora. –Graves sonrió a la señora Bird con expresión enamoradiza–. El poco tiempo que llevo en esta casa me ha bastado para darme cuenta de que la señora Bird es una mujer muy habilidosa.

–Sólo quería saber cuántas veces voy a tener que hacer esto. –La señora Bird se puso colorada como un tomate–. Tengo que establecer planes, ¿sabe?

–No dude en pedirme ayuda cuando lo necesite, señora Bird –comentó Graves–. Me encantaría colaborar en lo que pueda. Seguramente, juntos podremos lograrlo.

–Entonces creo que podremos solucionarlo.

La señora Bird bajó los ojos con modestia.

–No lo dude –dijo Graves.

–¿Dónde está milord y nuestros invitados?

Olympia miró a uno y a otra.

–Milord está en la biblioteca, señora –dijo Graves–. Los invitados, arriba, con los niños. Creo que el conde y su hermano están contando anécdotas a los señores Robert, Ethan y Hugh.

–¿Anécdotas? –Olympia, que se dirigía a la biblioteca, se detuvo un instante.

–Sobre un tal capitán Jack, creo, señora.

–¡Ah! bueno, entonces mis sobrinos deben de estar muy entretenidos con las historias.

Olympia cogió el picaporte de la puerta de la biblioteca.

–Permítame, señora.

Graves acudió de inmediato a la puerta, para abrírsela.

–Gracias –le dijo Olympia gentilmente, un poco asombrada por semejante tratamiento–. ¿Tiene que hacer eso siempre?

–Sí, señora. Forma parte de mi trabajo.

Graves inclinó la cabeza y le hizo un gesto como para que entrara en la biblioteca.

–Buenos días, querida.

Jared se hallaba sentado trabajando en su escritorio. Levantó la vista cuando vio entrar a Olympia.

–Buenos días, querida. –Se puso de pie–. Me alegra que estés en casa. Tenemos visita. Mi padre y mi tío han llegado.

–Eso tengo entendido.

Jared esperó a que la puerta se cerrara detrás de ella. Luego le sonrió.

Olympia atravesó la sala y se lanzó en sus brazos. Levantó el rostro para recibir su beso.

–Creo que me agrada esto de estar casado –murmuró Jared cuando finalmente alzó la cabeza.

–A mí también. –Olympia retrocedió un paso con reticencia–. Jared, acabo de tener una conversación de lo más inusual con Gifford Seaton. Hay uno o dos puntos que me gustaría...

–¿Qué te ha dicho? –La sonrisa sensual de Jared desapareció tras una máscara de odio.

–No hay necesidad de que levantes la voz, milord. –Olympia frunció el ceño–. Puedo oírte perfectamente bien. Te decía que acabo de mantener una conversación de lo más extraño con el señor Seaton.

–¿Seaton te habló?

–Sí, eso es lo que trato de decirte. Nos encontramos en la biblioteca de la sociedad, en la Institución Musgrave. Es de lo más asombroso, pero parece que tanto el señor Seaton como yo tenemos interés en las Indias Occidentales.

–Canalla –dijo Jared con una voz peligrosamente baja–. Le dije que no se te acercara.

–No creo que debas insultarle de ese modo. –Olympia se enfadó–. El señor Seaton es una persona problemática. Ha tenido una vida muy difícil.

–Seaton es una rata perversa y calculadora que lo único que quiere es hacer daño. Le di órdenes estrictas de que se mantuviera alejado de ti.

–Por el amor de Dios, Jared, no es culpa del señor Seaton que nos hayamos encontrado accidentalmente en la biblioteca de la sociedad.

–No estés tan segura de eso. Tal vez Seaton se enteró de que habitualmente acudes a la biblioteca y de que pasas varias horas allí. Por lo tanto puede haber planeado una visita para que coincida con la tuya.

–La verdad, Jared, es que te estás extralimitando. El señor Seaton parece tener un genuino interés académico en las Indias Occidentales. Hasta me permitió ver un mapa que había descubierto en la biblioteca.

–Apuesto a que tenía un motivo para hacerlo. –Jared se sentó en la silla de su escritorio con una expresión de amargura–. Sea como fuere, yo me encargaré de esto. Mientras tanto, tú evitarás tener otro contacto con Seaton. ¿Está claro, milady?

–Ya basta, milord. –Olympia le miró consternada.

–¿Qué basta? Todavía no he empezado. Voy a dar al joven Seaton una lección que no olvidará en toda su vida.

–Jared, no voy a permitir que continúe esta conversación. No pensarás que puedes dar órdenes absurdas y que puedes imponerte así sólo porque te has convertido en mi esposo.

–Sé muy bien que tú prefieres no tener que preocuparte por los molestos problemas de la vida diaria, querida. –Jared la miró fríamente–. No obstante, en cuanto a nuestro matrimonio, hay un pequeño detalle que temo tendrás que tener muy en cuenta.

–¿Y cuál es ese pequeño detalle? –Olympia entrecerró los ojos.

–Yo soy el amo de esta casa. –Jared se reclinó sobre el respaldo de su silla, apoyó los codos en los posabrazos y unió las yemas de los dedos–. Haré lo que considere que es mejor y tomaré las decisiones correspondientes. Tú obedecerás esas decisiones, milady.

–No haré semejante cosa. –Olympia se quedó boquiabierta–. No a menos que esté de acuerdo con esas decisiones. Y sucede que no estoy de acuerdo con la orden que acabas de dictar respecto al señor Seaton.

–Maldición, Olympia. Soy tu esposo y harás lo que yo diga.

–Haré lo que me venga en gana, como siempre lo he hecho –protestó Olympia. Oyó que la puerta se abría a sus espaldas, pero no le prestó la menor atención–. Ahora me escucharás a mí, señor Chillhurst y prestarás mucha atención. No te olvides de que yo te he empleado como maestro de esta casa. A fin de cuentas, me parece que aún eres empleado mío.

–Eso es una rotunda estupidez –contestó Jared de forma airada–. Eres mi esposa, no mi superiora.

–Eso, señor, es una cuestión de opiniones. En lo que a mí respecta, en nada ha cambiado nuestro acuerdo original.

–Todo ha cambiado –dijo Jared entre dientes–. Y eso, señora, no es una cuestión de opiniones. Es asunto legal.

–¡Oh! ¡oh! –Una voz desconocida interrumpió la discusión antes de que Olympia pudiera contestar.

–¿Qué está sucediendo aquí? –preguntó otra voz desde la puerta–. ¿Crees que estamos interfiriendo en una pelea doméstica, Thaddeus?

–Eso parece –dijo el primero con tono alegre–. Nunca

había visto a tu hijo enfadado, Magnus. Tal vez el matrimonio le haya sentado bien.

–¡Santo cielo! –murmuró Jared. Miró hacia la puerta–. Milady, permíteme presentarte a mi padre, el conde de Flamecrest y a mi tío Thaddeus Ryder. Caballeros, mi esposa.

Cuando Olympia se volvió, encontró a dos hombres mayores de aspecto imponente. Ambos de cabellos canos, apuestos y vestidos de punta en blanco, le sonrieron con una picardía que, indudablemente, habría ganado muchos corazones femeninos.

–Flamecrest para servirle –dijo el más alto de los dos con una elegante reverencia–. Un placer conocerla, señora.

–Thaddeus Ryder. –El segundo hombre le sonrió con simpatía–. Me alegra comprobar que, al fin, Jared haya cumplido con sus obligaciones hacia la familia. No creo que haya encontrado aún la llave del tesoro del capitán Jack, ¿verdad?

–Maldita sea, tío, ¿acaso no conoce el significado de la discreción?

Jared soltó una exclamación de genuino disgusto.

–No es necesario ser discretos ahora, muchacho. –Thaddeus le miró sorprendido–. Ella es de la familia.

–La mejor solución de todas, si me lo permiten –dijo Magnus, con una sonrisa radiante dirigida a Olympia–. Así no habrá que molestarse en visitarla a hurtadillas por las noches y tratar de cautivarla para que revele el secreto. Ahora será un placer para ella contarnos todo lo que descubra, ¿no es así, querida?

–Será un placer para mí compartir con ustedes todo lo que averigüe en mis investigaciones. –Olympia estudió a ambos hombres con enorme interés–. Sin embargo, creo que deben saber que hay alguien más detrás del tesoro.

–¡Por los clavos de Cristo! –La sonrisa de Magnus se transformó en una mueca iracunda–. Me lo temía. –Miró a su hermano–. ¿No te dije que tenía un mal presentimiento, Thaddeus?

–Sí, eso me dijiste, Magnus. –Thaddeus parecía preocupado–. Eso me dijiste. Y las premoniciones son siempre muy respetadas en nuestro clan. Todos lo sabemos. –Estudió a Olympia–. ¿Alguna idea de quién puede ser el que está detrás del tesoro de nuestra familia, querida?

Olympia se dio cuenta de que, por lo menos, estaba en presencia de personas que entendían sus preocupaciones y que no se burlarían de sus temores.

–Bueno, yo tengo una idea de quién puede ser, pero tal vez les resulte descabellada; el señor Chillhurst se ha negado a darle crédito.

–Mi hijo es muy inteligente para ciertas cosas, pero le falta imaginación. –Magnus arrugó la nariz–. No le preste atención. Cuéntenos lo que piensa, muchacha.

De reojo, Olympia advirtió que Jared apretaba los dientes. Lo ignoró.

–Creo que algo o alguien conocido como el Guardián está detrás del tesoro del capitán Jack.

–El *Guardián.* –Magnus la miró sorprendido.

–¿El Guardián, eh? –Thaddeus parecía tan sorprendido como confuso.

Olympia asintió con la cabeza.

–El diario contiene una clara advertencia sobre el Guardián.

Magnus y Thaddeus se miraron entre sí y luego a Olympia.

–Bueno, si ese es el caso, no tiene por qué preocuparse, querida –explicó Magnus con tono de gran paciencia.

–Claro. –Thaddeus asintió.

–Preferiría que se deje de lado ese tema ahora mismo dijo Jared con tono de mal presagio.

–¿Por qué? ¿Qué saben ustedes del Guardián? –preguntó Olympia a Magnus.

–El Guardián es su esposo, querida. –Magnus arqueó una espesa ceja con un gesto asombrosamente familiar–. ¿Acaso mi hijo no le ha contado que tiene el gran honor y la responsabilidad de ese título desde que cumplió diecinueve años?

–Nuestra familia le bautizó con el nombre de el Guardián desde que rescató a mis dos muchachos de manos de un contrabandista –dijo Thaddeus.

Olympia no podía creer lo que estaba oyendo. Se recuperó, se volvió bruscamente y miró a Jared frente a frente.

–No se molestó en mencionar ese pequeño detalle...

–Mira, Olympia, puedo explicarte... –Jared apoyó las manos en los posabrazos de la silla, para ponerse de pie.

–Señor Chillhurst, me ha engañado desde el principio. –Olympia estaba furiosa–. Si no en una cosa, en la otra. He sido permisiva con sus ardientes pasiones y sus emociones, pero en esto ha llegado demasiado lejos. ¿Cómo pudo ocultarme que usted era el Guardián?

–Maldita sea; Olympia, esto es una tontería. Has estado preocupándote por un fantasma legendario que está tras el secreto del diario. Yo no soy una leyenda ni un fantasma. Y me importa un comino el maldito tesoro.

–Señor Chillhurst, debo decirle que no ha querido cooperar en este asunto en lo más mínimo. A decir verdad, me ha dificultado las investigaciones a cada paso, negándose a darle la atención que merecía... Estoy muy molesta con usted, señor.

–Eso veo –murmuró Jared–. ¿Pero qué tiene que ver con eso de que mi padre me haya otorgado el absurdo título de Guardián cuando tenía diecinueve años? Ese dato no puede servirte en tus investigaciones.

–Eso está por ver, señor Chillhurst.

Olympia levantó el mentón.

–Olympia, espera...

Pero Olympia no estaba de humor para esperar. Acababa de descubrir otra pieza del rompecabezas. Necesitaba reflexionar al respecto. Salió corriendo de la biblioteca sin volver la vista atrás.

CAPÍTULO XVI

–¿*Señor* Chillhurst? –Magnus sonrió a Jared.

–Ocasionalmente, mi esposa olvida que ya no soy su empleado –dijo Jared fríamente.

–¿Su empleado? –Thaddeus se burló–. ¿De dónde sacó esa idea?

–Es una larga historia, señor. –Jared rodeó el escritorio–. Y en este momento no tengo tiempo para contársela. Ahora, si me disculpan, debo hablar con mi esposa. Como han podido comprobar, es una mujer de temperamento muy voluble.

–Me alegra ver que te hayas procurado una mujer interesante, hijo. –Magnus se palmoteó una pierna y soltó una carcajada–. Debo confesarte que tenía miedo de que te hubieras buscado una mujercita tonta y sin la menor inteligencia que te amargara la vida.

–Ella cree que eres un hombre de «ardientes pasiones», muchacho. –Thaddeus rió–. ¿De dónde rayos sacó esa idea?

–No lo sé. –Jared apretó con fuerza la manilla de la puerta–. Enseguida vuelvo. Debo aclarar algo a lady Chillhurst, antes de que el día termine.

–De acuerdo –dijo Magnus–. Nos serviremos un poco de brandy en tu ausencia. Espero que sea del bueno, francés, de la bodega del capitán Harry.

–Sí –contestó Jared–. Traten de no bebérselo todo antes de que yo vuelva.

–Tómate tu tiempo, muchacho, tómate tu tiempo. –Thaddeus le hizo un gesto con la mano, invitándole a salir.

Jared salió de la biblioteca, cruzó el vestíbulo de suelo de mármol y subió las escaleras.

La puerta del cuarto de Olympia estaba cerrada. Jared apretó los labios. Levantó la mano y golpeó fuertemente.

–Vete –le indicó ella desde dentro, con tono distante y distraído–. Estoy muy ocupada.

–Olympia, deseo hablar contigo.

–Realmente no tengo tiempo para perderlo discutiendo sobre quién es el que manda en esta casa, señor Chillhurst. Debo cumplir con mi trabajo.

–Oye, querida, ¿me vas a dar órdenes como si yo fuera un sirviente más?

Jared puso la mano en la manilla. La giró violentamente ya que esperaba encontrar la puerta cerrada con llave.

Para su sorpresa, no fue así.

La puerta se abrió con mucha más fuerza de la que Jared había querido ejercer y se estrelló contra la pared estrepitosamente con lo que Olympia se sobresaltó en su silla.

–Le dije que estaba ocupada, señor.

Ella le miró furiosa desde su escritorio.

–¿Demasiado ocupada para hablar con tu esposo?

Jared cerró la puerta y estrechó rápidamente la distancia entre ellos con una indiferencia que no sentía.

Olympia frunció el ceño con gesto enfadado.

–Estoy enfadada con usted en este momento, milord. Todavía no puedo creer que no me haya contado toda la verdad.

–Al demonio con todo eso Olympia. Durante todos estos años he tratado de olvidar todas esas estupideces del Guardián.

–Sé que ese título te debe de traer terribles recuerdos. –La mirada de Olympia se fijó en el parche negro que le cubría el ojo y su expresión se tornó más suave–. Pero es una pieza muy importante para mis investigaciones. Puede ser la clave de todo el proyecto.

–No es la clave. ¿Cómo puede serlo? Admito que, para mi familia, soy el Guardián, pero me importa un cuerno el diario y el tesoro. Esa advertencia sobre mí es una tontería. No debes tomarla en serio.

–Fue por eso que no me dijiste la verdad desde un principio. –La comprensión se encendió en los ojos de Olympia–. Tuviste miedo a que yo interpretara mal la advertencia. Creíste que pensaría lo peor de ti.

–No quería que me tuvieras miedo. Maldita sea, mujer. No soy el fantasma del capitán Jack.

–Nunca dije que lo fueras. –Olympia golpeó su pluma contra la hoja de papel–. No creo en fantasmas, milord.

–¿Entonces, cómo es posible que esté conectado con todo ese embrollo del diario? –preguntó Jared.

–Ése es el problema que estoy tratando de resolver en este momento. –Olympia se volvió pensativa–. Debo descubrir la relación entre la advertencia y el amo de la *Syrena* y el resto de los datos recabados. Haz el favor de retirarte. Sé que esto no te interesa y yo no puedo concentrarme en ello si te veo ante mí gritándome a cada momento.

–No te estoy gritando.

–Sí. Verdaderamente, Jared, tu estado emocional es bastante difícil de aguantar. Te entiendo, por supuesto, pero quiero que abandones mi habitación.

–No te atrevas a echarme de tu habitación, milady.

Jared se puso furioso.

–¿Por qué no? –Ella le miró–. Es mi cuarto y en este momento no quiero que estés en él.

–¿Ah, sí? –Jared se agachó y la levantó de la silla–. En ese caso, nos iremos a mi habitación.

–Señor Chillhurst, déjeme ahora mismo. –Olympia puso la mano en su cofia, que empezaba a deslizarse por su cabello–. Tengo trabajo que hacer.

–¿No me digas? Es hora de que cumplas con algunas obligaciones conyugales.

Jared atravesó sin demora la puerta que comunicaba la habitación de Olympia con la suya.

Caminó hacia la enorme cama y tendió a Olympia sobre ella. La cofia terminó de caérsele y su bella cabellera rojiza y brillante quedó libre sobre las almohadas. El vestido se le había subido hasta las rodillas, revelando sus hermosas piernas cubiertas con medias.

–Sirena –murmuró Jared. El deseo se apoderó de él. Sabía que no podría responder de sus actos.

Se acostó sobre Olympia, inmovilizándola para que no pudiera escapar. Tenía una fuerte erección, sentía el fuego correr por sus venas y una irrefrenable necesidad en las entrañas.

–Por Dios, señor Chillhurst. Es pleno día.

Olympia abrió los ojos desmesuradamente.

–Permítame informarle, señora, que en ciertas partes del mundo las costumbres dictan que se ha de hacer el amor a pleno día.

–¿De verdad? –Su asombro se convirtió en sensual especulación–. ¿A plena luz del sol?

–Esa costumbre asombraría a gente inculta que no sabe nada sobre la vida, pero no a hombres y mujeres de mundo como nosotros, Olympia. Tú y yo somos diferentes.

–Sí. –La sonrisa de Olympia se le antojó muy tierna. Sus ojos le dieron una erótica bienvenida–. Somos diferentes, milord.

Jared le besó la garganta y sintió que ella se volvía vulnerable. La joven enterró los dedos en su cabellera y arqueó el cuerpo contra el de él.

Una dicha ardiente se apoderó de Jared. La subyugante respuesta de Olympia abría las compuertas de su propia pasión. Ella le pertenecía, pensó feliz. No podía resistirse a él, aun cuando estuviera furiosa.

Le quería. Tenía que quererle.

De repente, Jared se dio cuenta de que necesitaba oír esas palabras de labios de ella. ¿Por qué nunca las había pronunciado en voz alta?, se preguntó.

Seguramente le amaba.

Dejó esa consideración de lado ya que la pasión se impuso. Olympia le regaló su sonrisa de sirena y le acarició la pierna con su pie aún calzado.

–Es una suerte que nos hayamos encontrado, ¿verdad, milord? No creo que haya otro hombre en la faz de la Tierra que sea más afín con mi personalidad que tú.

–Me alegra que pienses eso. –Jared le acarició un seno posesivamente–. Porque puedes estar segura de que no existe otra mujer en la faz de la Tierra que me entienda como tú.

Mucho tiempo después, de mala gana, Jared se apartó del cuerpo de Olympia y se relajó sobre las sábanas. Puso un brazo bajo su nuca y contempló el cielorraso con profunda satisfacción.

–Hacer el amor a pleno día es una costumbre muy agradable ¿verdad? –Olympia se desperezó y se estiró contra su cuerpo–. Tendremos que volver a ponerla en práctica muy pronto.

–Por supuesto. –Jared la abrazó–. Espero que no vuelvas a echarme de tu cuarto en el futuro.

–Voy a pensarlo dos veces antes de hacerlo –le contestó Olympia, muy seriamente.

–Lo dije en serio, mi pequeña sirena. –Jared resopló–. Puedes hechizarme con una mirada o con una sonrisa, pero no vas a darme órdenes como si todavía trabajara para ti. Yo seré el amo en mi casa del mismo modo que lo soy en los negocios. *Y también seré el amo de mi esposa.* ¿Está claro?

–Eso es. –Olympia se sentó en la cama, sin prestar atención a su desnudez. Miró a Jared con los ojos encendidos de excitación–. Amo de tu esposa.

–Me alegro de que estés de acuerdo, milady. –Jared estudió la hermosa curvatura de sus senos.– En determinado momento, un hombre debe poner los puntos sobre las íes.

–Amo de tu esposa. Tú siempre me has llamado sirena.

–Si. –Jared delineó los contornos del pezón izquierdo de Olympia con el pulgar–. Eso es lo que eres.

–¿No lo entiendes, milord? –Olympia se arrodilló a su lado, entre las sábanas arrugadas–. Acabas de autodenominarte amo de la sirena. El capitán Jack era el Amo de la *Syrena,* y tú su descendiente. Tú eres el nuevo Amo de la Syrena.

Jared comprendió a dónde apuntaban las deducciones de Olympia y resopló.

–Olympia, has ido demasiado lejos con esa lógica.

–No, no lo suficiente. –Olympia se levantó de un salto–.

Debo ponerme a trabajar de inmediato. Vete, Jared. Me distraes.

–Milady, sucede que estoy en mi cuarto.

–¡Oh! sí. Es verdad. Entonces debes disculparme, pero tengo que regresar al mío. –Olympia se volvió rápidamente y salió corriendo por la puerta abierta.

Jared contempló la imagen de las suavemente redondeadas nalgas hasta que desaparecieron de su vista. Luego suspiró y se sentó en el borde de la cama.

Vio las prendas que habían sido abandonadas, de forma negligente, sobre su cama y la alfombra. Recogió la pequeña cofia blanca de Olympia y sonrió.

Levantó la vista y frunció el ceño cuando vio el reloj de la pared. Era casi la una, y tenía un compromiso en el puerto dentro de cuarenta y cinco minutos.

–¡Demonios!

Jared cogió su camisa. El matrimonio hacía estragos en la rutina de un hombre.

Cuarenta y cinco minutos más tarde, Jared descendía de un coche de alquiler y caminaba por una calle bastante transitada, hacia una pequeña taberna. El hombre que había contratado para hacer averiguaciones en los muelles estaba esperándole.

–¿Qué tal, Fox, qué ha averiguado? –Jared se sentó y espantó con la mano a la rolliza prostituta de la taberna que se le acercó.

–Justo lo que usted sospechaba, milord. –Fox se limpió la boca con la manga de la camisa y eructó–. Ese hombre estaba con el agua al cuello hace seis meses. Todos pensaban que no lo conseguiría. Después, despacito, empezó a pagar todas sus deudas. Lo mismo sucedió hace tres meses. Perdió todo, pero, después, encontró la manera de tapar los agujeros.

–Entiendo. –Jared se quedó meditando el asunto–. Sabía lo que estaba pasando. Lo que ignoraba era el porqué.

El juego. Bueno, aparentemente, todo el mundo tenía esa pasión secreta, pensó Jared.

–Un caso típico, milord. –El suspiro de comprensión de Fox se confundió con un nuevo eructo–. El hombre se siente atraído por las salas de juego hasta que se queda sin nada. Es triste, pero real. La única diferencia esta vez fue que el tipo pudo salir antes de que fuera demasiado tarde. ¿Suerte para él, eh?

–Sí, mucha, por cierto. –Jared se puso de pie–. Esta tarde le pagaré lo acordado a través de Graves. Gracias por sus servicios.

–Cuando guste, milord. –Fox tomó otro trago de cerveza–. Como ya le informé a Graves, siempre estoy disponible.

Jared salió de la taberna y se quedó de pie en la calle, pensando, unos momentos. Consiguió detener un coche de alquiler, pero se arrepintió. Tenía que meditar sobre lo que acababa de enterarse.

Caminó lentamente sin rumbo fijo. Apenas advirtió la existencia de tabernas y cafés a su paso. Aun a aquella hora del día, estaban repletas de trabajadores, marineros, carteristas, prostitutas y rateros.

No obstante, una parte de la mente de Jared permanecía vigilante, como siempre. Sentía el peso de la daga entre sus costillas.

Mientras caminaba, iba repasando los datos obtenidos. Ahora conocía los motivos que habían llevado a esa persona a estafarle, pero de todas maneras eso no le solucionaban ni le facilitaban la cuestión.

Había llegado el momento de enfrentarse con aquel que había traicionado su confianza. Pero Jared no tenía prisa alguna. Después de todo, no tenía muchos amigos.

El hombre del cuchillo salió de la calleja sin hacer ruido. Jared advirtió, primero, su sombra. El oscuro contorno de su figura se dibujó en la pared de ladrillos cuando se abalanzó hacia delante.

Ese segundo de advertencia bastó. Jared se hizo a un lado. La hoja del arma del agresor cortó el aire en lugar de su cuerpo.

El hombre se dio vuelta trastabillando torpemente para recuperar el equilibrio y atacó una segunda vez.

Jared estaba preparado para defenderse. Levantó el brazo para bloquear la puñalada y, simultáneamente, desenvainó la daga. El sol se reflejó en el excelente acero español.

El atacante respiró agitadamente.

–Nadie me dijo que usted iba armado.

Jared no se molestó en contestar. Comenzó a rodear a su oponente, consciente de que el hombre tenía los ojos fijos en la daga. Cuando estuvo seguro de que el hombre no apartaría la vista de allí, lanzó una patada.

Golpeó en el muslo del atacante. Éste gritó de dolor y se tambaleó, tratando de no caer. Jared balanceó la daga; el atacante retrocedió, tropezó y fue a dar contra el pavimento.

De una patada, Jared desarmó al hombre y se agachó para poner la punta de la daga contra su garganta.

–¿Quién te ha contratado? –le preguntó Jared.

–No lo sé. –El hombre miraba la empuñadura de la daga–. Sólo fue un encargo a través de un intermediario. No vi al tipo que me pagó.

–Largo de aquí. –Jared se puso de pie indignado y envainó nuevamente la daga.

El hombre no necesitó que le repitiera la orden. Se puso de pie como pudo e intentó recoger el cuchillo que estaba tirado sobre los adoquines de la calle.

–No lo toques –le ordenó Jared.

–Sí, señor. Lo que usted diga, señor.

El malhechor salió corriendo por la calle. Un momento después, desaparecía en un estrecho callejón entre dos grandes depósitos.

Jared miró el cuchillo de la persona que le había atacado.

No, pensó, ya no podía seguir posponiendo el inevitable enfrentamiento.

Una hora más tarde, Jared subía las escalinatas de entrada de la casa que Felix Hartwell había ocupado durante diez años. Una profunda angustia le embargaba al abrir la puerta y penetrar en la pequeña sala. No estaba seguro de lo que uno debía decir en una situación como aquella.

Pero le resultó innecesario encontrar las palabras adecuadas. Cuando Jared abrió la puerta del despacho que allí había, descubrió que era demasiado tarde.

Felix se había ido.

Había una carta sobre el escritorio. Estaba dirigida a Jared y, obviamente, la habían escrito a toda prisa:

Chillhurst:

Ya sé que está al tanto de todo. Era sólo una cuestión de tiempo. Siempre fue muy inteligente. Probablemente debe hacerse algunas preguntas. Lo menos que me corresponde hacer a mí es darle una explicación.

Yo fui el que hizo correr la voz de su presencia aquí, en Londres, y de su extraña relación con la señorita Wingfield. Tenía la esperanza de que, al ser descubierto, regresara de inmediato al campo. Me preocupaba que estuviera cerca, Chillhurst.

Pero como usted decidió quedarse en la ciudad, pensé en utilizar a un tipo para conseguir el dinero que necesitaba. Quiero que sepa que jamás habría dañado al muchacho. Sólo quería retenerlo para sacar dinero. Pero usted volvió a burlarme. Es usted muy inteligente.

Por lo mucho que le conozco, sé que recurrirá a la justicia, pero confío en que no me encuentre antes de abandonar Inglaterra. Hace mucho que tenía todo preparado porque sabía que este día llegaría inevitablemente.

Me arrepiento de todo. Jamás pretendí que las cosas llegaran tan lejos. Mi única excusa es que no tuve opción.

Atentamente,
FH

P. D.:

Sé que no me va a creer en absoluto, pero me alegro de que haya salido ileso esta tarde. Fue el acto de un hombre desesperado, del que me arrepentí apenas lo había puesto en marcha. Por lo menos, no tendré que cargar con el peso de una muerte sobre mi conciencia.

–Felix, ¿por qué rayos no me pediste ayuda? Éramos amigos. –Jared arrugó la carta en su puño.

Se quedó allí, de pie, mirando el ordenado escritorio de

Felix durante un rato, hasta que, por fin, pudo volverse y salir a la calle.

En aquel momento, lo único que quería era hablar con Olympia. Ella le entendería.

–Lo lamento tanto. –Olympia se levantó de la cama y corrió junto a Jared, que estaba mirando hacia la oscuridad de la noche.

–Yo confiaba en él, Olympia. Durante todos estos años, cada vez delegué más responsabilidades en él. Tenía tanta habilidad como yo en cuestiones de negocios. ¡Maldita sea! No entiendo qué ha podido ocurrir. No suelo cometer esta clase de errores.

–No debes culparte simplemente por haber depositado toda tu confianza en la persona equivocada. –Olympia lo abrazó por detrás y lo apretó con todas sus fuerzas–. Un hombre de fuertes pasiones, como tú, escucha más a su corazón que a los dictados de su mente.

–Mi amistad con Hartwell pasó la prueba del tiempo. –Jared apoyó una mano en el marco de la ventana–. Me conocía mejor que nadie. Él fue quien arregló todo para que conociera a Demetria.

–Bueno, en eso no creo que te haya hecho un gran favor. –Olympia frunció el ceño.

–Tú no entiendes. Nadie se sintió peor que Hartwell con los resultados de aquella relación.

–Si tú lo dices, Jared.

Aquella tarde, a última hora, Olympia se había dado cuenta de que algo muy serio estaba pasando con sólo mirar a Jared. Había tratado de hablar con él al respecto, pero él se había negado hasta ahora, cuando todo el mundo se había retirado a sus respectivos aposentos.

–He hecho algunas averiguaciones y creo saber cómo empezó todo. –Jared bebió un sorbo de brandy de la copa que sostenía en la mano–. A Felix comenzó a gustarle el juego. En un principio ganaba.

–¿Pero cambió su suerte?

–Sí. –Jared tomó otro sorbo.- Su suerte cambió. Siempre pasa así. Aparentemente, cubrió lo que había perdido con el dinero que recibió de uno de nuestros inversores. Luego, cubrió la cuenta del inversor con dinero que le ingresaba por otros conductos. Mientras pudo ir tapando agujeros, la cosa se mantuvo en secreto.

–Su plan funcionó y como consecuencia fue haciéndose cada vez más osado.

–Tienes razón. Empezó a jugar cada vez más fuerte y a endeudarse sin cesar. Hace seis meses me di cuenta de que algo no iba bien y comencé a investigar. –Jared apretó los labios–. Naturalmente, le pedí a mi hombre de confianza que investigara.

–Ha debido ser muy astuto para conseguir ocultarte las evidencias de sus robos durante tanto tiempo.

–Hartwell es muy inteligente. –Jared se encogió de hombros–. Por eso le contraté.

–Me pregunto cómo se pudo enterar de que tú lo habías descubierto –murmuró Olympia.

–Obviamente, se dio cuenta esta tarde, cuando el hombre que contrató para matarme falló en su intento.

–*¿Qué has dicho?* –Olympia se apartó, furiosa, de Jared para que éste se volviera hacia ella–. ¿Estás diciéndome que alguien trató de matarte, Jared?

–Cálmate, querida. –Jared sonrió mientras miraba la horrorizada expresión de su rostro–. No fue gran cosa. Como podrás ver, el tipo falló.

–Para mí sí es algo muy importante, milord. Debemos hacer algo de inmediato.

–¿Qué sugieres? –preguntó Jared en voz baja.

–Vaya, acudir a un magistrado. –Olympia comenzó a caminar de aquí para allá, furiosa–. Contratar a algún investigador privado. Debemos encontrar a este loco sin demora y asegurarnos de que permanezca en la cárcel durante el resto de sus días.

–Dudo que sea posible. Esta tarde fue obvio que Hartwell lo tenía planeado todo por si yo conseguía descubrirle. Me dejó una nota diciendo que se iba de Inglaterra.

–¿De verdad? –Olympia se volvió–. ¿Estás seguro de que se ha ido?

–Razonablemente seguro. –Jared terminó su brandy–. Es el curso natural de las cosas y Hartwell es un hombre lógico y cuidadoso. –Hizo una mueca con la boca–. Muy parecido a mí. Fue una de las razones por las que le contraté.

–Estoy enfadadísima, Jared. –Olympia resopló–. Me gustaría verle pagar por su intento de asesinarte. Debe ser un monstruo de sangre fría.

–No, creo que en el fondo sólo es un hombre desesperado. Probablemente, sus acreedores no le dejarían en paz. Le amenazarían con causarle algún daño físico o moral.

–¡Bah!, eres demasiado bueno, milord. Ese hombre no es más que un monstruo. No podré pegar un ojo esta noche pensando en lo que esa bestia pudo hacerte. Gracias a Dios que pudiste escapar.

La mirada de Jared era radiante.

–Te agradezco que te preocupes por mí.

–No pienses que sólo estoy siendo amable. –Olympia se enfadó con él–. Es perfectamente lógico que esté alarmada por este incidente.

–Cierto. Supongo que una buena esposa debe mostrar preocupación si su marido le cuenta que estuvo al borde de la muerte.

–Jared, ¿te estás burlando de mí o de ti mismo esta vez?

–Ninguna de las dos cosas. –La diversión desapareció en los ojos de Jared–. Simplemente, estaba preguntándome hasta qué punto llega tu preocupación.

–Es una pregunta estúpida, Chillhurst.

–¿Lo es? Debes perdonarme. No estoy en plena forma hoy. Con toda esta excitación...

–¿Cómo puedes cuestionarte mi preocupación, aunque sólo fuera por un segundo? –lo interrogó Olympia, furiosa.

–Eres muy leal con la gente que trabaja para ti, ¿no es así, milady? –Jared sonrió.

–Tú eres algo más que un simple empleado, milord –musitó ella–. Eres mi esposo.

–Ah, sí, claro. –Jared dejó la copa de brandy y la abrazó.

CAPÍTULO XVII

Durante el desayuno la señora Bird apoyó ruidosamente la cafetera sobre la mesa y examinó a los presentes con ojo crítico.

–La cocinera quiere saber cuántos van a estar presentes esta noche para cenar, milord. A ella, como a mí, no le gusta nada que aparezca un montón de gente a comer sin avisar.

–Puede decirle a la cocinera que, por casualidad, sé precisamente cuánto gana cada una de vosotras. –Jared tomó su taza de café–. En su caso, señora Bird, ha habido un aumento sustancioso, porque sus responsabilidades se han incrementado también. Soy plenamente consciente de que pago los mejores salarios de la ciudad y, en consecuencia, pretendo que me brinden los mejores servicios por lo que abono. Informe a la cocinera de que todos estaremos presentes para cenar.

–Lo siento, milord, pero ella está un poquito enojada. Me va a echar la culpa a mí si a ella se le ocurre quemar la cena, ¿eh?

–Si esta noche sirve la cena quemada, mañana estará buscando un nuevo empleo. –Jared arqueó una ceja–. Lo mismo sucederá con cualquier otro miembro del personal que se sienta incapaz de cumplir con sus obligaciones en esta casa.

La señora Bird resopló y, atolondrada como siempre, se volvió en dirección a la cocina.

–Tenga la amabilidad de llevarse al perro con usted –le dijo Jared a su espalda.

La señora Bird se detuvo y se volvió.

–Ahora yo le voy a preguntar una cosa: ¿para qué tanto empleado nuevo si soy yo la que se tiene que encargar de todo aquí? –Chasqueó los dedos para llamar a *Minotauro*–. Sal de debajo de la mesa, maldito monstruo. No te hace ninguna falta otra salchicha.

Minotauro abandonó su escondite con la boca llena de salchicha.

–Yo no le he dado salchicha, señor. –Ethan miró a Jared con inocencia–. Palabra de honor.

–Ya sé quién le ha dado la salchicha a *Minotauro*. –Jared miró a su padre con disgusto–. Estamos tratando de quitarle la costumbre de comer con la familia, señor. Le agradecería que no lo malcríe.

–Tienes razón, hijo. ¿Puedo hacerte una pregunta? ¿De dónde has sacado a tu ama de llaves? –Magnus se sirvió una generosa rodaja de salchicha–. Maldita bocazas. No parece tener mucho respeto por sus amos.

–Vino con el resto del lote –dijo Jared ausente.

Robert se tapó la boca con la mano para no echarse a reír.

–No deben prestar atención a la señora Bird. Ha estado con la familia desde siempre. –Olympia dejó de mirar los huevos que tenía delante y levantó los ojos–. Yo no sé qué haría sin ella.

–Contratar a otra ama de llaves, nada más –dijo Thaddeus–. No puede sermonear a los invitados a primera hora de la mañana.

–No, jamás dejaría que la señora Bird se fuera –comentó Olympia de inmediato.

Jared apoyó los codos sobre la mesa y unió las yemas de los dedos. Miró a su padre con expresión pensativa.

–No tiene que preocuparse por la señora Bird, señor –dijo fríamente–. Ella y yo llegamos a un acuerdo hace un tiempo. Y debo admitir que ella me ha mencionado una interesante cuestión. ¿Cuánto tiempo van a quedarse usted y tío Thaddeus?

–Ya nos quieres echar a puntapiés de aquí, ¿eh, hijo? –Magnus fingió una afligida expresión–. Pero si acabamos de llegar.

–Ahórrate la saliva, muchacho. –Thaddeus hizo una mueca–. Tu padre y yo no iremos a ninguna parte hasta que ayudemos a tu esposa a revelar el secreto del diario de Lightbourne. Será mejor que te acostumbres a nuestra presencia durante un tiempo.

–Me lo temía. –Jared miró a Olympia, que estaba sentada al otro extremo de la mesa–. Confío en que descubras pronto ese secreto, querida. O, de lo contrario, tendremos que aguantar a estos intrusos, que se han invitado solos, de modo indefinido.

–Haré lo que pueda, milord. –Olympia se ruborizó ligeramente. No estaba segura si debía avergonzarse o no por la descortesía de su esposo. Al parecer, ni Flamecrest ni Thaddeus se habían ofendido por las groseras palabras de Jared.

–Muy bien, entonces. Dejaré este tema en tus manos. –Jared hizo un gesto como para sacar su reloj, e hizo una mueca al no encontrarlo en su lugar–. Debo recordar que tengo que comprar uno nuevo. –Miró el reloj de pared y luego a Robert, Ethan y Hugh–. Es la hora de vuestras clases. Esta mañana, geografía y matemáticas, creo.

–Qué aburrido. –Thaddeus se quejó.

–Ése es mi muchacho –protestó Magnus–. Pon en sus manos una bella mañana de verano y él la desperdicia en geografía y matemáticas.

–Señor, teníamos la esperanza de que esta mañana pudiéramos prescindir de nuestras clases. Milord, el conde dice que los niños de nuestra edad deben ir de pesca todas las mañanas de verano. –Robert miró ingenuamente a Jared.

–Es cierto –confirmó Ethan–. Y tío Thaddeus nos dijo que cuando él era niño solía hacer barquitos de papel para hacerlos flotar en los arroyos.

–Y que practicaba esgrima con una espada de verdad –agregó Hugh.

–Os podéis retirar de la mesa –dijo Jared con toda tranquilidad–. Os doy cinco minutos para que vayáis a la sala de clase y abráis vuestros libros.

–Sí, milord. –Robert se puso de pie bruscamente e hizo sus reverencias.

–Sí, milord. –Ethan abandonó la silla, inclinó la cabeza rápidamente y salió corriendo hacia la puerta.

–Sí, milord. –Hugh imitó a sus hermanos.

Jared esperó a que los tres niños se hubieran marchado de la habitación para mirar a su padre y a su tío con severidad.

–Esta casa se rige por unas pocas normas, muy simples, pero absolutamente inflexibles. La primera dice que yo establezco las normas. Y una de ellas es que los niños recibirán sus clases todas las mañanas, a menos que yo decida lo contrario. Les agradeceré que no interfieran.

–Chillhurst, estás hablando con tus mayores.

Olympia estaba asombrada.

–Maldita sea. –Magnus rió–. Sólo te pedimos que tengas un poco de respeto por nosotros.

–Eso es valentía, muchacha. –Thaddeus río con perversidad–. No le permitas que se insolente con sus mayores.

Jared miró a Olympia mientras se ponía de pie.

–No tienes que preocuparte por mi comportamiento, milady. Te aseguro que he convivido con ellos el tiempo suficiente como para saber que, si no establezco las bases desde un principio, son capaces de convertir esta casa en un caos en un abrir y cerrar de ojos.

–Lo dudo –dijo Olympia, tensa.

–Confía en mí –dijo Jared–. Les conozco mucho mejor que tú. Que tengas un buen día, querida. Te veré al mediodía. Hasta entonces, estaré en la sala de clases. –Inclinó la cabeza en dirección a su padre y a su tío–. Señores.

–Vete, hijo –le contestó Magnus–. Estaremos aquí cuando regreses.

–Me lo temía –dijo Jared, desde la puerta.

Salió al pasillo, dejando a Olympia a solas con Magnus y Thaddeus. Ella les miró de reojo y se tranquilizó al advertir que ninguno de los dos parecía ofendido.

–Chillhurst prefiere que la casa esté en orden –explicó Olympia.

–No es necesario que se disculpe, querida. –Magnus le dirigió una mirada radiante–. El muchacho siempre fue un poco chapado a la antigua. Había veces en que su madre y yo nos sentíamos desesperanzados con él.

–Es un buen muchacho –le aseguró Thaddeus–. Pero no ha salido a nadie de la familia.

–¿En qué sentido? –preguntó Olympia.

–No tiene sangre caliente en las venas –dijo Magnus con tristeza–. Carece del fuego de los Flamecrest, no sé si me entiende. Siempre está mirando ese famoso libro de citas y consultando la hora. Se entierra en sus negocios. No siente emociones violentas ni fuertes pasiones. En resumen, es un atípico miembro del clan.

–Yo creo que no entienden muy bien a Chillhurst. –Olympia frunció el ceño a ambos hombres.

–Bueno, es justo –se defendió Thaddeus–. Él tampoco nos entiende a nosotros.

–Jared es un hombre de refinada sensatez y profundas pasiones –dijo Olympia, convencida.

–¡Bah! Nunca sabremos si tiene sangre de bucanero en las venas, pero, de todas maneras, es un buen muchacho. –Thaddeus frunció el ceño–. Hablando de su reloj ¿qué ha pasado?

–Chillhurst utilizó su hermoso reloj para pagar el rescate de uno de mis sobrinos.

–No me diga. –Magnus se quedó mirándola–. Típico en él comprar la seguridad del muchacho con un reloj, en lugar de hacerlo con su daga entre los dientes y dos buenas pistolas. Un alma de comerciante. ¿Quién cree que secuestró al niño?

–Chillhurst cree que puede haber sido un hombre de su confianza, que abandonó el país después de suceder eso –dijo Olympia–. Sin embargo, yo no estoy tan segura.

–Hablemos de este tema como corresponde, querida. –Thaddeus entrecerró los ojos.

–Bien, señores, si les digo la verdad, sospecho que la persona que secuestró a Robert estaba detrás del diario de Lightbourne. –Olympia miró en dirección a la puerta, para asegurarse de que Jared no hubiera regresado sin avisar.

–¡Ah!, ¡ah! –Magnus golpeó la mesa de tal forma que

toda la vajilla vibró y los cubiertos saltaron–. Estoy de acuerdo. El diario debe ser el motivo de todo esto. Estamos acercándonos al secreto, Thaddeus. Estamos muy cerca. Lo siento en mis huesos.

–Díganos lo que ha descubierto hasta ahora, muchacha. –Los ojos de Thaddeus brillaron–. Tal vez, Magnus y yo podamos ayudarla.

–Sería maravilloso. –Olympia se sintió entusiasmada–. Apreciaría mucho su ayuda. Debo admitir que Chillhurst prácticamente me ha obstaculizado las cosas.

–Ah, sí, así es mi muchacho. –Magnus exhaló un ruidoso suspiro–. ¿Qué se le puede hacer? Bueno, pero vayamos al grano. ¿Hasta dónde ha llegado con las investigaciones del diario?

–Muy cerca del final. –Olympia dejó a un lado su plato y colocó una mano encima de la otra, sobre la mesa. Miró cuidadosamente a sus dos nuevos ayudantes–. Aunque he podido traducir la mayoría de las frases, no he podido entender su significado.

–¿Cuáles son? –preguntó Magnus.

–Bueno, hay una frase sobre el amo de la *Syrena* que debe hacer las paces con el amo de la *Serpiente de mar.* A simple vista, parece que se refiere al capitán Jack y al capitán Yorke.

–Un poquito tarde para amigarlos –dijo Thaddeus–. Hace años que están bajo tierra.

–Ya lo sé. Pero he comenzado a creer que es necesario que se reúnan los descendientes de ambas familias para desvelar el misterio –explicó Olympia–. He encontrado la mitad del mapa que lleva al tesoro. Y sospecho que algún familiar de la familia Yorke tiene la otra mitad.

–En ese caso nunca descubriremos el tesoro –comentó Magnus amargamente.

–Maldita sea –vociferó Thaddeus, golpeando el puño fuertemente contra la mesa–. Estar tan cerca sólo para enterarnos de que jamás lo tendremos en nuestro poder.

–¿Por qué dicen eso? –Olympia miró hacia una y otra cara llenas de desilusión.

–Porque no podremos encontrar ningún descendiente del

capitán Edward Yorke –dijo Thaddeus, con tristeza–. Jamás tuvo hijos. Por lo que yo sé, el maldito clan está muerto hace tiempo.

Olympia comenzó a responder, pero se detuvo al oír la voz de Graves desde la puerta.

–Le ruego me disculpe, señora. –Sostenía una bandeja de plata llena de tarjetas e invitaciones–. Ha llegado el correo de la mañana.

Olympia lo descartó con un movimiento de la mano.

–Milord revisará todo eso. Él se ocupa de esas cosas.

–Sí, señora. –Graves comenzó a retirarse.

–Aguarde un momento. –Magnus miró a Graves–. Veamos qué hay ahí.

–Se trata simplemente de invitaciones a varios actos sociales –explicó Olympia, irritada por la interrupción–. No han dejado de llovernos invitaciones de todas partes desde que se enteraron de que Chillhurst estaba en la ciudad.

–¿Es cierto? –Thaddeus frunció el ceño–. ¿Han asistido a muchas fiestas y banquetes?

–¡Oh!, no –respondió Olympia sorprendida–. Chillhurst las arroja a la basura.

–Típico en él... –Magnus gruñó–. Ese muchacho nunca supo cómo divertirse. Abramos algunas de esas invitaciones para ver qué es lo que pasa en la sociedad. Tal vez encontremos algo interesante que hacer mientras estemos aquí, Thaddeus.

–Tienes razón. –Thaddeus hizo un ademán a Graves para que entregara la bandeja a Olympia.

–Realmente, no creo... –comenzó Olympia, cuando Graves dejó la bandeja frente a ella.

–Tiene que aprender a divertirse, si pretende pasar el resto de sus días junto a Chillhurst. –Magnus la miró con afecto–. Rompa alguna de esos sobres y veamos quién está haciendo qué esta semana.

–Muy bien, si insisten. –Con cierta reticencia, Olympia cogió una de las pequeñas notas blancas y frunció el ceño al ver el sello de cera que la cerraba–. ¿Alguno de ustedes tiene algo para abrir esto?

Se oyó un ruido de metal contra el cuero.

Olympia miró asombrada cuando ambos parientes políticos extrajeron sus respectivas dagas. Contempló los diseños grabados en las empuñaduras de las armas que Magnus y Thaddeus le mostraron.

–Aquí tiene, muchacha –dijo Magnus.

Olympia recordó el arma que Jared traía la noche que llegó a su casa de Upper Tudway.

–¿Todos los hombres del clan Flamecrest tienen la costumbre de llevar una daga?

–Es la tradición familiar –le aseguró Thaddeus–. Hasta mi sobrino lleva una.

–Por supuesto que la daga que lleva Chillhurst es especial –agregó Magnus con cierto orgullo–. La llevé yo durante años hasta que se la cedí a él. Era la misma que utilizaba el capitán Jack.

–¿De verdad? –Olympia olvidó todo el montón de invitaciones que tenía frente a ella–. No sabía que la daga que Chillhurst lleva perteneció alguna vez a su bisabuelo.

–Excelente pieza de acero –comentó Magnus–. Salvó la vida del capitán Jack varias veces. También la de mi hijo y la de los hijos de Thaddeus en una ocasión. El capitán Jack puso al arma el apodo de Guardián.

–*El Guardián*. –Olympia se puso en pie de un salto–. Llamó a Jared el Guardián.

–Eso es. –Magnus arqueó las cejas–. Otra tradición familiar. El hombre que porta el arma se hace acreedor al título.

–Vaya. No me había dado cuenta. –Se puso a meditar.

–¿Qué sucede, niña? –preguntó Thaddeus.

–Tal vez, nada. Tal vez, todo. Una de las misteriosas frases del diario dice: «Cuando el corazón del Guardián abras con tu llave, cuídate de su beso mortal mientras buscas la clave». –Olympia se alejó de la mesa–. Debo ver esa daga.

Oyó que las sillas se arrastraban contra el piso mientras ella se dirigía hacia la puerta.

–Vaya, vaya –exclamó Thaddeus–. Se ha ido, Magnus. Está detrás de algo.

–Vamos tras ella, hombre –ordenó Magnus.

Olympia no les esperó. Corrió por el pasillo y subió las escaleras, de dos en dos peldaños, hasta el tercer piso.

Al llegar allí caminó rápidamente por el corredor que la conduciría a la sala de clases. Con la respiración agitada, cogió la manilla, la giró y entró tan bruscamente que golpeó la puerta contra la pared.

Ethan, Hugh y Robert estaban reunidos alrededor del globo terráqueo. Los tres se volvieron para mirarla, sorprendidos.

–¿Sucede algo malo, mi querida? –Jared la miró, advirtiendo su excitada expresión.

–Sí, no, no lo sé. –Olympia escuchó que Magnus y Thaddeus estaban detrás de ella, en la puerta–. Chillhurst, ¿te importaría mucho si examino cuidadosamente tu daga?

–¿Qué está pasando aquí? –Jared miró por encima de la cabeza de Olympia en dirección a su padre y tío.

–¿Y yo qué sé? –dijo Magnus, con tono alegre–. La niña salió disparada como una bala. Nosotros sólo la seguimos.

–Si esto tiene algo que ver con tus estudios sobre el diario, querida, puede esperar hasta la tarde. –Jared miró enojadamente a Olympia–. Ya sabes que no me gustan las interrupciones en mis clases.

–Lo sé, milord, pero esto es realmente muy importante. –Olympia enrojeció–. ¿Podrías permitirme examinar la daga, por favor?

Jared dudó, pero se encogió de hombros, obviamente resignado. Atravesó la sala y se acercó a su chaqueta, colgada de un perchero. Introdujo la mano en su interior y desenvainó la daga. Sin decir una palabra, se la entregó a Olympia de modo que la asiera por el mango.

La joven la tomó cuidadosamente y tocó el extremo letal.

–*Cuídate de su beso mortal* –murmuró. Estudió el intrincado diseño de la empuñadura–. Tu padre me informó que esta arma perteneció a tu bisabuelo y que le dio el nombre de Guardián.

–Otra estúpida leyenda familiar.

Jared miró irónicamente a su padre de reojo.

–¿Hay algún modo de sacar el mango? –Olympia giró la hoja en su mano.

–Podría hacerse –contestó Jared–. ¿Pero para qué?

–Porque quiero abrir el corazón del Guardián con mi llave. –Ella levantó la vista ansiosa.

–Muy bien. –Jared tomó la daga de sus manos con la vista fija en los ojos de su esposa–. Es evidente que no hay otra manera de satisfacer tu curiosidad.

–Gracias, milord. –Olympia sonrió.

Poco tiempo después, Jared separaba la empuñadura de la hoja. Miró en el interior de aquélla.

–¡Caramba!

–¿Qué pasa? –preguntó Robert ansioso.

–Sí, ¿qué es? –repitió Ethan, mientras se acercaba con Hugh.

–Creo que el honor corresponde a mi esposa.

Jared miró a Olympia y sonrió.

Olympia le quitó la empuñadura de la mano y miró en su interior. Había una vieja hoja de papel doblada en el interior.

–Hay algo aquí.

–¡Caramba! –musitó Thaddeus.

–Sácalo de una vez, niña. La curiosidad me matará de un infarto –dijo Magnus.

Con dedos temblorosos por la emoción, Olympia extrajo la hoja de papel de la empuñadura. La abrió con mucho cuidado y estudió lo que estaba escrito en ella.

–Creo que estos números deben corresponder a la longitud y latitud de la misteriosa isla donde está escondido el tesoro.

–Dímelos. –Jared puso la mano en el globo terráqueo.

–Debe estar muy cerca de las Indias Occidentales. –Olympia leyó los números en voz alta.

–Así es. –Jared miró, pensativamente, un puntito que señalaba tierra al norte de Jamaica–. Por todo lo que se cuenta, el capitán Jack era un excelente matemático. Podía calcular la longitud y latitud con gran precisión.

–Por Dios, hijo –dijo Magnus con tonos rimbombantes–. Tu esposa lo ha hecho. Ella ha hallado la clave del tesoro.

–Eso parece –dijo Jared.

–No del todo –dijo Olympia.

Todos se volvieron para mirarla.

–¿Qué quiere decir? –preguntó Thaddeus–. Tenemos en nuestras manos la información precisa para navegar hasta esa maldita isla donde el capitán Jack escondió el tesoro.

–Sí, pero sólo tenemos la mitad del mapa –aclaró Olympia–. Todavía nos falta la otra mitad. Cada vez me convenzo más de que los descendientes del capitán Yorke tienen la otra mitad.

–Entonces, todo está perdido. –Magnus estrelló el puño contra la palma de su mano–. No hay ningún maldito descendiente.

–Supongo que podríamos intentar cavar toda la maldita isla –dijo Thaddeus pensativo.

–Suponiendo que pudiéramos encontrar la isla, es muy poco probable que encontráramos el tesoro cavando al azar. –Jared le miró descartando la sugerencia.

–Nosotros podríamos ayudar, señor –se ofreció Robert.

–Sabemos cavar muy bien –aseguró Hugh a Jared.

–Y también *Minotauro* –dijo Ethan.

–Basta ya. –Jared levantó la mano para conseguir silencio–. Olympia tiene razón. Todavía no tenemos todas las piezas del rompecabezas. Debemos buscar más.

–Debemos tratar de averiguar si realmente todos los Yorke han muerto. –Olympia miró el papel que había estado ocultado en el interior de la daga.

–Ya le dije que todos pasaron a mejor vida. –Magnus frunció el ceño–. Por lo que yo sé, el capitán Yorke no tuvo hijos que perpetuaran su apellido.

–¿Y por qué no una hija? –preguntó Olympia.

Toda la sala se quedó en silencio.

–¡Caramba! –dijo Thaddeus–. No había pensado en eso.

–Una hija podría guardar el secreto o el tesoro de una familia de la misma manera que un hijo –dijo Olympia–. Justamente ayer, el señor Seaton me contaba la historia de su abuela, que había administrado un importante astillero que había heredado de su padre.

–No permitiré que Seaton aparezca involucrado en esto, ¿está claro, Olympia? –La expresión indulgente de Jared se desvaneció. Su mirada se tornó fría.

–Sí, por supuesto, discúlpame. –Olympia se encaminó hacia la puerta–. Debo seguir con el diario. Hay otros dos puntos más que quiero revisar.

Magnus y Thaddeus se volvieron para seguirla.

–Permítanos que la ayudemos –gritó Magnus.

–No, realmente, no creo que haga falta –dijo Olympia–. Yo les avisaré cuando surja algo nuevo en mis investigaciones.

–Bueno, entonces tendremos que entretenernos de otra manera –comentó Thaddeus. Miró especulativamente a Jared–. ¿Qué estás enseñando a esos críos, muchacho?

–Dudo que se diviertan en esta sala de estudio –dijo Jared–. Por hoy no toleraré más interrupciones.

–Este muchacho siempre ha sido un aguafiestas –comentó Magnus a Olympia, mientras sostenía la puerta abierta–. Llámenos cuando esté lista, querida.

–Muy bien. –Olympia le miró–. ¿Qué van a hacer hoy ustedes dos?

Magnus y Thaddeus intercambiaron miradas especulativas. Luego Magnus sonrió a Olympia.

–Creo que vamos a revisar esas invitaciones que se han recibido hoy. Apuesto a que mi hijo ni se ha molestado en presentarla en sociedad, ¿verdad?

–Olympia no está interesada en frecuentar los círculos sociales –murmuró Jared por lo bajo.

–¿Cómo sabes eso? –preguntó Magnus–. Es obvio que ella todavía no ha tenido oportunidad de conocer lo que es la sociedad. Tú sigue con las malditas clases, hijo, y deja que tu esposa participe con nosotros en actividades sociales.

Olympia miró un rostro tras otro.

–La cuestión es –dijo ella, un tanto incómoda– que realmente no tengo qué ponerme.

–Deje eso en manos de Thaddeus y mías. –Magnus palmeó su hombro de un modo indulgente y paternal–. En nuestra juventud causábamos sensación, y nuestras esposas, que Dios las tenga en su santa gloria, parecían perlas. Tenemos muy buen gusto y un gran estilo, ¿verdad Thaddeus?

–Sí, Magnus, claro que sí. –Thaddeus comenzó a cerrar la puerta de la sala de clases. Pero se detuvo para asomarse hacia el interior–. Será mejor que salgas a buscar una modista esta misma tarde, muchacho. No querrás avergonzar a tu esposa.

–Maldita sea, tío... –comentó Jared.

Thaddeus cerró la puerta a pesar de la protesta y sonrió con alegría a Olympia.

–Corra a ver qué descubre en ese diario, querida. Yo le enviaré una buena modista y varias muestras de géneros. En poco tiempo, haremos que le confeccionen un par de vestidos decentes.

–Como gusten –repuso Olympia, ausente. Aferró la hoja de papel que estaba en el interior de la daga. Estaba aturdida con tantos descubrimientos–. Les ruego que me disculpen, por favor. De verdad debo continuar con mi trabajo.

Aun contra su voluntad, a las nueve de la noche del día siguiente, Jared esperaba pacientemente en el vestíbulo. Llevaba una chaqueta negra, pantalones ceñidos y un complicado lazo que su padre le había mandado poner. El pesado y antiguo coche del clan Flamecrest esperaba al pie de las escalinatas para conducirles al baile de lord y lady Huntington.

Jared no conocía a los Huntington, pero Magnus le había asegurado que lady Huntington era amiga suya de la época en que cortejaba a su madre.

–No se puede pretender mejor anfitriona para lanzar a Olympia en sociedad. –Magnus se había frotado las manos, con gran entusiasmo, mientras explicaba el plan a Jared–. Conoce exactamente a las personas indicadas y todas estarán allí.

–No veo motivos para lanzar a mi esposa a ninguna parte –se había quejado Jared–. Ella está conforme con los círculos en los que se mueve actualmente. No creo que se divierta mucho en esos círculos.

–Con eso demuestras lo que sabes de mujeres, hijo. –Magnus meneó la cabeza, desconsolado–. No sé cómo has hecho para procurarte una mujer de tanto carácter como Olympia.

–¿Eso significa que estás de acuerdo con la nuera que te ha tocado en suerte? –Jared miró a su padre de reojo.

–Encajará perfectamente en la familia –exclamó Magnus.

Jared sonrió al recordar la conversación que había mantenido con su padre, mientras seguía en el vestíbulo mirando el reloj con impaciencia. Aún no habían bajado ni Magnus ni Thaddeus y no había visto a Olympia desde el mediodía.

Jared aguardaba la aparición de la muchacha con cierta suspicacia. Sabía que su padre y su tío habían permanecido encerrados con la modista toda la tarde del día anterior y que había llegado un vestido aquella misma tarde, a las cinco, con varias cajas más. Pero no sabía a qué atenerse.

Había recorrido las calles lo suficiente como para haberse percatado que estaban de moda los vestidos muy escotados y los tejidos ultrafinos.

Jared decidió que si el vestido de Olympia resultaba atrevido, simplemente no le permitiría ir al baile. Un hombre debía ponerse firme en ciertos aspectos.

Graves surgió al pie de la escalera. Jared frunció el ceño al ver que su mayordomo parecía más preocupado de lo habitual.

–Discúlpeme, milord. Acaba de llegar un mensaje por la puerta de la cocina para usted. Me imaginé que querría leerlo de inmediato. –Le entregó una nota sellada.

Jared la tomó y observó la mala grafía.

–¿Qué diablos es esto?

–No lo sé, milord. El muchacho dijo que era urgente.

–¡Demonios!

Abrió la nota y leyó su contenido:

Señor:

Lamento informarle que el caballero en cuestión no ha abandonado el país realmente. Un conocido mío le ha visto hace poco menos de una hora. Creo que se dirige a su viejo centro de operaciones. Pensé que tal vez querría encontrarse conmigo allí lo antes posible. Me reuniré con usted en la calleja que está detrás del edificio.

Atentamente,
Fox

–Esto tiene que ver con nuestro viejo problema, Graves. –Jared miró una vez más hacia lo alto de las escaleras, mientras doblaba la nota–. Por favor, no diga nada al respecto a mi esposa. Se preocupará. Dígale que me reuniré con ella más tarde en la mansión de los Huntington.

–De acuerdo, señor. –Graves abrió la puerta–. Tal vez yo debiera acompañarle.

–No es necesario. Fox estará allí.

Jared salió y bajó las escalinatas. Se preguntó qué haría si podía poner sus manos encima de Felix Hartwell.

CAPÍTULO XVIII

–Me temía esto. –Thaddeus miró con cierto pesar el abarrotado salón de baile–. Parece que ese hijo tuyo, finalmente, no vendrá.

–Maldito sea, caramba. –Magnus arrebató una copa de champaña de una bandeja y la bebió de un solo trago–. Sabía que la idea de venir aquí no le había caído en gracia, pero al menos podría haber acudido unos minutos, aunque sólo fuera para no humillar a Olympia.

–Yo no me siento humillada –dijo Olympia de forma enérgica–. Estoy segura de que Chillhurst habrá tenido una razón muy importante para salir esta noche. Ya oyeron ustedes a Graves. Recibió un mensaje urgente.

–Bah, el único mensaje que Jared consideraría importante es el que estuviera relacionado con sus negocios –murmuró Thaddeus. Miró a Olympia de la cabeza a los pies con una expresión de genuina apreciación–. No sabe lo que se pierde. El joven Robert tenía razón. Esta noche pareces una princesa de los cuentos de hadas, niña. ¿No crees que parece una princesa, Magnus?

–Sí, claro que sí. –Magnus le brindó aquella encantadora mirada de pirata–. Una perla. Mañana por la mañana será la comidilla de todo el mundo. Vaya, la modista tenía razón al vestirla de verde esmeralda.

–Me alegro de que estén contentos con su obra. –Olympia les dedicó una sonrisa–. Debo admitir que ni yo me reconozco esta noche.

Para hablar con franqueza, Olympia se sentía irreal. Las faldas de seda, que le llegaban hasta los tobillos, parecían flotar a su alrededor. El escote era bastante más bajo de los que la muchacha solía utilizar y las altas mangas dejaban al descubierto sus hombros.

El cabello estaba peinado con un elegante moño con la raya en medio. Completaban el peinado diminutas flores de satén verde y algunos rizos que caían, gráciles, junto a las orejas. El calzado de satén y los guantes largos eran del mismo tono que el vestido.

Thaddeus, Magnus y la modista habían convenido en que la única alhaja que podía llevar con aquel atuendo era un par de pendientes de esmeralda. Pero Olympia les explicó que ella no tenía tales pendientes.

–Yo me encargaré de ello –prometió Thaddeus.

La tarde del baile se presentó con un bellísimo par de pendientes de esmeralda y diamantes. Olympia quedó horrorizada.

–¿De dónde demonios los ha sacado? –le preguntó Olympia, con suspicacia.

–Son un obsequio, querida. –Thaddeus se mostró herido.

–No puedo aceptar un obsequio tan valioso, señor –dijo ella de inmediato.

–No fui yo quien se los compró –le aseguró Thaddeus guiñando un ojo–. Fue su esposo.

–¿Chillhurst compró esto para mí? –Olympia observaba la joya, maravillada. Se asombró y, secretamente, se emocionó al enterarse de que Jared había encontrado unos minutos, dentro de sus muchas actividades, para comprarle un par de pendientes–. ¿Él mismo los escogió?

–Lo que quise decir –aclaró Thaddeus cuidadosamente–, con eso de que su esposo se los compró, no fue que él personalmente saliese a escogerlos. Pero ha sido su dinero el que los pagó.

–¡Oh!

Al instante, Olympia perdió interés por los pendientes.

–Pero, niña, es casi lo mismo que él vaya personalmente a comprarlos –insistió Thaddeus–. Vea, Chillhurst es un sobrino fantástico, pero no tiene idea de lo que es el estilo y el buen gusto.

–Eso es verdad, muchacha –agregó Magnus solemnemente–. No tiene ni idea de lo que es la moda. Pero desde la época del capitán Jack, Jared es el único de la familia con el don de hacer dinero.

–No hay duda de que todo el dinero que Magnus, yo y cualquier otro miembro del clan ha gastado en la vida procede de manos de Jared, de un modo u otro.

Thaddeus asintió con la cabeza.

–En ese caso creo que el conde, usted y el resto de la familia deben a Chillhurst un poco más de respeto.

Olympia resopló molesta.

–¡Oh!, estamos muy orgullosos del muchacho –explicó Thaddeus–. No lo dude ni por un instante. Pero tampoco hay que negar que Jared no está hecho con el mismo molde que nosotros.

Robert, Hugh y Ethan se habían mostrado maravillados al contemplar a Olympia cuando bajaba las escaleras aquella tarde.

–Vaya, qué guapa estás tía Olympia –dijo Hugh.

–Es la mujer más hermosa del mundo entero –agregó Ethan.

–Como la princesa de un cuento de hadas –concluyó Robert.

Olympia se emocionó con la admiración de los niños. Al menos, fue un aliciente ante la decepción que se llevó al descubrir que Jared no sería testigo de su transformación.

Aquella desilusión fue lo que le hizo ver que, en última instancia, ella había estado realmente ansiosa por observar la expresión de Jared cuando la viera tan cambiada.

–Caramba, aquí viene Parkerville –anunció Magnus–. Indudablemente, querrá que hagamos las presentaciones y una pieza de baile, al igual que los demás. –Miró a Olympia–. Seguramente, no querrá ir a la pista, ¿verdad?

–Ya le dije que no sé bailar. Tía Ida y tía Sophy pensaban que bailar no era importante para una joven. Prefirieron enseñarme griego, latín y geografía.

–Pronto solucionaremos ese pequeño problema –murmuró Thaddeus, mientras un hombre mayor, de patillas, se acercaba–. Mañana mismo voy a contratar a un profesor de baile.

–Mientras tanto, yo me encargo de Parkerville –susurró Magnus–. Ese tipo siempre ha tenido inclinaciones lascivas. –Inclinó la cabeza para saludar al recién llegado.

–Buenas noches, Parkerville –saludó Magnus efusivamente–. Hace siglos que no nos vemos. ¿Cómo está su encantadora esposa?

–Muerta, gracias. –Parkerville dirigió una untuosa sonrisa a Olympia–. Me he enterado de que por fin tiene una nuera, Flamecrest. Los rumores decían que su muchacho la ha mantenido encerrada hasta esta noche. Y ahora que la veo personalmente me doy cuenta por qué. Me la presentará, ¿no es cierto?

–Por supuesto. –Magnus cumplió con el ritual de las formalidades con aire de aburrimiento.

–Es un verdadero placer, señora. –Lord Parkerville tomó la mano enguantada de Olympia y la mantuvo más de lo debido–. ¿Me permite esta pieza?

–No, gracias, señor. –Olympia sonrió, por puro compromiso, mientras tiraba elegantemente de su mano para liberarla de la de él

–¿Tal vez más tarde? –Parkerville se mostró genuinamente decepcionado.

–Lo dudo –respondió Magnus por ella–. Mi nuera es extremadamente especial para elegir pareja.

–¿Es cierto, señor? –Parkerville le miró, irritado.

–Sí, claro que lo es. –Magnus sonrió–. Por si no se ha dado cuenta, esta noche no ha bailado con nadie.

–Me he dado cuenta –dijo Parkerville–. Y los demás también. –Sonrió a Olympia especulativamente–. Todos estamos esperando ver a quién le dará el honor de concederle un baile.

–Señor, yo no... –Olympia no prestó atención a su tono de voz.

–Lady Chillhurst. –Lord Aldridge se materializó entre los invitados y se detuvo justo frente a Olympia–. Es un placer verla aquí esta noche.

–¿Conoce a este hombre querida? –Magnus asumió una expresión amenazadora.

–¡Oh!, sí. –Olympia sonrió a lord Aldridge–. Me alegro de verle, señor. ¿Su esposa ha venido con usted?

–Debe de estar por alguna parte. –Aldridge sonrió esperanzado–. ¿Podría convencerla para que bailara conmigo, señora? Sería un gran honor para mí ser el primero en conducirla a la pista de baile.

–No, gracias –comenzó Olympia–. Verá, yo no...

–*Olympia*, quiero decir, lady Chillhurst. –Gifford Seaton se abrió paso entre los asistentes y se situó junto a Olympia–. He oído que estaba usted aquí. Todo el mundo comenta su presencia. –La estudió sorprendido y con elocuente admiración–. Permítame decirle, señora, que está usted preciosa esta noche.

–¿Usted es el joven Seaton, verdad? –Magnus resopló–. Recuerdo haberle conocido cuando su hermana estaba comprometida con mi hijo.

–Sí, yo también lo recuerdo –masculló Thaddeus–. Dudo que a Chillhurst le agrade que se haya presentado así frente a lady Chillhurst, Seaton, y a nosotros tampoco. Váyase ahora mismo.

–Lady Chillhurst y yo ya nos conocemos. –Gifford le miró, molesto–. Tenemos intereses en común. –Volvió a dirigirse a Olympia–. ¿No es cierto, señora?

–Sí, es verdad. –Olympia palpó la tensión en el ambiente–. Por favor, caballeros. No me avergüencen, ni a mí ni a Chillhurst causando una escena. El señor Seaton y yo nos conocemos de antes.

Magnus y Thaddeus la miraron molestos.

–Si usted lo dice –rezongó Magnus–. Me sorprende que Chillhurst haya consentido esta presentación, si permite que se lo diga.

–Chillhurst no tuvo nada que ver en todo esto. –Gifford miró a Magnus con sarcasmo–. Le dije que lady Chillhurst y yo tenemos intereses comunes. Ambos somos miembros de la Sociedad de Viajes y Exploraciones.

Magnus hizo una mueca. Thaddeus seguía enfadado.

–Ya basta. –Olympia frunció el ceño mirando a sus parientes políticos–. El señor Seaton tiene tanto derecho a hablar conmigo esta noche como cualquier otra persona presente en la fiesta.

–Gracias señora. –Gifford sonrió–. Confío en tener también el mismo derecho que los demás a solicitarle un baile.

–Sí, por supuesto. –Olympia sonrió–. Pero desgraciadamente voy a tener que negarme. –Hizo una pausa y su mirada se detuvo en la elaborada faltriquera del reloj del joven–. Pero me agradaría hablar con usted unos minutos, señor, si me lo permite.

–Será un gran placer para mí, señora. –La sonrisa de Gifford asumió un aire triunfal–. Permítame acompañarla hasta el salón de platos fríos.

Olympia aceptó el brazo que Gifford le ofreció. Vio a Magnus entrecerrar los ojos. Thaddeus resopló con más fuerza que nunca. Olympia calmó a ambos con una sola mirada.

–Estaré de regreso enseguida, milord –le dijo al conde–. Por favor, le ruego que me disculpe. Tengo algo muy importante que discutir con el señor Seaton.

–Vaya, vaya, vaya –murmuró Parkerville, con malicia–. Esto sí que está poniéndose interesante, ¿verdad?

Magnus y Thaddeus se giraron hacia él con expresiones asesinas.

–Vamos, señor. –Olympia les ignoró y urgió a Gifford a que marcharan–. Tengo ganas de conversar con usted. Hay unas pocas preguntas que desearía formularle.

–¿Qué clase de preguntas? –Gifford la condujo entre un grupo de personas elegantemente vestidas.

–Sobre su reloj.

–¿Qué tiene que ver mi reloj en todo esto? –Gifford la miró asombrado.

–Todavía no estoy muy segura, pero me agradaría saber por qué escogió ese motivo de la serpiente de mar.

–Maldición. –Gifford se detuvo bruscamente cerca de las puertas que, en aquellos momentos, permanecían abiertas. Tenía una mirada muy peculiar–. Lo sabe, ¿verdad?

–Creo que sí –dijo Olympia–. Usted es el bisnieto del capitán Edward Yorke.

–Caramba. –Gifford se pasó la mano por su cabello, cuidadosamente peinado–. Por todos los diablos. Tenía el presentimiento de que usted adivinaría la verdad. Hubo algo en usted que me hizo deducir que podría unir todas las piezas para llegar a la conclusión final.

–No tiene motivos para alarmarse, señor Seaton. No veo razones por las que no podamos trabajar juntos en esto. –Olympia le miró con curiosidad–. ¿Puedo preguntarle por qué ha mantenido en secreto su verdadera identidad?

–Nunca he mentido sobre mi identidad –se defendió Gifford–. Y tampoco Demetria. Nuestro apellido es Seaton. Simplemente, jamás le contamos a Chillhurst quién había sido nuestro bisabuelo.

–¿Por qué no?

–Porque el capitán Jack Ryder fue el enemigo mortal de nuestro bisabuelo –estalló Gifford, enfurecido–. Ryder pensaba que Yorke le había delatado ante los españoles, pero eso no fue cierto. Otra persona le traicionó. De todas maneras, Ryder logró escapar de aquella maldita embarcación española. Regresó a Inglaterra siendo un hombre rico.

–Señor Seaton, por favor. No haga una escena.

–Lady Chillhurst, ¿podríamos discutir esto afuera, en los jardines? –Gifford había enrojecido y se giró a ambos lados para ver si alguien le había escuchado–. No quiero que la mitad de la nobleza escuche esta conversación.

–Sí, por supuesto. –Preocupada por la evidente vulnerabilidad de las emociones de Gifford, Olympia permitió que la condujera afuera, a la paz de la noche–. Señor Seaton, comprendo su interés en el tesoro, pero lo que no entiendo es por qué ha actuado tan en secreto. Esa vieja disputa entre el bisabuelo de Chillhurst y el suyo terminó hace muchos años ya.

–Está equivocada, señora. Nunca ha terminado. –Los músculos se tensaron en los brazos de Gifford. Apretó las manos–. El conde de Flamecrest juró eterna venganza contra mi familia. Afirmó que jamás permitiría que Edward

Yorke recibiera la mitad del maldito tesoro enterrado en esa condenada isla. También juró que sus descendientes harían honor a su palabra en nombre de la familia.

–¿Cómo sabe todo eso?

–Mi abuela dejó escrita toda la historia, junto con la mitad del mapa de mi bisabuelo.

–¿De modo que usted tiene la otra mitad del mapa? –preguntó Olympia anhelante.

–Por supuesto. Mi abuela se la dejó a mi padre. –Gifford hizo una mueca–. Fue lo único que mi padre pudo dejarnos a Demetria y a mí. De haber existido un mercado para mapas partidos en dos, seguramente lo habría empeñado, como hizo con todo lo demás.

–¿Qué sabe, según los relatos de su abuela?

–No mucho. Aparentemente, cuando al fallecer su padre, mi abuela hizo una propuesta al clan Flamecrest. Fue rechazada. Entonces, ella pidió a mi padre que lo intentara otra vez. –Gifford rió con sorna–. En nombre de la amistad que, en otros tiempos, había unido a Yorke y a Ryder.

–¿Ella trató de hacer las paces? –Olympia le miró de reojo, tratando de dilucidar su expresión a pesar de las sombras.

–Siempre hay una mujer detrás de esas cosas. Los Flamecrest jamás quisieron limar asperezas. Harry, el hijo del capitán Jack, envió un mensaje a mi abuela diciendo que él cumpliría el juramento de su padre. Que no permitiría que el tesoro cayera en manos de ningún descendiente de Edward Yorke. Sostuvo que era por una cuestión de honor familiar.

–Así son los Flamecrest –musitó Olympia–. Muy emotivos.

–No fue justo –murmuró Gifford, con acritud–. Flamecrest y su familia prosperaron, pero Demetria y yo no tuvimos nada. *Nada*.

–Tampoco el actual conde de Flamecrest, hasta que tuvo la suerte de que su hijo se hiciera cargo de todos sus negocios –repuso Olympia–. Señor, hay otra cosa que no entiendo. Si odiaba tanto a la familia de mi esposo, ¿por qué permitieron el casamiento entre Demetria y él?

–En realidad ella jamás tuvo intención de casarse con él, –dijo Gifford–. Es más, jamás quiso comprometerse.

–No entiendo.

–Convencí a Demetria para que fuera presentada a Chillhurst, porque nos enteramos que estaba buscando esposa. –Gifford suspiró con impaciencia–. Demetria logró que se lo presentaran, mediante una relación que le va a sorprender:

–Felix Hartwell.

–Sí. Ella sabía que Hartwell era el hombre de confianza de Chillhurst, de modo que hizo lo imposible por contactar con él. Demetria es muy hermosa. –El orgullo fraternal brilló en los ojos de Gifford–. Ningún hombre puede resistirse a ella.

–Entonces el señor Hartwell se encargó de que Demetria recibiera una invitación para visitar la isla de Flame.

–Exacto. Como es natural, yo, al ser su hermano, podía acompañarla. Pensé que, tal vez, tendría la oportunidad de visitar el castillo de Flamecrest para tratar de encontrar la otra mitad del mapa.

–¿Y qué sucedió?

–Sólo estuvimos unos pocos días cuando Chillhurst pidió a Demetria que se casara con él. –Gifford rió con amargura–. Demetria aceptó porque todavía no habíamos encontrado el mapa. Yo le dije que necesitaba un poco más de tiempo.

–¡Dios! –exclamó Olympia–. No tenía idea de que Chillhurst se había lanzado a buscar una esposa de un modo tan práctico y frío. No es su estilo, sabe.

–Por el contrario. Es típico en él hacer algo así.

–No es cierto. Creo que debe de haber sentido cierta atracción por su hermana –dijo Olympia–. De no haber sido así, jamás la habría pedido que se casase con él.

–Como quiera. –Gifford la miró como si Olympia fuera una jovencita inocente, pero no hizo comentarios al respecto–. El hecho fue que le pidió que se casara con él. Eso nos daba más tiempo para buscar la mitad perdida del mapa.

–Que jamás encontró –dijo Olympia con fría satisfacción–. Se lo merecía, señor, si me permite que se lo diga. Nunca debió haber emprendido la búsqueda de una manera tan baja.

–No tenía otra alternativa –dijo Gifford, a la defensiva–. El capitán Jack Ryder, por pura maldad, nunca permitió que mi bisabuelo dispusiera de su mitad del tesoro, y sus descendientes actuaron de conformidad con tal maldad.

–Es evidente que estamos frente a dos familias vehementes y muy indomables. –Olympia arrugó la nariz–. Creo que ha llegado el momento de hacer las paces. ¿No está de acuerdo, señor Seaton?

–Jamás. –Los ojos de Gifford se encendieron de furia–. No después del modo en que Chillhurst trató a mi hermana. Nunca perdonaré ni olvidaré.

–Por el amor de Dios, señor Seaton. Si su hermana ni siquiera quería casarse con Chillhurst. Y en cuanto a usted, sólo la utilizó a ella y a su compromiso para tener la oportunidad de registrar el castillo Flamecrest. No puede considerarse como parte ofendida.

–La cuestión es que Chillhurst la insultó –contestó Gifford, indignado–. Terminó con el compromiso de la manera más cruel, simplemente porque se enteró de que ella no iba a heredar nada. Ojalá no hubiera sido tan cobarde como para vérselas conmigo en el campo del honor.

–Sé que este tema es muy importante para usted. –Olympia le tocó el brazo–. Por favor, créame cuando le digo que Chillhurst no rompió el compromiso simplemente porque se enteró de que su hermana no era la heredera de una gran fortuna.

–¡Oh!, ya sé que él insiste en que rompieron porque no se llevaba bien con Demetria, pero eso es mentira. Conozco la verdad. Él se sintió feliz con aquel compromiso durante algunos días. Luego, una tarde, todo concluyó sin muchas explicaciones, ni aviso previo.

–¿Sin aviso previo?

–Demetria, lady Kirkdale y yo tuvimos sólo una hora para empaquetar nuestras cosas y marcharnos.

Gifford entrecerró los ojos furioso.

–¿Lady Kirkdale estaba con ustedes en la isla de Flame? –Olympia le miró sorprendida.

–Sí, por supuesto –dijo Gifford irritado–. Había muchos invitados y ella acompañó a Demetria. Ha sido la mejor amiga de mi hermana durante muchos años. También fue ella la que la presentó a lord Beaumont.

–Entiendo.

–Señora, su lealtad para con su esposo es loable, pero lamento decirle que se ha formado un concepto equivocado de él. –Gifford cerraba y abría los puños–. También me apena comunicarle que, por lo que sé de él, dudo que se haya casado con usted por amor.

–Realmente, no quiero hablar con usted de un tema tan personal, señor.

–Mi pobre e inocente señora. –Gifford la miró con compasión–. ¿Qué puede saber usted, una neófita que ha vivido toda la vida en el campo, sobre un hombre como Chillhurst?

–Tonterías, se lo aseguro. No soy tan inocente como usted cree. He recibido una excelente educación, gracias a mis tías, y luego he continuado mis estudios diligentemente. Soy una mujer de mundo.

–Entonces se dará cuenta de que se casó con usted sólo porque quería que usted le revelara el secreto del diario de Lightbourne.

–Tonterías. Mi esposo jamás se casaría por razones tan bajas. No tiene ni el más mínimo interés en ese tesoro. No lo necesita. Es un hombre muy rico, ya, con o sin el tesoro.

–¿Pero no se da cuenta? El dinero es lo *único* que le interesa a Chillhurst. La codicia de un hombre así es infinita.

–¿Cómo lo sabe?

–Porque yo pasé casi un mes en su casa. –Gifford levantó la voz, exasperado–. Aprendí muchas cosas sobre él en ese tiempo. Entre ellas, que no tiene sentimientos ni interés para nada ni nadie que no tenga que ver con sus malditos asuntos de negocios. Tiene la sangre fría como los peces.

–Chillhurst no tiene sangre de pez y le voy a pedir que no le insulte. Además, le aseguro que no se casó conmigo para descubrir el secreto del diario de Lightbourne. Le agradecería que no haga correr tan perverso rumor.

–Pero debe de ser esa la razón por la que se casó con usted. Si no, ¿por qué habría de contraer nupcias un hombre como él con una mujer sin fortuna?

–Señor Seaton, no diga ni una sola palabra más. Estoy segura de que se va a arrepentir.

Gifford la tomó por los brazos y la miró con honda preocupación.

–Lady Chillhurst –comenzó, y luego se detuvo. Su voz sonó emocionada cuando continuó–. Mi querida Olympia, si me permite la insolencia. Sé por lo que debe estar pasando. Usted es una pobre inocente a quien están usando en todo esto. Sería un honor para mí ayudarla en todo lo que pueda.

–Quita tus sucias manos de mi esposa. –La voz de Jared se oyó tan fría y dura como la hoja del Guardián–. O te mataré aquí y ahora en lugar de prefijar lugar y hora más adecuados.

–*Chillhurst*. –Gifford soltó a Olympia y se volvió para enfrentarse con Jared.

–Jared, después de todo, decidiste venir al baile –dijo Olympia–. Me alegro.

–Te dije que te mantuvieras lejos de mi esposa Seaton. –Jared la ignoró.

–Maldito bastardo –exclamó Gifford disgustado–. Por fin decidiste presentarte esta noche. Todos se preguntaban si te tomarías la molestia. ¿Te habrás dado cuenta de que tu pobre esposa se ha sentido completamente humillada por tu ausencia, no?

–Tonterías –dijo Olympia de inmediato–. No me he sentido para nada avergonzada.

Ninguno de los dos prestó atención a sus palabras. Jared miró a Gifford con frialdad. Pero Olympia advirtió el peligro en su expresión.

–Más tarde me ocuparé de ti, Seaton.

Jared tomó el brazo de Olympia.

–Te estaré esperando gustoso. –Gifford inclinó la cabeza

en una burlona reverencia–. Pero todos sabemos que jamás encontrarás un hueco libre en tu maldito libro de citas para enfrentarte conmigo, ¿no? La última vez no pudiste.

–Por favor, señor Seaton, cállese. –Olympia tomó plena conciencia de que el control de Jared pendía de un hilo–. No diga ni una sola palabra más, se lo ruego. Mi esposo rara vez se enoja, pero creo que usted le está presionando demasiado.

–No se preocupe por mí, lady Chillhurst. –Gifford asumió un aire burlón–. No hay riesgo de duelo. Su esposo no cree que valga la pena poner su vida en peligro en nombre del honor, ¿no es verdad, Chillhurst?

–Señor Seaton. Usted no sabe lo que está haciendo.

Olympia comenzó a sentir miedo.

–Creo que lo sabe muy bien –dijo Jared–. Vamos, querida. Me estoy aburriendo de esta conversación.

Tomó el brazo de Olympia y comenzó a avanzar hacia el salón de baile.

–Sí, por supuesto.

Olympia estaba tan feliz de que ninguno de los dos hubiera retado a duelo al otro que recogió sus faldas verdes esmeralda y prácticamente empezó a correr.

–¿Tienes tanta prisa por bailar conmigo, milady? –Jared la miró, divertido–. Es un honor.

–¡Oh!, Jared. Por un momento creí que permitirías al señor Seaton que te desafiara a un estúpido duelo. –Olympia sonrió, temblorosa–. Estaba muy preocupada.

–No tienes por qué inquietarte, querida.

–Gracias a Dios. Debo decir que nunca dejo de sorprenderme por lo bien que logras dominar tu fuerte temperamento, milord. Me impresionas.

–Gracias. Me esfuerzo por lograrlo. La mayoría de las veces.

–Temía que te ofendieras mucho por las idioteces que decía el señor Seaton. –Ella le miró disculpándose.

–¿Puedo preguntarte qué hacías en los jardines con él?

–¡Santo cielo!, casi lo olvido. –La excitación que Olympia había experimentado momentos atrás, renació–. Salí porque el señor Seaton quería hablar conmigo en privado.

–Eso imaginé. –Jared se detuvo justo antes de entrar en el deslumbrante salón de baile–. Muchas de las personas presentes aquí esta noche llegaron a idéntica conclusión. No dudes que todo el mundo está murmurando al respecto.

–¡Oh, Dios mío!

–¿Tal vez estés de humor para contarme los pormenores de esa conversación tan privada?

–Sí, por supuesto. –Olympia estaba animadísima en ese momento–. Jared, nunca vas a creer lo que acabo de descubrir. Gifford Seaton y su hermana son descendientes directos del capitán Edward Yorke. Tienen en su poder la otra mitad del mapa.

–Por el amor de Dios. –Obviamente, Jared esperaba escuchar cualquier cosa menos ésa. Se quedó mirándola, aturdido–. ¿Estás segura?

–Absolutamente segura. –Olympia sonrió orgullosa–. Empecé a sospechar después de haber oído algún somero comentario sobre su historia familiar y, especialmente, cuando le encontré en la biblioteca mirando mapas de las Indias Occidentales igual que yo. Luego, por casualidad, vi su reloj y el diseño que llevaba grabado en él.

–¿Qué diseño?

–Una serpiente de mar. –Olympia no pudo disimular el triunfo en su tono de voz–. Se trata de la misma serpiente de mar dibujada en la proa del barco de las guardas del diario de Lightbourne.

–¿El emblema del barco de Yorke?

–Precisamente. Esta noche le expuse toda la información que yo poseía y admitió que era el bisnieto de Yorke. Por eso estábamos hablando en los jardines.

–Demonios.

–Él y Demetria son descendientes de la hija de Yorke, y por eso no llevan su apellido.

–De modo que realmente había alguien buscando el mapa todo este tiempo. –Jared pareció pensativo.

–Sí. –Olympia le tocó el brazo–. Por favor, Jared, no te ofendas, pero también debo decirte que hace tres años Demetria aceptó conocerte para que su hermano tuviera la oportunidad de registrar tu castillo, tratando de hallar la mitad perdida del mapa.

–¿O sea que ella convenció a Hartwell que nos presentara sólo para que el idiota de su hermano encontrara el legendario y maldito mapa perdido? –Jared se mostró auténticamente disgustado.

–Estoy segura de que el señor Hartwell desconocía sus verdaderas intenciones –aventuró Olympia de inmediato.

–Pero tal vez sí las conocía y pensó utilizarlas de alguna manera en el futuro –dijo Jared–. Tal vez él también, como todos los demás, se sintió cautivado por la belleza de Demetria. Pero eso no tiene ninguna importancia ahora.

–Muy cierto –coincidió Olympia. No quería que Jared pensara demasiado en la belleza de Demetria–. Eso pertenece al pasado, milord.

–Lamento mucho no haber podido acompañarte toda la noche, querida. –Jared la miró de la cabeza a los pies.

–No te preocupes, Jared. –Olympia sintió ternura al advertir la admiración en los ojos de su esposo–. Sé que recibiste un mensaje urgente. Graves me lo dijo.

–El mensaje decía que Hartwell todavía continúa en Londres.

–¿Saliste a buscarle esta noche? –Olympia se quedó helada al intuir el peligro.

–Sí. Fui a su antiguo lugar de trabajo, porque me informaron que podría estar allí. Pero no encontré a nadie, ni tampoco indicios de que hubiera regresado. Estoy convencido de que la información que recibí en la nota era incorrecta.

–Gracias a Dios. –Olympia se sintió aliviada–. Me alegro mucho. Espero que ese hombre tan perverso no vuelva nunca más a Inglaterra.

–También yo. –Jared la tomó de la mano y la condujo hacia las puertas del salón–. Ahora que por fin he llegado, ¿me harás el honor de concederme un vals?

–Ojalá pudiera. –Olympia suspiró pesarosa–. Lo lamento mucho, Jared, pero no sé bailar un vals.

–Ah, pero yo sí.
–¿Sí?
–Hace tres años, cuando me di cuenta de que tendría que hacer la corte a una mujer, me tomé la molestia de aprender. Nunca lo puse en práctica, pero creo que no habré olvidado todo lo que aprendí.
–Entiendo. –Se había molestado en aprender a bailar para hacer la corte a Demetria, pensó Olympia con tristeza–. Ojalá pudiera seguirte. El vals es muy hermoso.
–Juntos descubriremos cuán bello y divertido es bailarlo. –Jared la condujo entre la curiosa multitud, hacia la pista.
–Jared, por favor, no quiero avergonzarte.
Olympia estaba muerta de miedo.
–Jamás podrías hacerlo, Olympia. –Colocó la mano en la estrecha cintura de Olympia–. Ahora, presta atención y sigue mis pasos. Después de todo, yo soy un maestro, ¿recuerdas?
–Cierto. –Olympia sonrió y se dejó llevar por la música–. Tiene un talento muy peculiar para enseñar, señor Chillhurst.

La mañana siguiente, cuando estaba preparándose para seguir con sus investigaciones del diario Lightbourne, Olympia recibió un mensaje de Demetria.

> Señora:
> Me urge hablar con usted de inmediato por un asunto muy importante. Por favor, no comente con nadie nada sobre esta nota y, en especial, no le diga a su esposo que se va a encontrar conmigo. Hay una vida en juego.
> Atentamente
>
> Lady B

Olympia sintió escalofríos. Se puso de pie y salió corriendo de la casa.

CAPÍTULO XIX

–¿Está segura de esa información? –preguntó Olympia.

Con gran tensión, se sentó en el sofá azul y dorado, conmocionada por lo que Demetria acababa de contarle. Conmocionada, pero no muy sorprendida.

–Me han llegado los rumores por distintas fuentes. Los verifiqué una y otra vez. –La angustia y el temor oscurecieron los bellos ojos de Demetria–. No caben dudas. Chillhurst ha retado a duelo a mi hermano.

–¡Dios mío! –murmuró Olympia–. Me lo temía.

–No tiene razones para tener miedo, maldita sea. –Demetria se alejó bruscamente de la ventana desde la que había estado contemplando los jardines–. Yo soy la que debe estar aterrada. Su esposo tiene toda la intención de matar a mi hermano.

–Demetria, cálmate. –Constance se sirvió una taza de té de un recipiente de plata y tomó también un terrón de azúcar. Era obvio que se sentía muy cómoda en la residencia de Demetria, como si estuviera en su propia casa–. No ganas nada siendo presa del pánico.

–Es fácil decirlo para ti, Constance. No es tu hermano el que está a punto de morir.

–Ya lo sé. –Constance miró a Olympia significativamente–. Pero no todo está perdido. Creo que lady Chillhurst está tan alarmada como tú ante esta situación. Estoy segura de que quiere ayudarnos.

–Si lo que usted dice es cierto, debemos encontrar una manera de detenerlo –dijo Olympia.

Trató de serenarse para pensar con lógica.

–¿Y cómo podemos parar todo eso? –Demetria revoloteaba de una ventana a otra, como un ave exótica y salvaje, atrapada en una lujosa jaula–. No he podido enterarme del día, ni del lugar, ni la hora del encuentro. Estas cosas se guardan muy en secreto entre los involucrados.

–Yo podría tratar de descubrir esos detalles. –Olympia se puso de pie y comenzó a caminar de un lado a otro. Su mente estaba abrumada con las implicaciones de la información que acababa de recibir.

Jared estaba a punto de poner en peligro su vida en un duelo. *Y todo por culpa de ella.*

–¿Cree usted que puede descubrir el lugar, fecha y hora del duelo, cuando yo, con todos mis contactos, he fracasado? –preguntó Demetria.

–No debe ser tan difícil –respondió Olympia–. Mi esposo es un hombre de hábitos terriblemente regulares.

–Sí, cierto, ¿no es verdad? –dijo Demetria–. Es como uno de esos juguetes de cuerda del Museo Mecánico de Winslow.

–Eso no es cierto –le defendió Olympia–. Pero cree en la importancia de planificar bien cada día. Si tiene un compromiso para encontrarse con su hermano al amanecer, seguramente debe de haberlo anotado en su libro de citas.

–¡Cielo Santo! –Constance abrió los ojos desmesuradamente–. Tiene razón, Demetria. Todos sabemos que Chillhurst cree ciegamente en la rutina y en los hábitos. No sería de extrañar en él que hubiese anotado todos los detalles de un duelo.

–¿Puede hallar alguna manera de revisar su libro de citas? –Demetria miró a Olympia.

–Probablemente, pero no será ése el principal escollo con el que nos encontraremos. –Olympia trató de concentrarse–. El verdadero problema es hallar el medio de detener el duelo.

–Supongo que podríamos notificarlo a las autoridades –comentó Constance–. Después de todo, batirse en duelo es ilegal. Claro que si recurrimos a la justicia Chillhurst o Gifford podrían terminar en la cárcel. Como mínimo, causaríamos un enorme escándalo.

–¡Santo cielo! –Demetria suspiró–. Beaumont se pondría furioso si hubiera tamaño escándalo en la familia. Seguramente dejaría a Gifford sin un penique.

–Y pueden estar seguras de que Chillhurst no me daría las gracias si le detienen gracias a mí. –Olympia tamborileó los dedos en el brazo del sofá–. Debemos encontrar otro medio de detener esa tontería. ¿Ha tratado de hacer entrar a Gifford en razón?

–Por supuesto que lo he intentado. –Las faldas del vestido celeste y blanco de Demetria crujieron furiosas cuando se encaminó hacia otra ventana–. Ni siquiera quiso admitir que había un duelo. Mucho menos me escuchó cuando le dije que lo más probable era que Chillhurst le atravesara el corazón de un balazo.

–Mi esposo no intentará matarlo deliberadamente –dijo Olympia con brusquedad–. A lo sumo, se defendería. Me preocupa mucho más su hermano, porque él sí desea verle muerto.

–Mi hermano no es rival para su esposo –susurró Demetria–. Por lo que sé, en el campo del honor siempre triunfa el que tiene la mente más fría y la mano más firme. Es la sangre fría, no la caliente, la vencedora. Y a sangre fría, a Chillhurst no le gana nadie.

–Eso no es cierto –dijo Olympia.

–Conozco a Chillhurst y sé que ni siquiera correría una gota de sudor por su frente, aunque tuviera que cenar en el infierno con el mismo demonio –contravino Demetria–. Pero con Gifford es diferente. En realidad, siempre estuvo esperando este momento. –Cerró los ojos–. Dice que quiere tener la oportunidad de vengar mi honor. Nunca ha perdonado a Chillhurst lo que sucedió hace tres años.

–Su hermano es un hombre muy emotivo. –Olympia respiró profundamente–. Como todos los involucrados en este maldito asunto.

–Además de vengar mi honor –continuó Demetria muy triste–, creo que él piensa que estaría haciéndole un gran favor si logra atravesar el corazón de su esposo de un balazo.

–Las emociones que siente su hermano terminan por gobernar sus pensamientos, ¿no es verdad? –Olympia dirigió a Demetria una mirada suspicaz–. Un rasgo familiar, indudablemente.

–Gifford me dijo que usted ya sabe que él y yo somos bisnietos del capitán Yorke. –Demetria la miró fijamente.

–Sí.

–Fue muy inteligente de su parte haber llegado a esa conclusión, lady Chillhurst.

Constance arqueó sus cejas, perfectamente delineadas.

–Gracias –murmuró Olympia–. Pero volvamos a nuestro problema. Yo sugiero que, primero, debo averiguar los detalles del duelo. Una vez que disponga de esos datos, tendré que encontrar la manera de evitar que Chillhurst acuda a la cita.

–Aunque lo logre, ¿qué ganaría con eso? –preguntó Constance–. Chillhurst y Gifford, simplemente, buscarían una nueva fecha y horario.

–Si podemos evitar el primer encuentro que, seguramente, se habrá concertado debido a la ira que ambos sentían en aquel momento –concluyó Olympia–, tal vez ganemos el tiempo necesario para que los dos puedan pensar y tranquilizarse. Debemos aprovechar esa tregua.

Demetria se frotó las manos.

–¿A qué se refiere?

–Usted debe hablar con Gifford y yo trataré de hacer lo propio con Chillhurst.

–No dará resultado. –Demetria se mordió el labio inferior–. Gifford cree que Chillhurst es un cobarde porque no aceptó el reto tres años antes. Pero yo conozco la verdadera razón por la que Chillhurst rehusó y no tiene nada que ver con la cobardía.

–También yo lo sé perfectamente bien. –Olympia sonrió.

Constance y Demetria se miraron entre sí y luego a Olympia, con aire cavilante.

–¿De verdad? –preguntó Demetria con mucho tacto.

–Por supuesto. –Olympia bajó la vista hacia el té que no había tocado–. Es obvio que Chillhurst rechazó el reto de su hermano porque estaba preocupado por usted.

–¿Por mí? –Demetria no entendía nada.

–¿Está segura de eso, lady Chillhurst? –Constance sonrió a Olympia extrañamente por encima de su taza.

–Sí –dijo Olympia. –Evidentemente, Chillhurst se negó a batirse en duelo con Gifford porque sabía lo mucho que Demetria quiere a su hermano. Mi esposo no quiso causar la angustia que todo duelo origina.

–¡Bah! A él yo no le importaba nada –musitó Demetria–. Chillhurst planeó la boda conmigo de la misma manera que emprendía cualquier otro asunto comercial. Obviamente, usted no conoce la verdad en lo más mínimo.

–No estoy de acuerdo –dijo Olympia–. He pensado mucho al respecto y extraído ciertas conclusiones.

–Déjeme explicarle algo, señora. –Demetria volvió a girar bruscamente–. La razón por la que Chillhurst se negó a aceptar el reto de mi hermano hace tres años fue porque tuvo miedo de que salieran a la luz los verdaderos motivos de aquel desafío. Temió que el escándalo le humillara frente a todos.

–Entiendo que se refiere a que él la encontró a usted con su amante, ¿verdad? –preguntó Olympia.

Un silencio breve pero profundo reinó en la sala.

Finalmente, Constance dejó su taza de té.

–Veo que ha llegado a sus oídos el viejo rumor que corrió después de que Chillhurst hubiese roto el compromiso.

–Sí, ha llegado a mis oídos –dijo Olympia–. Y no fue sólo un rumor, ¿no es cierto? Fue la verdad.

–Sí –admitió Demetria–. Pero yo dije a todo el mundo, incluso a mi hermano, que Chillhurst había roto conmigo porque había descubierto que no iba a heredar ninguna fortuna. Y todos aceptaron la historia, incluso Chillhurst.

–Era mejor para todos aceptarla –agregó Constance–. La verdad habría causado mucho daño a todos los involucrados.

–Gifford dice que Chillhurst es un cobarde pero no sólo porque no aceptó su reto, sino porque no desafió a mi amante. –Demetria miró a Olympia de reojo.

–Bueno, no habría podido hacerlo, ¿verdad? –dijo Olympia con toda serenidad–. Un caballero no puede retar a duelo a una dama.

Constance y Demetria la miraron sin articular palabra. Constance fue la que primero se recuperó.

–De modo que también sabe eso, ¿no? –Sus ojos brillaron divertidos–. ¿Se lo ha dicho Chillhurst? Debo admitir que me sorprende que le haya confesado toda la verdad. Es difícil para un hombre descubrir a su prometida con otro hombre, pero mucho más duro aún descubrirla en brazos de una mujer.

–Chillhurst no me ha contado nada –dijo Olympia–. Es un caballero. Jamás comentaría nada así de la mujer con la que una vez estuvo comprometido.

–No creí que fuera capaz de contar esa historia a nadie. –Constance frunció el ceño–. Pero entonces, ¿cómo descubrió que yo era la mujer con quien Chillhurst encontró a Demetria aquel día?

–No fue una deducción demasiado difícil. –Olympia se encogió de hombros–. Me dijeron que usted acompañó a Demetria a la isla de Flame hace tres años. Desde que las conocí, me resultó evidente que entre ambas hay una amistad un poco especial, similar a la que siempre unió a mis tías. Simplemente, até cabos.

–Sus *tías*. –Demetria se quedó boquiabierta.

–Tía Sophy era la única que estaba unida a mí por lazos sanguíneos –explicó Olympia–. Su íntima amiga y compañera se llamaba Ida. Siempre pensé en ella como una tía y por eso la llamaba tía Ida.

–¿Conocía bien a esas tías suyas? –preguntó Constance, interesada.

–Muy bien. Tía Sophy y tía Ida me criaron desde que tenía diez años, cuando me dejaron en su casa, sola y sin un centavo –explicó Olympia–. Ellas me aceptaron cuando ninguno de los restantes familiares quiso tomarse esa molestia. Fueron muy buenas conmigo.

–Entiendo. –Constance miró a Demetria–. Esta dama no es la inocente muchacha pueblerina que tú creíste en un principio, querida.

–Eso veo –comentó Demetria con una sonrisa–. Mis disculpas, señora. Ahora me doy cuenta de que es una mujer de mundo auténtica en todo el sentido de la palabra.

–Eso es precisamente lo que no ha dejado de repetir a Chillhurst –respondió Olympia.

La anotación en el libro de citas de Jared era clara y escalofriante. Olympia cubría la llama de la vela con una mano, mientras leía las terribles palabras:

Juev. Amanec. Cinco en punto. Chalk Farm.

Olympia dedujo que Chalk Farm sería probablemente el lugar del encuentro. Cerró el libro de citas con gran angustia y sopló la vela.

El jueves a las cinco de la mañana.

Sólo le quedaba un día para evitar el encuentro entre Chillhurst y Gifford. Obviamente, necesitaría ayuda.

–¿Olympia? –Jared se movió cuando ella regresó a la cama–. ¿Sucede algo malo?

–No. Sólo me he levantado a beber un poco de agua.

–Estás helada. –La abrazó con fuerza.

–El ambiente está muy frío esta noche –murmuró Olympia.

–Seguramente encontraremos la manera de abrigarnos mutuamente.

La boca de Jared descendió sobre la de ella, exigente, feroz, caliente. Apretó la mano en su vientre. Ella se aferró a él con todas sus fuerzas, como si de ese modo pudiera protegerlo de todo mal.

Jared la llamaba sirena, pensó Olympia, pero ella jamás permitiría que él se estrellara contra las rocas. Encontraría el modo de rescatarle.

–¿Quiere que le ayudemos a salvar a mi hijo?

Magnus miró a Olympia totalmente confuso. Luego observó a los demás, que se habían reunido en el estudio, frente al escritorio de Olympia.

–Necesito su ayuda, señor. –Olympia dejó de mirar al

conde para contemplar a Thaddeus, Robert, Ethan y Hugh con expresión determinada–. Todos tienen que ayudarme. Mi plan no dará ningún resultado sin la cooperación de todos.

–Yo te ayudaré, tía Olympia –dijo Hugh de inmediato.

–Y yo también –repitió Ethan.

Robert se enderezó en su silla.

–Puedes contar conmigo, tía Olympia.

–Perfecto –dijo Olympia.

–Un momento. –Thaddeus movió rápidamente sus cejas–. ¿Quién dice que el muchacho necesita que le salven?

–Thaddeus tiene razón. Mi hijo puede cuidarse solo –anunció Magnus, con una sonrisa orgullosa–. Yo mismo le enseñé a usar una pistola. No organice tanto revuelo por esta cuestión del duelo, querida. Jared será el ganador.

–Claro que sí. –Thaddeus entrelazó los dedos de ambas manos, sobre su barriga–. Tiene buena vista y mano firme. Nunca vi a nadie que pensara más fríamente en una situación crítica. Saldrá airoso.

–Parece que ustedes no lo entienden. –Olympia se puso furiosa–. No quiero que mi esposo arriesgue su vida en un estúpido duelo para salvar mi honor.

–No tiene nada de estúpido. –Magnus resopló–. El honor de una dama es muy importante, querida. Yo mismo me batí en duelo dos o tres veces, para salvar el honor de mi esposa, cuando tenía la edad de Jared.

–Yo no lo permitiré –declaró Olympia, enfadada por la despreocupación de Magnus.

–Dudo que pueda detenerle. –Magnus se frotó la mandíbula–. Debo admitir que me sorprende que mi hijo esté demostrando tanto carácter. Parece que, después de todo, también él tiene el fuego de los Flamecrest.

–El muchacho está convirtiéndose en el orgullo de la familia –comentó Thaddeus, complacido–. Tú también debes sentirte orgulloso de tu hijo, Magnus.

–Basta ya de tonterías. –Olympia se levantó de un salto y apoyó ambas manos sobre el escritorio–. Usted, señor –dijo a Magnus–, jamás ha entendido a su propio hijo. –Se dirigió luego a Thaddeus–. Y usted tampoco lo conoce. Se han conformado con aceptar lo que ven exteriormente.

A Thaddeus se le movieron las patillas.

–Bien, veamos...

–No quiero oírles ni una palabra más de lo mucho que temían que Jared no tuviera el fuego de los Flamecrest. La verdad es que Chillhurst tiene mucho más fuego en sus venas del que ustedes son capaces de imaginar. Pero él ha tenido ese fuego y lo ha controlado durante toda su vida porque sobre sus hombros pesaban demasiadas responsabilidades.

–¿De qué está hablando? –preguntó Magnus.

–Chillhurst no pudo darse el lujo de dar rienda suelta a sus salvajes instintos y a sus emociones porque tenía la responsabilidad de cuidar y responder por todos ustedes. Siempre tuvo que dedicarse a rescatarles de lo que fuera.

–Vaya, eso es llegar demasiado lejos –rezongó Magnus.

–¿Sí? –Olympia entrecerró los ojos–. ¿Va a negarme que le endosaron una tremenda responsabilidad cuando todavía era muy joven?

–Bueno, es un modo de decir las cosas –debió admitir Magnus de mala gana–. Pero yo siempre estaba cerca para echarle una mano. ¿No es así, Thaddeus?

–Claro, y también yo –dijo Thaddeus–. Por supuesto que ninguno de los dos teníamos mucha cabeza para los negocios, Magnus. Tienes que admitirlo. El único listo en cuestiones financieras y comerciales siempre ha sido tu hijo.

–Y los dos siempre han estado encantados de aprovecharse de esos talentos, ¿no es cierto? –Olympia fijó una mirada desafiante en cada uno de ellos.

–Bueno, pero... –empezó Magnus.

–Ja –le interrumpió Olympia–. Usted y el resto de la familia disfrutan gastando el dinero que él gana para todos, pero le condenan por tener, precisamente, el temperamento que se necesita para conseguir ese dinero.

–Bueno, no es exactamente así. –Magnus se movió, inquieto, en su silla–. Ganar dinero está muy bien, pero por las venas de los Flamecrest debe correr sangre caliente, no fría.

–Chillhurst no es como el resto de nosotros, Olympia.

–Thaddeus suspiró–. Es más, jamás mostró el menor indicio de semejanza hasta hace poco. Lo que menos queremos en este momento es obstaculizar sus decisiones, justo ahora que empieza a mostrar un poco de carácter, algo del fuego de los Flamecrest.

–Vamos a salvarle, no a obstaculizar sus decisiones –corrigió Olympia–. Y todos ustedes van a ayudarme.

–¿Sí? –Magnus se mostró escéptico.

–Bueno, veámoslo de este modo –dijo Olympia con un tono de voz muy frío–. Si ustedes no me ayudan en este asunto, yo me aseguraré de que ninguno de ustedes se entere jamás de dónde está enterrado el tesoro escondido de los Flamecrest. Personalmente, destruiré el diario de Lightbourne y todos sus secretos.

–¡Santo Dios! –susurró Thaddeus.

Él y su hermano intercambiaron miradas de horror.

Magnus dirigió a Olympia una sonrisa encantadora.

–Bueno, ya que lo expresa de ese modo, querida, supongo que podremos echarle una mano.

–Será un placer aportar nuestro granito de arena –contribuyó Thaddeus.

–¿Qué quieres que hagamos, tía Olympia? –Robert tomó la palabra.

Lentamente, Olympia se sentó en su silla y colocó ambas manos, una sobre la otra, delante de ella.

–He trazado un plan que creo que dará buenos resultados. A Chillhurst no le agradará lo más mínimo, pero una vez que se calme, creo que entrará en razón.

–Sin duda –dijo Magnus, pesaroso–. Mi hijo siempre entra en razón. Es uno de sus principales defectos.

Jared sostuvo el candelabro bien alto, mientras observaba los objetos guardados en el desván al final de las escaleras.

–¿Qué querías ver aquí arriba, Olympia?

–Uno de los retratos. –Olympia, que llevaba un delantal sobre su vestido matinal, luchaba por arrastrar un pesado y enorme baúl–. Está justo detrás de esto.

–¿No podríamos dejarlo hasta mañana? Son casi las nueve.

–Estoy muy ansiosa por ver este cuadro en particular, Jared. –Tiró, sin éxito, de la manija de bronce del baúl–. Tengo la esperanza de que se trate del retrato de tu bisabuelo.

–Muy bien, ponte a un lado. Yo lo apartaré, cariño. –Jared sonrió al ver los mechones de cabello rojizo flotando en el aire, libre de la presión de la sencilla cofia de muselina que Olympia se había puesto–. ¿Por qué crees que se trata de un retrato del capitán Jack?

Olympia se enderezó, respirando rápidamente y se sacudió las manos en el delantal.

–Porque apenas alcancé a ver una parte de él y, por lo poco que pude atisbar, el hombre del retrato se parecía mucho a ti, incluso hasta en el parche.

–Lo dudo mucho. Pero de todos modos, será un placer ayudarte. Sostén el candelabro.

–Sí, por supuesto. –Olympia tomó el candelabro en su mano y le obsequió con una sonrisa radiante–. Gracias por tu ayuda.

–¿Sucede algo malo, Olympia? –Jared contempló la sonrisa.

–No, no, por supuesto que no. –El candelabro le temblaba ligeramente en la mano–. Quiero ver ese retrato, porque si es del capitán Jack puede proporcionarme alguna pista del tesoro escondido.

–Ah, sí, el maldito tesoro. –Jared se acercó al pesado baúl y lo empujó hacia un lado. El pálido brillo de la luz de la vela se tornó más distante cuando alcanzó el siguiente objeto que se interpuso en su camino, una silla tapizada con una pesada muselina–. Olympia, acércate más con el candelabro.

–Lo lamento mucho –le contestó Olympia desde la puerta. Su voz sonó extrañamente fina, quebradiza–. Pero me temo que no puedo hacer eso.

Jared soltó la silla bruscamente y se volvió de inmediato, justo a tiempo para ver que Olympia cerraba violentamente la puerta. El portazo fue tan fuerte que toda la habitación vibró. La corriente de aire apagó la vela que ella había dejado en el suelo.

Al instante, Jared se encontró envuelto en un manto oscuro. Oyó como giraba la llave dos veces en la cerradura en el lado de fuera.

–Sé que probablemente te enfadarás mucho conmigo durante un tiempo, Jared. –La voz de Olympia apenas era audible debido a la gruesa puerta de madera que les separaba–. Y lo lamento mucho. De verdad. Pero es por tu propio bien.

Jared avanzó un paso. Chocó con el baúl. Hizo una mueca de dolor y, luego, extendió la mano hacia delante con el fin de ir tanteando el camino.

–Abre la puerta, Olympia.

–La abriré por la mañana. Te doy mi palabra de honor, milord.

–¿A qué hora? –preguntó Jared.

–A las seis o las siete, supongo.

–¡Dios! –En ocasiones, tener una esposa inteligente podía ser un verdadero problema, pensó Jared–. Creo que te has enterado del duelo, querida.

–Sí, Jared, me he enterado. –Olympia pareció más segura de sí–. Y como estoy segura de que no podré convencerte para que desistas de batirte, mientras no puedas pensar las cosas con frialdad, he decidido tomar una medida drástica.

–Olympia, te aseguro que esto es totalmente innecesario. –Avanzó otro paso y se golpeó la rodilla con la silla tapizada en muselina–. ¡Ay!

–¿Estás bien, Jared? –preguntó Olympia nerviosa.

–No puedo ver nada aquí dentro, Olympia.

–Te he dejado una vela.

–Se apagó cuando diste ese tremebundo portazo.

–¡Oh! –Olympia vaciló–. Bueno, hay más velas y yesca preparada cerca de la puerta, Jared. Las puse allí antes. Enciende una. También te he dejado comida fría. Está en una bandeja tapada, cerca de la caja grande del rincón.

–Gracias. –Jared se masajeaba la rodilla.

–La señora Bird, personalmente, preparó el pastel de cordero y ternera. Y el pan es fresco de esta mañana. También hay un poco de queso.

–Veo que has pensado en todo, querida.

Jared seguía avanzando hacia la puerta.

–Eso espero –dijo Olympia–. Hay una bacinilla debajo de una de las sillas. Debo admitir que eso fue sugerencia de Robert.

–Robert es un niño inteligente. –Jared encontró la puerta y se agachó, para buscar una segunda vela a tientas.

–Jared, hay otra cosa más que debo decirte. Los criados tienen la noche libre hoy. Se les dio órdenes precisas de que no volvieran hasta después del amanecer, de modo que es inútil que comiences a llamar, dando gritos, a ninguno de ellos.

–No tengo intenciones de llamar a nadie a gritos. –Logró encender la vela al tercer intento–. Dudo que alguien me escuchara desde aquí arriba.

–Perfecto. –Olympia pareció aliviada–. Además, tu tío y tu padre han llevado a los niños al teatro Astley. No regresarán hasta muy tarde. Juraron no abrir esta puerta.

–Entiendo. –Jared estudió las paredes del cuarto.

–¿Jared?

–¿Sí, Olympia?

–Espero que puedas perdonarme. Sé que en este momento debes de estar furioso conmigo. Pero supongo que entiendes que yo no podía permitirte que arriesgaras tu vida al amanecer.

–Vete a la cama, Olympia. Discutiremos esto mañana por la mañana.

–Sé que estás muy enfadado, milord. –El tono de Olympia fue resignado pero decidido–. Sin embargo, no hay alternativa. Necesitas tiempo para calmarte. Para considerar tus acciones. En este momento, no hay duda de que te consumen la pasión y la ira.

–Sin duda.

–Buenas noches, Jared.

–Buenas noches, querida.

Jared oyó los pasos de Olympia que se perdían en la distancia. La última vez que había explorado aquel cuarto tenía diez años. No le resultaría sencillo encontrar la puerta secreta que conducía a las escaleras que daban a la galería de abajo.

Tendría que mover unas cuantas cajas y baúles para llegar a aquella pared. Y una vez allí, tendría que trabajar afanosamente para encontrar el resorte escondido que operaba el sistema de la puerta. Una gruesa capa de pintura tapaba las marcas.

Jared sonrió, mientras pensaba en todo el esfuerzo y la molestia que Olympia se había tomado para evitar que se arriesgara en un duelo al amanecer.

Durante toda su vida se había preguntado quién sería capaz de rescatarle de un peligro. Ahora ya conocía la respuesta.

Le llevó más de una hora encontrar la puerta secreta. Cuando palpó la fina línea en los paneles, soltó un juramento de satisfacción. Luego extrajo al Guardián de la vaina e introdujo la punta en la pequeña grieta.

El viejo mecanismo oxidado crujió dentro de la pared, pero de todas maneras el panel cedió. Jared guardó la daga y levantó la vela. Comenzó a descender por las escaleras que el capitán Jack había construido.

Si bien era cierto que los condes de Flamecrest habían sido un clan de tipos excéntricos, pensó Jared, nadie había podido tacharles de estúpidos. Siempre habían tenido sus razones para hacer las cosas, aunque la gente, por lo general, no las comprendiera.

Si las personas que acudían de visita a la mansión creían que la escalera que moría en la nada, en la galería de arriba, era un claro ejemplo de lo extravagante que eran los Flamecrest, era un problema de ellos. El abuelo Harry siempre había considerado que era muy positivo tener una vía de escape en cada habitación.

Jared frunció el ceño al comprobar que el tercer piso de la casa estaba completamente a oscuras. Bajó al segundo y también lo encontró sumido en las sombras. Tal vez, Olympia había decidido trabajar en la biblioteca hasta que el conde y el resto regresaran a la casa.

Le había hecho el amor muchas veces en la biblioteca, pensó Jared, mientras bajaba el último tramo de escaleras. Nada le impediría hacerlo nuevamente aquella noche.

Cuando llegó al pie de las escaleras, descubrió que el vestíbulo estaba tan oscuro como el resto del edificio. Pero sonrió al ver un pequeño haz de luz que provenía de la biblioteca, por debajo de la puerta.

Dio un largo paso y casi se llevó por delante un objeto grande, suave y pesado. Al imaginar que Olympia pudo haber caído, bajando las escaleras en la oscuridad, se quedó petrificado.

Sin embargo, al bajar la vista, se dio cuenta de que no era Olympia la que allí estaba tendida. Se trataba de Graves.

Jared se hincó sobre una rodilla y tocó la garganta del hombre. Las pulsaciones eran fuertes. Graves no se había roto el cuello en la caída. Luego, Jared descubrió una pequeña mancha de sangre sobre el piso de mármol y el candelabro de plata junto a Graves.

De modo que el mayordomo no se había caído. Le habían dado un golpe en la cabeza.

Jared miró la puerta cerrada de la biblioteca. Su escalofrío fue aún más violento. Se puso de pie y, lentamente, caminó hacia la entrada. Tocó la manilla con la mano.

Volvió a desenvainar la daga. Introdujo la hoja en la manga de la camisa y empuñó el mango.

Después, sopló la vela y abrió la puerta.

La luz de la única vela que estaba sobre el escritorio le permitió ver la imagen de Olympia. Estaba de pie cerca de la ventana. Tenía los ojos abiertos de par en par, cargados de silenciosa aprensión.

Felix Hartwell le rodeaba el cuello con un brazo. En la otra mano sostenía una pistola.

–Buenas noches, Felix –dijo Jared con toda tranquilidad–. Temía que hubieras tenido el buen gusto de irte de la ciudad.

–No se acerque, Chillhurst, o juro que la mato. –La voz de Felix sonó ronca. Un peligroso temblor la dominaba.

La mirada de Olympia se animó al ver a Jared.

–Me dijo que ha estado vigilando la casa y esperando la

oportunidad de que estuviera vacía para entrar –dijo ella, bastante tranquila–. Temo que mi plan de encerrarte arriba y pedir a todo el mundo que saliera esta noche le ha dado la oportunidad que buscaba.

–Si me hubieras pedido mi opinión sobre tu plan, querida, te habría dicho que tenía un par de fallos –le contestó Jared, con suavidad, aunque sin perder de vista a Felix.

–Silencio –ordenó el traidor–. Chillhurst, quiero diez mil libras ahora mismo.

–Está desesperado –le aclaró Olympia–. Ya le he dicho que no creo que haya en la casa algo de tanto valor.

–Tienes razón –le confirmó Jared–. No lo hay. Por lo menos, no hay algo de ese valor que sea pequeño y fácil de transportar. Supongo que podrías llevarte varios muebles para llegar a esa suma, Felix.

–Le advierto que no se burle de mí, Chillhurst. Estoy tan ansioso de irme de Inglaterra como usted de verme partir. Pero estoy hasta el cuello de deudas y mis acreedores comienzan a impacientarse. Se enteraron de que, probablemente, abandonaría la ciudad y han amenazado con matarme. Debo pagarles para tener el terreno libre.

–Bueno, hay algo de platería –comentó Jared, pensativo–. Pero necesitarías un enorme carruaje para llevarte diez mil libras en objetos de plata. Yo diría que es bastante engorroso, especialmente para una persona que tiene tanta prisa por salir del país.

–Debe haber joyas. –Felix parecía desesperado–. Ahora tiene una esposa. Debe haberle regalado buenas alhajas. Un hombre de su posición siempre halaga a una esposa con esas chucherías.

–¿Joyas? –Jared dio un paso adelante. Pensó que sólo correría un pequeño riesgo–. Lo dudo.

–Bueno, hay un par de pendientes de esmeraldas y diamantes. –Olympia carraspeó–. Los que usé en el baile de los Huntington.

–¡Ah! sí. Los pendientes –repitió Jared–. Por supuesto.

–*Lo sabía.* –Felix entrecerró los ojos en una mezcla de triunfo y alivio–. ¿Dónde están, lady Chillhurst?

–Arriba, en una caja, sobre mi tocador –murmuró Olympia.

–Muy bien. –Felix la soltó y la empujó. Apuntó a Jared con la pistola–. Irá arriba a buscarlos. Sólo le doy cinco minutos. Si se retrasa, le juro que mataré a su esposo. ¿Me entiende?

–Sí. –Olympia empezó a correr–. No se preocupe. Regresaré enseguida con los pendientes.

–No te apures por mí –le dijo Jared mientras ella avanzaba a toda prisa hacia la puerta–. Necesitarás una vela, querida. Mejor vuelve al escritorio y enciende una para poder ver.

–¡Oh, Dios mío! Sí, por supuesto. Necesitaré una vela. –Olympia se volvió bruscamente y corrió al escritorio.

–Dése prisa –ordenó Felix.

–Trato de hacerlo, señor. –Cogió una vela y la acercó a la que ya estaba encendida. Miró a Jared a los ojos.

Él sonrió.

Olympia apagó la vela con los dedos y dejó la habitación a oscuras.

–Maldita sea –gritó Felix. Disparó la pistola. Hubo un pequeño resplandor debido a la breve explosión.

El Guardián se alargó en la mano de Jared, quien lo arrojó en dirección a donde Felix había estado.

Se escuchó un agudo y aterrador grito de dolor y luego un golpe seco.

–¿Jared? –Se oyó un rasgueo en la oscuridad. La vela que Olympia tenía en la mano se encendió–. ¿Jared, estás bien?

–Muy bien, querida. Espero que la próxima vez que se te ocurra encerrarme en el desván te detengas a pensar primero en lo útil que puedo resultarte en situaciones como ésta.

Felix se quejaba, tirado en el suelo. Abrió los ojos y miró a Jared.

–Siempre fue usted muy inteligente, maldito.

–Yo también te creía inteligente a ti, Felix.

–Sé que nunca me creerá, pero, de verdad, lamento mucho haber tenido que llegar a este punto.

–Yo también. –Jared atravesó la sala y se arrodilló junto a

Felix. Examinó el mango de la daga que sobresalía del hombro de Felix–. Sobrevivirás, Hartwell.

–No tiene mucho sentido –murmuró Felix–. No quiero seguir con vida, señor. Ojalá me hubiera matado mientras pudo.

–No irás a prisión –dijo Jared–. Tus acreedores recibirán el dinero que les corresponde. A cambio, tú te irás de Inglaterra para siempre.

–No lo dirá en serio ¿verdad? –Felix le miró a los ojos–. No, Chillhurst. Pero, claro, jamás pude entenderle del todo.

–Ya veo. –Jared miró a Olympia, que estaba cerca de ellos–. Sólo hay una persona en la faz de la tierra que me entiende.

Graves apareció en la puerta, tambaleándose. Tenía una mano sobre la nuca, pero parecía estar alerta.

–Milord, veo que he llegado un poco tarde.

–¡Oh! Sí, Graves. ¿Cómo se siente?

–No voy a morir. Gracias, señor.

–Graves, está herido.

Olympia se volvió rápidamente, preocupada.

–Nada grave, señora. En esta profesión me han golpeado varias veces en la cabeza. Me enorgullece decir que no me ha dañado mucho. –La sonrisa de Graves fue cadavérica–. Espero que no le cuenten a la señora Bird lo duro que soy. ¿Saben? Quiero aprovecharme un poquito de su compasión.

–Se horrorizará –le aseguró Olympia.

–Lamento lo que ha sucedido aquí esta noche. –La sonrisa de Graves desapareció al mirar a Jared–. Después de que la señora hiciera que me fuese de la casa, junto con el resto del personal, decidí volver a escondidas, pero obviamente llegué demasiado tarde. Él ya estaba dentro. No le oí a mis espaldas.

–No se preocupe, Graves. Todos hemos sobrevivido esta noche.

Un fuerte golpe en la puerta de entrada interrumpió las palabras de Jared.

–Tal vez será mejor que abra, Graves.

–Yo iré –dijo Olympia de inmediato–. Es evidente que

Graves no puede cumplir con sus obligaciones esta noche. –Encendió la segunda vela y caminó hacia el vestíbulo.

Protestando con vehemencia, Graves la siguió hasta la puerta.

Jared tocó el hombro herido de Felix.

–Maldición. –Felix respiró profundamente y se desmayó.

–Demetria, Constance –exclamó Olympia delante de la puerta–. ¿Qué están haciendo aquí? ¿Y por qué ha venido usted a esta hora, señor Seaton? Bien, si ha venido para hablar del duelo, será mejor que sepa que no se llevará a cabo. ¿Está claro?

–Puede soltar a Chillhurst –dijo Constance–. Demetria le ha contado todo a su hermano. Gifford quiere presentar sus disculpas y anular el duelo. ¿No es verdad, Gifford?

–Sí –dijo Gifford, humilde–. Por favor, diga a su esposo que quiero hablar con él.

–Estoy aquí, Seaton. –Jared miró hacia la puerta–. Antes de disculparte, ¿te molestaría mucho ir a buscar un médico?

–¿Y para qué demonios quiere un médico? –Gifford se detuvo ante la puerta y entonces sus ojos se fijaron en Felix–. Maldición. ¿Quién es ese hombre? ¿Por qué hay tanta sangre?

Olympia se puso de puntillas para mirar por encima del hombro de Gifford.

–Es el señor Hartwell. Trató de robarme mis pendientes de esmeraldas y diamantes. En el suelo está su pistola. Amenazó con matar a Jared con ella.

–¿Pero qué ha pasado? –Gifford se quedó mirando a Felix, con desazón, pero fascinado.

–Chillhurst usó su daga para salvarnos –contestó Olympia, con orgullo–. Se la arrojó al señor Hartwell cuando él nos disparó.

–¿Chillhurst lo derribó con su daga? –preguntó Gifford sin creerlo.

–¡Oh!, sí. Chillhurst siempre la lleva consigo. Fue de lo más asombroso, porque todo ocurrió en la oscuridad. Yo acababa de apagar la vela y...

Gifford emitió un sonido extraño cuando Jared tomó la

empuñadura de la daga y la extrajo de la herida de Felix. La sangre comenzó a fluir con fuerza en los pocos segundos que tardó Jared en atar fuertemente el lazo de Felix alrededor de la herida.

–¡Dios mío! –Gifford parecía estar a punto de desmayarse–. Nunca he visto a un hombre apuñalado.

–Si esto te parece desagradable –le dijo Jared con toda naturalidad–, deberías ver a un hombre con un balazo en el pecho. Por eso te envié un mensaje recordándote que te aseguraras de que hubiera un médico presente en nuestro duelo.

–Después de todo, eres un maldito pirata, ¿no?

El rostro de Gifford se tornó macilento. Cayó redondo al piso.

CAPÍTULO XX

–Debo decirte que has sido muy hábil al escaparte del desván. –Olympia se acurrucó contra él–. Pero nunca dejas de sorprenderme, milord.

–Me alegro que aún te impresionen mis humildes habilidades. –Jared entrelazó los dedos en su cabello.

Eran casi las tres de la madrugada. En la casa reinaba nuevamente el silencio, ahora que todos, por fin, estaban ya en la cama. Sin embargo, aunque estaba exhausta, Olympia no lograba conciliar el sueño. Los acontecimientos de la noche eran aún demasiado recientes.

–Siempre me han impresionado tus muchas habilidades, milord. –Olympia le besó el hombro–. Me alegro que no te hayas enfadado conmigo por haberte encerrado en el desván.

–Mi encantadora sirena –murmuró Jared–. Me resulta imposible enfadarme contigo. Cuando pusiste la llave en la cerradura, me di cuenta de que me amabas.

–¿Cómo demonios llegaste a esa conclusión?

Olympia se quedó de piedra.

–Nunca nadie ha intentado rescatarme. –Trató de buscar su rostro en la penumbra–. No estoy equivocado, ¿verdad? ¿Me amas?

–Jared, te he amado desde el día en que entraste a la biblioteca de mi casa y me rescataste del señor Draycott.

–¿Y por qué no me lo dijiste?

–Porque no quería que te sintieras en la obligación de tener que amarme para corresponder a mis sentimientos –explicó Olympia–. Ya me has ofrecido tanto... Tenía la esperanza de que me amaras, pero no quería presionarte. A decir verdad, era difícil no desearlo. He ansiado tu amor más que ninguna otra cosa en este mundo.

–Lo has tenido desde el día que te conocí. –Jared le rozó la boca con la suya con ternura–. Debo admitir que al principio no me di cuenta que te amaba. Estaba demasiado ocupado tratando de controlar la fuerte pasión que excitabas en mí.

–¡Ah!, la pasión. –Olympia sonrió–. También había ese sentimiento, ¿no?

–Definitivamente. –Le besó la punta de la nariz–. Pero también amor. Nunca me he sentido así con nadie, Olympia.

–Me alegro, milord.

–Te busqué con el fin de encontrar el tesoro escondido –dijo Jared contra sus labios–, pero pronto me di cuenta de que el único tesoro que realmente quería eras tú.

–Milord, tus palabras me llenan de gozo. –Le rodeó el cuello con los brazos y le atrajo hacia ella–. Acércate y cuéntame más anécdotas de tus viajes. Me encantaría oír alguna sobre tierras lejanas y extrañas, donde las parejas se encuentran para hacer el amor en playas de valiosísimas perlas.

Jared no necesitó más ruegos. Se colocó sobre ella y buscó su boca.

Olympia se estremeció bajo aquel cuerpo que la exigía y deseaba. Jared estaba completamente excitado. Aquella pasión en él creó una familiar respuesta en ella, que hundió las uñas en sus hombros.

En el momento oportuno, cuando el mundo exterior dejó de importarle, Jared se alojó en la cálida intimidad de su esposa y le murmuró al oído.

–Canta para mí, mi dulce sirena.

–Sólo para ti –le juró Olympia.

–No tenía en mente matar a Seaton, ¿sabes? –le confesó Jared un rato después.

–Por supuesto que no. Jamás matarías a nadie intencionadamente. Pero en un duelo todo puede pasar. –Olympia le apretó con más fuerza el brazo–. Te podría haber matado.

–No creo que hubiera llegado hasta ese punto. –Jared sonrió en las sombras–. Había decidido que ya era hora de que alguien diera una lección a Seaton. Estaba convirtiéndose en un estorbo.

–¿Cuál era tu plan?

–Sabía que Seaton estaba tan convencido que yo era un cobarde, que pensaba que no me presentaría a la cita del amanecer. También sospeché que se iba a preocupar bastante, al verme aparecer en Chalk Farm.

–¿Y qué crees que habría pasado?

–Sería el primer duelo de Seaton –dijo Jared–. Su primera experiencia con la auténtica violencia. Seguramente, la mano le habría temblado tanto que el disparo iría a parar a cualquier parte. Tenía planeado dejarle disparar a él primero. Y luego le habría dejado uno o dos minutos para que comprendiera la situación antes de que yo hiciera fuego.

–El honor habría quedado satisfecho y Gifford habría recibido su lección –dijo Olympia lentamente.

–Exacto. Como verás, querida, no tenías ninguna necesidad de tomarte la molestia de dejarme encerrado en el desván. –Jared la apretó contra su corazón–. Pero me complace que lo hayas hecho.

–¿Y cómo iba yo a conocer tus planes? –La voz de Olympia apenas fue audible, ya que tenía la boca apretada contra su cuello–. ¿Y si algo hubiera salido mal? Realmente, debes consultar conmigo en el futuro respecto a situaciones tan delicadas como ésta, Chillhurst.

Jared se echó a reír.

La escena que tuvo lugar en la biblioteca dos días después fue caótica. Todo el mundo estaba presente a excepción de Jared, quien se hallaba entrevistando a su nuevo hombre de confianza, a puerta cerrada, en el estudio de Olympia.

El tremendo escándalo de la biblioteca era el resultado de una disparatada conversación en la que varias personas trataban de hablar al mismo tiempo. En un rincón de la habitación, Thaddeus y Magnus clamaban por la mitad del mapa que tenía Gifford. Éste, a su vez, formulaba un sinfín de preguntas respecto a la mitad del mapa que había estado en poder de la familia Flamecrest.

Robert, Ethan y Hugh también se habían dejado contagiar por el entusiasmo. Se habían reunido alrededor de los mapas, haciendo sugerencias sobre las mil maneras de cavar para sacar el tesoro.

Minotauro saltaba, yendo de una persona a otra, con la lengua colgando y olfateando cuanta bota o zapato se interpusiera en su camino.

En el otro extremo de la sala, Demetria explicaba a Olympia cómo finalmente, había caído en la cuenta de que había llegado la hora de contar a su hermano toda la verdad sobre lo sucedido tres años antes.

–Me he pasado toda la vida protegiéndole, desde que mi madre murió. No podía permitir que le mataran por mi culpa –dijo.

–Entiendo –respondió Olympia–. Tiene suerte de tenerla como hermana.

–Sin embargo, Chillhurst tenía razón –dijo Constance–. Ya era hora de que Demetria dejara de proteger a su hermano. Ha hecho demasiado por él.

–Gifford alimentó su rencor hacia la familia de su esposo, durante todos estos años, porque no tenía otra cosa a qué aferrarse –dijo Demetria–. Y yo permití que ese odio siguiera creciendo porque parecía proporcionarle metas en la vida, conferirle cierto sentido del orgullo. No sabía lo que le podría pasar si abandonaba esa obsesión de encontrar el tesoro. Temía que terminara mal en las salas de juego.

–Por supuesto que sospechábamos que jamás encontraría la mitad del mapa que faltaba –dijo Constance–. Pero hace tres años, cuando Gifford dijo a Demetria que tenía un plan para dar con el mapa, no le quedó otro remedio que seguirle la corriente.

–Una cosa llevó a la otra –confesó Demetria–. Cuando quise darme cuenta, Chillhurst me había propuesto matrimonio. Fue como un jarro de agua fría, pero después deduje que, casarme con él, no sería tan negativo.

–Pensó que Chillhurst podría proporcionarle la seguridad financiera y la posición que Gifford tanto anhelaba –dijo Constance.

–Y Chillhurst no parecía la clase de hombre que exigía demasiado de una esposa. –Demetria sonrió con desazón–. Como ve, yo pensaba que no tenía un temperamento apasionado. Sólo hubo una ocasión en la que me sorprendió con su osadía. Pero cuando yo no respondí, él no se ofendió. Y yo le consideré una persona fría.

–Fui yo quien descubrió que ese matrimonio jamás daría resultado –comentó Constance–. Era evidente que Chillhurst pensaba pasar muy poco tiempo en Londres. No le interesaba la vida de la capital. Entonces, creí morir de angustia ante la perspectiva de estar separada de mi querida amiga durante tanto tiempo.

–Y luego, una tarde, Chillhurst nos sorprendió juntas y todo terminó –dijo Demetria.

Un agradable y familiar cosquilleo avisó a Olympia de que Jared estaba cerca. Se volvió y le vio de pie ante la puerta. El corazón comenzó a latirle rápidamente, como siempre sucedía cuando le veía.

Estaba como aquel día en que Olympia le había conocido, peligroso, excitante, un personaje de leyenda.

Jared la miró a los ojos y sonrió. Luego habló para todos los presentes.

–Buenos días a todos.

Si bien no alzó la voz, el grupo allí reunido guardó silencio. Rostros expectantes se volvieron hacia él.

Cuando logró la atención de todos, Jared entró y se situó detrás del escritorio. Abrió su libro de citas y lo consultó. La excitación de la sala era palpable.

–¿Y bien, hijo? –preguntó Magnus–. ¿Lo has preparado todo?

–He tomado una determinación que creo que será de interés para todos. –Jared dio paso a una de las páginas del libro–. He dispuesto que uno de los buques Flamecrest zarpe rumbo a las Indias Occidentales dentro de quince días.

–Vaya. –Thaddeus sonrió, complacido.

–El buque estará al mando de uno de mis hombres de mayor confianza y experiencia, el capitán Richards. Todos los que deseen ir a buscar el tesoro, pueden viajar a bordo –dijo Jared–. Creo que eso incluye a Seaton, mis primos y, por supuesto, a mi padre y tío.

–Claro –declaró Magnus, satisfecho.

–Ni lo dudes que estaré a bordo –le aseguró Thaddeus–. Vaya, Magnus, otra vez en alta mar.

Gifford sonrió. Olympia advirtió que aquel odio que había mostrado su mirada se había desvanecido en los dos últimos días.

–Gracias Chillhurst –dijo Gifford con toda sinceridad–. Realmente, es muy gentil de tu parte.

–No tienes por qué agradecerme nada –contestó Jared–. Me alegro mucho de poder hacerles viajar a las Indias Occidentales. Estoy ansioso por reinstaurar el orden en mi casa.

–¿Eso significa que usted no irá personalmente a buscar el tesoro escondido, señor? –preguntó Robert.

–Así es, Robert. Voy a quedarme en casa para atender mis negocios y mis responsabilidades como esposo y maestro.

Robert pareció aliviado.

Hugh y Ethan intercambiaron sonrisas.

–Bien. –Jared cerró su libro de citas–. Creo que eso concluye mis informes de esta mañana. Mi nuevo hombre de confianza me aguarda en el vestíbulo. Él les informará acerca de los detalles del viaje.

Magnus, Thaddeus y Gifford salieron corriendo hacia la puerta.

Cuando abandonaron la sala, Demetria miró a Jared.

–Gracias, Chillhurst.

–No tienes por qué darme las gracias. –Jared miró el reloj de pared–. Ahora, si me disculpan, tengo varios compromisos que atender esta mañana.

–Por supuesto. –Demetria sonrió y se puso de pie–. No

queremos robarle más tiempo del que ya le hemos quitado, milord.

–No, claro. –Constance parecía divertida. Inclinó graciosamente la cabeza en dirección a Olympia–. Buenos días, señora.

–Buenos días –dijo Olympia.

Esperó a que Demetria y Constance se marcharan para hacer un gesto en dirección a Robert.

–Señor, si me lo permite, mis hermanos y yo tenemos un obsequio para usted. –Robert se ruborizó y miró a Jared.

–¿Un obsequio? –Jared arqueó las cejas, sorprendido-. ¿De qué se trata?

Robert extrajo una pequeña caja de su bolsillo, avanzó dos pasos hacia el escritorio y se la entregó a Jared.

–No es tan bonito como el que usted tuvo que entregar como rescate para que me soltaran, señor, pero esperamos que sea de su agrado.

–Hay una inscripción en el interior –comentó Hugh–. Tía Olympia pidió al joyero que la grabara.

–Cierra la boca, idiota. –Ethan le dio un codazo en las costillas–. Ni siquiera ha abierto la caja todavía.

Lentamente, Jared abrió el envoltorio y estudió el contenido. Un silencio y un gran suspenso envolvieron la sala.

Jared se quedó mirando el reloj durante largo rato.

Luego, también lentamente, lo extrajo de la caja y leyó la inscripción: «Para el mejor maestro del mundo». Cuando levantó la vista, había un brillo muy especial en sus ojos.

–Te has equivocado, Robert. Este reloj es mucho más bonito que el que di a aquel malhechor que te secuestró. Os lo agradezco mucho, a todos.

–¿De verdad le agrada, señor? –preguntó Ethan.

–Es el regalo más bonito que me han hecho desde que era niño –dijo Jared–. De hecho, creo que nadie me ha regalado nada desde que tenía diecisiete años.

Robert, Ethan y Hugh intercambiaron sonrisas de satisfacción. Olympia tuvo que esforzarse por no romper a llorar.

Jared puso fin a la situación al guardarse el reloj en el bolsillo. Miró a los niños.

–Vamos –les dijo–, creo que es hora de cumplir con las actividades que tenemos programadas para hoy.

–¿Qué vamos a hacer, señor? –preguntó Robert, con expresión dubitativa–. Espero que no sea latín.

–No, no es latín. –Jared sonrió–. La señora Bird les está esperando en la cocina con té y pasteles.

–Magnífico, señor –exclamó Robert.

–Vaya, tengo hambre. –Hugh se echó a reír. Hizo una rápida reverencia–. Espero que haya pasteles de jenjibre.

–Y yo espero que de grosella –dijo Ethan, mientras hacía su reverencia.

–Yo prefiero los de ciruela –comentó Robert, pensativo. Hizo a su tía una grácil reverencia y se fue detrás de sus hermanos.

–Había empezado a temer que no nos iban a dejar solos en ningún momento esta mañana. –Jared miró a Olympia.

–Has estado muy ajetreado esta mañana, ¿no te parece, milord? –Olympia le miró a los ojos–. ¿Estás seguro de que no quieres ir con los otros a buscar el tesoro escondido?

–Absolutamente seguro, milady. –Jared se quitó la chaqueta y la colgó en el respaldo de la silla. Luego fue hacia la puerta–. Tengo mejores cosas que hacer que salir corriendo a buscar un tesoro que no necesito.

–¿Qué clase de cosas, milord? –Olympia vio cómo hacía girar la llave en la cerradura de la puerta de la biblioteca.

Jared se dirigió hacia ella con determinación. En sus ojos brillaba un ardiente deseo.

–Hacer el amor con mi esposa encabeza la lista.

Levantó a Olympia en sus brazos y se encaminó hacia el sofá.

–Pero, señor Chillhurst, ¿qué me dice de sus compromisos? –Olympia le rodeó el cuello con las manos y le miró entre sus pestañas casi caídas–. Esta clase de cosas va a trastocar sus cuidadosamente programadas actividades matinales.

–Mis compromisos pueden esperar, milady. Un hombre de mi temperamento no puede ser esclavo de su rutina.

Las risas de Olympia quedaron interrumpidas por el ardiente beso del pirata.

Título de la edición original: *Deception*
Traducción del inglés: Edith Grandiccelli
Revisión de la traducción: Ana Pascual
Diseño: Emil Tröger
Ilustración: González Vicente
Foto de solapa: © David Perry

Círculo de Lectores, S.A.
Valencia, 344, 08009 Barcelona
3 5 7 9 5 9 0 7 8 6 4 2

Licencia editorial para Círculo de Lectores
por cortesía de Javier Vergara Editor, S.A. (España)
Está prohibida la venta de este libro a personas que no
pertenezcan a Círculo de Lectores.

Depósito legal: B. 24790-1995
Fotocomposición: Fotoletra, S.A., Barcelona
Impresión y encuadernación: Printer industria gráfica, s.a.
N. II, Cuatro caminos s/n, 08620 Sant Vicenç dels Horts
Barcelona, 1995. Impreso en España
ISBN 84-226-5582-9
N.º 28563